珍藏江南

江南诗

胡晓明 主编
胡晓明 编著

上海科学技术文献出版社
Shanghai Scientific and Technological Literature Press

图书在版编目（CIP）数据

江南诗/胡晓明编著．—上海：上海科学技术文献出版社，2019
（江南文化丛书）
ISBN 978-7-5439-7949-9

Ⅰ.①江… Ⅱ.①胡… Ⅲ.①古典诗歌—诗集—中国 Ⅳ.①I222

中国版本图书馆 CIP 数据核字（2019）第157682号

组稿编辑：张　树
责任编辑：王　珺　罗毅峰
封面设计：樱　桃

江　南　诗
JIANGNAN SHI
胡晓明　主编　胡晓明　编著
出版发行：上海科学技术文献出版社
地　　址：上海市长乐路746号
邮政编码：200040
经　　销：全国新华书店
印　　刷：常熟市人民印刷有限公司
开　　本：650×900　1/16
印　　张：23.5
插　　页：16
字　　数：291 000
版　　次：2019年8月第1版　2019年8月第1次印刷
书　　号：ISBN 978-7-5439-7949-9
定　　价：68.00元
http://www.sstlp.com

"江南文化"丛书编委会

策 划：陈 超
主 编：胡晓明
编 委：陈 超 陈引驰 胡晓明 彭国忠

本册编写人员：徐俪成 成 玮 倪春军
　　　　　　　付定裕 曾庆雨

总　序

胡晓明

八十岁的老母亲在电话里问我最近在忙什么。我说在编"珍藏江南"。"江南，听着就好舒服。"母亲说。是呀，一提到"江南"这个词，立即会有一种温婉灵秀的感觉，有一种齿颊生香的美妙。"你都快要变成江南人了。"母亲说。"春水碧于天，画船听雨眠。垆边人似月，皓腕凝霜雪。未老莫还乡，还乡须断肠。"我也像韦庄那样，过久留恋于江南，而久久回不到母亲的身旁。外乡人被"江南"俘虏的，有船子和尚，蜀人，在外漂泊四十载，后来在松江的朱泾住下就不走了。在那里写了透明的禅诗"满船空载月明归"。有苏东坡，也是蜀人，自认前身是江南人，"一岁率常四五梦至西湖上，此殆世俗所谓前缘者"，常常在西湖边，进一陌生的寺院，就知道转过去背后的石头上，刻的是什么诗句。在姑苏当太守的白居易、刘禹锡，都是北方人，却写了那么多美妙的作品，讴歌苏州，抒发对江南不舍的深情。金主完颜亮的投鞭南下，乾隆皇帝下江南的执着纠缠，以及曹雪芹《红楼梦》中贾宝玉一见江南来的林妹妹，就说这个妹妹我曾见过，这都是被江南深深俘获的人。江南是机括、是磁铁、是一个不能唤醒的梦、是一坛永远饮不尽的美酒，擒住了东西南北的人，成为中国人心头回荡的歌。

那么，江南究竟"珍藏"了什么？"江南"，究竟有什么值得我们好好珍藏呢？

中国的历史，以东汉为界，分成两大阶段。东汉以前，主要的战争是东西之间的战争，以函谷关太行山为界，从先秦的猃狁、西汉的匈奴、东汉的西羌，一直到黄巾、董卓等，东西之间，打了差不多上千年。正如傅斯年说的:(中国的)形势只有东西之分,并无南北之限。可是,东汉以后的中国,常常讲南北之分。从崇尚武力讨伐、你死我活的"东西对峙",转为崇尚文明建设和平发展的"南北之异",不仅是中国历史的大转变,而且是极富历史教训的大启示!此中机缘,自有解人。首先要珍藏的,就是这个大转变、大启示。

江南,依水而起,傍水而兴,四周有大运河、钱塘江、东海、长江,中有太湖,具有江河湖塘、山林水乡的独特生态,这里土地肥沃、气候宜居、漕运发达、物流畅通、物产丰富;同时,又因它是除了中原地区之外,历代建都最多的地域,成为历史上第二个政治中心。天然的自然环境优势与多年积累的政治地缘优势,使这里集中了大量的人才与资源,不仅是无可争议的华夏文明积累极为丰厚的地区,而且在这个过程中,还产生了"上有天堂、下有苏杭"这样远播海内外的江南文化认同。

其实有许多江南的风物,并非江南独有,甚至是外来的,但最终却成为江南的标志。如杏花,"杏花春雨江南""牧童遥指杏花村""杏花消息雨声中""沾衣欲湿杏花雨""深巷明朝卖杏花""杏花疏影里,吹笛到天明"等;还有荷花、梅花、菊花、竹、兰等,也渐渐成为江南的文化标识。这里有一个很重要的原因,即江南自古以来有一种美学机制,"让美好事物加倍美好",这当中,文学艺术起到了重要的作用。从《楚辞》中的"魂兮归来兮哀江南"、汉乐府中的"江南可采莲",以及六朝骈文与诗歌中的江南风景、人物,唐诗宋词里的风景、人物、意象、题材、美典,一直到明清小品笔记与话本中有关江南的传统与故事,"江南"通过绘画、诗歌、美文、名言、意象群、故事传奇、美食、美器、美人,叠加、放大、传播,化艺术为生活,化生活为美学,化实为虚,将学问融于美,达到一种美美与共的效果。"暮春三月,江南草长,杂花生树,群莺乱飞",以及"三秋桂子、十里荷花"的辞章,是永远的抒情美典。"江南"传承有自,积累深厚,成为一个重要的中华文化形象符号。我们今天宣传"江南",不仅是珍藏这样一份厚重的文艺积淀,更是珍视其中的传统美学智慧与文明传播经验。

"江南"不仅是古老的,还是年轻的。"江南"促成了现代文明与传统文化相结合的可能性,譬如江南既有水乡的柔美,又有海洋的刚强,譬如它的深厚、温馨、灵秀,转化而为爱国进步、开拓向上、敬重文脉,崇尚自由精神等,"江南"是一种对美的理想。说不完的"江南"背后,有着取之不尽的中华智慧与文明基因。珍藏"江南",不仅是珍藏历史,还是珍藏我们的文化根基。

我给母亲讲了一个江南的小故事。有一年我在杭州,一个出租车司机告诉我雷峰塔为什么会倒掉。

原来,民间盛传雷峰塔的砖,有神力,可以镇妖辟邪。于是杭州人都去拿雷峰塔的砖,拿的人多了,雷峰塔就倒塌了。

妈妈说,这跟鲁迅讲的不一样,这是民间的讲法,雷峰塔进到家里了。

古典的江南并没有消失,而是化为一草一木、一砖一石,珍藏在家家户户,保护生灵,抚慰了我们的乡愁。

于是,我把这个吉祥而美丽的故事,作为本篇小序的结束。

目录

先唐诗（四十八首）

江南　汉乐府古辞 / 3

孙皓初童谣 / 3

吴趋行　陆　机 / 4

思吴江歌　张　翰 / 7

古诗·步出城东门 / 8

兰亭诗　王羲之 / 9

赠范晔诗　陆　凯 / 10

富春渚　谢灵运 / 11

七里濑　谢灵运 / 14

登池上楼　谢灵运 / 16

石壁精舍还湖中作　谢灵运 / 20

登临海峤初发强中作，与从弟惠连，
　　见羊何共和之　谢灵运 / 23

登江中孤屿　谢灵运 / 25

初去郡　谢灵运 / 27

道路忆山中　谢灵运 / 30

游东田　谢　朓 / 33

随王鼓吹曲·入朝曲　谢　朓 / 34

之宣城郡出新林浦向板桥　谢　朓 / 36

郡内高斋闲望答吕法曹　谢　朓 / 38

暂使下都夜发新林至京邑赠西府同僚　谢　朓 / 40

晚登三山还望京邑　谢　朓 / 43

休沐重还丹阳道中　谢　朓 / 45

游西池　谢　混 / 47

那呵滩六曲·其四 / 50

翳乐三曲·其三 / 51

长干曲 / 51

西陵遇风献康乐诗五章·其三　谢惠连 / 52

行京口至竹里　鲍　照 / 53

还都至三山望石头城　鲍　照 / 55

苏小小歌 / 57

济浙江诗　任　昉 / 58

早发定山　沈　约 / 60

日夕出富阳浦口和朗公　何　逊 / 61

慈姥矶　何　逊 / 62

江南曲　柳　恽 / 63

诏问山中何所有赋诗以答　陶弘景 / 65

江南可采莲　刘　缓 / 66

入若邪溪诗　王　籍 / 67

奉和山池　庾　信 / 69

从永阳王游虎丘山诗　张正见 / 70

子夜歌·宿昔不梳头 / 72

子夜歌·始欲识郎时 / 73

子夜歌·夜长不得眠·其二 / 73

子夜歌·我念欢的的 / 74

子夜四时歌·春歌·春林花多媚 / 75

子夜四时歌·春歌·朝日照北林 / 75

子夜四时歌·秋歌·秋风入窗里 / 76

西洲曲 / 76

隋唐诗（五十首）

人日思归　薛道衡 / 83

次北固山下　王　湾 / 84

回乡偶书·其一　贺知章 / 86

宿建德江　孟浩然 / 87

长干曲·其一　崔　颢 / 88

长干曲·其二　崔　颢 / 90

长干曲·其三　崔　颢 / 91

长干曲·其四　崔　颢 / 91

题破山寺后禅院　常　建 / 92

送沈子福归江东　王　维 / 94

芙蓉楼送辛渐·其一　王昌龄 / 96

登金陵凤凰台　李　白 / 97

金陵三首·其一　李　白 / 99

金陵三首·其二　李　白 / 100

金陵三首·其三　李　白 / 101

焦山望松寥山　李　白 / 102

黄鹤楼送孟浩然之广陵　李　白 / 103

江南逢李龟年　杜　甫　/　104

解闷十二首·其一　杜　甫　/　106

江乡故人偶集客舍　戴叔伦　/　107

无锡东郭送友人游越　刘长卿　/　108

枫桥夜泊　张　继　/　110

送从弟戴玄往苏州　张　籍　/　111

西塞山怀古　刘禹锡　/　112

金陵五题其一·石头城　刘禹锡　/　115

金陵五题其二·乌衣巷　刘禹锡　/　116

钱塘湖春行　白居易　/　117

杨柳枝词八首·其四　白居易　/　119

望鹤林寺　李　绅　/　120

却望无锡芙蓉湖·其二　李　绅　/　122

扬州春词三首·其一　姚　合　/　123

题金陵渡　张　祜　/　124

题润州金山寺　张　祜　/　125

忆扬州　徐　凝　/　127

江南弄　李　贺　/　128

金陵怀古　许　浑　/　129

夜归丁卯桥村舍　许　浑　/　131

莲浦谣　温庭筠　/　132

江南春绝句　杜　牧　/　134

泊秦淮　杜　牧　/　135

寄扬州韩绰判官　杜　牧　/　137

赠别二首·其一　杜　牧　/　138

遣怀　杜　牧 / **139**

题乌江亭　杜　牧 / **140**

沈下贤　杜　牧 / **142**

经无锡县醉后吟　赵　嘏 / **143**

江南行　罗　隐 / **144**

夜泊毗陵无锡县有寄　罗　隐 / **145**

送人游吴　杜荀鹤 / **147**

台城　韦　庄 / **148**

宋诗（四十四首）

游虎丘寺　王禹偁 / **153**

山园小梅二首·其一　林　逋 / **154**

东溪　梅尧臣 / **158**

梅雨　梅尧臣 / **160**

和刘原甫平山堂见寄　欧阳修 / **161**

望太湖　苏舜钦 / **163**

琼花　韩　琦 / **165**

甘露寺多景楼　曾　巩 / **168**

泊船瓜洲　王安石 / **170**

题西太一宫壁二首·其一　王安石 / **171**

杭州呈胜之　王安国 / **172**

游金山寺　苏　轼 / **174**

腊日游孤山访惠勤惠思二僧　苏　轼 / **177**

夜泛西湖五绝　苏　轼 / **180**

有美堂暴雨　苏　轼 / **183**

饮湖上初晴后雨二首　苏　轼 / 186

与毛令方尉游西菩寺二首·其一　苏　轼 / 188

惠山谒钱道人烹小龙团登绝顶望太湖　苏　轼 / 190

大风留金山两日　苏　轼 / 191

书李世南所画秋景二首　苏　轼 / 194

题伯时画严子陵钓滩　黄庭坚 / 196

观化十五首·其十一　黄庭坚 / 198

德清道中还寄子瞻　秦　观 / 199

秋日三首·其一　秦　观 / 201

游山西村　陆　游 / 204

登赏心亭　陆　游 / 205

临安春雨初霁　陆　游 / 207

晓出净慈寺送林子方二首　杨万里 / 208

泊舟无锡，雨止遂游惠山　杨万里 / 210

过无锡寄沈知县季丰　项安世 / 210

除夜自石湖归苕溪十首·其一、其三　姜　夔 / 212

过垂虹　姜　夔 / 213

无锡县春日　高　翥 / 214

无锡　文天祥 / 216

金陵驿二首·其一　文天祥 / 217

送王安之无锡州判　陆文圭 / 218

元明诗（四十八首）

宿集庆寺　仇　远 / 223

甘露寺　高　启 / 225

游茅山五首·其三　卢　挚 / 227

过广陵驿　萨都剌 / 229

归茶山　沈　贞 / 231

莫厘登高卷　沈　周 / 233

过扬州　王　冕 / 236

金陵行送余局官　王　冕 / 238

梅花六首·其五　王　冕 / 242

陈湖夜泊　谢应芳 / 245

奉陪陈伯大先辈及赵师吕、张伯启、朱月江、
　金清夫兄弟登金牛台　谢应芳 / 246

云林草堂答元镇次韵　杨维桢 / 248

岳鄂王墓　赵孟頫 / 249

竹茶炉为僧题　王　绂 / 252

琼花　于　谦 / 255

与严太守道卿同登莫厘峰　王　鏊 / 257

沧浪池上　文徵明 / 258

烟波钓叟歌　唐　寅 / 260

登阅江楼　王守仁 / 262

仲春虎丘　章美中 / 264

游虎跑泉　袁宏道 / 265

宿乌龙潭　钟　惺 / 267

金陵故宫　徐　熥 / 268

伍相祠　陈鸣鹤 / 269

武进道中　汤显祖 / 270

重游弇园　陈子龙 / 272

别云间　夏完淳　/ 273

十月朔日抵广陵二首·其一　钱谦益　/ 274

吴门春仲送李生还长干　钱谦益　/ 276

西湖杂感二十首·其二　钱谦益　/ 277

半野堂初赠诗　柳如是　/ 279

春日我闻室作　柳如是　/ 280

圆圆曲　吴伟业　/ 281

过吴江有感　吴伟业　/ 287

听女道士卞玉京弹琴歌　吴伟业　/ 288

杂诗寓水绘庵作十首·其一　陈维崧　/ 292

有感　丘石常　/ 295

清凉山赞佛诗四首·其一　吴伟业　/ 296

消寒杂咏四十六首·其三十七　钱谦益　/ 298

金山　顾炎武　/ 299

真州　顾炎武　/ 302

金陵即事　钱澄之　/ 302

登雨花台恭望　魏禧　/ 304

秣陵　屈大均　/ 305

摄山秋夕作　屈大均　/ 306

虎丘题壁　陈恭尹　/ 307

钱塘观潮　施闰章　/ 308

燕子矶　施闰章　/ 309

清、近代诗（三十三首）

秦淮杂诗·其一、其二、其三、其五、其八　王士禛　/ 313

目 录

真州绝句·其三、其四　王士禛　/　316

秣陵怀古　纳兰性德　/　318

灵隐寺月夜　厉　鹗　/　319

富春至严陵山水甚佳·其一、其二　纪　昀　/　321

润州小泊　蒋士铨　/　322

梅花岭吊史阁部　蒋士铨　/　324

题王石谷画册·其四、其五　蒋士铨　/　326

登焦山　张问陶　/　328

读《桃花扇》传奇偶题十绝句·其一、其八　张问陶　/　330

扬州城楼　陈　沆　/　331

咏史　龚自珍　/　333

己亥杂诗·其五九　龚自珍　/　335

金陵杂诗　张之洞　/　337

读《宋史》　张之洞　/　338

法相寺古樟同仁先恪士作　陈三立　/　340

焦山松寥阁夜坐　俞明震　/　343

游西溪归泛舟湖上晚景奇绝和散原作　俞明震　/　346

南屏谒张苍水墓　黄　节　/　348

岳坟　黄　节　/　348

京口遇范肯堂先生·其一、其二　杨　圻　/　350

昔游·其二　王国维　/　352

湖斋坐雨　陈曾寿　/　354

观瀑亭　陈曾寿　/　356

先 唐 诗 (四十八首)

江 南

江南可采莲,莲叶何田田①,鱼戏莲叶间。
鱼戏莲叶东,鱼戏莲叶西。鱼戏莲叶南,鱼戏莲叶北。

* 选自《先秦汉魏晋南北朝诗》第256页,逯钦立编,北京:中华书局1988年版。

① 田田:形容荷叶碧绿茂盛。

题 解

这是一首古老的乐府民歌,描写的是夏季江南女子泛舟采莲的景象。全篇只用莲叶和鱼两个意象,便勾勒出一幅清新愉悦的江南图景,莲叶之莲,与怜爱之怜同音,鱼儿又一直是爱情的象征,主人公在采莲之余,向往爱情,却又不愿明言,只能借着鱼儿的游动暗抒幽怀,天真少女的娇羞憨态,在后四句中跃然纸上。而采莲少女,也就此成为江南意象中常被提起的一项。

孙皓初童谣

宁饮建业①水,不食武昌②鱼。
宁还建业死,不止武昌居。

* 选自《先秦汉魏晋南北朝诗》第539页,逯钦立编,北京:中华书局1988年版。

① 建业:三国时吴国的首都,今南京。
② 武昌:今湖北鄂州。

题 解

三国时吴国的末帝孙皓是一个很荒唐的皇帝,他听信术士的谣言,认

江南诗

为当时的首都建业在风水上对自己不利,于是一意孤行,决定带领建业人民迁居到长江上游的武昌。大家本来在建业生活得很好,突然因为这样莫名其妙的原因搬迁,本就心怀不满,再加上迁都途中必须逆江流而上,行程异常困难,不免怨声载道,这首童谣就是百姓怨言的体现。童谣中表达了宁愿在故乡过穷苦的日子,也不愿意在他乡享受荣华富贵的淳朴愿望,体现了建业人民对故乡的热爱与依恋。

江南相关知识

武昌鱼

"武昌鱼"最早出于三国吴孙皓时童谣"宁饮建业水,不食武昌鱼",意思是宁可在故乡喝水,也不去他乡吃鱼,这并不特指某种鱼或某种做法。但是到了后世,"武昌鱼"逐渐成为一项湖北名产,专指长江中的鳊鱼,毛泽东《水调歌头·游泳》中"才饮长沙水,又食武昌鱼"就是指此鱼。

吴趋行

陆 机

楚妃且勿叹,齐娥且莫讴①。
四座并清听,听我歌吴趋②。
吴趋自有始,请从阊门起③。
阊门何峨峨,飞阁跨通波④。
重栾承游极,回轩启曲阿⑤。
蔼蔼庆云被,泠泠祥风过⑥。
山泽多藏育,土风清且嘉⑦。
泰伯导仁风,仲雍扬其波⑧。
穆穆延陵子,灼灼光诸华⑨。

王迹隤阳九，帝功兴四遐⑩。
大皇自富春，矫手顿世罗⑪。
邦彦应运兴，粲若春林葩⑫。
属城咸有士，吴邑最为多⑬。
八族未足侈，四姓实名家⑭。
文德熙淳懿，武功侔山河⑮。
礼让何济济，流化自滂沱⑯。
淑美难穷纪，商摧为此歌⑰。

* 选自《陆机集校笺》第385—386页，杨明校笺，上海：上海古籍出版社2016年版。

① 楚妃、齐娥，楚地和齐地的女子，以美貌善歌闻名。乐府有《楚妃叹》《齐讴行》。讴：唱。

② 吴趋：吴地的舞曲。

③ 阊门：吴王阖闾建造的城门。

④ 峨峨：高大。通波：周围有活水。

⑤ 栾：立柱上的曲木。游极：搁置在斗拱上的横梁。轩：窗户。曲阿：房檐。

⑥ 庆云：祥云。泠泠：清凉。

⑦ 土风：水土风俗。

⑧ 泰伯、仲雍：周文王父亲季历之兄，为了让王位于季历而逃到吴地。

⑨ 穆穆：美好。延陵：指季札，因不愿当国君而周游列国，因博学有见识受到各国君子的称赞。诸华：中原诸国。

⑩ 阳九：上天注定的灾年。兴四遐：广被四方。

⑪ 大皇：指吴大帝孙权，孙权是富春人，故曰"自富春"。矫手：举手。顿世罗：整理世上的纲常伦理。

⑫ 邦彦：国中的杰出人才。葩：花。

⑬ 属城：吴国统治下的郡县。吴邑：吴郡吴县。

⑭ 八族：吴国较大的八个家族，分别是陈、桓、吕、窦、公孙、司马、徐、傅。侈：多。四姓：吴中势力最大的四个姓氏，分别是顾、陆、朱、张。

⑮ 淳懿:纯正深厚。侔山河:可与山河比美。
⑯ 济济:端庄礼敬的样子。流化自滂沱:教化流传后世,如流水般滔滔不绝。
⑰ 商榷:即扬榷,大致。

作者简介

陆机(261—303),字士衡,吴郡(今苏州)人。陆机父祖均是三国东吴重臣,二十岁时晋灭吴,陆机隐居读书十年,太康末年入洛,在晋朝担任郎中令、尚书兵部郎、中书郎等,后为平原内史,参与讨伐长沙王司马乂的战斗,失败后被部将诬告,遇害于军中。陆机文赋皆佳,与弟陆云齐名,称为"云间二陆"。后人辑有《陆机集》。

题 解

在乐府民歌里,有不少赞颂家乡的曲子,比如《燕歌行》《楚妃叹》《齐讴行》《会吟行》等,这首《吴趋行》也是其中之一。陆机世代居住在吴地,又出于吴国丞相陆逊、大司马陆抗的家庭,对这个地方有特殊的感情,由他写作的这首《吴趋行》,与民歌相比又多了一份渊博典雅。诗歌先写了阊门的雄伟壮美,再写吴地物产之丰,人才之盛,接着着重强调了这里从吴太伯、仲雍直到延陵季子一脉相承的礼让之德。在三国时代,吴国一直被中原人士视为不懂礼教的蛮荒之地,而陆机的这首乐府就是要告诉他们,吴国不仅物产丰富,而且自古以来就是礼仪之邦,比起自诩文明正统的中原来,也是不遑多让。

集 评

与《齐讴》同调,而意态更觉飞动。(明孙鑛《孙月峰先生评文选》)

一唯铺张,此与《会吟》同体。结二句觉有扬抠不尽之意,稍存余致。"商榷"字有致。(清陈祚明《采菽堂古诗选》)

发端妙于潇洒,目无齐楚,只开口便见夸大。按具肖吴人口角,庄中带谐,韵中带趣,另是一种气色。(清方廷珪《昭明文选集成》)

思吴江歌

张 翰

秋风起兮佳景时,吴江①水兮鲈鱼②肥。
三千里兮家未归,恨难得兮仰天悲。

* 选自《先秦汉魏晋南北朝诗》第738页,逯钦立编,北京:中华书局1988年版。
① 吴江:即今吴淞江。
② 鲈鱼,指松江鲈,属杜父鱼科,与今天常见的鲈鱼不同。松江鲈有洄游的习性,秋季到吴淞江入海口产卵,此时最为肥美。

作者简介

张翰,生卒年不详,字季鹰,西晋诗人,曾任齐王冏大司马东曹掾,后辞官回乡。今存诗六首。

题 解

这首诗写作于西晋的八王之乱时。当时齐王司马冏执掌大权,如日中天,张翰作为他的幕僚,身处洛阳的政治中心,本来也应该是志得意满,但有一天恰逢秋风乍起,张翰想起家乡松江中美味的鲈鱼和莼菜,发出"人生贵得适意耳,何能羁宦数千里以要名爵"的感叹,竟立马放下一切,辞官回家。这一决定也让张翰躲过了此后不久司马冏覆灭带来的灾祸。据说这首诗就是张翰辞官时所作,诗中从秋风引出鲈鱼,从鲈鱼引出思乡,从思乡引出羁宦之悲,情感一脉贯穿,直白而强烈。"莼鲈之思"也随着张翰的故事和这首诗一起,成为古代文人笔下思乡的代名词。

江南相关知识

莼鲈之思

因思念家乡的鲈鱼莼菜而辞官回乡,本来是张翰用以逃离政治漩涡的托词,但后来逐渐被文人用作表达归隐之志。如李白在《行路难》中说"君不见吴中张翰称达士,秋风忽忆江东行。且乐生前一杯酒,何须身后千载名",辛弃疾声称自己不愿归隐,也用这个典故,说"休说鲈鱼堪脍,尽西风,季鹰归未。"也有江南人单纯以此寄托对故乡美食的怀念,如陆游《和范待制月夜有感》"醉思莼菜黏篙滑,馋忆鲈鱼坠钓肥。"

古诗·步出城东门

步出城东门,遥望江南路。
前日风雪中,故人从此去。
我欲渡河水,河水深无梁①。
愿为双黄鹄②,高飞还故乡。

* 选自《先秦汉魏晋南北朝诗》第336页,逯钦立编,北京:中华书局1988年版。

① 梁:桥梁。
② 黄鹄:即"鸿鹄",天鹅、鹤之类的候鸟。

题 解

这是一首五言古诗,一般认为作于东汉。诗中的主人公走出洛阳东门,想起了前日从此出发回乡的友人,对故乡江南产生了不可抑制的思念,便幻想自己化作黄鹄,穿越关山阻隔,回归自己生长的地方。整首诗语言朴素直白,情感凄楚动人。最后两句从汉乐府《淮南王》"我欲渡河河无梁,愿化双黄鹄还故乡"中化用而来。

兰亭诗

王羲之

三春启群品①,寄畅在所因②。
仰望碧天际,俯磐绿水滨③。
寥朗无厓观④,寓目理自陈⑤。
大矣造化功,万殊莫不均⑥。
群籁虽参差⑦,适我无非新。

* 选自《先秦汉魏晋南北朝诗》第895页,逯钦立编,北京:中华书局1988年版。

① 三春:春天第三个月。群品:万物。
② 寄畅:寄托欢畅之情。所因:所凭借之物。
③ 磐:通"盘",盘桓。
④ 寥朗:寥廓清朗。无厓:无边。
⑤ 寓目:进入视线。
⑥ 万殊:世间万物。
⑦ 群籁:万物不同的声响。

作者简介

王羲之(307—365,一说303—361),字逸少,会稽人。出身琅琊王氏,起家秘书郎,迁右军将军、会稽内史,后辞官隐居会稽山阴,世称王右军。东晋著名书法家、诗人。后世有"书圣"之称。后人辑有《王右军集》。

题 解

东晋永和九年(353)三月三日,王羲之与谢安等江南名士相约一同前往绍兴鉴湖中的兰亭,举行宴饮修禊的活动。修禊的本来功能是祓除不洁,不过在王羲之等人看来,更重要的是借此机会游览山水,撰写诗篇。王羲之在活动中一共写了五首五言诗,这是第二首。在王羲之同时所写的《兰亭集序》中，他说到一行人"仰观宇宙之大，俯察品类之盛"，这首诗里则具体到"仰望碧天际，俯磐绿水滨"。这种仰观和俯察，并非仅仅为了欣赏美景，更是要在自然景物中体会宇宙至理。而王羲之体会到的就是"大矣造化功，万殊莫不均"，这句话并不是说万物都呈现出同样的面貌，而是说万物虽然极端不同，但却同处在不断更新、互相转化之中，因此从长时间看来，也就消泯了彼此之别。从自然景物中获得玄学体悟，是这一时代玄言诗共有的特点。

江南相关知识

兰亭

浙江绍兴西南的一处亭子。本在天柱山北，鉴湖边，王羲之将其移至湖中。永和九年三月初三，王羲之与谢安等众名士在此集会，赋诗作文，留下《兰亭集序》和二十六首《兰亭诗》，成为千古佳话。

赠范晔诗

陆 凯

折花逢驿使①，寄与陇头②人。

江南无所有，聊赠一枝春。

* 选自《先秦汉魏晋南北朝诗》第1204页，逯钦立编，北京：中华书局1988年版。

① 驿使：驿站中的信使。
② 陇头：指边塞。

作者简介

陆凯，生卒年不详，或认为是三国时期吴国左丞相陆凯。

> **题　解**

这首诗出自《荆州记》中的一个故事。陆凯和范晔是朋友，但是两人一在江南，一在长安，相隔很远，这年初春梅花正艳，陆凯赏梅时想到朋友，便从江南寄了一枝梅花到长安，表达自己的思念，并附上这首诗。梅花是冬春之交江南最美的花朵，它的开放也预示着春天即将来临，而此时范晔所处的长安仍是凄寒的隆冬。陆凯见到梅花，首先想到分享给范晔，就是要让北地的朋友早一步感受春天的喜悦。虽然梅花不可能从江南寄到长安而不凋谢，但这份友情却是永不会褪色的。"驿使折梅"也随着这首诗的流传，成了关于江南、春天和友情的著名典故。关于陆凯和范晔的身份，历来有很多猜测，有人认为范晔是刘宋朝写《后汉书》的那位范晔，有人认为陆凯是北魏的某位官员，但都与这首诗的内容不符，在诸多猜测中，认为陆凯是三国时期东吴左丞相陆凯的说法，与诗歌内容最为切合。

富春渚

谢灵运

宵济渔浦潭①，旦及富春郭②。
定山缅云雾③，赤亭无淹薄④。
溯流触惊急⑤，临圻阻参错⑥。
亮乏伯昏分⑦，险过吕梁壑⑧。
洊至宜便习⑨，兼山贵止托⑩。
平生协幽期⑪，沦踬因微弱⑫。
久露干禄请⑬，始果远游诺⑭。
宿心渐申写⑮，万事俱零落。
怀抱既昭旷⑯，外物徒龙蠖⑰。

* 选自《谢灵运集校注》第45—47页，顾绍柏校注，郑州：中州古籍出版社1987年版。

① 济：渡过。渔浦潭：在今浙江萧山西南。
② 富春：即今浙江富阳。郭：城郭。
③ 定山：在今杭州西南。缅：远。
④ 赤亭：在定山东十余里。淹薄：靠近停泊。
⑤ 溯流：逆流而上。惊急：危险湍急的水流。
⑥ 圻：曲折的水岸。阻参错：被参差错落的水岸所阻。
⑦ 亮：坚强。伯昏：《庄子》中敢于挑战险峰急流的人。
⑧ 吕梁：今山西吕梁山，以断崖瀑布闻名。
⑨ 洊至：《周易·坎》象传："水洊至，习坎。"指不断遇到困难，最终习惯。
⑩ 兼山：《周易·艮》象传："艮，止也。时止则止，时行则行。"象传："兼山，艮。君子以思不出其位。"意为遇到重山阻挡，就应该停止。止托：停止。
⑪ 协：相合。幽期：隐居之意。
⑫ 沦踬：陷入困难而跌倒。微弱：指小官。一说指自己微弱的身体。
⑬ 久露：长久暴露。干禄：努力做官，谋求禄位。
⑭ 果：实现。远游：辞官隐居。
⑮ 宿心：长久以来的心愿。申写：伸张、实现。
⑯ 怀抱：心愿。昭旷：开朗。
⑰ 外物：俗世之事。龙蠖：如尺蠖与龙蛇一样，适时屈伸。

作者简介

谢灵运(385—433)，初名客，南朝诗人，生活在晋宋之间。少好学善属文，诗文冠绝江南，晋时继承祖父谢玄爵位，为康乐公，先后担任刘毅、刘裕的参军。入宋后降为康乐侯，任散骑常侍、太子左卫率。宋少帝即位后因与执政大臣不合，被贬永嘉太守，后辞去。宋文帝即位后为秘书监、侍中，后称病为临川内史，被告发聚众谋反，发配广州，途中又被告发试图谋反，被杀。谢灵运擅长五言诗，在山水诗的发展中有重要地位，被称为宋文帝时的"一代之雄"。后人辑有《谢康乐集》。

题解

永初二年(422),谢灵运被贬为永嘉太守,赴任途中经过富春(今浙江富阳),发现山高水险,因而有作。首二句点明时间地点,之后六句分为三联,每联两句,均是一句写山,一句写水,写山则强调其坎坷曲折,写水则强调其湍急惊险,一起贯注而下,描写富春江畔山水相映的奇崛之景,同时引出对世路艰难的感叹。后十句自然转而表达自己对隐逸生活的向往,认为自己虽然离开了首都建康,在仕途上不算平顺,但也同时离开了诸多危险,得以畅享山水,达成平生志愿。

集评

灵运自始宁墅将赴永嘉,由浙江沂流而上,每遇山水佳处,辄留咏纪之。此篇言夜渡渔浦,旦及富春,其间名山,或为云雾隔远,或以舟行疾速,皆不及盘桓登览。又况湍惊岸绝,莫可临陟,而我信无伯昏之量,故视此险以为过于吕梁也。然不涉险难,则无以知习坎之义;不睹兼山,则无以识艮止之时。顾我平生虽协幽隐之期,而乃困顿微弱,不自勇决,不免久请干禄,屡更坎险。今幸因此出守,始遂远游,而知所止托,使宿心渐得舒写。尘累既去,则怀抱自然昭旷,而屈伸显晦无足道矣。(元刘履《风雅翼》)

康乐宦情不浅,请郡之行,殊未满志,前诺宿心,云情壑意,皆有慨而发也。以虚字写境,弥觉森然在目,惟康乐能之。稠迭连绵,惊急参错,字中之意,不泛不浅。盖虚字须不远不近。浮而不切,病在远,远则泛;淡而不曲,病在近,近则浅。深识《上林》《子虚》用字之法,方能使虚字。康乐最善用经语,经语多庄,庄则不入风雅;《易》陈,陈则无复姿致。偶摘一二字,反觉尖秀高苍,若此"洊至""兼山"是也。自此以下,淋漓警动,"万事俱零落"句,不堪多讽。(清陈祚明《采菽堂古诗选》)

起二句交代点题,"定山"六句叙行旅经由地所见景物,次第衔承,非特语句奇警,而文理接续,血脉贯通,深浅始终,至为精密。盖惟"无停泊"故"溯急";而"伯昏"句承"圻岸";"吕梁"句承"惊流",双顶结束也。"泝至"二句,就上山水引入情绪,自然脱卸,巧不费力。"平生"以下,述己情抱,讳言为孟顗所检,而自以久欲干禄。其词虽强自排,实则正其伊郁不堪处也。千年无人代为寻究。"沦踬困微弱"言己不能介然执持坚操以自强,如屈子"理弱媒拙"之"弱"。古人此等处下字著语,皆有成处,滴滴有下落,不似今人依稀影响,率意填凑,信手支给,儒泛杜撰,不切、不典、不确也。(清方东树《昭昧詹言》)

七里濑

谢灵运

羁心积秋晨①,晨积展游眺②。

孤客伤逝湍③,徒旅苦奔峭④。

石浅水潺湲⑤,日落山照曜。

荒林纷沃若⑥,哀禽相叫啸。

遭物悼迁斥⑦,存期得要妙⑧。

既秉上皇心⑨,岂屑末代诮⑩!

目睹严子濑⑪,想属任公钓⑫。

谁谓古今殊,异代可同调⑬。

* 选自《谢灵运集校注》第51—53页,顾绍柏校注,郑州:中州古籍出版社1987年版。

① 羁心:旅途中的心情。

② 展游眺:用游览远眺舒缓心情。

③ 逝湍:激流。

④ 徒旅:孤独的旅人。奔峭:形容峭壁险峻。

施註蘇詩卷之四

漫堂先生宋　犖
樸園先生張榕端　閱定

長洲顧嗣立
毗陵邵長蘅　刪補
商丘宋　至

詩四十七首 起自京口之錢塘以是年十一月抵任通守錢塘作

游金山寺 江際獲金貞元二十一年節帥李錡奏易名金山〔南唐僧應之頭陀巖記金山昔名浮玉因裴頭陀〕

我家江水初發源宦游直送江入海聞道潮頭一丈高
天寒尚有沙痕在中泠南畔石盤陀古來出沒隨濤波
試登絕頂望鄉國江南江北青山多羈愁畏晚尋歸楫
山僧苦留看落日微風萬頃靴文細斷霞半空魚尾赤

行曲終收撥當心畫四絃一聲如裂帛唐開元時王元寶嘗會賓客元寶富於財而無文采親友問昨來高會有何佳談元寶視屋良久曰但覺錦纏頭耳杜子美詩笑時花近眼舞罷錦纏頭

习同年草堂

不用長竿矯繡衣南園北第兩參差青山有約長當戶
流水無情自入池歲久酴醿渾欲合春來楊柳不勝垂
主人不用恩恩去正是紅梅著子時

晉書阮咸與叔父籍居道南諸阮居道北北阮富而南阮貧七月七日北阮盛曬衣服皆錦綺燦日咸以竿挂大布犢鼻於庭人或怪之答曰未能免俗聊復爾耳

惠山謁錢道人烹小龍團登絕頂望太湖

踏遍江南南岸山逢山未免更留連獨攜天上小團月
來試人間第二泉石路縈回九龍脊水光翻動五湖天

⑤ 潺湲:水流貌。
⑥ 沃若:树叶茂盛。
⑦ 迁斥:贬谪。
⑧ 存期:心中存想归隐之期。要妙:玄妙。
⑨ 上皇心:上古时代与世无争之心。
⑩ 末代诮:衰乱之世的讥笑。
⑪ 严子濑:东汉隐士严光隐居钓鱼之处。
⑫ 任公钓:传说中能以牛钓鱼的仙人。
⑬ 同调:志趣相同。

题 解

七里濑是富春江上游的一处浅滩,谢灵运被贬永嘉内史,途经此处,写下了这首诗。在一开始,谢灵运身为迁谪之人,独自行走在漫长的旅途中,又恰逢草木摇落的秋天,心情不免沉重,这时四周风景也是"荒林纷沃若,哀禽相叫啸",呈现出一片荒芜寥落之感。而随着对七里濑中山水的接触,他又逐渐体会到古代羲皇上人那种与世无争的生活乐趣,尤其是见到下游隐士严子陵的钓鱼台,想到渔樵江渚的自由生活,心中生出了隐居之意,便也不那么难过了。整首诗将山水的描写和哲思玄想结合起来,构筑了一幅平淡而发人深省的画卷。

集 评

其格律与唐人何辨?乃知滥觞已远,沈、宋犹是后尘耳。(宋陆深《俨山集》)

任公之钓,志其大,而不志其小,故所得者大。予谓此寓言,非所以拟严子。"迁斥"者推移之义,非谓迁谪也。(宋方回《文选颜鲍谢诗评》)

平固自远。"日落山照耀",琢尽还归不琢。(清王夫之《古诗评选》)

"荒林""荒"字,"哀禽""哀"字,觉触目无非悲楚。"沃若"有色,"叫啸"有声,加"纷"字则稠叠千林也。加"相"字则啁哳万族也。尝读《上林

赋》,见其中林木鸟兽,森森聒聒,纷旖飞舞,叹为化工,此二句为能得之。(清陈祚明《采菽堂古诗选》)

江南相关知识

严子濑

　　位于今浙江桐庐南部的富春山下,相传东汉隐士严光曾是光武帝刘秀的同学,刘秀称帝后,多次邀请严光到朝中做官,但都遭到了严光的拒绝,最终在刘秀的坚持下,严光以朋友的身份进入皇宫,与刘秀同榻而眠一夜,随即归隐富春山,以垂钓终老。严子濑就是传说中严光隐居钓鱼之处。宋代范仲淹在此为严光建立祠堂,并题写了"云山苍苍,江水泱泱;先生之风,山高水长"的名句。

登池上楼

谢灵运

潜虬媚幽姿①,飞鸿响远音②。
薄霄愧云浮③,栖川怍渊沉④。
进德智所拙,退耕力不任⑤。
徇禄反穷海⑥,卧疴对空林⑦。
衾枕昧节候⑧,褰开暂窥临⑨。
倾耳聆波澜,举目眺岖嵚⑩。
初景革绪风⑪,新阳改故阴⑫。
池塘生春草,园柳变鸣禽⑬。
祁祁伤豳歌⑭,萋萋感楚吟⑮。
索居易永久⑯,离群难处心⑰。
持操岂独古⑱,无闷征在今⑲。

* 选自《谢灵运集校注》第63—66页,顾绍柏校注,郑州:中州古籍出版社1987年版。

① 潜虬:潜伏水底的蛟龙。媚幽姿:以幽隐姿态为美。
② 远音:在高空处的啼鸣。
③ 薄霄:靠近天空。
④ 栖川:栖息在深渊里。怍:惭愧。
⑤ 不任:不能胜任。这两句写既不能入世做官以"进德修业"(《周易·乾·文言》),也不能归隐躬耕田园。
⑥ 徇禄:追求官位。穷海:偏远的海边,这里指永嘉郡。
⑦ 疴:病。
⑧ 衾:被子。昧:不知道。节候:时节物候的变化。
⑨ 褰开:揭起帘子,打开窗户。
⑩ 岖嵚:险峻的山。
⑪ 初景:初春日色。革:变更。绪风:北风的余绪。
⑫ 新阳改故阴:属阳的春天替换了属阴的秋天。
⑬ 园柳变鸣禽:园中柳树上栖息的禽鸟有了种类变化。
⑭ 祁祁:茂盛。豳歌:《诗经·豳风·七月》"春日迟迟,采蘩祁祁,女心伤悲,殆及公子同归。"这里用来表达思归之情。
⑮ 萋萋:芳草繁生的样子。楚吟:《楚辞》中淮南小山《招隐士》"王孙游兮不归,春草生兮萋萋。"这里指归隐的愿望。
⑯ 索居:独自居住。永久:感到时间漫长。
⑰ 处心:使心情安定。
⑱ 持操岂独古:难道秉持节操的人只在古代出现吗?
⑲ 无闷:《周易·乾·文言》"龙德而隐者也。不易乎世,不成乎名,遁世而无闷,不见是而无闷",此处指隐居而不觉烦闷。征:证明。

题 解

这首诗作于景平元年(423)春,谢灵运在永嘉太守任上。此前他被贬出建康,本就颇为抑郁,再加上初到永嘉就染上疾病,心情更加愁苦,诗歌的前八句,表面上是批评自己为官、隐居都无法做好,实际上是感叹自己进退两难的不得志处境。诗的中间八句将笔锋转到描写永嘉春景上,在久病之后,作者第一次看到窗外欣欣向荣、万物争春的画面,心情顿觉开朗,万物的新生,似乎也预示着自己的新生,这几句在心情转换的背景下写景色的变化,处处都有变化,处处都是新景,使人更能体会春天带来的喜悦。诗歌的最后六句顺势从对自然的喜爱转换到隐居的主题,全篇一气呵成。

集 评

"池塘生春草,园林变夏禽"世多不解此语为工,盖欲以奇求之尔。此语之工,正在无所意,猝然与景相遇,所以成章,不假绳削,故非常情之所能到。诗家妙处,当须以此为根本,而思苦言难者,往往不悟。(宋叶梦得《石林诗话》)

此诗句句佳,铿锵浏亮,合是灵运第一等诗。……灵运于永嘉西堂思诗,竟日不就,忽梦见惠连,即得"池塘生春草",大以为工,常云"此语有神助,非吾语也"。按此句之工,不以字眼,不以句律,亦无甚深意奥旨,如古诗及建安诸子"明月照高楼""高台多悲风",及灵运之"晓霜枫叶丹",皆天然浑成,学者当以是求之。(宋方回《文选颜鲍谢诗评》)

灵运自七月赴郡,至明年春已逾半载,因病起登楼而作此诗。言虬以深潜而自媚,鸿能奋飞而扬音,二者出处虽殊,亦各得其所矣。今我进希薄霄,则拙于施德,无能为用,故有愧于飞鸿;退效栖川,则不任力耕,无以自养,故有惭于潜虬也夫。进退既已若此,未免徇禄海邦,至于卧病,昏昧不觉节候之易,今乃蹔得临眺,因睹春物更新,则知离索既久,而感伤怀人之情,自不能已。盖是时庐陵王未废,故念及之,且谓穷达离合,非人力所致,唯执持贞操,乐天无闷,岂独古人为然,当自验之于今可也。(元刘履《风雅翼》)

"池塘生春草",……非力非意,自然神韵。(明陆时雍《古诗镜》)

始终五转折,融成一片,天与造之,神与运之。呜呼!不可知已。……"池塘生春草",且从上下、前后、左右看取,风日、云物、气序、怀抱,无不显者,较"蝴蝶飞南园"之仅为透脱语,尤广远而微至。(清王夫之《古诗评选》)

此首尤为秀杰,迢递圆莹,章法、句法、字法,尤臻神化。……起句得《诗》人比意,字异甚,虬龙安于潜,以顺故,"响"字生动,觉有嘹亮之音。"进德"虽摘《易》语,实用"九四,进无咎也"之"进"字,言仕宦也。此二语自是实情。坐此登望之顷,不觉怆怀。"时序""初景"二句,写景写虚,大是妙手。"池塘"句自是神工。"生"字与"变"字同旨,均为候移之感,而"生"字以自然较胜。此非晋宋人能办,所不类十九首者,十九首则并无好句可摘也。"祁祁"二句,所谓古雅;"索居"以下,一往情深。(清陈祚明《采菽堂古诗选》)

康乐诗,章法脉缕衔递,整比完密如此,此正格中锋也,视同时诸他名家,皆不免卤莽疏略,精力不能到此。此写病起登楼,满怀郁抑,"褰开"以下,乃写久病初起,风景一变如画。"祁祁"二语,皆取"归"字为义。少帝出灵运非美除,故感而思归。"索居"二句,远承前《过始宁墅》,乡曲之人言之,故读诗者不知世,编诗者不考其语句,皆若曼羨无谓,何能得其意、知其味之悁也。阮亭盖犹未知此。"初景"之"革",即革"故阴"也;"新阳"之"改",即改"绪风"也,二句互文。自"衾枕"以下写正位,十分满足。"池塘"句,公自谓有神助,非人力。窃谓学者必真能知此句之妙不易得,乃有诗分。"进德"二句承上言所以愧怍,起下所以徇禄,然康乐之所谓进德,亦只作隐居潜退,意即景纯"进保龙见",非谓进不能辅世长民也。(清方东树《昭昧詹言》)

此因登楼而感离索之诗。前六以虬鸿飞潜得所兴,起己之愧怍弗如,由于进退失据,为出守作引。"徇禄"四句,正叙出守,徇禄卧病,以"衾枕"

句作一挑笔。"褰开"句醒出登楼,"倾耳"八句皆写登楼闻见之景,时物改变,隐含下"易永久";歌吟伤感,显起下"难处心"。后四点清离索之时久心悲,而以特操自厉缴应"徇禄无闷",自宽缴应"卧病"作收。脉缕细甚。(清张玉穀《古诗赏析》)

石壁精舍还湖中作

谢灵运

昏旦变气候①,山水含清晖②。
清晖能娱人,游子憺忘归③。
出谷日尚早,入舟阳已微④。
林壑敛暝色⑤,云霞收夕霏⑥。
芰荷迭映蔚⑦,蒲稗相因依⑧。
披拂趋南径⑨,愉悦偃东扉⑩。
虑澹物自轻⑪,意惬理无违。
寄言摄生客⑫,试用此道推。

* 选自《谢灵运集校注》第112—114页,顾绍柏校注,郑州:中州古籍出版社1987年版。

① 昏旦:从早到晚。
② 清晖:清爽的日光。
③ 憺:安然。此句出自屈原《九歌·东君》"羌声色兮娱人,观者憺兮忘归。"
④ 微:微弱。
⑤ 林壑:树林和山谷。敛:收聚。
⑥ 霏:云气。
⑦ 芰:菱。迭映:交相辉映。蔚:茂盛。
⑧ 蒲:菖蒲。稗:稗草。因依:相互依靠。

⑨ 披拂：拨开杂草。趋：走。
⑩ 偃：关上。扉：柴门。
⑪ 虑澹：思虑淡泊。物自轻：自然能看轻身外之物。
⑫ 摄生客：养生延年之人。

题 解

　　这首诗是谢灵运辞去永嘉太守，回到故乡始宁县的庄园时所作。在这一个时期，谢灵运没有朝廷公务，每日游山玩水，纵赏家乡风景。他在东山石壁峰处建立招提精舍，常去参悟佛理。一日晚归时经过湖边，写下这首诗。诗的前十二句，描写了诗人归家途中所见的湖山暮景，湖边的林壑、空中的云霞、湖中的芰荷蒲稗，在夕阳之下交相辉映，而"敛""收"等字又都与"归家"的主题呼应，将情景融合起来。诗的最后四句，转而将自然山水与禅机玄理结合，认为山林之游与玄禅思辨息息相关，寻仙修道之人都应该了解这一点。这几句向我们揭示了六朝山水诗与东晋玄言诗之间的微妙联系。

集 评

　　灵运所以可观者，不在于言景，而在于言情。"虑澹物自轻，意惬理无违"，如此用工，同时诸人皆不能逮也。至其所言之景，如"山水含清晖，林壑敛暝色"及他日"天高秋月明，春晚绿野秀"，于细密之中时出自然，不皆出于织组。颜延年、鲍明远、沈休文虽各有所长，不到此地。如"石壁"地名之类，自可看《文选注》。（宋方回《文选颜鲍谢诗评》）

　　灵运既卜居田南，时复泛舟湖上，往游旧居。此诗因暮还而作。首言石壁山水之胜，能使我澹然而忘归，次叙舟中所历景物之佳，以至趋还田南、偃息东扉之乐，此皆胸中自得真趣，有非他人所能与者。故又明言虑淡则外物自轻，意惬则物理亦顺，凡养生之人，能以此道推之，则所乐亦不假外求而自得矣。（元刘履《风雅翼》）

"昏旦变气候,山水含清晖"简洁,淘尽千言,得此二语,去缘饰而得简要,由简要而入微眇,诗之妙境尽此矣。"林壑敛暝色,云霞收夕霏",其言如半壁倚天,秀色削出。(明陆时雍《古诗镜》)

"昏旦变气候,山水含清晖。清晖能娱人,游子憺忘归",非人情真与山水相关,不能伪作此数语。(明钟惺《古诗归》)

"清晖"二语,所谓一往情深。情深则句自妙,不须烹琢,洒如而吐,妙极自然。"出谷"以下,写景生动,"暝色""夕霏",既会虚景,"映蔚""因依",亦收远目。公笔端无一语实,无一语滞,若此"虑澹"二句炼意法,理语圆好。惟不能轻物,故须轻之,惟于理易违,故须无违之,知其如此,而未化焉。诚有不能自主者,于是乎即景兴怀,爽然若失,以一时之悟,破昨者之迷,究极相推,用相喻遣。(清陈祚明《采菽堂古诗选》)

首联警绝。"入舟"句,憺忘归也。"林壑"二句写山,"芰荷"二句写水。又"林壑"二句所谓变气候。"虑澹物自轻"二句,语近渊明。(清何焯《义门读书记》)

起四句为"还"字前补一层,突写意象,甚妙。言欲还,而因恋清辉,故迟至夕也。"游子"句跌"还"字,"出谷"二句点题,一句旦,一句昏。"林壑"二句,乃正就归时夕景写山昏。"芰荷"二句写湖,"披拂"二句归途及既归情景,以上了题事"还"字足。"虑淡"四句情寄作收,似陶。"此道推"为推排以求。此诗兴象,全得画意。(清方东树《昭昧詹言》)

此两截题格也。前六先叙石壁之景,游壁之乐,而以"出谷"二句点清竟日,落到"还湖"。中六则叙湖中所见晚景,"趋径""偃扉",又透题后。后四总上两层,约指其趣,自悟悟人,咏叹作结。(清张玉穀《古诗赏析》)

登临海峤初发强中作，与从弟惠连，见羊何共和之

谢灵运

杪秋寻远山①，山远行不近。
与子别山阿②，含酸赴修轸③。
中流袂就判④，欲去情不忍。
顾望脰未悁⑤，汀曲舟已隐。
隐汀绝望舟，骛棹逐惊流⑥。
欲抑一生欢⑦，并奔千里游。
日落当栖薄⑧，系缆临江楼。
岂惟夕情敛⑨，忆尔共淹留⑩。
淹留昔时欢，复增今日叹。
兹情已分虑⑪，况迺协悲端⑫。
秋泉鸣北涧，哀猿响南峦⑬。
戚戚新别心⑭，凄凄久念攒⑮。
攒念攻别心，旦发清溪阴⑯。
暝投剡中宿⑰，明登天姥岑⑱。
高高入云霓，还期那可寻。
倘遇浮丘公⑲，长绝子徽音⑳。

* 选自《谢灵运集校注》第166—169页，顾绍柏校注，郑州：中州古籍出版社1987年版。

① 杪秋：暮秋。
② 山阿：山中曲折处。
③ 含酸：含着悲伤的心情。修轸：大车。又作"修畛"，指道路漫长。
④ 中流：中途。袂就判：分开袖子，指分别。
⑤ 顾望：回头看。脰未悁：脖子未觉疲惫。
⑥ 骛棹：迅速划动的撑杆。

⑦ 欲抑一生欢：想抑制对一生挚友的留恋之情。
⑧ 栖薄：靠岸休息。
⑨ 情敛：情感收敛。
⑩ 淹留：久留。
⑪ 兹情：指"昔时欢"与"今日叹"。分虑：占据思虑。
⑫ 悲端：悲伤的心情。
⑬ 哀猿：哀愁的猿啼。
⑭ 戚戚：忧惧。
⑮ 久念攒：长久的思念聚集心中。
⑯ 溪阴：溪水的南面。
⑰ 剡中：嵊州。
⑱ 天姥岑：天姥山。
⑲ 浮丘公：古代仙人。
⑳ 徽音：佳音。

题 解

　　这是谢灵运从会稽出发，前往临海（今浙江临海），在强中（今浙江嵊州）与族弟谢惠连、朋友羊璿之、何长瑜分别时所作。整首诗依照曹植《赠白马王彪》的手法，用顶真换韵来分段，共有四个部分。第一部分写离别的留恋，第二部分写旅途的匆忙，第三部分写对往日的怀念与如今的孤独，第四部分写投宿名山天姥之后想要登山求仙的愿望。整首诗情景交融，在抒发离别之情的同时写出了会稽、新昌一带奇崛的风景。李白的名篇《梦游天姥吟留别》中"湖月照我影，送我至剡溪。谢公宿处今尚在，渌水荡漾清猿啼"数句，就是从此诗中化来。

集 评

　　夫灵运抱山水之癖，肆意游遨，无它系念，然于别从弟，则含凄顾望，缱绻怀恋如此，亦可见其友爱之笃也。（元刘履《风雅翼》）
　　"顾望脰未悁，汀曲舟已隐""岂惟夕情敛，忆尔共淹留"，含情极妙。

(明陆时雍《古诗镜》)

（第一段）临别之情，恻怆至此。后四句使人唤奈何。（第二段）"夕情敛"三字，善言人情。白日听睹既广，聊可寄情，向晦无为，耿耿孤露，情深人辙无所寄，便觉难堪，况增离索之感乎。（第三段）泉鸣猿响，亦何与于别离？而自我听之，无非愁绪。（第四段）此一章更奇更亮，排二句，诗人之常，故排三句，乃见变化。"高高"字妙，便觉杳不可攀，以起下文。本是不能别，翻云"长绝徽音"，康乐结想，必深一层。若以常理，当言前期可必，握手非遥，偏能另发一意，弥见奇胜。（清陈祚明《采菽堂古诗选》）

此亦效惠连体。绵邈真至，情味无穷。上嗣公干，下掩惠连。……无一字不用力，宿留迟顿，故真味弥永，百读仍乍。常调不过写二句秋令，此却特做出而后入之，"况乃"二字，劲折有力，可想见用思下笔，不令一步滑也。起"行不近"三字同此用意。（清方东树《昭昧詹言》）

· 江南相关知识 ·

天姥山

又名天姥岑，属天台山脉，在今浙江新昌附近。传说有登山者听到天姥的歌声，故得名。谢灵运在会稽时曾在此开辟道路，登山游览，使其成为著名景点。

登江中孤屿

谢灵运

江南倦历览，江北旷周旋。
怀新道转迥，寻异景不延①。
乱流趋正绝，孤屿媚中川②。
云日相辉映，空水共澄鲜。

江南诗

　　　　表灵物莫赏,蕴真谁为传③?
　　　　想象昆山姿,缅邈区中缘④。
　　　　始信安期术,得尽养生年⑤。

* 选自《谢灵运集校注》第83—84页,顾绍柏校注,郑州:中州古籍出版社1987年版。

① 景不延:时间紧张。
② 正绝:横渡江水。媚:美。
③ 表灵:显现灵秀之美。蕴真:隐藏着仙人。
④ 昆山:昆仑山,神仙居所。区中:人世间。
⑤ 安期术:神仙安期生的长生不老之术。

题　解

　　这首诗是谢灵运任永嘉太守时,游览永嘉江途中所作。此前谢灵运已经游遍了永嘉江南岸的土地,开始将目光转到江北,寻找新鲜的景点。他在江心的正中发现了一座孤岛,这座岛四周清水环绕,上方白云萦回,独立江中,就像海上仙山一般,散发着美丽神异的气息,让人心驰神往,想要登岛一睹仙人真容,获得长生不老之道。这首诗从探寻景物的游览者的角度出发,先写对新景的渴望,再写发现孤岛的欣喜,续写岛上风景之美,最后写对岛中仙人的想象,层层深入,将一座普通的江中孤岛写得神气俱活,令人向往。

集　评

　　"怀新道转迥",只是舟行诣妙。"寻异景不延",此景亦真,惜说得不畅。(明钟惺《古诗归》)

　　"乱流趋正绝",此景人所不道,然言之自佳。"孤屿媚中川",此山水赏心语,得趣既饶,故赋景自别。(明陆时雍《古诗镜》)

　　于未登孤屿前,先写一层搜奇选胜意,见笃好山水若此,情倍深,旨倍曲,发端构想,高人几许。……"乱流"二句佳,绝流而渡,正尔时,不意复有好景,忽得孤屿悦目赏心,出于望外,觉此境倍佳耳。"云日"二句,十字足尽孤屿妙景,亦写景写虚法。(清陈祚明《采菽堂古诗选》)

非先游江南,方游江北,正先游江北,方游江南。江南既倦,乃回想我昔游江北,江北山水,与我周旋久矣,今久不游,若朋友之久旷然。于是又欲返棹游江北。乃未及江北,适于江中流正绝之处,得此孤屿。因知首二句多少曲折,乃用南、北二字夹出一中字也。然于未登孤屿之先,上着"怀新"二句者何?凡人行过旧路,多不觉远,以怀新故,冀得见所未见耳。道既觉远,则日便觉促,总是急急寻异,以见前倦于江南,非倦于历览也。(清吴琪《六朝选诗定论》)

放眼江天,脱屣遗世,兴象殆欲参灵。"乱流趋正绝"二句,妙在上句一顿。舟行兀兀,忽推篷远眺,心目俱旷,叙写生动。"表灵物莫赏"二句,景物灵旷,尚莫能赏,况埋照而蕴真者乎。(清何焯《义门读书记》)

"怀新道转回",谓贪寻新境,忘其道之远也。"寻异景不延",谓往前探奇,当前妙景,不能少迁延也,深于寻幽者知之。十字字字耐人咀味。……"乱流"二句,谓截流而渡,忽得孤屿。余尝游金、焦,诵此二句,愈觉其妙。(清沈德潜《古诗源》)

初去郡

谢灵运

彭薛裁知耻①,贡公未遗荣②。
或可优贪竞③,岂足称达生④。
伊余秉微尚⑤,拙讷谢浮名⑥。
庐园当栖岩⑦,卑位代躬耕⑧。

顾己虽自许⑨，心迹犹未并⑩。
无庸方周任⑪，有疾象长卿⑫。
毕娶类尚子⑬，薄游似邴生⑭。
恭承古人意，促装反柴荆⑮。
牵丝及元兴⑯，解龟在景平⑰。
负心二十载，于今废将迎⑱。
理棹遄还期⑲，遵渚鹜修坰⑳。
溯溪终水涉㉑，登岭始山行。
野旷沙岸净，天高秋月明。
憩石挹飞泉㉒，攀林搴落英㉓。
战胜臞者肥㉔，止鉴流归停㉕。
即是羲唐化㉖，获我击壤声㉗。

* 选自《谢灵运集校注》第97—98页，顾绍柏校注，郑州：中州古籍出版社1987年版。

① 彭薛：彭宣、薛广德，西汉末年王莽专权时辞官归隐。
② 贡公：指贡禹。汉代御史大夫，曾辞官未成。遗荣：放弃荣华富贵。
③ 贪竞：贪求功名之人。
④ 达生：因了解生命本真而超脱功名利禄之人。
⑤ 伊：句首助词，无义。余：我。微尚：微小的高尚追求。
⑥ 谢浮名：放弃浮名。
⑦ 栖岩：归隐山中。
⑧ 卑位代躬耕：以卑贱的官位代替田园生活。
⑨ 顾己：反思自己。自许：自我认可。
⑩ 心迹：志向与行为。未并：没有统一。
⑪ 无庸：不用。方：比较。周任：周朝大夫周任曾说"陈力就列，不能者止。"意为没有能力就不担任相应的职务。
⑫ 长卿：司马相如，因为消渴（糖尿病）不参与政事。
⑬ 毕娶：办完子女的婚事。尚子：尚长，西汉末年隐士，认为办完子女婚事以

后一生的任务就完成了。

⑭ 薄游:俸禄微薄的官。邴生:指邴曼容,一生不愿做六百石以上的官。
⑮ 促装:匆忙整理行装。柴荆:简陋的家门。
⑯ 牵丝:初次做官。元兴:晋安帝年号。
⑰ 解龟:解下官印,指辞官。景平:宋少帝年号。
⑱ 将迎:官场的迎来送往。
⑲ 理棹:备船。遄:迅速。
⑳ 遵渚:沿着河渚边。骛:疾行。修坰:郊外漫长的道路。
㉑ 溯溪:逆溪流而上。
㉒ 挹:掬水。
㉓ 搴:采摘。
㉔ 战胜臞者肥:隐逸之志战胜为官之志,瘦子就会变胖。
㉕ 止鉴:又作"鉴止""至监",平静如镜的水面。
㉖ 羲唐化:伏羲和唐尧时代的风气。
㉗ 击壤:传说唐尧时天下太平,百姓作《击壤诗》说:"帝力于我何有哉。"

题 解

这首诗是谢灵运从永嘉太守之位上辞官归家时所作。谢灵运是公侯子弟,本来就看不上永嘉太守的职位,所以只做了一年就辞官了。他在诗中给出的理由是自己本有隐居山林的初心,并且举了很多古人的例子来自我证明,这就使诗歌的前半段显得略为冗长难懂。在诗的后半段,他描写了从永嘉离开途中的山水景色,却是清丽可人,如"野旷沙岸净,天高秋月明"这样的句子,神韵丰足,明快而又有回味,深刻影响了唐人的山水诗。

集 评

登涉俯仰,怡情景物,此心悠然,莫非天趣。是知闲逸足胜仕宦,譬诸鉴水当不于其流而于其止也。此即羲皇、陶唐、雍熙之化,而先得我之欢情矣。(元刘履《风雅翼》)

"野旷沙岸净,天高秋月明。"语气清旷无际。(明陆时雍《古诗镜》)

起四句用古人发挥伟论,澜翻云涌,如此发端,何处得来?……又此四语耳,跌宕深警,绝大议论。……"无庸"四句,遂多引古人,排列篇中,淋漓横恣,呼来摩去,奇气越溢。……"理棹"以下,写归涂景物,欣欣得意,有若释重负者,殊乐也。然公宦情本深,辞归,不爱作郡耳,非真爱隐。故结句未免有怨心焉。(清陈祚明《采菽堂古诗选》)

"野旷沙岸净"二联,耳目心神为之爽易,极有"初"字兴味。(清何焯《义门读书记》)

此去官在途,自述其适志之诗。前四援古彭、薛、贡公,扬之伸之,为去官作领笔。"伊余"六句,转入己身秉尚、谢名。吏隐究非真隐,为题前一开。"无庸"十句,正叙安分弃官,叠证古人,总计年岁,题面已了。"理棹"八句,接写去郡后在途水陆之景。"秋"字点出时序。后四收足肥遁无疑之意,寄怀上古,则不特优贪竞,直可称达生矣。应起作结。(清张玉穀《古诗赏析》)

道路忆山中

谢灵运

《采菱》调易急①,《江南》歌不缓②。
楚人心昔绝③,越客肠今断④。
断绝虽殊念⑤,俱为归虑款⑥。
存乡尔思积,忆山我愤懑。
追寻栖息时,偃卧任纵诞⑦。
得性非外求⑧,自已为谁纂⑨?
不怨秋夕长,常苦夏日短。

濯流激浮湍⑩，息阴倚密竿。
怀故叵新欢⑪，含悲忘春暖。
凄凄《明月吹》⑫，恻恻《广陵散》⑬。
殷勤诉危柱⑭，慷慨命促管⑮。

* 选自《谢灵运集校注》第189—191页，顾绍柏校注，郑州：中州古籍出版社1987年版。

① 《采菱》：楚地民歌。
② 《江南》：即《江南可采莲》，越地民歌。
③ 楚人：春秋时被晋国俘虏的楚国人钟仪，在囚室中为晋侯演奏楚地的音乐。
④ 越客：谢灵运自称。
⑤ 断绝：指楚人心绝，越客肠断。殊念：想法不同。
⑥ 归虑：思乡的心情。欸：冲击。
⑦ 偃卧：仰卧。纵诞：放纵傲诞。
⑧ 得性：得以顺应天性。
⑨ 自已：取足自止。纂：取得。
⑩ 濯流：在水流中洗涤。激浮湍：激起浪花。
⑪ 叵：不可。新欢：现在的欢乐。
⑫ 《明月吹》：笛曲名，即《关山月》。
⑬ 《广陵散》：琴曲。
⑭ 危柱：琴柱。
⑮ 慷慨：情绪激昂。促管：急促的笛声。

题 解

这首诗是谢灵运被贬临川内史，离开家乡途中所作。谢灵运生于会稽，是典型的江南人，他曾在会稽始宁建造了一处别墅，天天在其中赏玩山水，吟写诗赋，非常愉快，诗题中的"山中"，指的就是这里。这次要被迫赶赴遥远的江西，诗人想到长期离乡的痛苦，心中悲不能已，因为越中的山水，不仅风景秀丽，还能帮助他参悟玄理，找到自己的本性，离开了家乡,就像离开了母亲的怀抱,令他充满忧惧。诗人表达思乡之情的方式是音乐,从开头听到的家乡音乐《采菱》,到结尾自己吹奏和弹奏的《明月吹》与《广陵散》,恰好构成一个循环,而音乐的急促与繁复,同时也暗示了诗人离开故乡后焦躁苦闷的心情。

集 评

　　楚词有云"涉江采菱",古乐府有《江南辞》,灵运时必有此二曲,其声急而怨,故引之以见故山之思,有感于此声也。"纵诞"之说非是,"得性非外求",谓乐在内是也。吹万不同而使其自己,"已"训止,言各得其性而止,出庄子。灵运意谓山水之乐,适我之性而自足自止……无人能继我者。"纂"训继,则亦深僻矣。"明月吹"言笛,"广陵散"言琴,灵运当是作此音,以写悲怨,"危柱""促管",谓琴笛之音自缓而急,悲怨至此极也。诗尾应首,然有哀以思之意,未为佳篇。(宋方回《文选颜鲍谢诗评》)

　　此亦因往临川,于道路忆始宁山中而作。托言闻楚人歌调,而起怀乡悲愤者,盖以今昔虽殊,而情念不异也。且又追想旧日之纵诞,乃得于禀性所好,而非纂继它人而然,所以于秋之夕、夏之昼,惟恐其不永,而濯湍流、息茂阴,自不一而足。今乃何为舍此而系于官守,徒怀旧游而莫为新欢,含悲思而忘春阳之芳景哉!所赖《明月》、《广陵》二曲,音节凄恻,可以写吾湮郁之怀,故既托于急弦以自诉,而又使人促管相间,以激其哀声也。(元刘履《风雅翼》)

　　一起托典便成,语无定轨,正如水注渠成,"殷勤诉危柱,慷慨命促管",耿耿如诉,颤有余情。(明陆时雍《古诗镜》)

　　起语亦得借古引今法,追寻一段,序曩日山中之乐,抒写极畅。康乐再斥以后法,益老调益熟淡,而能古质而多情。(清陈祚明《采菽堂古诗选》)

游东田

谢 朓

戚戚苦无悰①,携手共行乐。
寻云陟累榭②,随山望菌阁③。
远树暧仟仟④,生烟纷漠漠。
鱼戏新荷动,鸟散余花落。
不对芳春酒,还望青山郭。

* 选自《谢宣城集校注》第260页,曹融南注,上海:上海古籍出版社1991年版。
① 戚戚:忧伤。悰:欢乐。
② 陟:登上。累榭:重重的亭榭。
③ 菌阁:形状如菌类的楼阁。
④ 仟仟:茂盛。

作者简介

谢朓(464—499),字玄晖,南朝诗人。幼年即有文名,南齐时为萧子良"竟陵八友"之一,后为萧鸾记室参军,萧鸾称帝后任秘书丞、中书郎、宣城太守、尚书吏部郎等。后因告发江祏造反,反被诬杀。谢朓擅长五言诗,被当时人赞为"二百年来无此诗",杜甫曾称赞他的诗说"谢朓每篇堪讽诵"。后人辑有《谢宣城集》。

题 解

东田是南齐文惠太子在南京钟山下建造的一片楼阁,据说绵延广远,雄伟壮丽,连皇帝看了都心生嫉妒。谢朓在钟山下有庄园,临近东田,他心情不佳时常去游赏,这首诗就是游玩的记录。游赏的最初目的,是去观望东田中高宏的建筑,故此句中多有"累榭""菌阁"之类的典故,不过不久之后诗人的目光就被清丽的自然风光所吸引,转而用简单而优美的语言,去表现春末的美景。其中"鱼戏新荷动,鸟散余花落"一句,生动地表现出了自然中时节不着痕迹的变迁过程,历来为人们称赞。

集 评

出口不欲重,唯恐伤之。(明钟惺《古诗归》)

短章以淡远取致,笔情轻秀,累句涩字,一例屏除。节候已过,强事登望,所以见其戚戚无欢也。呼应无迹,古人所以高。(清何焯《义门读书记》)

起四句迤逦平叙,"远树"四句,写景华妙,千古如新。收结首二句……绝不矜奇,而人自不能及。(方东树《昭昧詹言》)

此赋游以适性之诗。前四以写忧寻乐说起,点清出游东田。"累榭""菌阁"指山庄言。中四写游时所见初夏之景,两远两近。后二则以无春酒,遽言归,寄慨收住。(清张玉榖《古诗赏析》)

随王鼓吹曲·入朝曲

谢 朓

江南佳丽地①,金陵帝王州②。
逶迤带渌水③,迢递起朱楼④。
飞甍夹驰道⑤,垂杨荫御沟⑥。
凝笳翼高盖⑦,叠鼓送华辀⑧。
献纳云台表⑨,功名良可收。

* 选自《谢宣城集校注》第149页,曹融南注,上海:上海古籍出版社1991年版。

① 佳丽:风景美丽。

② 帝王州：秦始皇时有术士认为金陵有王气，故称帝王州。
③ 逶迤：曲折绵延。
④ 迢递：高峻。
⑤ 飞甍：飞檐。
⑥ 御沟：流经皇宫的河道。
⑦ 笳：凝喧的笳声。高盖：高大的车盖。
⑧ 华辀：雕刻华丽的车辕。
⑨ 云台：汉代皇宫的高台，代指朝廷。

题 解

这首诗是谢朓为南齐随王萧子隆幕僚时创作的乐府。《鼓吹曲》是军队演奏的音乐，而《入朝曲》是指亲王在入朝朝觐时所奏的音乐。这首诗的主视角，是进京城朝觐的随王一行人。随着朝觐人的眼光，首先看到的是南京的美丽与繁华，这里有长河环绕，垂杨盈堤；又有高楼长街，朱漆飞檐，处处显露出首都应有的庄严与宏大。而入朝的随王一行，也是意气风发，他们坐着高大的马车，背后吹奏着欢快的乐曲，进入这个国家的中心，接受全首都人民的致敬与膜拜。因为他们即将向皇帝陈述自己的功劳，获得应有的封赏。

这首诗是应景之作，它在吹嘘随王功劳的同时，通过前六联对句的描写，将六朝南京的盛景生动地展现在了读者面前，千载之后，仍令人意兴飞动，神往不已。而"江南佳丽地"，也成为形容江南美景的名句。

集 评

风调高华，句成浑丽，此子建余风也。（清陈祚明《采菽堂古诗选》）

江南诗

之宣城郡出新林浦向板桥

谢 朓

江路西南永①,归流东北骛②。
天际识归舟,云中辨江树。
旅思倦摇摇③,孤游昔已屡。
既欢怀禄情④,复协沧洲趣⑤。
嚣尘自兹隔⑥,赏心于此遇⑦。
虽无玄豹姿⑧,终隐南山雾。

* 选自《谢宣城集校注》第 219—220 页,曹融南注,上海:上海古籍出版社 1991 年版。

① 永:长。
② 骛:奔驰。
③ 摇摇:心情忧郁,无人倾诉。
④ 怀禄:对仕途的渴望。
⑤ 沧洲:归隐之情。
⑥ 嚣尘:喧闹的尘世。自兹:从此。
⑦ 赏心:心中喜爱之处。
⑧ 玄豹:传说南山玄豹,为了保护自己的皮毛而深藏于山雾中。这里代指为了保全名节而归隐。

题 解

这首诗是齐建武二年(495)谢朓离开建康,赴宣城太守任时所作。新林浦和板桥都在建康西方,是去宣城的必经之路。南朝贵族,都以长期居留建康为荣,将离开首都视作流放。不过谢朓这次离开建康,心情却不一样。一方面他是孤身上任,离开了建康的朋友们,难免感到孤独;另一方面,他也早已厌倦了建康城中的喧嚣,想要寻找一个清幽僻静之处,尽情游览山水。所以,他在这首诗里的感情也十分复杂,既有"旅思倦摇摇,孤游昔已屡"的不舍,又有"既欢怀禄情,复协沧洲趣"的欣慰。其中"天际识归舟,云中辨江树"一句,不加雕饰而清远动人,深为后世赞赏。

集　评

"天际识归舟,云中辨江树",古今绝唱。(宋方回《文选颜鲍谢诗评》)

玄晖始出守宣城,而于途中作此诗,以写夫江路远景,且言既喜得禄,而又协幽隐之趣,则嚣尘自此隔绝矣。盖是时明帝方弑君自立,而玄晖乃有全身远害之志,故以玄豹隐雾之说终之,其意远矣。愚谓"天际归舟","云中江树"两语,殆与"鱼戏新荷动,鸟散余花落""日华川上动,风光草际浮"同一巧媚,无复古人浑厚风气,亦在所当削者。然以终篇较之,犹为彼善于此,姑特存之,以著其说,使读者知所别焉。(元刘履《风雅翼》)

"天际识归舟,云中辨江树":水云万里,一幅烟江送别图。(明钟惺《古诗归》)

"天际"二语,不烦意想,指点自成,品之为上,无复声色臭味,可谓超绝。天然景,天然语,自属灵运家风。(明陆时雍《古诗镜》)

晋宋以下,诗不能作两截者鲜矣。然自不虚架冒子,回顾收拾,全用经生径路也。起处、直转处,顺收处平,虽两截,固一致矣。语有全不及情而情自无限者,心目为政,不恃外物故也。"天际识归舟,云中辨江树",隐然一含情凝眺之人,呼之欲出。从此写景,乃为活景。(王夫之《古诗评选》)

"天际"二句,竟堕唐音。然在选体,则渐以轻漓;入唐调,则犹用朴胜。末段闲旷之情迢递出之,故佳。(清陈祚明《采菽堂古诗选》)

一起以写题为叙题,兴象如画,浑转浏漓。宣城在京邑西南,江以入海为归,故曰"归流",此言已行逆江,而回望东北。古人字不苟下,与明远《登黄鹤几》"适郢无东辕"二句同工,"天际"二句,则明远无之矣。"旅思"以下,言已;"怀欢禄"句,及"我行虽纡组"语,皆与康乐意同。……何(焯)

又云:结句以廉节自厉收"之郡",使事无迹。余谓此即"资此永幽栖"意,借隐豹为兴象耳。玄晖固未必贪贿,而厉志之意,非玄晖胸中所有也。(清方东树《昭昧詹言》)

　　此亦之官宣城时作。前四先写江行之乐,揭过题面,后八则以久已倦游,跌出吏隐外郡,庶几可以远害全身,是为题情。较《京路夜发作》用意一变。(清张玉縠《古诗赏析》)

郡内高斋闲望答吕法曹

谢　朓

结构何迢递①,旷望极高深。
窗中列远岫②,庭际俯乔林③。
日出众鸟散,山暝孤猿吟。
已有池上酌④,复此风中琴⑤。
非君美无度⑥,孰为劳寸心。
惠而能好我⑦,问以瑶华音⑧。
若遗金门步⑨,见就玉山岑⑩。

* 选自《谢宣城集校注》第282页,曹融南注,上海:上海古籍出版社1991年版。

① 结构:指房屋。迢递:高。
② 远岫:远处的山峰。
③ 乔林:高大的树林。
④ 池上酌:出自石崇《思归引》"宴华池,酌玉觞",指朋友间的宴饮。
⑤ 风中琴:出自嵇康《赠兄秀才从军》"习习谷风,吹我素琴"。
⑥ 美无度:出自《诗经·魏风·汾沮洳》"彼其之子,美无度",指美得无法衡量。

⑦ 惠而能好我:出自《诗经·邶风·北风》"惠而好我,携手同行",意为感谢对方把自己当朋友。
⑧ 瑶华:传说中的仙花。
⑨ 金门:金马门,汉代宫城门,只有皇帝身边的清要官才能从此门进出。"金门步"指代仕途顺利。
⑩ 玉山:西王母居处。

题 解

这首诗是齐建武二年(495)谢朓任宣城太守时所作。诗题中的吕法曹名吕僧珍,曾经与谢朓同任随王萧子隆幕僚,此时为齐王法曹参军,两人分别后吕僧珍来信问候谢朓,这首诗则是对吕僧珍信件的回答。诗歌的前八句介绍了自己在宣城郡办公场所的情况,此处地势很高,称为"高斋",从室内望向窗外,宣城郡的崇山幽林可以尽收眼底。不过从"日出众鸟散,山暝孤猿吟"的景色中,可以看出作者在沉浸景色之美的同时,仍流露出离群索居的寂寞心情,由此就引出了后六句对吕僧珍的感谢,认为朋友的来函慰问就好像亲自前来看望自己一样令人感动。

集 评

玄晖理郡多暇,因吕法曹有赠,故答是诗。其言景趣幽远,朝夕可娱,琴尊在御,自足赏适。非僧珍德美无度,将复为谁而使我劳心哉?且以今之爱好,兼至遗我佳篇,则其情意之厚,何异枉高步而来就见也。(元刘履《风雅翼》)

语似陶,亦似王、孟,"日出众鸟散",陶诗中妙语。(明钟惺《古诗归》)

此诗嘹亮自然,调高节古,远追汉魏,无足多让。胸中庭际,山林在目,千古登高望远,不能易此二句。鸟散猿孤,兴离群之感,极佳。独酌独弹,企思深至。后六句,风人之遗调,语安雅而情缠绵。(清陈祚明《采菽堂古诗选》)

起八句叙高斋闲坐,"非君"六句乃答吕遗赠诗,结言见诗如亲晤,而

措语甚妙。(清方东树《昭昧詹言》)

　　此因闲望思吕,遂答其诗,所谓两截题也。前二高斋闲望,点题直起。"窗中"四句,皆写望中景,然"窗中"句顶上"旷"字,"庭际"句顶上"高深"。"日出""山暝"则该一日说,"众鸟散""孤猿吟"已含独望之感,爲思友引端。"已有"四句,渡到思吕,却又从闲望时补出非无酌琴韵事可以自乐,然后跌出"非君""孰思",曲折开展。后四感吕,亦复念已贻诗,即美其诗,以若亲来至作结。用"玉山岑",乃暗兜前半高斋之景也。(清张玉榖《古诗赏析》)

暂使下都夜发新林至京邑赠西府同僚

谢　朓

　　大江流日夜①,客心悲未央②。
　　徒念关山近,终知返路长。
　　秋河曙耿耿③,寒渚夜苍苍④。
　　引领见京室⑤,宫雉正相望⑥。
　　金波丽鳷鹊⑦,玉绳低建章⑧。
　　驱车鼎门外⑨,思见昭丘阳⑩。
　　驰晖不可接⑪,何况隔两乡!
　　风烟有鸟路,江汉限无梁⑫。
　　常恐鹰隼击,时菊委严霜⑬。
　　寄言罻罗者⑭,寥廓已高翔。

＊选自《谢宣城集校注》第205—206页,曹融南注,上海:上海古籍出版社1991年版。

①大江:指长江。

② 未央:没有结束。
③ 耿耿:明亮。
④ 渚:水中沙洲。
⑤ 引领:伸长脖子。
⑥ 堞:城上的矮墙。
⑦ 金波:月光。鳷鹊:汉代宫殿名,代指皇宫。
⑧ 玉绳:星名。建章:汉代宫殿名,代指皇宫。
⑨ 鼎门:都城城门。
⑩ 昭丘:楚昭王的墓,在荆州。
⑪ 驰晖:阳光。
⑫ 梁:桥梁。
⑬ 鹰隼:捕鸟的猛禽,这里指代进谗言者。
⑭ 罻罗:捕鸟网。

题解

南齐永明中,谢朓任随王萧子隆文学,在荆州做官。谢朓深受萧子隆赏识,却遭到同僚的嫉妒,向齐武帝诬告说谢朓会带坏萧子隆,最终齐武帝命令谢朓立刻返回建康,这首诗就是他在离开荆州途中所写。此时的诗人,既为回到京城而高兴,又对荆州的朋友感到依依不舍,同时还怀着对诬告者的忌惮和恐惧。他将这些复杂心情,巧妙地融入到诗歌的景物描写中,将建康城里庄严繁华,与夜半征途中凄清寥廓的景色合为一体,最后以高翔的飞鸟,表达自己逃脱诬陷的喜悦。全诗情景交融,寓意深沉,是谢朓的名作。

集评

玄晖诗如……"大江流日夜,客心悲未央"等语,皆得三百五篇之余韵,是以古今以为奇作,又曷尝以难解为工哉!(宋葛立方《韵语阳秋》)

玄晖在随王西府,以词赋深被赏爱,乃为长史王秀之所嫉,遂因事还都。及至京邑,而恋旧之情不能自已,故作是诗以寄同僚焉。言见此大江之流不息,使我心悲无穷者,盖自荆州顺流而下,相去虽近,然欲复返此路,则终知其不可得也。今秋夜澄明,瞻望京室,已一一在目,回顾向来欢集之地,则彼此隔越而不可接矣。因叹风云寥廓之间,幸有鸟路可容高举,何江汉近地,乃反不得以通盖?由在府中时,常恐谗邪中伤,犹鸟虑鹰隼之搏击,菊畏严霜之雕残耳。今我既得远避,则谗谮之人已无所施其巧矣。曾原谓此诗词实典丽,意亦委折,而气则溢。斯言得之。(元刘履《风雅翼》)

起四语属高调,然一唱气尽,下无余音。(明陆时雍《古诗镜》)

五言律诗起句最难。六朝人称谢朓工于发端,如"大江流日夜,客心悲未央",雄压千古矣。(明杨慎《丹铅总录》)

起结俱是近体厓境。(明钟惺《古诗归》)

"大江流日夜",浩然而来。以景中有情,故佳。因投外之悲,结怀侣之念,偶来旧阙,企羡昔僚,此时胸中愁绪,固有滔滔漭漭,其来无端者。寓目大江,与之俱永。三四言比虽易逢,终归违远也。望京一段,极写华壮,以深恋慕之思,"驰晖不可接",亦是名语。此段遥承"终知返路长"句,极言企羡之情。投外必有忌者,故末段云然,语意超越。(清陈祚明《采菽堂古诗选》)

玄晖俊句为多,然求其一篇尽善,盖不易得。如此沉郁顿挫,故是压卷之作。(清何焯《义门读书记》)

前四即江流以引客悲,起势苍莽,而"徒念""终知",又分宾主两层引下。"秋河"六句,顶"关山近"来,言京室不远也,为眼前之景。"驱车"六句,顶"返路长"来,言西府难还也,为意中之情。以不见昭丘剔出,赋中有比。后四方吐在府被谗之恨,客悲之结穴,赠诗之本旨也,语反若自喜者然,高极。"鹰隼"句与末二句皆就鸟喻,而几难保全意,反杂出"菊委严霜"一比,愈见错综入古。(清张玉穀《古诗赏析》)

晚登三山还望京邑

谢　朓

灞涘望长安①，河阳视京县②。
白日丽飞甍③，参差皆可见。
余霞散成绮④，澄江静如练⑤。
喧鸟覆春洲，杂英满芳甸⑥。
去矣方滞淫⑦，怀哉罢欢宴⑧。
佳期怅何许⑨，泪下如流霰⑩。
有情知望乡，谁能鬒不变⑪？

* 选自《谢宣城集校注》第278页，曹融南注，上海：上海古籍出版社1991年版。

① 灞涘：长安郊外灞水的水岸。这里化用王粲离开长安时所作《七哀诗》中"南登灞陵岸，回首望长安"。

② 河阳：在今河南焦作。京县：指洛阳。这里化用潘岳离开洛阳赴任河阳县令时所作《河阳县》中"引领望京室，南路在伐柯"。

③ 丽：照亮。飞甍：具有飞动感的屋脊。

④ 绮：染色的布帛。

⑤ 练：白色的布帛。

⑥ 杂英：杂花。芳甸：开满花的郊外。

⑦ 滞淫：长时间滞留。

⑧ 怀：思念。欢宴：送别的宴会。

⑨ 佳期：再会的日子。

⑩ 霰：小冰晶。

⑪ 鬒：鬒发。

题 解

这首诗大约是谢朓离开都城建康，出发赴任宣城太守之前所作，前两句引用王粲、潘岳的诗，都是离开京城前往外地时所作，正好与谢朓的处境相同。诗中的三山,是南京长江边一处高地,在此处既能望见建康城中的景色,又能望见城郊长江边的景色,诗歌的前半部分也从这两个方面着眼,描写建康城时侧重"白日丽飞甍,参差皆可见"的金碧辉煌,描写江边郊野时则侧重"余霞散成绮,澄江静如练"的静谧肃穆之美。诗歌的后六句,从建康景色之美引出对建康城与建康众友人的不舍之情,还未正式启程,就已将因望乡而白头,读来感人至深。

集 评

起句以长安、洛阳拟金陵,用王粲、潘岳二诗,极佳。李白云"解道澄江净如练,令人却忆谢玄晖",此一联尤佳也。三山今犹如故,回望建康甚近,想六朝时甚盛也。味末句,其惓惓于京邑如此,去国望乡,其情一也。有情无不知望乡之悲,而况去国乎?(宋方回《文选颜鲍谢诗评》)

玄晖在郡既久,必有所不乐于怀,因出,临江登眺,而起恋阙之思,故作是诗。其言当去矣而且留滞之久,怀念至此,宁不使人罢欢宴耶。然是时朝廷擢授,非凭势要,无由通进,则是未知佳期又在何许,是以不免悲泣而至于叹伤也。观此,则于前篇豹隐之志,得无少变乎。(元刘履《风雅翼》)

"余霞散成绮,澄江净如练"景色最佳,此得象最深处。又"花树杂为锦,月池皎如练"则象浅而韵钝矣。以月池之景,练不足以言之。(明陆时雍《古诗镜》)

非惟不堕清寒,愈见旷远。(明钟惺《古诗归》)

一起一结,情绪相应,法既密而志复显。古人诗起结必相应,可知命笔之先,具有所以作诗之故,定非无谓徒饰丽词。又以见章法因承,定从发端涉笔;先觅警句,此理不然。"澄江如练",洵称名句。茂秦谓澄字与静字意叠,非也。澄是江之形,静是江之性,惟澄故静,不加澄字,何见其静乎?出句亦佳,题是望京,清天霁景,故一望在目,澄江二句,景中有情,

绮霞散飞，正是霁色，与澄江句亦复相关，若两景互乖，则两伤在合矣。（清陈祚明《采菽堂古诗选》）

起二句为一段，借宾陪起。何（焯）云："可作使事之法。""白日"六句，正写京邑题面，兴象华妙，千古如新。"去矣"以下，述怀归之情，虽仕大郡，而志切怀归，亦徒作雅言耳。（清方东树《昭昧詹言》）

此因望京师而思归之诗。若泥定望京，后半便难索解。前四以前人比起，了却望京题面。中四则就登山所见春晚之景，铺叙引动归思。后六醒出久滞京国，有怀故乡之意，却以有情皆然，暗兜起处作结。盖王潘二人皆有怀归诗也。（清张玉穀《古诗赏析》）

休沐重还丹阳道中

谢　朓

薄游第从告①，思闲愿罢归。
还邛歌赋似②，休汝车骑非③。
灞池不可别④，伊川难重违⑤。
汀葭稍靡靡⑥，江菼复依依⑦。
田鹄远相叫⑧，沙鸨忽争飞⑨。
云端楚山见，林表吴岫微⑩。
试与征徒望⑪，乡泪尽沾衣。
赖此盈樽酌⑫，含景望芳菲⑬。
问我劳何事⑭，霑沐仰清徽⑮。
志狭轻轩冕⑯，恩甚恋闱闱⑰。
岁华春有酒，初服偃郊扉⑱。

* 选自《谢宣城集校注》第254—255页，曹融南注，上海：上海古籍出版社

1991年版。

① 薄游:离家做卑微的小官。第:只能。从告:按照规定休假。

② 还邛歌赋似:司马相如游梁不成,退居临邛。赋似:史称扬雄赋似司马相如,这里是谢朓的自许。

③ 休汝车骑非:《后汉书》说东汉末年车骑将军袁绍还乡时,不愿让同乡隐士许劭见到自己的车马随从,特地单骑归家。这里是说自己不像袁绍功成名就后还乡。

④ 灞池:西汉首都长安附近的灞水。

⑤ 伊川:东汉首都洛阳附近的伊水。违:离开。这两句与形容难以远离京城。

⑥ 汀葭:水边的芦苇。靡靡:草木相互依靠的样子。

⑦ 葰:芦花。

⑧ 相叫:互相呼唤。

⑨ 沙鸨:沙洲中的大雁。

⑩ 林表:森林之外。吴岫:吴地的山峰。谢朓的家乡在吴地。

⑪ 征徒:远行的游客。

⑫ 盈樽酌:装满酒壶的美酒。

⑬ 含景:月光。芳菲:芳草。

⑭ 劳何事:因什么事而辛劳。

⑮ 霑沐:接受恩泽。青徽:清高的操守。

⑯ 志狭:志向浅近。轩冕:马车与华服,指代高官。

⑰ 闺闱:指代家人。

⑱ 初服:最初的衣服,指回归平民身份。偃:关闭。郊扉:郊外的柴门,指自己家的陋室。

题 解

这首诗写于南齐建武年间,谢朓在建康为官,因常规休假回乡,诗是假期结束后回到建康途中所作。谢朓一直厌于宦游生活,加上刚刚重回家乡,不久又要告别,因此诗中充满惜别之意。"汀葭稍靡靡,江葰复依依",通过描写芦苇的轻柔舞蹈,表达自己对家乡的不舍;"田鹄远相叫,沙鸨忽争飞",通过描写野鸟的呼朋引伴,表达自己对亲友的思念,"林表吴

山圍故國周遭在潮打空城寂寞回淮水東邊舊
時月夜深還過女牆來

烏衣巷

朱雀橋邊野草花烏衣巷口夕陽斜舊來王謝堂
前燕飛入尋常百姓家

臺城

臺城六代競豪華結綺臨春事最奢萬戶千門成
野草只緣一曲後庭花

生公講堂

生公說法鬼神聽身後空堂夜不扃高坐寂寥塵

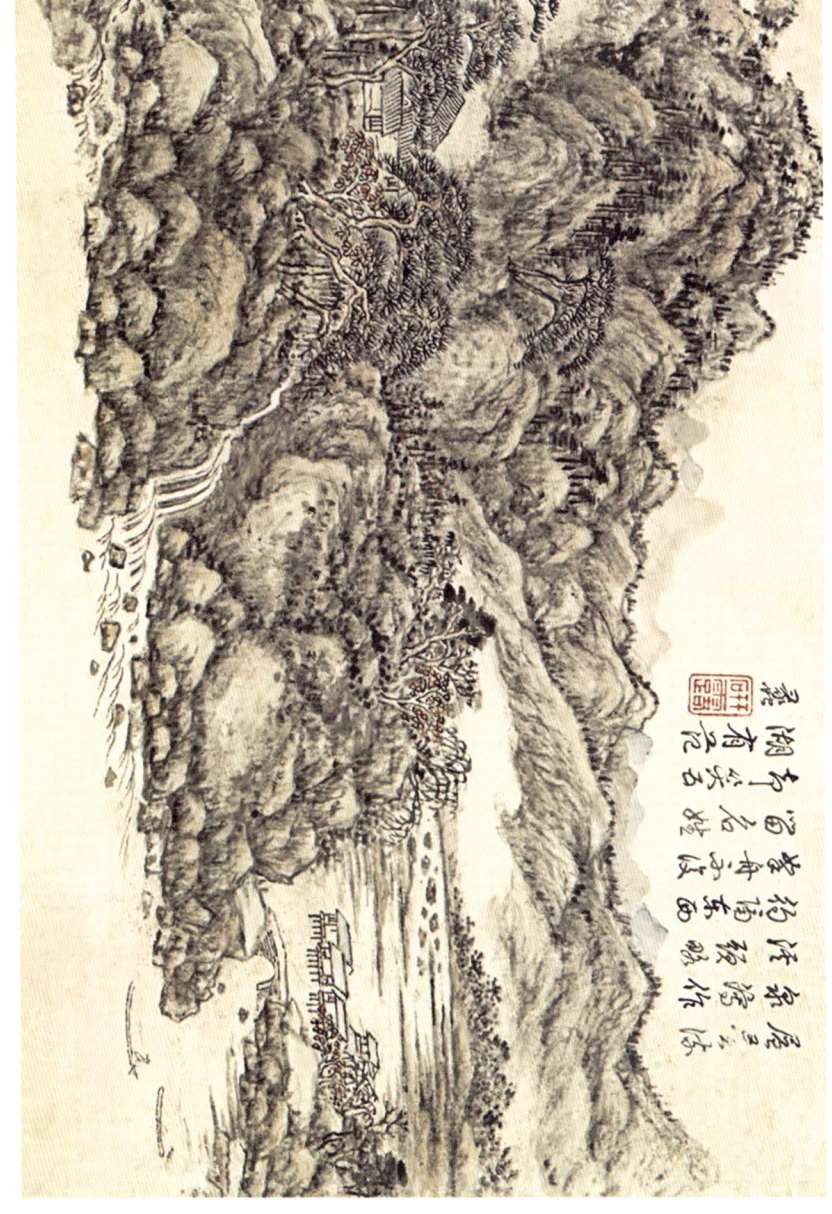

下山山一作來蕭然忘千謁談經演金偈降鶴舞海雪時
聞天香來了與世事絕佳遊不可得春去惜遠別賦
詩留嚴屏千載庶不滅

登金陵鳳皇臺

鳳皇臺上鳳皇遊鳳去臺空江自流吳宮花草一作埋
幽徑晉代國一作衣冠成古丘三山半落青天外一水二水
中分白鷺洲惣一作盡道為浮雲能蔽日長安不見使人愁

望廬山瀑布二首 尋陽

西登香爐峯南見一作望瀑布水挂流三百丈一作四千噴壑
數十里歘如飛電一作練來隱若白虹起初驚河漢一作銀河落
半瀉雲天裏金潭一作半裏仰觀勢轉雄壯哉造化功海風

岫微"则暗示了自己对故乡山水的留恋,这些都是寓情于景的佳句。诗歌的最后,则重申了自己希望保全名节,弃官归隐的愿望。

集 评

此二句(还邛歌赋似,休汝车骑非)极佳。长安之霸池,洛阳之伊川,借喻京师,以言恋阙之意。"楚山""吴岫"二句亦佳。玄晖家吴中,尝有诗曰"再游馆娃宫"是也。末句谓志轻轩冕,而君恩之至,则又有禁闼之恋。"重闱"谓宫省也。最后句终期退闲,其思缓而不迫,尤有味也。(宋方回《文选颜鲍谢诗评》)

通体言情楚楚,其旨婉,其辞逸。起语雅称,"汀葭"二句,语亦轻扬。"云端"二句,较"天际识归舟"稍琢,弥似唐人。末段言情颇畅。……起四句用意宛转,甚明晰,便佳。(清陈祚明《采菽堂古诗选》)

起……十句一片,清绮似刘公干。……"汀葭"六句写景,韦柳所摹,多在此等而已。(清方东树《昭昧詹言》)

游西池

谢 混

悟彼蟋蟀唱①,信此劳者歌②。
有来岂不疾③,良游常蹉跎④。
逍遥越城肆⑤,愿言屡经过⑥。
回阡被陵阙⑦,高台眺飞霞。
惠风荡繁囿⑧,白云屯曾阿⑨。
景昃鸣禽集⑩,水木湛清华。
褰裳顺兰沚⑪,徙倚引芳柯⑫。

江南诗

美人愁岁月⑬，迟暮独如何？
无为牵所思，南荣戒其多⑭。

* 选自《文选》第1034—1035页，南朝梁萧统编，上海：上海古籍出版社1986年版。
① 蟋蟀唱：指《诗经·唐风·蟋蟀》中有"好乐无荒"，言游乐而不荒废政事。
② 劳者歌：李善《文选注》引《韩诗》："伐木废，朋友之道缺。劳者歌其事。诗人伐木，自苦其事，故以为文。"
③ 有来：指时间。
④ 蹉跎：错过机会。
⑤ 逍遥：徜徉。城肆：城中市场。
⑥ 愿言：思念。
⑦ 回阡被陵阙：曲折的道路经过山陵和城阙。
⑧ 惠风：和畅的风。繁囿：繁茂的园囿。
⑨ 曾阿：层叠的山阿。
⑪ 褰裳：提起衣服。兰汕：生长兰草的小洲。
⑫ 徙倚：徘徊。芳柯：香木。
⑬ 愁：错过、耽误。
⑭ 南荣戒其多：《庄子·庚桑楚》中庚桑楚对南容趑说："全汝形，抱汝生，勿使汝思虑营营。"意思是当顺从自然，保全生命，不要过多思虑。

作者简介

谢混(?—412)，字叔源，又字益寿，东晋诗人。谢安孙，娶晋孝武帝女。历任中书令、中领军、尚书左仆射、扬州刺史。晋末时依附刘毅，被刘裕所杀。谢混擅长五言诗，其诗作清新婉媚，被认为是南朝山水诗的先声。今存诗三首。

题 解

谢混是东晋后期影响最大的诗人之一，他的功绩在于改变了东晋诗作崇尚玄言的风气，将写作重心转到自然山水之中，有了他的开拓，才有后来谢灵运、谢朓的山水诗。这首诗是谢混的代表作，诗中主人公想与朋友一同游赏丹阳西池的山水,又怕朋友以工作繁忙推脱,于是引经据典,从儒家《诗经》和道家《庄子》那里找了很多理由。但诗中真正有打动人心之力的,则是从"惠风荡繁囿,白云屯曾阿。景昃鸣禽集,水木湛清华"中表现出的迷人景色,和从"美人愆岁月,迟暮独如何"表达出的及时行乐之叹。这些都可看作六朝乃至唐代游览诗抒情主题的滥觞。

集 评

起句十字亦佳。《毛诗》:"蟋蟀在堂,岁聿云莫。今我不乐,日月其除。"此所谓悟也。《韩诗·伐木》"劳者歌其事",此所谓信也。"有来"谓将来之年也,《选》注引陆云《岁暮赋》云:"年有来而弃予",此西池之游所以惟恐其失之也。"高台眺飞霞,水木湛清华",两句俱佳。"美人愆岁月",所思也。庚桑楚谓南荣趎:"无使汝思虑营营",引此以言且复行乐,不必牵于思而过甚也。意是而语颇拙耳。(宋方回《文选颜鲍谢诗评》)

此叔源感诗人之咏歌,叹岁月之易逝,故于芳春出游西池,而登高眺玩,临流徙倚,其情赏自得如此。因念友人,牵于世务,不得及时相与为乐,恐其迟暮,无如之何,且举庚桑子所以诫南荣者为劝,则其意之所在,岂特望其同游而已哉。(元刘履《风雅翼》)

一起饶有作意,结亦多余韵。(清陈祚明《采菽堂古诗选》)

薛西原论诗……言……"景昃鸣禽集,水木湛清华",清远兼之也。(清王士禛《池北偶谈》)

此因游而怀友之诗也。前四以感触《蟋蟀》、《伐木》二诗,引出人生不知及时行乐之误,己友双含,在己边则为反振得势,在友边则为伏脉有根。中十接写己游,次第铺叙,落到徙倚引柯,已逗起怀人之意。后四点清怀友,惜其不得同游,独伤迟暮,随挈笔以"牵思戒多",就己边收住,伸缩尽致。(清张玉穀《古诗赏析》)

江南诗

那呵滩六曲·其四

闻欢下扬州①,相送江津湾②。
愿得篙橹折,交郎到头还③。

* 选自《先秦汉魏晋南北朝诗》第1064页,逯钦立编,北京:中华书局1988年版。
① 欢:情郎。下扬州:沿长江顺流而下赴扬州。
② 江津湾:长江边水湾,在湖北江陵附近。
③ 交:让。到头:倒转回头。

题 解

《那呵滩》属于西曲民歌,最初是配合舞蹈演唱的,流行于长江中游湖北襄樊一带,写的都是从江陵送别旅客去扬州的场面。据王运熙先生考证,"那呵"应当是"奈何"的意思,送行时的依依惜别之意,从标题上就已显露无遗。这里所选的一首,是江陵女子送别情郎时所唱,为了挽留自己的爱人,女子天真地希望船只中的橹和篙尽皆折断,使船无法前行,这样情郎只能乖乖回到自己身边。在女子的心中,不论采取多么离谱的手段,都想让情郎留在身边,这份不顾一切的情感让人十分感动。这首歌之后还有一篇情郎的答歌:"篙折当更觅,橹折当更安。各自是官人,那得到头还",以情郎的口吻告诉女子,篙和橹折断了还可以再找一副,我既然有公务在身,就没有回头的道理。比起女子天真的盼望,情郎这个一本正经的回答,显得无趣得多。

翳乐三曲·其三

人言扬州乐,扬州信自乐①。
总角诸少年,歌舞自相逐。

* 选自《先秦汉魏晋南北朝诗》第1066页,逯钦立编,北京:中华书局1988年版。

① 信:确实。

题 解

《翳乐》是乐府中一种配合舞蹈演奏的乐曲,内容以男女爱情为主。东晋以后,扬州在政治、军事与经济上的地位都大幅提高,在和平时期,这里行旅不绝,歌吹沸天,是一座欢乐之乡,这首乐歌表现的就是这一点。由于篇幅原因,诗歌没有面面俱到地描写扬州的每个侧面,只描绘了少年欢乐歌舞的一个场面,就以小见大,将扬州的富饶与繁华体现了出来。

长干曲

逆浪故相邀①,菱舟不怕摇。
妾家扬子住②,便弄广陵潮③。

* 选自《先秦汉魏晋南北朝诗》第1069页,逯钦立编,北京:中华书局1988年版。

① 逆浪:逆流而上。
② 扬子:扬子江,长江镇江到扬州的一段。
③ 广陵潮:扬州附近的钱江潮。

题 解

"长干"是南朝首都建康附近长江边的居民点,《长干曲》是以长江边女子的口吻写下的民歌。人们对江南女子的通常印象是柔弱温婉，不过这首歌的女主角却并不是这样，她自小生活在江边，熟谙水性，驾驶一艘小舟在浩瀚的江水中穿梭自如，连震动天地的潮水也能等闲视之。这样在歌曲中直接抒发豪情壮志，非但没有损害主人公的形象，反而让人折服于她的真诚自信。

西陵遇风献康乐诗五章·其三

谢惠连

靡靡即长路①，戚戚抱遥悲②。
悲遥但自弭③。路长当语谁。
行行道转远。去去情弥迟。
昨发浦阳汭④。今宿浙江湄⑤。

* 选自《先秦汉魏晋南北朝诗》第1193页，逯钦立编，北京：中华书局1988年版。
① 靡靡：缓慢。即：登上。
② 戚戚：忧伤。
③ 自弭：自我消解。
④ 浦阳：浦阳江，在今浙江浦江。汭：水流弯曲之处。
⑤ 浙江：钱塘江。湄：水岸。

作者简介

谢惠连(406—433)，南朝宋诗人，陈郡阳夏人，谢灵运从弟。十岁能属文，任彭城王法曹参军等，去世时年仅二十七岁。谢惠连擅长五言诗，钟嵘《诗品》称其为"工为绮丽歌谣，风人第一"。与谢灵运、谢朓合称"三谢"。有《谢惠连集》。

题 解

谢惠连是南朝大诗人谢灵运的族弟,谢灵运对他的才华非常欣赏,据说每次见到他就能写出好的句子。著名的"池塘生春草",就是梦见谢惠连以后所写。元嘉七年(430),谢惠连离开久居的会稽,到建康求官,在西陵(今杭州西兴镇)写下了五首《西陵遇风献康乐诗》寄给身处会稽的谢灵运,表达思念之情。这首诗写谢惠连动身出发之后,长途远行的痛苦无人倾诉,虽然身向建康而去,但心中却依然留恋故土与亲人,只能放缓脚步,希望推迟与家乡的离别。整首诗情意浓厚,前两句"长路""遥悲"与三四句"悲遥""路长"相互辉映,形成"丫杈句法",加强了上下文的联系;而全诗虽连用"靡靡""戚戚""行行""去去"四个叠词,丝毫不嫌重复,反而加深了对思乡之情的表达。

集 评

此可见惠连绸缪怀恋之意,而章末直以宿处相告者,欲使兄知我今夕之所在,又自叹其离去之渐远也。(元刘履《风雅翼》)

(末二句)以此作起语不如以此作结语,觉舍意不尽,此古人手笔高于后人处。(明钟惺《古诗归》)

迤逦而下。"悲遥"二句,宛转多情。(清陈祚明《采菽堂古诗选》)

以起二句为中坚,三四折洗顿挫以束之,"行行"二句衍"昨发"二句,又换笔换气,提起作收。(清方东树《昭昧詹言》)

行京口至竹里

鲍 照

高柯危且竦①,锋石横复仄②。

江南诗

复涧隐松声,重崖伏云色。
冰闭寒方壮,风动鸟倾翼。
斯志逢凋严③,孤游值曛逼④。
兼途无憩鞍⑤,半菽不遑食⑥。
君子树令名⑦,细人效命力⑧。
不见长河水,清浊俱不息⑨。

＊选自《鲍参军集注》第319页,钱仲联增补集说校,上海:上海古籍出版社1980年版。

① 危且竦:高高耸立。
② 仄:倾斜。
③ 凋严:使万物凋落的严寒。
④ 曛:黄昏。
⑤ 兼途:日夜兼程赶路。憩鞍:停下休憩。
⑥ 半菽:吃菜掺杂着豆子,指饭菜粗粝。
⑦ 令名:美好的名声。
⑧ 细人:小人。指身份低下的人。
⑨ 清浊俱不息:河水不分清浊,均向前流淌,但人却有高低贵贱的不同。

作者简介

鲍照(416?—466),字明远,刘宋文人。出身寒微,起家刘义庆临川王国侍郎,历任刘濬始兴王国侍郎、海虞县令、太学博士兼中书舍人、永安令、临海王刘子顼掌书记等,在军乱中被杀。鲍照诗文兼善,尤其擅长乐府和五言诗,与颜延之、谢灵运并称"元嘉三大家",有《鲍参军集》。

题 解

这是一首行役诗,是从京口(镇江)出发,经过竹里山(江苏句容县北)执行公务时所作。诗的前六句描写了江南的冬景:树叶尽落,只留下高耸的树枝;芳草尽凋,凸显出锋利的岩石,寒风刮过松树的凄冷,白云伏于山崖的清峻,都向我们展示了一个不一样的江南。不过对于日夜兼程,风餐露宿的行者来说,这样的天气却难以令人愉悦。那些含着金匙出生的贵族,可以随心所欲指示别人为自己办事,将所有的功劳归于自己,而向鲍照这样的寒人,却不得不忍受饥寒,转徙于道路。诗歌的最后几句,深刻地显示了南朝世族社会的不平等。

集 评

景物入手历落如次,语色亦老。(明陆时雍《古诗镜》)

前段语语苍劲,末四句古质,有汉人之遗。(清陈祚明《采菽堂古诗选》)

还都至三山望石头城

鲍 照

泉源首安流①,川末澄远波②。
晨光被水族,晓气歇林阿③。
两江皎平迥④,三山郁骈罗⑤。
南帆望越峤⑥,北榜指齐河⑦。
关扃绕天邑⑧,襟带抱尊华⑨。
长城非壑险⑩,峻阻似荆芽⑪。
攒楼贯白日⑫,摘堞隐丹霞⑬。
征夫喜观国⑭,游子迟见家。
流连入京引⑮,踯躅望乡歌⑯。
弥前叹景促⑰,逾近倦路多⑱。
偕萃犹如兹⑲,弘易将谓何⑳。

江南诗

* 选自《鲍参军集注》第314—316页,钱仲联增补集说校,上海:上海古籍出版社1980年版。

① 首安流:最初流出的江水。

② 川末:长江的末端。澄:澄清。

③ 林阿:长满树木的丘陵。

④ 皎:皎白。迥:平远。

⑤ 郁:幽深。骈罗:并排陈列。

⑥ 越峤:越地的高山。

⑦ 榜:船桨。

⑧ 关扃:闭锁的关隘。天邑:指首都建康。

⑨ 襟带:指环绕建康城的长江。尊华:指首都建康。

⑩ 墼险:坚固的城墼。

⑪ 峻阻:险峻。荆芽:(防御)如荆棘一样尖利。

⑫ 攒:密集矗立。贯:穿过。

⑬ 摘:分布。隐:遮住。

⑭ 观国:出自《易经》"观国之光",意为亲自参观首都。

⑮ 入京引:古《入朝曲》。

⑯ 踯躅:徘徊不定。望乡歌:曹丕《燕歌行》:"慊慊思归恋故乡,君何淹留寄他方。"

⑰ 景促:光阴易逝。

⑱ 勌:疲倦。

⑲ 萃:同行之人。

⑳ 弘易:平坦。弘易将谓何:即"将谓何弘易",反问句。

题 解

这是鲍照外出回建康途经长江边三山时所作,三山位于建康城西南,是长江边的一片山地,前录谢朓的《晚登三山还望京邑》也是写于此处。这里鲍照并没有直接写自己的处境,而是以写景开端,先写长江从源头流出,到了下游水势转盛;续写自己赶路的清晨时分长江下游的山川之美;再由长江引到长江边的建康城,渲染都城的坚固繁华;之后笔锋一转,描写自己远行的辛苦与对家乡的思念,最后以感叹世路艰难收尾。整篇作品既写了长江的壮美,也写了帝都的险要,其中又夹杂着数层感情变化,是描写建康的诗作中感情较为丰富的一篇。

集　评

"似荆芽"语生,不若去此二句。"弘易"字晦,拟改曰"长息",因"征夫"六句,写归情,淋漓生动,不忍舍之。(清陈祚明《采菽堂古诗选》)

首二句不过言江平无波,而措语新特。前十四句总叙望景,而分三层,首四句写江上早景,"雨江"二句点题,"南帆"二句"望"字旁意,"关扃"六句正写石城,"征夫"六句人己归情,收二句,史所谓"故为鄙文累句"者耶?注家强为之解,徒蔽惑耳。此诗可比颜延之《蒜山》,而胜沈约《钟山》,不及小谢《登三山望京邑》及《之宣城出新林浦》。(清方东树《昭昧詹言》)

江南相关知识

石头城

位于南京市西长江与秦淮河的交汇处,始建于战国时,三国时又加重建,因建在山石之上,故名石头城。石头城面对长江天险,是六朝时都城建康抵御长江上游敌人的要塞,在这里发生了无数次著名战役。唐朝以后,石头城的军事功能逐渐衰落,成为文人墨客凭吊的古迹。刘禹锡的著名怀古诗《石头城》,即作于此。

苏小小歌

妾乘油壁车①,郎骑青骢马②。
何处结同心,西陵松柏下③。

江南诗

* 选自《先秦汉魏晋南北朝诗》第1480—1481页,逯钦立编,北京:中华书局1988年版。
① 油壁车:以油涂饰车壁的车。
② 青骢马:青白色的马。
③ 西陵:今杭州西兴镇。

题解

苏小小歌属于六朝杭州地区的民歌,按照《乐府广题》的说法,苏小小是钱塘名妓,这是她为与情郎约会所作。在诗歌的前两句里,车中美人,马上少年,两情相悦,构筑了一幅美好欢悦的图景,但诗歌的末尾却笔调一转,说他们永结同心之处在"松柏下",而"松柏下"在当时是埋葬尸体之处,这给整首诗抹上了一丝阴郁的气氛。因此后人据此诗推演出一个凄美的爱情悲剧,说苏小小深爱情郎,却无法得结连理,只能郁郁而终,葬在"西陵松柏下"。唐代李贺据此写下了著名的古诗《苏小小墓》。

江南相关知识

苏小小墓

随着《苏小小歌》的流传,人们对苏小小的身世与爱情故事有许多的推测,引申出不少传说,而苏小小墓则成了这些传说故事在现实中的归结点。按照《苏小小歌》的说法,苏小小应该葬在萧山钱塘江边的西陵,但宋代人将"西陵"改成了"西泠",在杭州西湖的西泠桥边重造了一个"苏小小墓"。宋代以后,这里成了西湖边著名景点,吸引着无数文人墨客。

济浙江诗

任 昉

昧旦乘轻风①,江湖忽来往。

或与归波送,乍逐翻流上②。
近岸无暇目③,远峰更兴想④。
绿树悬宿根⑤,丹崖颓久壤⑥。

* 选自《先秦汉魏晋南北朝诗》第 1597 页,逯钦立编,北京:中华书局 1988 年版。

① 昧旦:黎明时分。
② 翻流:翻滚的波涛。
③ 暇目:空闲的目光。
④ 兴想:产生种种思绪。
⑤ 悬宿根:树根伸出沙土外。
⑥ 颓久壤:因为倾圮而露出古老的土壤。

作者简介

任昉(460—508),字彦升,南朝文人。任昉年少成名,十六岁为丹阳主簿,在南齐历任奉朝请、太常博士、尚书殿中郎、竟陵王司徒参军、太子步兵校尉、中书侍郎、司徒右长史等,位列竟陵王刘义庆身边"竟陵八友"之一。入梁后历任黄门侍郎、吏部郎中、义兴太守、御史中丞、秘书监等。着意提拔后进寒门文人,被尊称为"任君"。任昉诗崇尚用典,被钟嵘《诗品》评为"善铨事理,拓体渊雅,得国士之风"。有《任昉集》。

题 解

任昉是齐梁的文章大家,他以博学著名,写作诗文时也喜欢引经据典,有时会妨碍诗歌情感的流畅,所以常被认为不善作诗。不过这首描写泛舟钱塘江体会的《济浙江诗》,倒是没有掉书袋的毛病。诗的前半段生动地描写了一叶小舟在滚滚江潮中随波逐流,不能自主的处境,后半段则写出了岸边层出不穷、令人目不暇接的怪石奇树,他没有像一般的江南诗歌那样,努力体现江南的清丽秀美,而是如实描写水岸边"绿树悬宿根,丹崖颓久壤"的古朴之景,体现了一种苍凉而原始的力量。

> 集 评

全写人中之景,遂含灵气。(清王夫之《古诗评选》)

早发定山

沈 约

夙龄爱远壑①,晚莅见奇山②。
标峰彩虹外③,置岭白云间④。
倾壁忽斜竖,绝顶复孤圆⑤。
归海流漫漫⑥,出浦水溅溅。
野棠开未落,山樱发欲然。
忘归属兰杜⑦,怀禄寄芳荃⑧。
眷言采三秀⑨,徘徊望九仙⑩。

* 选自《沈约集校笺》第354页,陈庆元校笺,杭州:浙江古籍出版社1995年版。

① 夙龄:早年。远壑:远处的山谷。
② 晚莅:暮年临职。
③ 标峰:即"峰标",山峰兀然矗立状。
④ 置岭:即"岭置"。
⑤ 绝顶:山的最高点。
⑥ 漫漫:水势盛大。
⑦ 属兰杜:属意于兰花和杜若(楚辞中的香草),取高洁之意。
⑧ 寄芳荃:寄情于芳草。荃,菖蒲,楚辞中的香草。
⑨ 眷言:回顾貌。三秀:楚辞中的仙草,服之可长生不老。
⑩ 九仙:指"伯阳九仙法",一种修仙之法。

作者简介

沈约(441—513),字休文,南朝文学家。刘宋时起家奉朝请,南齐时历任太子家令、著作郎、中书郎、黄门侍郎、尚书左丞、御史中丞、国子祭酒、通直散骑常侍等,名列"竟陵八友",梁朝时任散骑常侍、吏部尚书、尚书仆射、侍中、尚书令、太子少傅等,荣宠一时。沈约诗赋俱佳,尤其擅长五言诗,为齐梁一代文宗。有《沈约集》。

题解

南齐隆昌元年(494),沈约从建康出发,赴东阳(今浙江东阳)太守任,经过定山(又称狮子山,在今杭州东南)时,写下了这首作品。作品的前六句描写山景之奇崛变换,中四句置身山中,描写远眺钱江,近观春花的感想,后四句则回到《楚辞》中的游仙主题,表达了对长生不老的向往。诗中写景的篇幅不少,但均清丽流畅,没有堆砌辞藻之嫌,其中"山樱发欲然"一句,描写野花盛开的炽热景象,深受后世诗人喜爱,被李白化用为"山花开欲然",被杜甫化用为"山青花欲燃",均成名句。

集评

颇仿康乐。故知昭明所选,唯取高清。(清陈祚明《采菽堂古诗选》)

日夕出富阳浦口和朗公

何 逊

客心愁日暮,徙倚空望归①。
山烟涵树色,江水映霞晖。
独鹤凌空逝②,双凫出浪飞③。
故乡千余里,兹夕寒无衣。

* 选自《何逊集校注》第88页,李伯齐校注,北京:中华书局2010年版。
① 徙倚:徘徊。
② 独鹤:离群之鹤。逝:离开。
③ 凫:野鸭。

作者简介

何逊(466?—519?),字仲言,梁代诗人。历任梁奉朝请、建安王水曹行参军兼记室、安成王参军事兼尚书水部郎、庐陵王记室。擅长五言诗,与刘孝绰、谢朓齐名。有《何逊集》。

题 解

这首诗作于浙江富阳,是何逊送别梁朝三论宗大师僧朗时所作。僧朗本客居富阳,何逊自己离家在富阳为官,客中送客,自然加倍哀伤,于是诗中的景色,也沾染了浓厚的离愁别意,如"独鹤""双凫"等意象,既是对眼前景色的描绘,也隐喻着两人的孤独处境。何逊擅长写五言诗,但却没有南朝前期五言诗那种好用艰涩字、好用典故的缺点,显得流丽自然。这首诗的整体结构与写法,已经和唐代的五言律诗非常相似了。

集 评

情景相入,拙者必疑五六之为比。(清王夫之《古诗评选》)

气色苍逸,此等必为少陵所赏。"独鹤""双凫"兴意不绝,往往效之。(清陈祚明《采菽堂古诗选》)

慈姥矶

何 逊

暮烟起遥岸,斜日照安流①。

一同心赏夕②,暂解去乡忧。
野岸平沙合③,连山远雾浮。
客悲不自已,江上望归舟。

* 选自《何逊集校注》第147页,李伯齐校注,北京:中华书局2010年版。
① 安流:平静的水流。
② 一同:同行之人。心赏:心情欢畅。
③ 平沙:广阔的沙岸。

题 解

慈姥矶,在南京西南,长江岸边。因附近有慈姥庙而得名。何逊游宦在此,在日落时分遥望滚滚江水,写下了这首诗。眼前夕阳照水,暮烟弥漫,沙岸苍茫,远山空濛,动人的长江暮色似乎暂且平息了主人公的乡心,但不久之后,望见江上的归舟,便再次想到了上游的故乡,重新陷入伤怀之中。末句通过描写对江上归舟的注视,表达思乡之意,与谢朓的"天际识归舟,云中辨江树"有异曲同工之妙。

集 评

有起有合,居然律也。乃起者非起,合者非合,章法之奇,一从《三百篇》来,太白间能用此,余人不知也。(清王夫之《古诗评选》)

五六一近一远,便是思乡之情。伤己不归,望他舟之归,用意佳,语亦居然盛唐。(清陈祚明《采菽堂古诗选》)

己不能归,而望他舟之归。情事黯然。(清沈德潜《古诗源》)

江南曲

柳 恽

汀洲采白蘋①,日暖江南春。

江南诗

> 洞庭有归客②,潇湘逢故人③。
> 故人何不返,春华复应晚。
> 不道新知乐,只言行路远。

* 选自《先秦汉魏晋南北朝诗》第1673页,逯钦立编,北京:中华书局1988年版。

① 汀洲:水中小洲。白蘋:白色的蘋花。
② 洞庭:洞庭湖,在今湖南岳阳附近。
③ 潇湘:湘江和潇水。

作者简介

柳恽(465—517),字文畅,齐梁间音乐家、诗人。南齐时曾为竟陵王萧子良法曹行参军、太子洗马、鄱阳相、萧衍冠军将军征东司马、给事黄门侍郎等。入梁后为长兼侍中、吴兴太守、散骑常侍、左民尚书、广州刺史、秘书监等。柳恽少年时即有诗名,皎然《诗议》称其诗"雅而高"。今存诗十八首。

题 解

《江南曲》属于乐府相和歌辞,和汉乐府《江南》出于同源。诗的作者柳恽曾经两次做吴兴(今湖州)太守,这应该是他在任时所写。诗歌的主人公是一位江南女子,因丈夫远行无聊,而出门采摘蘋花,结果遇到与丈夫相识的远客,她急切地询问丈夫为何迟迟不归,辜负了满开的春花,远客则安慰她说丈夫并非有了新欢,而是路程太远,难以返回。女主人公因丈夫的远行不归而幽怨,但却并没有责怪丈夫的意思,反而亲自采集蘋花,颇有古诗《涉江采芙蓉》中"采之欲遗谁,所思在远道"之意。这首诗情感深挚,受到历代诗人喜爱,"白蘋"因此成为"思念"的代名词,而湖州也因这首诗,增加了"白蘋洲"这样一个景点。

> 集评

余爱柳恽"汀洲采白蘋,日落江南春"……起句之妙,可以为法。(明杨慎《丹铅总录》)

含吐曲直,流连辉映,足为千古风流之祖。(清王夫之《古诗评选》)

柳恽"汀洲采白蘋"……可以继美十九首。(清吴乔《围炉诗话》)

此闺怨诗也。前四即采蘋春暖,先将题中"江南"二字点清,幻出适有归客,曾逢故人,为后起案。五六是问归客之辞,春花应晚,即兜首二。后二是述归客答辞,"不言""只言",兼可喜可疑两意,此种乐府,古意未漓,致可取也。(清张玉毂《古诗赏析》)

诏问山中何所有赋诗以答

陶弘景

山中何所有,岭上多白云。
只可自怡悦,不堪持寄君。

* 选自《先秦汉魏晋南北朝诗》第1814页,逯钦立编,北京:中华书局1988年版。

> 作者简介

陶弘景(452—536),字通明,谥号贞白,南朝著名道士、文人。南齐时历任诸王侍读、奉朝请,后辞官入茅山隐居,研究道教修仙之术。梁武帝即位后,曾多次与之通信,邀其参与梁朝朝政决策,世称"山中宰相"。有《华阳陶隐居集》。

江南诗

> **题　解**

　　陶弘景厌倦仕途,辞官隐居茅山之中,齐高帝见他如此热爱山林生活,下诏询问山中有什么值得依恋之处,陶弘景即以此诗作答。对于隐士来说,山中的青松绿水、白云幽草,都有可爱之处,但这种乐趣是君主无法理解和欣赏的。"只可自怡悦,不堪持寄君"体现了对江南山水的喜爱,也体现了陶弘景高洁的品格。

·江南相关知识·

茅山

　　茅山位于江苏省句容市,是道教名山,传说汉元帝年间,有茅盈等三兄弟入山采药,炼成仙丹,医治百姓,因而得名。齐梁时陶弘景入茅山修炼,撰写《真诰》,传播上清经典,创立了道教的上清派,从此茅山也成为修道者的圣地。

江南可采莲

刘　缓

春初北岸涸,夏月南湖通①。
卷荷舒欲倚,芙蓉生即红。
楫小宜回径②,船轻好入丛。
钗光逐影乱③,衣香随逆风。
江南少许地,年年情不穷。

* 选自《先秦汉魏晋南北朝诗》第1847页,逯钦立编,北京:中华书局1988年版。

① 南湖通:指涨水之后湖水连成一片。南湖泛指南边的湖水。
② 楫:船撑。
③ 钗光逐影:金钗的光芒和水中倒影交相辉映。

作者简介

刘缓,生卒年不详,字含度,南朝梁诗人。曾任湘东王萧绎记室、中录事,为湘东王幕府文人之冠。侯景之乱后随萧绎至江州。今存诗十二首。

题 解

这首诗是刘缓在《江南可采莲》这一乐府诗题下的创作。诗的前四句写时令,春末夏初,江南雨量丰沛之时,湖水渐渐涨起,荷叶开始舒展,荷花微露粉红,恰好呼应了题目的"可采莲"。中间四句写采莲的女子,驾着小船驶入荷叶莲花之中,虽没有正面写外貌,但只是钗光鬓影,便已分外婀娜。湖水、荷花和采莲人一起,构筑了江南的温柔风景。北宋词人周邦彦《苏幕遮》有"小楫轻舟,梦入芙蓉浦"之句,正从"楫小宜回径,船轻好入丛"句化来。

入若邪溪诗

王 籍

舻舳何泛泛①,空水共悠悠②。
阴霞生远岫③,阳景逐回流④。
蝉噪林逾静,鸟鸣山更幽。
此地动归念,长年悲倦游。

* 选自《先秦汉魏晋南北朝诗》第1853—1854页,逯钦立编,北京:中华书局1988年版。

① 舻舳:大型战舰。泛泛:漂浮。

②空水:天空和溪水。悠悠:连绵不绝。
③远岫:远处的峰峦。
④阳景:阳光。回流:倒流的水。

> 作者简介

　　王籍,生卒年不详,字文海,南朝诗人。幼能属文,南齐时为冠军行参军,梁朝任钱塘令,湘东王萧绎谘议参军、中散大夫等。以诗文著称于世,今存诗两首。

> 题　解

　　根据《梁书·王籍传》记载,王籍跟随湘东王萧绎到会稽做官,遊遍了越中山水,写下不少诗篇,其中这一首最为有名,在写出不久就广泛流传,甚至传到了北朝。诗歌的三四句,将行船过程中云霞浮现于山中,日光奔驰入流水的动态景象描绘得如在目前,已属佳句,但最引人瞩目的还是第五六句。按照常理来说,没有任何声音才是完全的寂静,但在现实中不可能出现那样的场景,读者也想象不出那是什么样子。因此作者特地反其道而行之,用蝉噪和鸟鸣反衬出溪谷中的清幽,虽然不是绝对的寂静,但寂静感反而更易体会,造成了以静写动的效果。宋代王安石认为这两句写得不合逻辑,硬要说"一鸟不鸣山更幽",就有些焚琴煮鹤的意思了。

> 集　评

　　王籍《入若耶溪》诗云:"蝉噪林逾静,鸟鸣山更幽。"江南以为文外断绝,物无异议。简文吟咏,不能忘之,孝元讽味,以为不可复得,至《怀旧志》载于《籍传》。范阳卢询祖,邺下才俊,乃言:"此不成语,何事于能?"魏收亦然其论。《诗》云:"萧萧马鸣,悠悠旆旌。"毛《传》曰:"言不喧哗也。"吾每叹此解有情致,籍诗生于此耳。(北齐颜之推《颜氏家训·文章》)

　　"蝉噪林逾静",此诗家推调。此蝉一噪,那得其林逾静?"鸟鸣山更幽",深山无人,鸟声音远,幽景故当自得。(明陆时雍《古诗镜》)

固自佳句。出句稍拙,然自古对句工,然调稍卑,亦嫌合掌。(清陈祚明《采菽堂古诗选》)

江南相关知识

若邪溪

又名若耶溪、浣沙溪,在今浙江绍兴南部,出若耶山,入运河,是越地重要溪流。相传西施在进入吴宫之前,即为若耶溪的浣纱女,因此这里成为凭吊西施的名胜,许多诗人在此留下诗篇。

奉和山池

庾 信

乐宫多暇豫①,望苑暂回舆②。
鸣笳陵绝浪③,飞盖历通渠④。
桂亭花未落,桐门叶半疏。
荷风惊浴鸟,桥影聚行鱼。
日落含山气,云归带雨馀。

* 选自《庾子山集注》第178—179页,清倪璠注,北京:中华书局1980年版。
① 乐宫:汉高祖长乐宫,这里泛指宫殿。暇豫:闲暇。
② 望苑:汉武帝为太子建造的博望苑,这里指梁太子萧纲的宫苑。回舆:回车。
③ 鸣笳:一种吹管乐器,是太子仪仗的一部分。绝浪:《艺文类聚》作"绝限",险峻的山路。
④ 飞盖:飞驰的马车上的车盖。通渠:宫中水道。

作者简介

庾信(513—581),字子山,早年仕梁,官东宫学士、建康令。侯景之乱

江南诗

后为梁元帝右卫将军,出使西魏,西魏灭梁后滞留北方,历经西魏、北周,深受礼遇,官至骠骑大将军、开府仪同三司、司宗中大夫等。庾信诗赋俱佳,对后世影响很大,杜甫有"庾信平生最萧瑟,暮年诗赋动江关"之说,后人辑其作品为《庾子山集》。

题解

庾信年轻时曾在梁太子萧纲的东宫中为官,萧纲曾在余暇时游览东宫苑中一处山间池塘,作《山池》诗一首,让属下官员唱和,这是庾信上交的作品。作品的前半部分写萧纲车驾出游的经过,不过是对太子的吹捧,无太多特殊之处,而后半部分写将落未落的花,半疏半密的叶,融化在落日中的山雾,隐藏在云彩间的细雨,一切都是浅尝辄止,却带来一种幽静清丽的美,显示了极高的细节捕捉能力。

从永阳王游虎丘山诗

张正见

沧波壮郁岛①,洛邑镇崇芒②。
未若兹山丽,岩峣擅水乡③。
地灵侔少室④,涂艰象太行⑤。
重岩摽虎据⑥,九曲峻羊肠⑦。
溜深涧无底⑧,风幽谷自凉。
宝沉余玉气,剑隐绝星光⑨。
白云多异影,丹桂有丛香。
远看银台竦⑩,洞塔耀山庄。
瑞草生金地⑪,天花照石梁⑫。

* 选自《先秦汉魏晋南北朝诗》第 2487 页,逯钦立编,北京:中华书局 1988 年版。

① 郁岛:传说中的东海仙岛。
② 洛邑:洛阳。崇芒:高耸的山峰。
③ 岩峣:险峻。
④ 少室:河南少室山。
⑤ 太行:太行山。
⑥ 虎据:形容虎丘怪石雄伟如猛虎蹲踞,据说这是虎丘得名的由来。
⑦ 羊肠:曲折而长的小路。
⑧ 溜:瀑布。
⑨ 剑隐:虎丘有剑池。
⑩ 银台:传说中西王母的居住地。
⑪ 金地:佛经记载释迦牟尼讲法之处以黄金铺地。
⑫ 天花:佛经记载释迦牟尼讲法之时有天女散花。石梁:石桥。

作者简介

张正见(约525—约575),字见赜,南朝诗人、学者。年轻时受梁简文帝萧纲的赏识,在梁任通直散骑侍郎、彭泽令等。梁末隐居庐山避乱,陈朝建立后复出,任鄱阳王府墨曹行参兼衡阳王府长史,历宜都王限外记室、撰史著士、尚书度支郎、通直散骑侍郎等职。张正见精于五言诗,后人辑有《张散骑集》。

题 解

张正见跟随陈永阳王陈伯智游览虎丘归来后,写下了这首对虎丘景色的赞诗。作者张正见是从北魏归附南朝的,对北方的名山壮景还有记忆,因此他形容江南的山色时,便用上了洛阳、少室山、太行山作对比,与雄壮的北方山峰相比,江南的山美在灵秀和瑰奇,规模虽然不大,但是地势复杂多变,随处可见妙景,让人眼花缭乱。张正见本人显然已经认同的江南的景色,他把虎丘之美归因于水土的灵性,在比喻中又用上了当时正

江南诗

流行的"金地""天花"等佛教典故,为自然的山石披上了一层神秘色彩,显得更为迷人。

相关江南知识

虎丘

位于苏州西北,传说是春秋时吴国国君阖闾的墓葬所在。这里地形繁复多奇,深具丘壑之美,唐宋以后又增加了真娘墓、虎丘塔等人文景观,深受文人墨客的喜爱。

子夜歌·宿昔不梳头

宿昔不梳头,丝发披两肩。
婉伸郎膝下①,何处不可怜②!

* 选自《先秦汉魏晋南北朝诗》第1040页,逯钦立编,北京:中华书局1988年版。

① 婉伸:宛转铺展。
② 可怜:可堪怜爱。

题 解

《子夜歌》在乐府的序列里属于吴声歌曲,按照《宋书·乐志》的说法,这个乐府题目出于晋朝,原是女鬼所歌。不过据现代学者考证,《子夜歌》大约是江苏一带的民间歌曲,其中绝大部分都以男女爱情为主题。《子夜歌》有一个特点,就是常常用谐音双关语,这首歌也是如此,唱歌的女子将珍贵的长发披散下来,铺在情郎膝上,希望得到怜爱。而其中"丝发"的"丝",又与"思念"的"思"谐音,未曾梳理的长发,正象征着女子混乱而悠长的情思。

子夜歌·始欲识郎时

始欲识郎时,两心望如一。
理丝入残机①,何悟不成匹。

* 选自《先秦汉魏晋南北朝诗》第1040页,逯钦立编,北京:中华书局1988年版。

① 残机:残破的织布机。

题 解

这也是一首女子的情歌。歌里的主人公,对爱人一见钟情,希望与情郎永结同心,却最终没有得偿所愿。炙热的爱情遭到冷遇,本是一件羞于出口的事,因此她将心中的惆怅,通过双关的方式唱了出来。歌中的"丝"双关"情思","匹"双关"匹配",从字面上看,好像是写将丝线放入织布机中,无法制成布匹,实际上是诉说自己的情思得不到情郎的回应,无法与他结成配偶。这首歌看似简单,其中却蕴含了很强的热情与幽怨。

子夜歌·夜长不得眠·其二

夜长不得眠,明月何灼灼①。
想闻散唤声②,虚应空中诺③。

* 选自《先秦汉魏晋南北朝诗》第1042页,逯钦立编,北京:中华书局1988年版。

① 灼灼:光亮。
② 想闻:仿佛听到。散唤:断断续续的呼唤。
③ 虚应空中诺:回答虚空中的呼唤。

江南诗

题 解

在汉魏六朝诗歌传统中"夜中不能寐"是一个很常见的主题,士大夫的长夜难眠,常常是因为独居无友,而女子的长夜难眠,则多是思念远方的爱人。在这首诗里,主人公的爱人出门远行,本就孤枕寂寞,再加上明亮的月光,更加无法入睡。在恍惚中,她似乎听见爱人的呼唤,而出声回答时,却发现自己面对的只是虚空而已。短短的二十字之内,感情在思念、犹疑、惊喜与失望之间迅速转换,具有很强的表现力。

子夜歌·我念欢的的

我念欢的的①,子行由豫情②。
雾雾隐芙蓉③,见莲不分明。

* 选自《先秦汉魏晋南北朝诗》第1042页,逯钦立编,北京:中华书局1988年版。

① 的的:清楚明了。
② 由豫:犹豫。
③ 芙蓉:荷花。

题 解

这是一首女子口吻的情诗。主人公为情郎奉献了热烈的爱情,但情郎却总是犹犹豫豫,不肯明确两人的关系。于是女子巧妙利用"见莲"与"见怜"的双关,借助诗歌诉说着自己的处境——情郎对自己的爱,就像是浓雾遮住的莲花,朦朦胧胧,看不清楚。

先唐诗(四十八首)

子夜四时歌·春歌·春林花多媚

春林花多媚,春鸟意多哀。
春风复多情,吹我罗裳开。

* 选自《先秦汉魏晋南北朝诗》第1043页,逯钦立编,北京:中华书局1988年版。

> **题 解**

《子夜四时歌》,与《子夜歌》一样,都是吴地的民间歌曲,此类民歌的主题一般是是"四时行乐",具体分《春歌》《夏歌》《秋歌》和《冬歌》,描绘了江南百姓一年四季游乐的景象。这首歌属于《春歌》,前三句开头都是"春"字,写出了春天明媚、哀愁与多情。最后一句则将主人公"我"代入春天之中,春风吹开"我"的罗裳,实则也吹开了"我"的惜春爱春之心,春风的多情,也映衬出"我"的多情。

子夜四时歌·春歌·朝日照北林

朝日照北林①,初花锦绣色②。
谁能春不思③,独在机中织。

* 选自《先秦汉魏晋南北朝诗》第1044页,逯钦立编,北京:中华书局1988年。

① 朝日照北林:《乐府诗集》作"明月照桂林",这里据《玉台新咏》。
② 初花:初开的花朵。锦绣:色泽鲜艳,如同织锦。
③ 春不思:《乐府诗集》作"不相思",这里据《玉台新咏》。

> **题 解**

美丽的春花,如同青春的男女,充满了朝气和生机。这种朝气和生机,需要欣赏者的赞美,才不至于埋没。这首诗中的主人公看见织锦一般美丽的花朵,想到了花朵一般美丽的自己,而自己深居闺中无人欣赏,纵有多情春思,也如同手上的丝线一般,只能独自留存在织布机中,辜负春光。以"春丝"双关"春思",正是中国文学传统中一种非常常见的抒情模式。

子夜四时歌·秋歌·秋风入窗里

秋风入窗里,罗帐起飘扬。
仰头看明月,寄情千里光。

* 选自《先秦汉魏晋南北朝诗》第1047页,逯钦立编,北京:中华书局1988年版。

题 解

这是一首秋夜怀人之作。秋风吹起罗帐,惊醒了帐中的不眠之人。秋夜不眠,是因为孤枕寂寞,而本该在枕边之人,如今飘零他乡,只能在想象之中,通过照耀九州的明月,将自己的思念,寄给远方的旅人。从汉代开始,秋夜怀人的题材就已非常成熟,明月、罗帏、秋风的组合也很常见,曹丕、徐幹、阮籍等人都写过类似的作品。与那些知名文人的创作相比,这首诗的优点在于清新流丽,没有任何多余的描写,亲切明白如同对面倾诉。

西洲曲

忆梅下西洲,折梅寄江北。
单衫杏子红①,双鬓鸦雏色②。

西洲在何处？两桨桥头渡。
日暮伯劳飞③，风吹乌臼树④。
树下即门前，门中露翠钿⑤。
开门郎不至，出门采红莲。
采莲南塘秋，莲花过人头。
低头弄莲子⑥，莲子青如水。
置莲怀袖中，莲心彻底红。
忆郎郎不至，仰首望飞鸿。
鸿飞满西洲，望郎上青楼。
楼高望不见，尽日栏干头。
栏干十二曲，垂手明如玉。
卷帘天自高⑦，海水摇空绿⑧。
海水梦悠悠，君愁我亦愁。
南风知我意，吹梦到西洲。

* 选自《先秦汉魏晋南北朝诗》第1069页，逯钦立编，北京：中华书局1988年版。
① 单衫：单衣。
② 鸦雏色：乌鸦雏鸟的颜色，代指黑色。
③ 伯劳：伯劳鸟。因《东飞伯劳歌》中有"东飞伯劳西飞燕，黄姑织女时相见"的句子，在古代文学中常指代离别。
④ 乌臼树：又称"乌桕树"，江南常见植物。
⑤ 翠钿：绿色的面部装饰。
⑥ 莲子：双关"怜子"。
⑦ 天自高：天空自然高远。
⑧ 海水：指江水。摇空绿：绿水中摇动天空的倒影。

题 解

《西洲曲》属于乐府中的杂曲歌辞，上面所引的这一首，是描写思念之情的民歌。主人公是一位江南女子,情郎去西洲(长江上游,有学者认为即荆州)远行,她百无聊赖,独自出门采莲,然而无论门前的伯劳乌桕,还是塘中的荷叶莲子,都让她情不自禁想到远方的情郎。于是她索性让心思随鸿鸟西去,想象情郎如何独上高楼,思念着自己。最后,她又把希望寄托到梦境上,希望南风能将梦魂吹到西洲,让自己与爱人在梦里相见。整首诗用语清新自然,语段间熟练采用顶真的手法,将女子思远的"采莲"和男子怀乡的"登楼"两个主题顺畅地连结起来。"采莲南塘秋,莲花过人头。低头弄莲子,莲子清如水"的句子,单用外貌描写,就将一位痴情而又娇羞的女子写得跃然纸上,受到历代诗评家的赞赏。

集　评

　　声情摇曳而纡回,不纤不碎,太白妙派。试看此一曲中,拆开分看,有多少绝句。然相续相生,音节幽亮。虽其下愈尽,而其上愈含蓄可味,何情绪之多也。(明谭元春《古诗归》)

　　累累而成,语语浑称,风格最老。(明陆时雍《诗镜总论》)

　　《西洲曲》摇曳轻扬,六朝乐府之最艳者。初唐刘希夷、张若虚七言古诗皆从此出,言情之绝唱也。段段绾合,具有变态。由树及门,由门望路,自然过渡。尤妙在"开门露翠钿"句可画。借"翠"字生出"红莲""红"字,借"过人头"生出"低头"句。"莲子""莲心""青""红"二字相生不对,忽又漾下"红莲",生出"飞鸿"。从"飞鸿"度"登楼",从"登楼"见高天海水,情自近而之远,自浅而之深,无可奈何而托之于梦,甚至梦借风吹,缥缈幻忽。无聊之思,如游丝随风,浮萍逐水,不独无地无物,尽属感伤;无时无刻,暂斶愁绪矣。太白尤亹亹于斯,每希规似,《长干》之曲,竟作粉本,至如"海水摇空绿""寄愁明月""随风夜郎",并相蹈袭。故知此诗诚唐人所心慕手追,而究莫能逮者也。(清陈祚明《采菽堂古诗选》)

　　续续相生,连跗接萼,摇曳无穷,情味愈出。(清沈德潜《古诗源》)

女史司箴敢告庶姬

與毛令方尉游西菩提寺二首

按於濟縣圖經毛君寶同尉方君武與東坡於熙寧七年八月廿七日同遊西菩山明智院石刻存焉西菩提寺去縣十五里

推擠不去已三年魚鳥依然笑我頑人未放歸江北路天教看盡浙西山尚書清節衣冠後處士風流水石間

一笑相逢邢易得數詩狂語不須刪

府三十六日而擁麾益守兵馬郡乞兒乘小車一何駛乎秦曰君明公之子有文采守吏職獮猴騎土牛又何遲也李白詩身騎土牛滯東魯曾唐書高適始為封丘尉哥舒翰表掌書記適有詩云只言小邑無所為公門百事皆有期杜子美贈詩云脫身簿尉中始與捶楚辭後歷蜀彭二州刺史西川節度使終刑部侍郎左散騎常侍又孟浩然遊京師與王維善維私邀入禁省俄駕至遽匿牀下維以定對曰朕聞其人久矣何懼而匿詔出再拜問其詩至不才明主棄帝怒曰卿不求仕奈何誣我因放還後漢卓茂為密縣令下大蝗獨不入密縣界魯恭為中牟令郡國螟傷稼犬牙緣界不入中牟宋均為九江太守會山陽楚沛多蝗其飛至九江界輒東西散去戴封為西華令汝頰有蝗獨不入西華界時督郵行縣忽大至督郵去蝗亦頓除一境奇之

步出西城門瑤望城西岑連障疊巘崿嶸青
翠杳溪洮曉霜楓葉丹夕聽嵐氣陰節往感不
淺感來念已深羈雌戀舊侶逃鳥懷故林含情
尚勞愛如何離賞心撫鏡華緇鬢攬帶緩促衿
安排徒空言幽獨賴鳴琴

登池上樓

潛虬媚幽姿飛鴻響遠音薄霄愧雲浮棲川作
淵沈進德智所拙退耕力不任徇祿反窮海臥
痾對空林衾枕昧節候褰開暫窺臨傾耳聆波

此闺情诗也。由春而夏而秋,直举一岁相思,尽情倾吐,真是创格。前十二,春时忆也。折梅将寄所思,饰容而往,日暮而归,凝妆而待,无如郎之不至何,则好春已过,又将有事采莲矣。说采莲,有望怜意,"采莲"八句,夏时忆也。采莲、弄莲、怀莲,情传所事,无如郎之仍不见何,则长夏已过,又将转盼飞鸿矣。说飞鸿,有望音书意,后十二,秋时忆也、感飞鸿而盼望高楼,郎终不见,阑干徙倚天海。至此心尽气绝,惟冀有梦同愁,风吹梦到而已。兜应西洲,隐然重又一岁,首尾循环,无穷摇曳。(清张玉榖《古诗赏析》)

隋唐诗(五十首)

人日思归①

薛道衡

入春才七日,离家已二年②。
人归落雁后,思发在花前③。

* 选自《隋唐嘉话》第1页,程毅中点校,北京:中华书局1979年版。
① 人日:农历正月初七。传说女娲创世,在第七天造出了人,故以每年第七日为人日。
② 二年:指经过元旦,在这里跨了一年,并非实际待满两年时间。
③ 发:迸发,生出。

作者简介

薛道衡(540—609),字玄卿,河东汾阴(今山西万荣县)人。北周入仕,经北齐而入隋,官至司隶大夫,为隋炀帝所杀。

题 解

这首诗系薛道衡在隋文帝开皇初年,以散骑常侍身份,出使南朝陈时所作。他来此日久,未免思家,据记载,是在江南文人面前当场吟就。前半陈述事实,看似平平,实已暗含乡愁,至第四句乃尽情吐露。甫入新春,大雁已在北飞,而百花尚多未开。后半取此与自己比较,切合初春特点。雁北飞而我滞留,见出身不由己;花未开而乡思动,见出归心似箭。下句尤其新颖。南北朝时期,一般而言,江南文化底蕴胜过北方。薛道衡诗名早著,以北人而得江南文士推重,足见其才气,这也是北朝后期文化水平不断提升的一种表现。

集 评

薛道衡聘陈,为人日诗云:"入春才七日,离家已二年。"南人嗤之曰:"是底言?谁谓此虏解作诗!"及云:"人归落雁后,思发在花前。"乃喜曰:"名下固无虚士。"(唐·刘𫗧《隋唐嘉话》)

江南诗

次北固山下①

王 湾

客路青山外,行舟绿水前②。潮平两岸阔③,风正一帆悬。
海日生残夜,江春入旧年。乡书何处达,归雁洛阳边。

* 选自《全唐诗》第54页,清彭定求等编,郑州:中州古籍出版社2008年版。
① 次:暂时停留。北固山:在今江苏省镇江市东北。
② 绿水:这里指长江。
③ 潮平:潮水上涨,几与岸平。

作者简介

王湾(生卒年不详),洛阳(今属河南)人。景云三年(712)进士,少有文名,早年曾往来吴、楚间,后不知所终。

题 解

据唐代殷璠《河岳英灵集》卷下记载:"(王湾)游吴中,作《江南意》诗云:'海日生残夜,江春入旧年。'诗人以来少有此句,张燕公(说)手题政事堂,每示能文,令为楷式。"可知此作乃王湾早年游历吴地时所写,在当时即非常出名。诗人生在洛阳,初到风景迥异的江南,感受必然新鲜而丰富。然而这首诗基本围绕江水一点展开,取材集中。首联"绿水",已暗含春水之意。次联上句描摹春水上涨造成的错觉,水面仿佛与岸齐平,视野为之一阔;下句描摹船帆吃饱了风,不用说,行速一定极快。两句构图纵横交叉,四向延展,景象又都令人胸怀大畅。三联写早晨与春天到来,生机盎然,而带入残夜、旧年,两相对比,不似上一联纯是积极情调,自然引出尾联思乡之情。此外,太阳与夜晚,春光与去年,各自虚实相映,用笔灵动。人在早年,纵有哀愁,但因未来尚存无限希望,整体心态总是昂扬。这首诗便体现出这种青春气息,扩大来说,也是初盛唐士人普遍具有的一种气质。张说特别欣赏它,除了艺术考量,可能也有这方面的原因。

集 评

此篇写景寓怀,风韵洒落,佳作也。"生"字、"入"字淡而化,非浅浅可到。(明周珽《删补唐诗选脉笺释会通评林》引徐充)

大历以后无此等气格矣。(清·查慎行《初白庵诗评》)

妙在是北人初到江南,处处从生眼看出新意,所以中间两联,便成奇景妙语。(清顾安《唐律消夏录》)

"潮平"一联写得宏阔,非复寻常笔墨。至"海日"二句,更非思拟所及。日出则晓矣,偏说"残夜";春到岁除矣,却说"旧年",而确不可易。总妙在"生"字、"入"字上落想,炼句奇甚。玩此一联,更多伤感情思,故有落二句。"归雁洛阳边",望其故乡也。(清黄叔灿《唐诗笺注》)

江南相关知识

北固山

北固山位于江苏镇江东北长江边上,因绝壁临江、形势险固而得名。与金山、焦山成掎角之势,并称"京口三山"。山分前峰、中峰和后峰三部分,后峰为主峰,三面悬崖,地势险峻。甘露寺高踞后峰之巅,江景最佳。三国时"甘露寺刘备招亲"的传说,即以此为背景。前峰原为东吴古宫殿所在地。山上有三国时吴国京城——铁瓮城旧址,今存城墙一段。南朝梁武帝曾在北固山峭壁题写"天下第一江山"六字,山亦以是闻名。

江南诗

回乡偶书·其一

贺知章

少小离家老大回,乡音难改鬓毛衰①。

儿童相见不相识,笑问客从何处来。

* 选自《全唐诗》第530—531页,清彭定求等编,郑州:中州古籍出版社2008年版。

① 衰:稀疏脱落。

作者简介

贺知章(659—744),字季真,一说字维摩,自号四明狂客。越州永兴(今浙江萧山)人,早年依据山阴(今浙江绍兴)。证圣元年(695)进士。嗜酒,工书法,尤擅草隶,狂放不羁。与张旭、包融、张若虚合称"吴中四士",又与李白等人交好。

题 解

这一题共两首,此处选了第一首。唐玄宗天宝二载(744),贺知章八十六岁,辞去朝廷官职,告老还乡,回到出生地永兴,上距他离开此地,已经五十多个年头过去。乡音难改,见出诗人乡心未变。然而时光流逝,自己容貌、故乡人物,都有了极大改变。诗中仅陈述这一事实,而感慨自见于言外,用笔含蓄。卢象《还家》诗有"小弟更孩幼,归来不相识"两句,贺诗后半与之相近。但卢象写的是家中弟弟,贺知章写的是街上小孩,后者物是人非之感更为强烈。

集 评

杨衡诗云:"正是忆山时,复送归山客。"张籍云:"长因送人处,忆得别家时。"卢象《还家》诗云:"小弟更孩幼,归来不相识。"贺知章云:"儿童相见不相识,笑问客从何处来。"语益换而益佳,善脱胎者宜参之。(宋范晞

文《对床夜语》)

鬓毛摧,毛非昔也;儿童不相识,人非昔也;横写久客之感,最为真切。(清唐汝询《唐诗解》)

此作一气浑成,不假雕琢,兴之偶至,举笔疾书者。"少小离家老大回",便见得是久客;"乡音无改鬓毛衰",音虽犹昔而貌已非昔也;"儿童相见不相识,笑问客从何处来",二句转、合,分拆不开。(清王尧衢《古唐诗合解》)

宿建德江①

孟浩然

移舟泊烟渚②,日暮客愁新③。
野旷天低树④,江清月近人。

* 选自《全唐诗》第768页,清彭定求等编,郑州:中州古籍出版社2008年版。
① 建德江:新安江流经建德(今属浙江)西部的一段。
② 烟渚(zhǔ):雾气笼罩的江中沙洲。
③ 客愁:漂泊在外的哀愁。
④ 低:低于。

作者简介

孟浩然(689—740),名浩,字浩然,襄州襄阳(今属湖北)人。早年一度隐居于鹿门山,累举不第,以布衣终身。与王维、李白等人交好。有《孟浩然诗集》。

题解

孟浩然开元十八年(730)离乡赴洛阳,再漫游吴越,以排遣仕途失意之感。诗当作于这期间。次句"客愁新"是一首之眼。抒写客愁之诗,所在多有,诗人特别下一"新"字,客愁因日暮而有了新的表现。什么表现呢?后半部分接下来借景抒情,以寂寞为中心。上句极目眺望,平野旷远,地平线那边,天地相接,苍茫之至。相形之下,更让身为旅人的作者自觉渺小孤独。奇特处是写天低于树的错觉,仿佛树木竖立着,穿破了天空而向上刺去,令人悚然。下句月映江中,离人更近了一些;皎白的光亮,又似乎给人以抚慰。三、四句一远一近,一疏一亲,放大而又安抚了寂寞,外表不显声色,内里跌宕顿挫。

集评

"新"字妙。"野旷"二语酷似老杜。(宋刘辰翁《王孟诗评》)

语少意远,清思痛入骨髓。(明桂天祥《批点唐诗正声》)

客愁因景而生,故下联不复言情,而旅思自见。(清唐汝询《唐诗解》)

襄阳最多率素语,如此绝又杂以庄重,似齐梁俪体。(清吴瑞荣《唐诗笺要》)

"低"字从"旷"字生出,"近"字从"清"字生出。野惟旷,故见天低于树;江惟清,故觉月近于人。清旷极矣。烟际泊宿,恍置身海角天涯、寂寥无人之境,凄然四顾,弥觉家乡之远,故云"客愁新"也。下二句不是写景,有"愁"字在内。(清刘宏煦《唐诗真趣编》)

长干曲·其一①

崔 颢

君家何处住,妾住在横塘②。
停船暂借问③,或恐是同乡。

* 选自《全唐诗》第613页,清彭定求等编,郑州:中州古籍出版社2008年版。

① 长干曲:乐府古题,主要咏唱长江下游水乡青年男女的爱情。长干:古地名,在今江苏南京市附近。
② 横塘:古堤名,在南京秦淮河南岸。
③ 借问:请问,打听情况时的客气话。

作者简介

崔颢(?—754),汴州(今河南开封)人,开元十一年(723)进士。生前诗名已著。

题　解

《长干曲》写小儿女情事,本首还看不清楚这点,但联系后三首看,无疑同样为言情之作。这首用女子口吻写。她向男子搭话,当是心生好感,故意为之。问男子家住何处,未等对方回答,先道出自己住址,亲近、急切之意跃然纸上。说完大约也自觉唐突,因而又转回来解释这段话,乃是出于对同乡的兴趣。这个解释不必当真,倒是背后那种主动一下又矜持起来的微妙心态,很有意思。一个娇憨、热情的少女形象,写得栩栩如生。

集　评

刘辰翁曰:只写相问语,其情自见。(明高棅《唐诗品汇》引)

论画者曰:"咫尺有万里之势。"一"势"字宜着眼。若不论势,则缩万里于咫尺,直是《广舆记》前一天下图耳。五言绝句,以此为落想第一义,唯盛唐人能得其妙。如"君家何处住"云云,墨气所射,四表无穷,无字处皆其意也。(清王夫之《姜斋诗话》)

次句不待答,亦不待问,而竟自述,想见情急。(清朱之荆《增订古唐诗摘抄》)

望远杳然,偶闻船上土音,遂直问之曰:"君家何处住耶?"问者急,答者缓,迫不及待,乃先自言曰:"妾住在横塘也,闻君语音似横塘,暂停借问,恐是同乡亦未可知。"盖惟同乡知同乡,我家在外之人或知其所在、知其所为耶？直述问语，不添一字，写来绝痴绝真。用笔之妙，如环无端，心事无一字道及，俱在人意想间遇之。(清刘宏煦《唐诗真趣编》)

长干曲·其二

崔颢

家临九江水①，来去九江侧。
同是长干人，自小不相识②。

* 选自《全唐诗》第613页，清彭定求等编，郑州：中州古籍出版社2008年版。
① 九江：原指长江水系的九条河，这里泛指长江下游。
② 自小：从小。

题解

这一首用男子口吻，是对上一首女子的答辞。男子正面回答，证实了自己和女子是同乡，可见对她也不无好感。后半说我们同住一地，却从小没认识过，有相见恨晚之想。淡淡一语，情意无限。

集评

入耳穿心，真是老江湖语。(明徐增《而庵说唐诗》)

周敬曰：此与前篇含情宛委，齿颊如画。杨慎曰：不惊不喜正自佳。(明周珽《唐诗选脉会通评林》引)

此首作答同。二首问答，如《郑风》之"士女秉蕑"，而无赠芍相谑之事。沈归愚云："不必作桑、濮看"，最得。(清李锳《诗法易简录》)

读崔颢《长干曲》，宛如舣舟江上，听儿女子问答，此之谓天籁。(清管世铭《读雪山房唐诗序例》)

长干曲·其三

崔 颢

下渚多风浪①,莲舟渐觉稀②。
那能不相待③,独自逆潮归④。

* 选自《全唐诗》第613页,清彭定求等编,郑州:中州古籍出版社2008年版。
① 下渚:犹言下游。渚:水中小块陆地。
② 莲舟:采莲的船,这里即指船。
③ 那能:哪能,怎么能。
④ 逆潮:迎着潮水来的方向。

题解

这一首不知出自男子还是女子之口,总之是两情相悦之际,约定一道返家。妙在不直言希望对方等自己同行,而另找理由,说是眼下浪大,不宜启程。留人之意见于言外,回味悠长。

集评

其诗皆不用思致,而流丽畅情,固宜太白之所爱敬。(明高棅《唐诗品汇》引刘辰翁)

吴敬夫云:于直叙中见其蕴藉,若一往而无余意可思者,不可与言诗也。(明谭元春《唐诗归折衷》)

三首第一首是问词,第二首是答词,第三首是合词,可分可合,甚得古乐府意。(清李慈铭批《万首唐人绝句选》)

长干曲·其四

崔 颢

三江潮水急,五湖风浪涌①。
由来花性轻②,莫畏莲舟重。

* 选自《全唐诗》第613页,清彭定求等编,郑州:中州古籍出版社2008年版。
① 三江、五湖:泛指江湖。这两句写江湖多风浪,船行不易。
② 由来:从来。花:女子自比。性:特性。

题 解

这一首当为女子口吻。两人均是船行,常遇风浪。但加上我一人并不碍事,因为我体态轻盈,不会成为负累。用比喻手法,表达今后人生各种艰难,都将不离不弃之意,且设法减轻男子心理负担。体贴周至,愈见深情。

集 评

从六朝乐府出,气韵绝高。(明邢昉《唐风定》)

题破山寺后禅院①

常 建

清晨入古寺,初日照高林。
竹径通幽处,禅房花木深。
山光悦鸟性,潭影空人心②。
万籁此都寂③,但余钟磬音④。

* 选自《全唐诗》第675页,清彭定求等编,郑州:中州古籍出版社2008年版。
① 破山寺:即兴福寺,在江苏常熟虞山北麓。
② 潭影:潭水倒映出的天光、山影等。
③ 万籁:各种声响。
④ 钟磬音:寺庙敲击钟磬,作为诵经、斋供等活动的起止信号。

作者简介

常建(生卒年不详),籍贯不详,开元十五年(727)进士,有诗名于时。有《常建诗集》。

题 解

　　整首诗皆表清晨静谧之景,由入寺起一路写去。进门便见高林,可知此后所见,都为高林所掩,幽静自不待言。由第三句可知,这是一片竹林。穿径而过,看到花木繁盛,有柳暗花明之妙,给人惊喜。"深"字表示禅房在花木后,又是一层掩蔽。至此所言,基本为空寂之境,但"初日"、"花木",又带来一份生机。颈联继续描摹在后禅院所见。春日早晨,山光初显,群鸟出巢,彼此似乎相应相悦;潭水清澈,令人心为之一净。古人称赞这一联有禅意,最重要一点,当是潭水清澈而又涵容万象,正如禅心,并非单纯止定,而正因止定,反能无挂碍地应物。尾联写鸟群飞去后,万籁俱寂,唯有寺中钟磬悠扬,余韵缭耳。诗人写来,自然流走,不见雕琢之迹。此诗平仄合乎五律规则,而颔联不对偶,是五律尚未严格化时期的特殊产物,更增添了自然流走之感。

集 评

　　吾常喜诵常建诗云:"竹径通幽处,禅房花木深。"欲效其语作一联,久不可得,乃知造意者为难工也。(宋欧阳修《题青州山斋》)

　　三、四不必偶,乃自是一体,盖亦古诗、律诗之间。全篇自然。(宋方回《瀛奎律髓》)

　　孟(浩然)诗淡而不幽;常建"清晨入古寺""松际露微月",幽矣。(明胡应麟《诗薮》)

　　胡元瑞曰:中二联,五言律之入禅者。(明凌宏宪《唐诗广选》)

　　五、六写一时佳景,澄潭莹净,万象森罗。"影"字下得妙,形容心体妙明,无如此语。(明程元初《唐诗绪笺》)

　　有右丞《香积寺》之摹写,而神情高古过之;有拾遗《奉先寺》之超悟,而意象浑融过之。"薄暮空潭曲,安禅制毒龙""欲觉闻晨钟,令人发深

省",方之此结,工力有余,天然则远矣。(清黄生《唐诗摘钞》)

解人为诗,不横作诗之见于胸,随所感触写来,自然超妙,读此益信。(清范大士《历代诗发》)

江南相关知识

兴福寺

兴福寺在常熟虞山北麓,北齐时倪德光(曾任郴州刺史)舍宅为寺,初名大慈寺。梁大同五年(539)扩建并大修,改名"兴福寺",因寺在破龙涧旁,故又称破山寺。唐咸通九年懿宗赐"兴福禅寺"额,遂为江南名刹之一。乾隆三十七年(1772)建亭勒石,立碑在兴福寺内,至今仍然完整无损。兴福寺现有罗汉桥、大门、金刚殿、大雄宝殿、救虎阁、方丈室等建筑,1981年开始大修。兴福寺现为虞山主要景点,前后尚有"破龙涧"、"尊胜陀罗尼经"石幢两座、"破龙桥"、"空心潭"、"君子泉"、"日照亭"等名胜古迹,点缀着虞山风光。(江苏省政协文史资料委员会:《江苏文史资料集粹·风物卷》,非正式出版物,1995年,第92—93页)

送沈子福归江东①

王　维

杨柳渡头行客稀,罟师荡桨向临圻②。
惟有相思似春色,江南江北送君归。

* 选自《王右丞集笺注》第264页,赵殿成笺注,北京:中华书局1961年版。
① 江东:即江南,指长江南岸,今芜湖、南京以东地区。
② 罟师:船夫。罟(gǔ):渔网。临圻:当为一地名,今难详考。

> 作者简介

王维(701?—761),字摩诘,祖籍太原祁县(今山西太原),其父徙家于蒲,遂为河东(今山西永济)人。开元九年(721)进士。安史乱起,困于长安,被胁迫受伪职。乱平后获免追究。诗各体皆工,山水田园题材尤著名。与孟浩然齐名,世称"王孟"。兼擅音乐、绘画。有《王右丞集》。

> 题 解

起句行客稀少,造境清寂。杨柳逗后半"春色"。此诗最精彩处在三、四句,思念随友人而行,但一与春色类比,似乎春色也在缓缓向远方延展,画面想象力极强。李白"我寄愁心与明月,随君直到夜郎西"(《闻王昌龄左迁龙标遥有此寄》),构思与此相近。李白寄托于明月,高悬而清朗;王维寄托于春色,平铺而明媚,各有胜处。

> 集 评

相送之情,随春色所至,何其浓至!末两语情中生景,幻甚。(明钟惺《唐诗归》)

盖相思无不通之地,春色无不到之乡,想象及此,语亦神矣。(清唐汝询《唐诗解》)

别景落寞,别思悠远,造意自慰,抒尽离情。(清周珽《唐诗选脉会通评林》)

援拟入情,乐府神髓。(清宋宗元《网师园唐诗笺注》)

妙摄入"送"字,以行送且以神送,且到处相随,遂写得淋漓尽致。"春色"跟首句,衬垫渲染法。(清赵彦传《唐绝诗钞注略》)

芙蓉楼送辛渐·其一①

王昌龄

寒雨连江夜入吴,平明送客楚山孤②。
洛阳亲友如相问,一片冰心在玉壶③。

* 选自《全唐诗》第670页,清彭定求等编,郑州:中州古籍出版社2008年版,首句文字有改动。

① 芙蓉楼:原名西匇匕楼,旧址在润州(治所在今江苏镇江)西北。辛渐:作者友人,具体不详。

② 平明:早晨。楚:润州在春秋战国时属于吴国,后并入楚国。这和上一句的吴,都指润州。

③ 冰心、玉壶:均形容人的高洁情操。

作者简介

王昌龄(690?—756?),字少伯,京兆万年(今陕西西安)人。早年可能去过西北边疆,开元十五年(727)进士,安史乱中,为亳州刺史闾丘晓所杀。与王维、李白、王之涣、綦毋潜、李颀等人交好。有《王昌龄集》《诗格》等。

题 解

这一题共两首,此处选了第一首。当时王昌龄在江宁丞任上,大概是陪辛渐从江宁到润州,而后分别,辛氏继续北行。第一句写夜晚饯行时所见,第二句写辛氏去后留自己看山,写山孤独,以此来写自己孤独。同时"孤"字双关,又有独立于世俗之意,自然带起后两句的明志。有深情,有骨气,相互辉映,遂使一首短诗,意蕴丰富了起来。

集 评

"孤"字自作一语,炼格最高。(明陆时雍《唐诗镜》)

多写己意。送客有此一法者。(明周珽《唐诗选脉会通评林》引薛

应旌)

此亦被谪入吴,逢辛赴洛,而有是叹也。言我方冒雨夜行,君则依山晓发,不胜跋涉之苦。倘亲友问我之行藏,当言心如冰冷,日就清虚,不复为宦情所牵矣。(清唐汝询《唐诗解》)

"孤"字着"客"说,不着"楚山"说。(清朱之荆《增订古唐诗摘抄》)

登金陵凤凰台①

李 白

凤凰台上凤凰游,凤去台空江自流。
吴宫花草埋幽径②,晋代衣冠成古丘③。
三山半落青天外④,一水中分白鹭洲⑤。
总为浮云能蔽日,长安不见使人愁⑥。

* 选自《李白集校注》第1234页,瞿蜕园、朱金城校注,上海:上海古籍出版社1980年版。

① 金陵:今江苏南京市。凤凰台:在金陵凤凰山上。据说南朝宋文帝时,有三鸟集于此山和鸣,故名凤凰山。

② 吴宫:三国吴的宫殿。幽径:僻静的小路。

③ 晋代:此指东晋。衣冠:士族高门。古丘:古坟。

④ 三山:金陵西南长江东岸的三座山峰。

⑤ 此句指秦淮河被白鹭洲分成两支。白鹭洲:长江中的小块陆地,后已与江岸连为一体,在今南京市江东门外。

⑥ 长安:唐代首都。据说东晋明帝小时候,其父晋元帝问他:"长安近还是太阳近?"他回答:"太阳近"。问其理由,他说:"我眼前只见太阳(指晋元帝),不见长安。"从此以后,太阳便与长安发生了联系。

江南诗

作者简介

李白(701—762),字太白。生于中亚碎叶城(今托克马克),少时随父移居绵州(治所在今四川绵阳东)。少时漫游各地,曾入长安求仕。天宝元年(742)应诏入京,供奉翰林;三年春赐金放还。有《李太白集》。

题 解

这首诗约写于天宝六年(747)李白南游金陵时。此前,他在天宝三年,被唐玄宗赐金放还,结束了在京的翰林供奉生涯。前两句"凤(凰)"反复应和,机调流畅。但另一方面,李白下笔也有斟酌,譬如所用典故集中于六朝,绝无旁涉。又如首联写凤凰台,以下皆是台上纵目远眺所感。颔联回顾历史,颈联咏眼前景,尾联由作为六朝故都的金陵,联想到眼下帝都长安,慨叹小人蒙蔽君王,使自己不得施展。逐层写下,结构分明。此诗系七律未定型时作品,从中还可略窥七律发展中途的样貌。

集 评

太白此诗与崔颢《黄鹤楼》相似,格律气势未易甲乙。此诗以凤凰台为名,而咏凤凰台不过起二语已尽之矣。下六句乃登台观望之景也。三、四怀古人之不见也。五、六、七、八咏今日之景,而慨帝都之不可见也。登台而望,所感深矣。金陵建都自吴始,三山、二水、白鹭洲,皆金陵山水名。金陵可以北望中原唐都长安,故太白以浮云遮蔽,不见长安为愁焉。(元方回《瀛奎律髓》)

此诗因怀古而动怀君之思乎? 抑亦自伤谗废,望帝乡而不见,乃触景而生愁乎? 太白之意,亦可哀也。(元萧士赟《分类补注李太白诗》)

"浮云蔽日""长安不见",借晋明帝语影出。"浮云"以悲江左无人,中原沦陷;"使人愁"三字总结"幽径""古丘"之感,与崔颢《黄鹤楼》落句语同意别。宋人不解此,乃以疵其不及颢作,觌面不识,而强加长短,何有哉!

太白诗是通首混收,颢诗是扣尾掉收;太白诗自《十九首》来,颢诗则纯为唐音矣。(清王夫之《唐诗评选》)

· 江南相关知识·

凤凰台

  凤凰台,在聚宝门内花盝冈。南朝宋元嘉中,有神爵至,乃置凤凰台。起台于山,号凤凰山。大江前绕,鹭州中分,最为登眺胜处,唐李太白尝宴游其所。台旧在城外,凭临大江。杨吴筑城,山势横断,台遂隔于城内。厥后洪流西徙,凤去台空,江亦远流,青莲所不及料也。(民国陈诒勋、杜福堃编《新京备乘》卷上)

金陵三首·其一

李 白

晋家南渡日,此地旧长安①。
地即帝王宅,山为龙虎盘②。
金陵空壮观,天堑净波澜③。
醉客回桡去④,吴歌且自欢⑤。

* 选自《李白集校注》第1299—1301页,瞿蜕园、朱金城校注,上海:上海古籍出版社1980年版。以下《金陵三首》皆同。

① 旧长安:这里指晋朝南渡后,金陵就承担了以往京城的角色。长安:代指京城。

② 这两句用诸葛亮语。他曾经称金陵一地,钟山龙蟠,石头城虎踞,乃帝王之宅。

③ 天堑(qiàn):天然的壕沟,此指长江。

④ 醉客:诗人自指。回桡(ráo):掉转船头。桡:船桨。

⑤ 吴歌:江南民歌。自欢:自娱。

江南诗

题 解

天宝十五载(756)六月,安禄山攻陷长安。秋天,李白自余杭经金陵、秋浦至浔阳,隐居于庐山。这组诗作于他途经金陵时,怀古是为了伤今,诗人意中有安史之乱在。第一首前半说金陵乃东晋首都,地势险要,帝王宜居,渲染其壮丽。然而起句"晋家南渡",点出当年动荡背景,已暗含对目前的忧虑。第五句一个"空"字,更明白道出朝代更迭,金陵的壮观,而今都成徒然。面对处于生死存亡之际的唐王朝,忧思更为明显。但此事非急切可解,末二句遂以不解解之,故示闲旷。

集 评

只一"旧"字,便有感慨。(宋严羽评点《李太白诗集》)

金陵三首·其二

李 白

地拥金陵势①,城回江水流。
当时百万户,夹道起朱楼②。
亡国生春草③,王宫没古丘④。
空余后湖月⑤,波上对瀛洲⑥。

① 拥:环绕。金陵:此指金陵山,即钟山。
② 朱楼:精美的楼阁。
③ 国:都城,此指金陵。
④ 王宫:帝王出巡时居住的宫室。
⑤ 后湖:金陵城北的玄武湖。
⑥ 瀛洲:传说中的海山仙山,这里指玄武湖中的小岛。

题解

这一首用今昔对比写法。前半先写南朝,金陵城地势雄壮险要,次写城中盛时繁华景象。从首句开始,全是宏观写景,大笔挥扫,气盖一世。后半急转直下,到得当前,五、六句写人工的城池、宫室,都已倾圮,只有自然景色一如往昔,其中又暗含了一个自然界与人类社会的对比。反复对比,不必直接说出,自觉感慨深沉。

集评

起便有不羁之态。五、六直注向结,笔酣神舞。(清王溥《闻鹤轩初盛唐近体读本》)

金陵三首·其三

李 白

六代兴亡国①,三杯为尔歌。
苑方秦地少②,山似洛阳多③。
古殿吴花草,深宫晋绮罗。
并随人事灭,东逝与沧波。

① 六代:六朝,指三国吴、东晋、南朝宋、齐、梁、陈,六朝均立都建业即金陵。国:都城。
② 苑:宫苑。方:相比。秦地:此指长安。
③ 洛阳山围四面,伊、洛、瀍、涧在其中;金陵也是山围四面,秦淮、直渎在其中,故云。

题解

此诗也是今昔对比。后半写三国吴的宫殿,而今野花荒草丛生;东晋宫内的绫罗珍宝,也都灰飞烟灭,只有江水如旧奔流。物是人非的历史感慨,与上一首似乎相近。不同处在于,这首的现实忧虑更为清晰。三句写唐都长安,暗示那里的宫殿,恐怕已被安史叛军践踏。四句写东都洛阳,暗示那里虽依凭天险,却仍不免被叛军攻下。由此再读后半部分,写六朝已矣,哪里是在写六朝? 显然是在写当下。唐王朝再不振作,很可能像六朝那样,随流水以俱逝。诗人不便直言,故只点到为止。

集 评

六朝佳丽,满目黯然,诗亦别一风格。(清乾隆《御选唐宋诗醇》)

焦山望松寥山①

李 白

石壁望松寥②,宛然在碧霄③。
安得五彩虹,驾天作长桥?
仙人如爱我,举手来相招。

* 选自《李白集校注》第1218页,瞿蜕园、朱金城校注,上海:上海古籍出版社1980年版。

① 焦山:又名浮玉山,在今江苏镇江东北长江中,因东汉末名士焦先隐居于此而得名。松寥山:即海门山,焦山支脉,在主山之东。
② 石壁:指焦山的石崖。
③ 宛然:仿佛。碧霄:青天。

题 解

焦山与松寥山都很高,仿佛与天相接。这使诗人想象两山之间架起虹桥,对面有仙人招手相邀。于是不必下山再上山,而可以直接平移到松寥山那边去。此诗表现李白常有的游仙思想,场景华丽飘逸,也是他一贯风格。

> ·江南相关知识·

焦山

仲叔守瓜州,余借住于园,无事辄登金山寺。风月清爽,二鼓,犹上妙高台,长江之险,遂同沟浍。一日,放舟焦山,山更纡谲可喜。江曲涡山下,水望澄明,渊无潜甲。海猪、海马,投饭起食,驯扰若豢鱼。看水晶殿,寻《瘗鹤铭》,山无人杂,静若太古。回首瓜州烟火城中,真如隔世。

饭饱睡足,新浴而出,走拜焦处士祠。见其轩冕黼黻,夫人列坐,陪臣四,女官四,羽葆云罕,俨然王者。盖土人奉为土谷,以王礼祀之。是犹以杜十姨配伍髭须,千古不能正其非也。处士有灵,不知走向何所?(明张岱《陶庵梦忆》卷二"焦山"条)

黄鹤楼送孟浩然之广陵①

李 白

故人西辞黄鹤楼②,烟花三月下扬州③。
孤帆远影碧空尽④,唯见长江天际流。

* 选自《李白集校注》第 935 页,瞿蜕园、朱金城校注,上海:上海古籍出版社 1980 年版。
① 黄鹤楼:故址在今湖北武汉蛇山黄鹄矶上。之:去。广陵:今江苏扬州。
② 故人:老朋友,这里指孟浩然。西:向西边。扬州在武汉东南,故云。
③ 烟花:柳絮如烟、百花盛放的春景。
④ 碧空尽:消失在蓝天尽头。

> 题 解

孟浩然是李白十分钦慕的前辈,后者有"吾爱孟夫子,风流天下闻"

《送孟浩然》之句。而今孟氏乘船南下扬州,李白送行,直至船行不见,仍然伫立远眺,想见依依不舍。但送行的背景,是三月明媚春光,这又在离愁别绪中注入一股昂扬气息。两者相交织,为李白诗之一特色。首句点出黄鹤楼,已为后半楼上远眺埋下伏笔,全诗意脉通贯。

集　评

末二句写别时怅望之景,而情在其中。(明敖英、凌云《唐诗绝句类选》)

"黄鹤",分别之地;"扬州",所往之乡;"烟花",叙别之景;"三月",纪别之时。帆影尽则目力已极,江水长则离思无涯,怅望之情,俱在言外。(清唐汝询《唐诗解》)

"黄鹤楼"三字下得好,三、四望远情景,但从首句生出。"烟花三月"四字,插入轻婉。"三月",时也;"烟花",景也。第三句只接写"辞"字、"下"字。(清宋之荆《增订古唐诗摘抄》)

"下扬州"着以"烟花三月",顿为送别添毫。"孤帆远影"句,以目送之,"尽"字妙。"惟见"句再托一笔。(清黄叔灿《唐诗笺注》)

不必作苦语,此等语如朝阳鸣凤。(清宋顾乐《唐人万首绝句选评》)

江南逢李龟年①

杜　甫

岐王宅里寻常见②,崔九堂前几度闻③。
正是江南好风景,落花时节又逢君。

* 选自《杜诗镜铨》第1017—1018页,杨伦笺注,上海:上海古籍出版社1998年版。

① 江南:这里指江、湘之间,今湖南省一带。李龟年:唐玄宗时著名乐师,歌声

优美,得玄宗宠幸,名扬一时。

② 岐王:李范,原名李隆范,唐玄宗之弟。寻常:经常。

③ 崔九:崔涤,中书令崔湜之弟,唐玄宗宠臣。

作者简介

杜甫(712—770),字子美,原籍襄阳,曾祖时迁居巩县(今属河南)。祖父为初唐著名诗人杜审言。杜甫工诗,善陈时事,在唐代已有"诗史"之称。著有《杜甫集》。

题 解

大历五年(770)暮春作,时杜甫在潭州(今湖南长沙)。前半追忆安史乱前在京城长安,常得于王公家中聆听李龟年的歌声。"闻"字暗示听歌。后半写当下,安史乱后又在潭州相逢。两人多年未见,不约而同流落至此,可见这种遭遇,在战乱中相当普遍。落花时节,有象征唐王朝的衰落之意。对个人,对国家,感慨万千,而无一笔直写,仅通过今昔对比,令读者自悟。语浅情深,是七绝正体。

集 评

此诗与《剑器行》同意。今昔盛衰之感,言外黯淡欲绝。见风韵于行间,寓感慨于字里,即使龙标、供奉操笔,亦无以过。乃知公于此体,非不能为正声,直不屑耳。(清黄生《杜诗说》)

此诗抚今思昔,世境之离乱,人情之聚散,皆寓于其中。(清仇兆鳌《杜诗详注》)

言情在笔墨之外,悄然数语,可抵白氏一篇《琵琶行》矣。"休唱贞元供奉曲,当时朝士已无多",刘禹锡之婉情;"钿蝉金雁皆零落,一曲伊州泪万行",温庭筠之哀调。以彼方此,何其超妙!此千秋绝调也。(清乾隆《唐宋诗醇》)

"落花时节又逢君",多少盛衰今昔之思!上二句是追旧,下二句是感

今,却不说尽,偏着"好风景"三字,而意含在"正是"字、"又"字内。(清黄叔灿《唐诗笺注》)

解闷十二首·其一

杜 甫

草阁柴扉星散居①,浪翻江黑雨飞初。
山禽引子哺红果②,溪女得钱留白鱼③。

* 选自《杜诗镜铨》第816页,杨伦笺注,上海:上海古籍出版社1998年版。
① 草阁:草房。柴扉:柴门。二语指简陋农屋。星散:像星星一样散开。
② 哺:喂。
③ 溪女来卖鱼,得到了钱,诗人则留下白鱼。

题 解

这组诗写于杜甫居住夔州(今属四川)期间。杨伦《杜诗镜铨》说:"诸作俱随意所及,为诗不拘一律。"这一首写山居情形,住处简陋,邻人分散,但诗人仍从中得到很多乐趣。自然界突如其来的风雨、浪潮,动人心魄。山禽喂食,温馨有趣。溪女来卖新鲜的鱼,诗人与之交谈,买上几条,一派融洽。可见杜甫对寻常景物的敏锐感受,以及民胞物与的情怀。

集 评

此从夔州风景叙起。上二句山水对言。山禽引子,山间之景;溪友留鱼,江边之事。(清仇兆鳌《杜诗详注》)

江乡故人偶集客舍①

戴叔伦

天秋月又满,城阙夜千重②。
还作江南会,翻疑梦里逢。
风枝惊暗鹊③,露草覆寒蛩④。
羁旅长堪醉⑤,相留畏晓钟⑥。

* 选自《全唐诗》第1396页,清彭定求等编,郑州:中州古籍出版社2008年版。
① 一题《客夜与故人偶集》。江乡:邻江之地。客舍:旅馆。
② 千重:这里形容夜色浓重。
③ 暗鹊:静止在夜色中、看不见的鸟鹊。
④ 寒蛩(qióng):深秋的蟋蟀。
⑤ 羁旅:客居他乡的人。
⑥ 晓钟:报晓的钟声。

作者简介

戴叔伦(732—789),字次公,一作幼公;一说名融,字叔伦,润州金坛(今属江苏)人。至德年间为避永王之乱,移居鄱阳。有诗名。

题解

这首诗写在江南旅舍中,偶遇故人的一次相聚。写夜色深重,可知相见机会难得,恋恋不忍散去。写疑在梦中,可见喜而且惊。颈联写景,已然栖止的鸟鹊被风惊起;草丛掩盖下的蟋蟀,因天气日冷而哀鸣,写物即所以写人。漂泊的艰难、漂泊者的敏感都在其中。末尾写想与友人一起,大醉不醒,无奈晓钟催人,分离在即,更添一层无奈。本诗按时间次序写来,写实与象征交错,将羁旅中的各种感受,基本都表现出来了。

集评

(谢榛《诗家直说》)又曰:"诗有简而妙者,如阮籍'一身不自保,何况

江南诗

恋妻子',不如裴说'避乱一身多';戴叔伦'还作江南会,翻疑梦里逢',不如司空曙'乍见翻疑梦'。……"信如所云,诗只作一句耶?文人得心应手,偶尔写怀,简者非缩两句为一句,烦者非演一句为两句也。承接处各有气脉,一篇自有大旨,那得如此苛断?(清贺裳《载酒园诗话》)

(戴叔伦)近体诗亦多可观。如"风枝惊暗鹊,露草覆寒蛩""对酒惜馀景,问程愁乱山""竹暗闲房雨,茶香别院风",语皆清警。(清贺裳《载酒园诗话又编》)

无锡东郭送友人游越①

刘长卿

客路风霜晓,郊原春兴余。
平芜②不可望,游子去何如。
烟水乘湖阔,云山适越初③。
旧都怀作赋④,古穴觅藏书⑤。
碑缺曹娥宅⑥,林荒逸少居⑦。
江湖无限意,非独为樵渔。

* 选自《全唐诗》第704页,清彭定求等编,郑州:中州古籍出版社2008年版。
① 东郭:东郊。越:越州,即会稽,今浙江绍兴。
② 平芜:平旷而多草木的原野。
③ 适:到达。
④ 旧都:会稽为先秦越国都城。作赋:汉代以来,大赋有以都城为主题的传统。
⑤ 古穴:禹穴,在会稽山麓。传说大禹葬于此,中有古册文。
⑥ 碑:曹娥碑,在越州上虞县。曹娥是东汉孝女,死后人们为颂扬其孝行而立碑,为著名东汉碑刻。缺:碑上文字残损。

⑦ 逸少居:王羲之故居,在越州山阴。逸少:王羲之字。

作者简介

刘长卿(?—790),字文房,郡望河间(今属河北),宣州(今安徽宣城)人,其家久寓长安。各体诗皆工,尤擅五律,自称"五言长城"。有《刘长卿集》。

题 解

前六句写友人去越州一路行程,乘春日游兴而往,见烟水山色而止,颇得飘逸之致。七至十句历数越州古迹甚多,足供流连,非仅自然景色优美而已。故末二句认为奔走江湖,不只因欲归隐,言外之意,尚有其他追求,例如人文方面的考察。等于为友人此次游越出谋划策。

江南相关知识

1. 禹穴

禹穴,一顽山耳。禹庙亦荒凉,不知当时有何奇,而龙门生欲探之?然会稽诸山,远望实佳,尖秀淡冶,亦自可人。昔王子猷语人,但云山阴道上。"道上"二字,可谓传神。余尝评西湖如宋人画,山阴山水如元人画。花鸟人物,细入毫发,浓淡远近,色色臻妙,此西湖之山水也。人或无目,树或无枝,山或无毛,水或无波,隐隐约约,远意若生,此山阴之山水也。二者孰为优劣,具眼者当自辨之。夫山阴显于六朝,至唐以后渐减;西湖显于唐,至近代益盛,然则山水亦有命运耶?(明袁宏道《禹穴》)

2. 曹娥碑

唐《曹娥碑》,汉邯郸淳撰,唐刺史李邕书,先天(原作开元)壬子季冬镌勒。(清叶奕苞《金石录补》)

江南诗

枫桥夜泊①

张 继

月落乌啼霜满天,江枫渔火对愁眠。
姑苏城外寒山寺②,夜半钟声到客船。

* 选自《全唐诗》第1241页,清彭定求等编,郑州:中州古籍出版社2008年版。
① 枫桥:在苏州阊门外运河上,西有寒山寺。
② 寒山寺:建于南朝梁天监年间,本名妙利普明塔院,在今苏州市西枫桥镇。

作者简介

张继(?—779?),字懿孙,郡望南阳(今属河南),襄州(今湖北襄阳)人。天宝十二载(753)进士,与刘长卿、皇甫冉等交好。

题 解

清代黄叔灿说此诗用"倒拈"法,颇有道理。首句写月落,则是曙光初露;次句辨出江边枫树,也是天色发白后方有之事。"对愁眠"者,可见愁绪涌动,一夜无眠,眼看枫树轮廓逐渐清晰起来。前半已讲出因愁而无眠,后半折回夜半,却道是寒山寺钟声,搅得自己夜不成寐。其实钟声即便有之,远远传来,也必轻微,根本不会成为失眠的罪魁祸首。怪不当怪,正见得无处发泄。用笔却轻描淡写,不使直露。另一方面,诗虽写愁,而江枫渔火,带来一点亮色,故又不流于衰飒。

集 评

六一居士《诗话》谓:"句则佳矣,奈半夜非鸣钟时。"然余昔官姑苏,每三鼓尽,四鼓初,即诸寺钟皆鸣,想自唐时已然也。后观于鹄诗云:"定知别后家中伴,遥听缑山半夜钟。"白乐天云:"新秋松影下,半夜钟声后。"温庭筠云:"悠然旅榜频回首,无复松窗半夜钟。"则前人言之,不独张继也。(宋陈岩肖《庚溪诗话》)

可感

踞狂嘯無所不敢當所居田埛蓬蔚衡門
兩版侍御出郊枉訪停車話舊一郡皆驚
西戇亡友聖徒步三千里哭之糧盡道寒
直前不顧予與友聖交厚侍御亦以友聖
之故厚予嘗三人虎丘夜飲其鄭重之意
形諸圖畫見於歌詩漢川之行惜予不能
從也爰作詩寓其悲焉
士有一知已無須更不可世翻嫌鮑叔人竊罵侯
生置飲忘形踞驂廢禮迎柴門車轍在感舊波

此遂漢槎也

王阮亭喜漢槎入
閩詩丁塞絕塞聲
班毛班雪窖招竟再
入閩萬古窮荒虎生角
幾人樂府唱刀鐶天邊
魑魅悲行客江上萬
隨話故山太息梅村令
鱸宿草不留老眼君
還

小落落窮途感快遊愧我菰蘆色枯槁佳句流傳
遍世間寄書早慰江潭老

悲歌贈吳季子　字漢槎　松陵人

人生千里與萬里黯然消魂別而已君獨何為至
於此山非山兮水非水生非生兮死非死十三學
經并學史生在江南長綺詞賦翩翩衆莫比白
璧青蠅見排詆一朝束縛去上書難自理絕塞千
山斷并行李送吏淚不止流人復何倚彼尚愁不歸
我行定巳矣八月龍沙雪花起槖駝垂腰馬沒甲

周敬曰：目未交睫而斋钟声遽至，则客夜恨怀，何假名言？（明周珽《唐诗选脉会通评林》）

陈继儒曰：全篇诗意自"愁眠"上起，妙在不说出。（明沈子来《唐诗三集合编》）

"客船"即张继自谓。本云夜半钟声，客船初到，而江枫渔火，相对愁眠，则已月落乌啼。诗人悲苦之情，俱在言外。文法是倒拈，并非另有客船到也。不然，"夜半"与上"月落乌啼"，岂不刺谬乎？（清黄叔灿《唐诗笺注》）

送从弟戴玄往苏州①

张　籍

杨柳阊门路②，悠悠水岸斜。
乘舟向山寺，着屐到渔家③。
夜月红柑树，秋风白藕花④。
江天诗景好，回日莫令赊⑤。

* 选自《全唐诗》第1957页，清彭定求等编，郑州：中州古籍出版社2008年版。
① 从弟：堂弟。
② 阊门：苏州城西门。
③ 屐（jī）：底部有齿的木鞋。
④ 藕花：莲花。
⑤ 赊：迟，晚。

| 作者简介 |

张籍(766?—830?)，字文昌，吴郡(今江苏苏州)人，后移居和州乌江(今安徽和县)。贞元十四年(798)进士，与韩愈等人交好。曾官水部员外

郎、国子司业等，世称张水部、张司业。

题解

这首诗全从堂弟到苏州后情形设想，预料他寻幽访胜，美景络绎，必然诗兴大发。正因如此，诗人特别担心他流连忘返，末句特地嘱其早归。首句"杨柳"，可知到达时在春季；六句"秋风"，可知至少要逗留到秋季，为时不短，早归之嘱，并非无故。诗里刻画风物，是江南普遍景象，不见太多苏州地方特色。反过来可以看出，诗人选择意象多取于自然界的倾向。

集评

此苏州风景。"乘舟""着屐"一联，脍炙人口。"红柑""白藕"一联太绮，故尾句放宽，不然冗矣。（元方回《瀛奎律髓》）

三、四自是苏州实景，对法却以反装见趣。七总绾上文，八勉其早归。（清黄生《唐诗摘抄》）

柑、莲二物何地无之，且岂遂足以尽苏州之胜耶？然诗景已尽于此。（清李怀民《重订中晚唐诗主客图》）

西塞山怀古[①]

刘禹锡

王濬楼船下益州[②]，金陵王气黯然收[③]。
千寻铁锁沉江底[④]，一片降幡出石头[⑤]。
人世几回伤往事[⑥]？山形依旧枕寒流[⑦]。
今逢四海为家日[⑧]，故垒萧萧芦荻秋[⑨]。

* 选自《刘禹锡集笺证》卷二四第669页，瞿蜕园校注，上海：上海古籍出版社1989年版。

① 西塞山:在今湖北省黄石市东长江边上。
② 王濬:西晋益州刺史,晋武帝伐吴,命他监造战船,率水市出征。楼船:高大的战船。益州:治所在今四川成都。
③ 金陵:今江苏南京,东吴国都。王气:象征帝王的瑞气。
④ 东吴曾用铁链拦江,希图阻挡晋军,被王濬用麻油火炬烧断。寻:古代长度单位,八尺为一寻。
⑤ 降幡:降旗。石头:石头城,这里指金陵。
⑥ 指定都金陵的王朝覆灭,不止东吴这一次。
⑦ 山形:指西塞山。寒流:指长江。
⑧ 四海为家:四海一家,天下统一。
⑨ 故垒:旧时营垒。芦、荻:均为多年生草本植物,生在水边,秋天开花。

作者简介

刘禹锡(772—842),字梦得,洛阳(今属河南)人。贞元九年(793)进士,晚年有"诗豪"之名,又与白居易并称"刘白"。曾任太子宾客等职,世称刘宾客。有《刘宾客文集》。

题 解

长庆四年(824),刘禹锡由夔州刺史调任和州刺史,沿长江东下,途经西塞山,因赋此诗。借历史上割据政权的覆灭,告诫藩镇不要倚仗地势险要,谋求独立,统一乃是大势所趋。江南政权灭亡,非止一次。这首诗前半以东吴为焦点,颈联概述其他,详略得法。首联上句写出征,下句写灭吴,省略中间过程,以见晋军势不可挡。颔联回头再写过程,突出铁锁横江,终归无效一事,以见东吴螳臂当车。两联各有侧重。颈联言物是人非,系常见的感慨。尾联四海一家,既为实情,也是期待。古人"咏史"与"怀古"两类诗,都写历史题材,但发展到中唐以后,逐渐分流。前者主说理,后者主抒情。刘禹锡两体兼擅,此作以抒情为主,而明以"怀古"为题,足见诗人对此一分野,颇具自觉意识。

江南诗

集 评

刘禹锡作《金陵》诗云："千寻铁索沉江底，一片降旗出石头。"当时号为绝唱。(宋张表臣《珊瑚钩诗话》)

七律章法，宜田(方观承)尤善言之。只就一首，如刘梦得《西塞山怀古》，白香山所让能，其妙安在？宜田云："前半专叙孙吴，五句以七字总括东晋、宋、齐、梁、陈五代，局阵开拓，乃不紧迫。六句始落到西塞山，'依旧'二字有高峰坠石之捷速。七句落到怀古，'今逢'二字有居安思危之遥深。八句'芦荻'是即时景，仍用'故垒'，终不脱题。此拷结一片之法也。至于前半一气呵成，具有山川形势，制胜谋略，因前验后，兴废皆然，下只以'几回'二字轻轻兜满，何其神妙！"(清方世举《兰丛诗话》)

假使感古者取三国六代事，衍为长律，便使一句一事，包举无遗，岂成体制？梦得之专咏晋事，尊题也。下接云"人世几回伤往事"，若有上下千年，纵横万里在其笔底者。山形枕水之情，不涉其境，不悉其妙。至于芦荻萧萧，履清时而依故垒，含蕴正靡穷矣。所谓骊珠之得，或在于斯者欤？"(清汪师韩《诗学纂闻》)

似议非议，有论无论，笔着纸上，神来天际，气魄法律，无不精到，洵是此老一生杰作，自然压倒元、白。(清薛雪《一瓢诗话》)

前四句止就一事言，五以"几回"二字括过六代，繁简得宜，此法甚妙。(清屈复《唐诗成法》)

江南相关知识

西塞山

西塞山形似巨鲸，形势险要，素有"长江中下游门户"之称。自东汉以来，这里发生过100多次较大规模的战争。较著名者有孙策攻黄祖、周瑜破曹操、李自成战清军等等。刘禹锡这首诗所咏西晋灭吴之役，也是其中战例之一。

金陵五题其一·石头城①

刘禹锡

山围故国周遭在②,潮打空城寂寞回。
淮水东边旧时月③,夜深还过女墙来④。

* 选自《刘禹锡集笺证》卷二四第708—709页,瞿蜕园校注,上海:上海古籍出版社1989年版。

① 石头城:古城名,故址在今江苏南京清凉山西南麓。
② 故国:指石头城。周遭在:石头城依山而立。
③ 淮水:秦淮河。
④ 女墙:城上短墙。

题 解

《金陵五题》是一组怀古诗,此作为第一首。刘禹锡有总序,说白居易非常欣赏这组诗,且特别拈出《石头城》次句,称"吾知后之诗人无复措辞矣"。刘氏自己则认为,其余四首虽不及这首,但也不辜负白居易的欣赏,自许同样甚高。就此诗看,只写山水明月,城之废弃,仅以"故""空""旧时"点到为止。后半明月照高楼(墙上之墙),是传统场景,照例用来写愁。不过前人多用以写离愁,此诗改用以写兴亡之慨,承袭中有变化。全篇用笔克制至极,所传达的悲慨,却明确而深重,是绝句以小喻大的典范。故自白居易起,为历代论者所青睐。

集 评

此亦是梦得寓意。梦得虽召回,但在朝之士皆新进,与梦得定不相莫逆,而梦得又牢骚不平,于诗中往往露出,不免伤时。风人之旨失矣。(清徐增《而庵说唐诗》)

只写山水明月,而六代繁华俱归乌有,令人于言外思之。(清沈德潜《唐诗别裁集》)

二十八字中有无限苍凉,无限沉着。古今兴废,形胜盛衰,皆已括尽,而绝不见感慨凭吊字面,真高作也。(清李慈铭《越缦堂读书简端记》)

金陵五题其二·乌衣巷①

刘禹锡

朱雀桥边野草花②,乌衣巷口夕阳斜。
旧时王谢堂前燕,飞入寻常百姓家。

* 选自《刘禹锡集笺证》卷二四第710页,瞿蜕园校注,上海:上海古籍出版社1989年版。

① 乌衣巷:在金陵城内秦淮河南岸,东晋为门阀士族聚居地。
② 朱雀桥:金陵朱雀门外横跨秦淮河的浮桥,六朝时为城中交通要道,是从市中心到乌衣巷必经之路。

题 解

前半野草、夕阳,暗含人事全非之意。妙在写乌衣巷,而从远处朱雀桥写起,意指全城皆如此,乌衣巷仅一代表耳。用意不粘着,诗境顿然开阔许多。然而为何在城中独选乌衣巷为言?自然因这里原系士族高门聚居地,今昔反差最大。后半即从门阀一点落笔,但不直写古今此地住户,身份有别,而借燕子一物穿梭贯连,用笔轻倩。唐代的燕子显然不是东晋的燕子,诗人却视作一物,以造成物是人非的感觉。这是艺术的再塑造能力。后半貌似与前半构思相近,实则不同。

集 评

此叹金陵之废也。朱雀、乌衣,并佳丽之地,今惟野花夕阳,岂复有王、谢堂乎!不言王、谢堂为百姓家,而借言于燕,正诗人托兴玄妙处。(清唐汝询《唐诗解》)

有感慨,有讽刺,味之自当泪下。(清桂天祥《批点唐诗正声》)

若作燕子他去,便呆。盖燕子仍入此堂,王、谢零落,已化作寻常百姓矣。如此则感慨无穷,用笔极曲。(清施补华《岘佣说诗》)

·江南相关知识·

乌衣巷

在南京秦淮河夫子庙文德桥南。这里在三国东吴,曾为禁军营房所在,因当时禁军身着黑衣,故巷子以"乌衣"为名,至今巷内留有"乌衣井"一口。东晋时期,乌衣巷是达官贵人聚居区,华宅高第,鳞次栉比。最大的世家王、谢两族的代表人物王导、谢安即住于此。今巷内辟有王导谢安纪念馆,是展示六朝文化艺术及王、谢两大家族家世的专题陈列馆,陈列着若干珍贵的六朝文物。馆内有来燕堂、鉴晋楼等建筑。

钱塘湖春行①

白居易

孤山寺北贾亭西②,水面初平云脚低。
几处早莺争暖树③,谁家新燕啄春泥④。
乱花渐欲迷人眼,浅草才能没马蹄。
最爱湖东行不足⑤,绿杨阴里白沙堤⑥。

* 选自《全唐诗》第2264页,清彭定求等编,郑州:中州古籍出版社2008年版。

① 钱塘湖:杭州西湖。
② 孤山:在西湖中,北里湖与外湖之间。
③ 争:争抢栖足的树枝。
④ 啄春泥:衔泥筑巢。
⑤ 不足:不够。

江南诗

⑥ 白沙堤:在西湖东畔,今称白堤,实则在白居易来为官之前已有。

作者简介

白居易(772—846),字乐天,晚号香山居士、醉吟先生。祖籍太原(今属山西),生于郑州新郑县(今属河南)。贞元十六年(800)进士。与元稹、刘禹锡交好齐名,并称"元白""刘白"。有《白氏长庆集》《白氏六帖》。

题 解

此诗作于长庆三年(823)春,白居易时为杭州太守,次年曾增筑钱塘湖堤。全诗写西湖春色,首联远景,中两联近景,尾联在前面总写湖畔景色之后,聚焦于局部一点,是另一种结束法。次联"争""啄",已隐含一个兴致盎然、细细观赏的诗人形象。下句乃见燕子衔泥飞过,想它必是去人家里筑巢。人家并非亲见,而是想象。五句"迷人眼",进而直接导出主观感受。尾联更着重表达个人喜好,末句有一堤上信步游玩的诗人形象,呼之欲出。这样从客观到主观的书写次序,仿佛诗人是被动的,兴致全由外界景物自然勾起,见惊喜之感。

集 评

前解先写湖上。横开则为寺北亭西,竖展则为低云平水,浓点则为早莺新燕,轻烘则为暖树春泥。写湖上,真如天开图画也。后解方写春行。花迷草没,如以戥子称量此日春光之浅深也。"绿杨阴里白沙堤"者,言于如是浅深春光中,幅巾单裕款段闲行,即此杭州太守白居士也。(清金圣叹《贯华堂选批唐才子诗》)

平平八句,自然清丽,小才不知费多少妆点。(清何焯《唐律偶评》)

何言乎上半首专写湖上?察他口气所重,只在"寺北""亭西""几处""谁家",见其间佳丽不可胜纪,而初不在"水平""云低""早莺""新燕""暖树""春泥"之种种布景设色也。何言乎下半首专写春行?察他口气所重,只在"渐欲迷""才能没""绿杨阴"之一路行来,细细较量春光之浅深,春色之浓淡,而初不在"湖东""白沙堤"几个印板上之衬贴字也。要之,轻重既已得宜,风情又复宕漾,最是中唐佳调。谁谓先生之诗近于俗哉?(清胡以梅《唐诗贯珠串释》)

章法意匠,与前诗(按指《西湖留别》)相似,而此加变化。佳处在象中有兴,有人在,不比死句。(清方东树《昭昧詹言》)

杨柳枝词八首·其四

白居易

红板江桥青酒旗,馆娃宫暖日斜时①。
可怜雨歇东风定②,万树千条各自垂。

* 选自《全唐诗》第2347页,清彭定求等编,郑州:中州古籍出版社2008年版。

① 馆娃宫:春秋时吴王夫差为西施而建,旧址在今江苏苏州西南灵岩寺。吴人称美女为"娃"。

② 可怜:可爱。

题 解

首句借地方风光,点出苏州。这里水道密布,酒馆多开在河边。"江桥"实即河桥。红绿相映,设色鲜丽。次句从苏州处处可见之景,缩略到馆娃宫一点,可能含有怀古之意,但仅淡淡一笔。雨后无风,柳枝洗濯一新,静止低垂,似能听到枝上雨水声声滴落。别人咏杨柳,多写其临风舞动,婀娜多姿;白居易则写其静态,于是生面别开。这类作品,当时入乐演唱,取其情思宛转,声调流美,未必有太多深意。另须一提的是,这组诗共八首,所言之地不一。譬如其二:"何似东都正二月,黄金枝映洛阳桥",显然在咏洛阳之柳。盖以杨柳为主题,驰骋想象,不是人在苏州的写实。

江南诗

> **集 评**
>
> 《乐府杂录》云:"白傅作《杨柳枝》。"予考乐天晚年,与刘梦得唱和此曲词,白云:"古歌旧曲君休听,听取新翻《杨柳枝》。"又作《杨柳枝二十韵》云:"乐童翻怨调,才子与妍词。"注云:"洛下新声也。"刘梦得亦云:"请君莫奏前朝曲,听唱新翻《杨柳枝》。"盖后来始变新声,而所谓乐天作《杨柳枝》者,称其别创词也。(宋王灼《碧鸡漫志》)
>
> 咏杨柳未有不咏其舞风者,此独以风定着笔,另是一种风致。只写景,不入情,情自无限。(清黄生《唐诗摘抄》)
>
> 于闲冷处传神,情味悠然。(清宋顾乐《唐人万首绝句选评》)

望鹤林寺①

李 绅

仍岁往来牵迫②,皆不得往。元和初,在故度支尚书兄宾府③,多因闲暇,经游此寺④。寺内有木兰、杜鹃繁茂,人言至今犹未衰歇。

鹤栖峰下青莲宇⑤,花发江城世界春⑥。
红照日高殷夺火⑦,紫凝霞曙莹销尘⑧。
每思载酒悲前事,欲问题诗想旧身⑨。
自叹秋风劳物役⑩,白头拘束一闲人。

---

* 选自《全唐诗》第 2498 页,清彭定求等编,郑州:中州古籍出版社 2008 年版。

① 鹤林寺:在润州(今江苏镇江)南郊,今已废。
② 仍岁:多年以来。
③ 故度支尚书兄:李元素。宾府:幕府。
④ 经游:游览。
⑤ 鹤栖峰:黄鹤山,鹤林寺在此山脚下。青莲宇:佛寺。
⑥ 江城:指镇江。

⑦ 殷:红色。夺火:红过火焰。
⑧ 莹:莹澈。销尘:消除俗世纷扰。
⑨ 旧身:以前的自己。
⑩ 物役:被身外之物(如功名利禄)所役使。

作者简介

李绅(772—846),字公垂,郡望谯(今安徽亳县),其父寓居无锡(今属江苏),遂为无锡人。元和元年(806)进士,官至同中书门下平章事。与白居易等交好。

题 解

此诗咏鹤林寺中鲜花,颔联"红照"之日、"紫凝"之霞,都是喻花。美丽不可方物,令人顿销尘虑。可是有些事,李绅无法忘却。尾联自叹年老仍奔波仕途,未得欣赏寺中花开,看似寻常喟叹。然而与上一联合看,则别有用意。颈联"悲前事",指元和初年李绅在润州,入镇海军节度使李锜幕府。后者违抗朝廷命其还朝的诏旨,迫李绅草拟奏章,请求留任。李绅假装手抖,一直写不出。李锜大怒,将他投入大牢。后因李锜兵乱被平,李元素继任,李绅方逃过一劫。知道了他亲身经历的宦海大难,再看末联感慨,意味便觉更深了一层。

江南相关知识

鹤林寺

在镇江南郊磨笄山麓。磨笄山因戴颐死后,其女舍宅为寺。她将发笄磨碎,以矢志不嫁,隐居山中,故名。寺始建于东晋大兴四年(321),初名竹林寺,据《太平寰宇记》载:"南朝末武帝刘裕潜龙时,游息竹林寺,黄鹤飞舞其上。"刘裕即位后,改竹林寺为鹤林寺。南朝以来是镇江最大的寺院。山左有茂叔莲池,为宋哲学家周敦颐(字茂叔)所凿;寺右为苏公竹院,相传为苏轼所植。山明水秀,风景幽雅,历来文人墨客喜留其间,览物生情,吟诗作画,韵事佳话颇多。古鹤林有八景:逢僧处、香花桥、寄如泉、杜鹃台、濂溪祠、米颠(米芾)墓、马祖塔、太傅松。寺屡毁屡建,现存大殿等建筑,为清同治、光绪间所建。硬山式,面阔5间,建于石台基座上,罗汉钱屋脊较高,两端置吻兽,正面有门窗槅扇。寺中素以杜鹃花著名天下,寺内有一株杜鹃,高2米多,根部分枝数十竿,蓬枝面积达9平方米,相传在元延祐三年(1316)乡民戈道恭将自己园中杜鹃花移植寺中至今。花前建有杜鹃楼,2层,砖木结构,面阔5间,通长18米,进深8.6米,上下有4窗对称,赏花所用。春季杜鹃花开,南郊看花成为一俗。鹤林寺大殿为市级文物保护单位。(彭卿云主编《中国历史文化名城词典(续编)》,上海辞书出版社,1997年,第268页)

却望无锡芙蓉湖·其二[①]

李 绅

丹橘村边独火微,碧流明处雁初飞[②]。
萧条落叶垂杨岸,隔水寥寥闻捣衣[③]。

* 选自《全唐诗》第2497页,清彭定求等编,郑州:中州古籍出版社2008年版。

① 却望:回望。芙蓉湖:在江苏武进县东、无锡县西北、江阴县南。入无锡一部分又名"无锡湖"。

② 碧流:绿水。

③ 捣衣:捣衣声。古时妇女把布帛铺在砧板上,用木棒敲平,以便裁制衣服,称为"捣衣"。多在秋夜进行。

题 解

这一题有五首,此处选了第二首。对岸村子光线黯淡,垂杨落叶,北雁南飞,呈现出秋夜景象。但作者又写了红色橘子挂在枝头,仿佛星星火光;湖水绿得发亮,在暗色调中点缀以亮色。村子虽模糊难辨,但由捣衣声,可知有人劳作,生活仍然进行着,也冲淡了寂寥之感。自然与人事,都在萧瑟中蕴含着生机。

集 评

闲淡自佳,唐人固有此一种,阮亭所赏也。(清宋顾乐《唐人万首绝句选评》)

写得明艳。(王闿运《手批唐诗选》)

江南相关知识

芙蓉湖

芙蓉湖古称"上湖""射贵湖"。在北宋以前,这里湖面开阔,南北相望百余里,东西港浜无数。在当时江南,是仅次于太湖的一片水域,面积达一万五千三百顷。今已消失。

扬州春词三首·其一

姚 合

广陵寒食天①,无雾复无烟。
暖日凝花柳②,春风散管弦。
园林多是宅,车马少于船。
莫唤游人住,游人闲不眠。

* 选自《全唐诗》第2576页,清彭定求等编,郑州:中州古籍出版社2008年版。

① 广陵:扬州古称。寒食:清明前一日。春秋时介之推随重耳流亡,重耳后返晋国继位,是为晋文公。之推功成身退,隐居山中。晋文公烧山逼他出见,之推抱树而亡。文公为纪念他,禁止每年在此日生火,只吃冷食。相传寒食节取义于此。

② 凝:集聚齐整。

江南诗

作者简介

姚合(781?—846),吴兴(今浙江湖州)人,早年随父寄居郏城(今河南安阳),又曾隐居嵩山。元和十一年(816)进士。诗与贾岛齐名,并称"姚贾";曾为武功主簿,其诗称"武功体"。有《姚合诗集》,编有盛、中唐诗选本《极玄集》。

题解

首联表明季节。寒食、清明正值春光明媚,向为人们踏青之时;今年又晴朗无云,更是如此。颔联上句写花木繁盛,下句写笙歌处处,自然与人境均宜于行乐。颈联写园林遍地,水路纵横,颇能状出扬州地方风貌。尾联写游人白日行乐不足,继之以夜,流连忘返,进一步描摹其沉醉。全诗层次井然,但也只是一般笔法,唯有颈联较突出。不过,姚合诗风以幽峭见长,这般清丽明快之作,在他倒是可谓异数。

集评

姚合《扬州春词》云:"园林多是宅,车马少于船";"春风荡城郭,满耳是笙歌"(按见这组诗第三首),二十字中,胜画一幅扬州图也。(清余成教《石园诗话》)

题金陵渡①

张 祜

金陵津渡小山楼②,一宿行人自可愁。
潮落夜江斜月里,两三星火是瓜州。

* 选自《全唐诗》第2649页,清彭定求等编,郑州:中州古籍出版社2008年版。
① 金陵渡:渡口名,即京口渡,在润州(今江苏镇江),与瓜洲隔长江相对。

② 津渡:渡口。

- 作者简介 -

张祜(792?—853?),字承吉,郡望清河(今属河北),南阳(今河南巩县)人。为人狷介,早年浪迹江湖,晚岁隐居以终。有《张祜集》。

- 题　解 -

此诗前半交代具体情形,自己途经金陵渡,在楼上留宿一晚,自有旅愁。后半即写楼上夜眺所见。潮落江平,斜月溶溶。长江对面的瓜洲,在黑暗中隐没不见,只剩两、三点灯火,显示着它的存在。写景主要扣住光线一点,近明远暗,暗处又有亮光点缀,幽静而不萧瑟。从后半景物看,似乎不止于愁,而有希望与向往涌动其间。但诗人不明言,令人揣摩,回味悠长。

- 集　评 -

情景悠然。(清宋顾乐《唐人万首绝句选评》)

江中夜景如画。(清邹弢《精选评注五朝诗学津梁》)

题润州金山寺①

张　祜

一宿金山寺,超然离世群。
僧归夜船月,龙出晓堂云②。
树色中流见,钟声两岸闻。
翻思在朝市③,终日醉醺醺。

* 选自《全唐诗》第2638页,清彭定求等编,郑州:中州古籍出版社2008年版。
① 润州:今江苏镇江。金山寺:在今镇江西北长江岸旁的金山上。

②龙:指朝霞。堂:金山寺殿堂。
③翻:反过来。朝市:泛指俗世。

题 解

首联写借宿金山寺,顿生远离俗世之感。末联与此呼应,写在俗世的随波逐流。"醉醺醺"并非实言酒醉,而是形容缺乏独立、清醒判断的生活状态。中两联写寺中所见,清幽中有壮丽,如拂晓红霞渐出;有力度,如两岸钟声相和,故不流于枯寂。张祜年轻时意气风发,抱负远大;后不遇,一变而为放荡不羁。气质中有开阔的一面,咏佛寺也有所表露。

集 评

润州金山寺,张祜、孙鲂留诗为第一。(宋计有功《唐诗纪事》)

大历十才子以前,诗格壮丽悲感。元和以后,渐尚细润,愈出愈新。而至晚唐,以老杜为祖,而又参此细润者,时出用之,则诗之法尽矣。(元方回《瀛奎律髓》)

诗成却爱张公子,解道中流两岸钟。(明李东阳《登金山》)

张祜诗虽佳,而结句"终日醉醺醺"已入"张打油""胡钉铰"矣。(明杨慎《升庵诗话》)

晚唐有一首之中,世共传其一联,而其所不传反过之者。如张祜"树影中流见,钟声两岸闻",虽工密,气格故不如"僧归夜船月,龙出晓堂云"也。(明胡应麟《诗薮》)

后人不复能措手,几同崔颢《黄鹤》矣。(明邢昉《唐风定》)

江南相关知识

金山寺

金山寺原名泽心寺,又名龙游寺,位于今江苏省镇江市。自唐代以来,人皆称为金山寺。始建于东晋,至今已有1 600多年历史。清康熙帝曾亲笔题写"江天禅寺"。金山原为扬子江中一座小岛,清光绪年间与陆地连成一片。金山寺是我国水陆法会(佛教诵经设斋、礼佛拜忏和追荐亡灵的大型仪式)发源地。寺门朝西,依山而建,亭台相连,殿宇栉比,建筑蔽山,甚至有"金山寺裹山"之说。金山景点甚多,古人称为"江南名胜之最"。譬如金山寺西不远处有中冷泉,唐代陆羽评为天下第一;又如金山顶峰有留云亭,亭内有康熙帝御笔"江天一览"石碑,故此亭亦称"江天一览亭",等等。

忆扬州

徐 凝

萧娘脸薄难胜泪①,桃叶眉尖易觉愁②。
天下三分明月夜,二分无赖是扬州③。

* 选自《全唐诗》第2449页,清彭定求等编,郑州:中州古籍出版社2008年版。
① 萧娘:所爱女子的代指。
② 桃叶:东晋王献之小妾名,这里也是代指所爱女子。
③ 无赖:可爱。

作者简介

徐凝(生卒年不详),睦州(今浙江建德)人。早与白居易有交往,曾因咏庐山瀑布诗为后者所赏。布衣以终。

题 解

此诗后两句,人常用以证明扬州在唐代的繁盛,如宋人洪迈《容斋随笔》卷九"唐扬州之盛"条。但把这两句放回整首诗看,前半显然在怀念某位扬州女子。因此,后半是宕开一笔,借对扬州的盛赞,来表示这女子在诗人心中位置最高,无可替代。扬州如此重要,乃因有那女子在彼之故。由此倒可看出三、四句的艺术特点,抒情不直言,反更灵动可喜。

江南诗

> **集 评**
>
> 极言扬州之淫佚,令人留恋,语自奇辟。(清黄叔灿《唐诗笺注》)
>
> 月明无赖,自是佳句,与扬州尤切。(清宋顾乐《唐人万首绝句选评》)

江南弄[①]

李 贺

江中绿雾起凉波,天上叠巘红嵯峨[②]。
水风浦云生老竹[③],渚暝蒲帆如一幅[④]。
鲈鱼千头酒百斛[⑤],酒中倒卧南山绿[⑥]。
吴歈越吟未终曲[⑦],江上团团帖寒玉[⑧]。

* 选自《全唐诗》第2008页,清彭定求等编,郑州:中州古籍出版社2008年版。
① 江南弄:乐府古题,一般用以描绘江南美景。
② 叠巘(yǎn):层层的山峦,这里指晚霞。嵯峨(cuó é):山峰峻拔的样子。
③ 生:竹子与水、云相连一气,好像是从水、云中长出来似的。
④ 渚:水中小块陆地。蒲帆:蒲草做的船帆。
⑤ 斛(hú):量具名,古以十斗为斛。
⑥ 酒中:酒喝到一半。
⑦ 吴歈越吟:泛指江南地方民歌。歈(yú):歌曲。
⑧ 团团:形容圆。寒玉:比喻月,这里指月在江中的倒影。

作者简介

李贺(790—816),字长吉,郡望陇西(今属甘肃),福昌(今河南宜阳)人。李唐宗室,但已没落。深得韩愈器重,贞元末已驰名诗坛,与李益并称"二李"。有《李长吉集》。

题 解

写江南黄昏至深夜景色。首二句天上红霞与江面绿雾相映,设色秾丽。"绿雾"者,指水气受江边绿树所映照而呈绿色,可见时值春季,树木丰茂。三、四句竹子与水、云一体,远处船帆在暮色中似仅一幅,突出浑茫之感。后半由景到人,写江边饮宴。纵饮大醉,唯与南山翠色相对。歌舞未终,天色已黑,皓月倒映,犹如贴在江面。历来描摹江南风光,多表现其优美一面,李贺笔下景物,确有地域特征,但于优美外,颇见奇特之处。这合乎其个人风格,也反映出他在艺术上翻新出奇的刻意追求。不过细审之,此诗景物均颇寻常,奇特不源于此,而源于诗人对景物的主观感受及用词。这与李贺其他一些以想象力见长的诗歌,又有不同。

集 评

余故友李贺善择南北朝乐府故词。其所赋不多,怨郁凄艳之功,诚以盖古排今,使为词者莫得偶矣。(唐沈亚之《序诗送李胶秀才》)

长吉歌行艳称古今,大抵皆魔语耳。(明邢昉《唐风定》)

此羡江南之景物艳冶也。绿雾在水,红霞映天;翠筱阴凝,江船晚泛;鲈鱼美酒,山影垂尊;洗耳清音,月浮水面。自足令人神往矣。(清姚文燮《昌谷集注》)

此诗思致敏妙,无一毫怪诞处。(清范大士《历代诗发》)

金陵怀古

许 浑

《玉树》歌残王气终①,景阳兵合戍楼空②。
松楸远近千官冢③,禾黍高低六代宫④。

江南诗

石燕拂云晴亦雨⑤,江豚吹浪夜还风⑥。
英雄一去豪华尽⑦,唯有青山似洛中⑧。

* 选自《全唐诗》第2751页,清彭定求等编,郑州:中州古籍出版社2008年版。

① 《玉树》:《玉树后庭花》,南朝陈后主所制曲,后世视为亡国之音。王气:代表帝王的瑞气,这里指建都金陵的六个王朝的气数、国运。

② 景阳:金陵宫名,隋军灭南朝陈时,陈后主曾自景阳宫逃出。戍楼:军队的瞭望楼。

③ 松楸:松树与楸树,常植于墓旁。

④ 禾黍:禾黍长满宫殿,是表示王朝覆灭的传统场景。

⑤ 石燕:似燕的石头,这里当指燕子矶。

⑥ 江豚:长江中哺乳动物,体型似鱼。吹浪:推动浪头。风:据说江豚遇风会跃起。

⑦ 英雄:这里指六朝帝王。

⑧ 金陵四面环山,洛阳也四面环山,故云。洛阳是西晋首都,"唯有"点出金陵凋敝,除此以外,与洛阳再无相似处。

作者简介

许浑(791?—?),字用晦,一字仲晦。宰相许圉师之后,祖籍安州安陆(今属湖北),寓居润州丹阳(今属江苏)。居住近丁卯桥,人称许丁卯。大和六年(832)进士,与杜牧、李频、李远等交好。有《丁卯集》。

题 解

此诗布局整饬。首联写陈后主被俘,六朝终局。以下即转入怀古。以终句掠过整个六朝,见剪裁之功。颔联写政亡人息,偏重人事;颈联江山如旧,偏重自然。要之皆表物是人非之感,未免略感繁冗。尾联带入洛阳,由南朝而西晋,则朝代更迭也不仅金陵一地有之,而是历史常态。视野拓宽,更上层楼,结得深沉有力。

> 集 评

　　许用晦《金陵怀古》,颔联简,板对尔;颈联当赠远游者,似有戒慎意。若删其两联,则气象雄浑,不下太白绝句。(明谢榛《四溟诗话》)

　　金陵本六朝建都之地,至陈主荒淫,王气由此而灭,故以《玉树》发端,遂言后主就缚景阳而成楼空寂也。虽千官之冢树犹存,而六代之阙庭已尽,惟余石燕江豚,作雨吹风而已。然英雄虽去,而青山盘郁,足为帝都,徒使我对之而兴慨耳。(清唐汝询《唐诗解》)

　　此诗不及刘梦得《西塞山怀古》。盖刘从孙吴说起,虚带六朝,凭吊深情,自有上下千古之慨,气魄宏阔,诗亦深厚。此诗叹陈后主为南朝之终,追溯六朝,立局亦妙。(清黄叔灿《唐诗笺注》)

　　许公此篇,单论陈后主事,只一起"王气终"三字,已括尽六朝,尤为另出手眼。"玉树歌残"与"景阳兵合"作对,直将鼎革改命大事,视同儿戏,真可慨也!松楸禾黍,皆当时朝朝琼树、夜夜璧月之地、之人,正与下"豪华"二字反照。嗟嗟!英雄已去,景物常存,雨雨风风,年年依旧,独前代豪华,杳不复留矣。"青山似洛中",犹言不似者之正多也。(清朱三锡《东岩草堂评订唐诗鼓吹》)

夜归丁卯桥村舍①

许　浑

月凉风静夜,归客泊岩前。
桥响犬遥吠,庭空人散眠②。
紫蒲低水槛③,红叶半江船。
自有还家计,南湖二顷田④。

* 选自《全唐诗》第2737页,清彭定求等编,郑州:中州古籍出版社2008年版。
① 丁卯桥:在润州,许浑家于近旁。
② 散眠:散在各个地方入睡。
③ 紫蒲:紫色的蒲草。水槛:临水栏杆。
④ 南湖:许浑所有田地在练湖之南。

题 解

许浑在会昌三年(843)自监察御史任上谢病归家,除润州司马。这首诗当作于此年。诗从泊船到家写起,至时夜深,家人各自安睡。许浑大约思绪万千,一时难眠,于是凭栏远眺,重见家乡景物,油然生起耕读定居之念。整首诗写景之中,包含着诗人的一个行为过程,更包含着其心理过程,故而耐得住品味。

集 评

下语真率。(明雷起剑《丁卯集评》)

写夜归,体物细腻。(清许培荣《丁卯集笺注》)

莲浦谣①

温庭筠

鸣桡轧轧溪溶溶②,废绿平烟吴苑东③。
水清莲媚两相向,镜里见愁愁更红④。
白马金鞭大堤上,西江日夕多风浪。
荷心有露似骊珠⑤,不是真圆亦摇荡⑥。

* 选自《温庭筠全集校注》卷一第8页,刘学锴撰,太原:三晋出版社2016年版。
① 莲浦谣:乐府诗题,但在目前资料中,温庭筠是第一个写此题的。莲浦:莲花生长的水口。

② 鸣桡:开船。桡:短棹。轧轧:摇桨声。溶溶:水波荡漾的样子。
③ 废绿:荒芜的绿野。吴苑:长洲苑,在苏州西南、太湖北岸。
④ 愁:看似脉脉含愁的荷花。
⑤ 骊珠:宝珠,传说出自骊龙颔下。
⑥ 真圆:真正的宝珠。

作者简介

温庭筠(812?—870?),又作廷筠、庭云。原名温岐,字飞卿,太原祁(今山西祁县)人。诗与李商隐齐名,号"温李"。骈文与李商隐、段成式齐名,三人均排行三十六,时号"三十六体"。流落以终。有《金荃集》等。

题 解

首句先出一划船之人,至第三句,此人与"莲媚"相对,可知是位年轻美丽的女子。四句表其心有愁怨。以下沿这女子心绪展开。五句可知其愁与扬鞭策马的男子有关,这是一则爱情故事。七、八句以"荷心"喻人心,南朝民歌常用之。荷心上露珠摇荡不已,见出女子的心旌摇荡。上述各点相对明确,只是第二句,女子远眺烟雾笼罩的荒野与废苑,有何意味?是怀想吴王夫差与西施的爱情,不无羡慕呢;还是回忆夫差因此致使吴国覆灭,徒留废墟,为之哀婉呢?若即若离,诗意似可解似不可解。这是温庭筠古体的耐人玩味之处,也是招致古代一部分诗论家指摘之处。

集 评

《塞寒行》后曰:"心许凌烟名不灭,年年锦字伤离别。彩毫一画竟何荣,空使青楼泪成血。"《照影曲》结云:"桃花百媚如欲语,曾为无双今两身。"《莲蒲谣》末曰:"荷心有露似骊珠,不是真圆亦摇荡。"《织锦词》末云:"象尺熏炉未觉秋,碧池已长新莲子。"皆意浅体轻,然实秀色可餐。此真所谓应对之才,不必督之干理;蛾眉之质,无俟绳之井臼也。(清贺裳《载酒园诗话又编》)

飞卿古诗与义山近体相埒,题既无谓,诗亦荒谬;若不论义理而只取姿态,则可矣。(清黄子云《野鸿诗的》)

江南春绝句

杜 牧

千里莺啼绿映红,水村山郭酒旗风①。

南朝四百八十寺②,多少楼台烟雨中③。

* 选自《全唐诗》第2077页,清彭定求等编,郑州:中州古籍出版社2008年版。

① 山郭:依山的城郭。

② 四百八十寺:南朝皇帝大都信仰佛教,兴建许多佛寺。这里"四百八十"是虚指,形容其多。

③ 楼台:这里指寺庙建筑。

作者简介

杜牧(803—853),字牧之,京兆万年(今陕西西安)人,杜佑孙。大和二年(828)进士,又中贤良方正极言直谏科。晚唐著名诗人,与李商隐并称"小李杜"。赋、古文亦工。有《樊川文集》。

题 解

首句"千里"统摄全篇,前半写绿树红花,黄莺啼鸣,春意盎然;处处水边有村,酒旗招展,正是江南特有风光。"山郭"则连带而及。后半写雨景,与前半明媚的晴天不合,可以理解为诗人回忆中的南朝景象,不是眼前实景。寺院建筑笼罩在烟雨中,另有一番迷蒙风味,情调上与前互补。在时间上,又增添了一份历史的纵深感。全诗皆大处落笔,不事细描,写法体现出一种爽朗作风。在晚唐,杜牧是极少数拥有这种作风的诗人。

集　评

千里莺啼,谁人听得?千里绿映红,谁人见得?若作"十里",则莺啼绿红之景,村郭、楼台、僧寺、酒旗,皆在其中矣。(明杨慎《升庵诗话》)

周敬曰:大抵牧之好用数目字。如"南朝四百八十寺""二十四桥明月夜""故乡七十五长亭"是也。(明周珽《唐诗选脉会通评林》)

杨用修(慎)欲改"千里"为"十里"。诗在意象耳,"千里"毕竟胜"十里"也。(明胡震亨《唐音癸签》)

曰"烟雨中",则非真有楼台矣,感南朝遗迹之湮灭而语,特不直说。许浑亦云:"鸟下绿芜秦苑夕,蝉鸣黄叶汉宫秋。"窦牟云:"满目山阳笛里人",言人已不存也,然不言其人不存,而曰"满目山阳笛里人";不曰楼台已毁,而曰"多少楼台烟雨中",皆见立言之妙。岂必如唐彦谦云:"汉朝冠盖皆陵墓",而后谓之吊古哉?(清黄生《唐诗摘抄》)

江南春景,描写莫尽,能以简括胜人多许。(清宋宗元《网师园唐诗笺注》)

泊秦淮

杜　牧

烟笼寒水月笼沙①,夜泊秦淮近酒家。
商女不知亡国恨②,隔江犹唱《后庭花》③。

---

* 选自《全唐诗》第2706页,清彭定求等编,郑州:中州古籍出版社2008年版。
① 寒水:指秦淮河。
② 商女:卖唱的女子。
③ 江:指秦淮河,江南无论水之大小,皆称江。《后庭花》:《玉树后庭花》,南朝陈后主所制歌曲,后人视为亡国之音。

江南诗

题解

次句交代基本信息,自己停船夜泊秦淮,岸上即是酒家,故与己船接近。联系下面两句,可知对岸也是酒家。夹岸相对,显出秦淮河一带之繁华。抒发六朝兴亡之感,而不直写,绕到反面,借歌女不知兴亡来写,命意深入一层。秦淮河所在地金陵,正是六朝故都。诗人感慨,表面由歌女所唱亡国之音引起,底里却有这一层背景在。

集评

首句写景荒凉,已为"亡国恨"勾魂摄魄。三、四推原亡国之故,妙就现在所闻犹是亡国之音感叹。索性用"不知"二字,将"亡国恨"三字扫空,文心幻曲。(清杨逢春《唐诗绎》)

"烟笼寒水",水色碧,故云"烟笼"。"月笼沙",沙色白,故云"月笼",下字极斟酌。夜泊秦淮而与酒家相近,酒家临河故也。商女,是以唱曲作生涯者。唱《后庭花》曲,唱而已矣,那知陈后主以此亡国,有恨于其内哉?杜牧之隔江听去,有无限兴亡之感,故作是诗。(清徐增《而庵说唐诗》)

首句写秦淮夜景。次句点明夜泊,而以"近酒家"三字引起后二句。"不知"二字感慨最深,寄托甚微。通首音节神韵,无不入妙,宜沈归愚(沈德潜)叹为绝唱。(清李锳《诗法易简录》)

江南相关知识

《玉树后庭花》

"后庭花"本是一种花,生于江南,因多在庭院中栽种,故名"后庭花"。其花有红、白两色,开白花者,盛开之际,树冠美丽如玉,故又有"玉树后庭花"之称。歌曲以此花为名,原是乐府民歌里一种情歌。南朝陈后主所作则为宫体诗,写嫔妃们百媚千姿,堪与鲜花竞妍,然而也和鲜花一样,青春难久,故情调于靡丽中又含悲哀。由于陈后主乃亡国之君,此曲在后世,遂成为亡国之音的代指。

寄扬州韩绰判官①

杜 牧

青山隐隐水迢迢②,秋尽江南草未凋。
二十四桥明月夜③,玉人何处教吹箫④。

* 选自《全唐诗》第2707页,清彭定求等编,郑州:中州古籍出版社2008年版。
① 判官:唐代为节度使、观察使属官,掌文书。
② 隐隐:隐约。
③ 二十四桥:一说指扬州的二十四座桥,一说指一座特定的桥,名为二十四桥,即吴家桥。观下句"何处"之问,当以前者为是。
④ 玉人:指韩绰。

题 解

扬州地处长江北岸,但气候与江南无异,较温暖。前半言秋尽冬来,可是扬州仍有青山绿草,即点明这一特征,见得其生机勃勃。山隐约,水迢远,又有朦胧延展之致。后半由自然转入人事。扬州娱乐场所林立,故问韩绰:今夜你又在何处,教歌儿舞女奏乐?气候宜人,草木丰茂,街市繁华,在在可知杜牧离开后,对扬州的眷恋。末句问候友人近况,而以此为言,是戏谑语,又给诗歌增添了幽默色彩。

集 评

唐诸道郡国之富实,人物之众多,城市之和乐,声色之繁华,扬州为冠,益州次之,号为扬一益二。牧之仕淮南,寄扬州韩判官诗,其实厌江南之寂寞,思扬州之欢娱,情虽切而辞不露。(宋谢枋得《注解章泉涧泉二先生选唐诗》)

此等入盛唐亦难辨,惜他作殊不尔。(明胡应麟《诗薮》)

胡次焱曰:对草木凋谢之秋,思月桥吹箫之夜,寂寞之恋喧哗,始不胜情。"何处"二字最佳。(明周珽《唐诗选脉会通评林》)

陆时雍曰:杜牧七言绝句,婉转多情,韵亦不乏,自刘梦得以后一人。牧之诗有"十年一觉扬州梦"之句,素恋其景物奇美。此不过谓韩判官当此零落之候,教箫于月中,不知"二十四桥"之夜在于何处?含无限意绪耳。(同上)

言桥有廿四,不知在何处桥边教玉人吹箫耳。扬州本行乐之地,故以此讯韩,言外有羡之意。(清黄生《唐诗摘抄》)

"十年一觉扬州梦",牧之于扬州绻恋久矣。"二十四桥"一句,有神往之致,借韩以发之。(清黄叔灿《唐诗笺注》)

赠别二首·其一

杜 牧

娉娉袅袅十三余①,豆蔻梢头二月初②。
春风十里扬州路,卷上珠帘总不如③。

* 选自《全唐诗》第2709页,清彭定求等编,郑州:中州古籍出版社2008年版。
① 娉娉袅袅:形容女子体态轻盈美好。
② 豆蔻:豆蔻花,生于叶间,初夏开放。二月初:二月是豆蔻含苞未放的季节。
③ 珠帘:珠子串成的帘子,这里指歌楼的窗帘。

题 解

这一题共两首,是大和九年(835),杜牧自淮南节度使掌书记升任监察御史,离开扬州前,写赠一位自己喜爱的歌妓之作。此处选了第一首。这位歌妓,只有十三、四岁,杜牧把她比作含苞待放的豆蔻花,可见怜惜之意。后半"春风",承次句"二月初"而来,又暗含青楼女子顾盼之意,一语双关。但无数女子顾盼,总不如这位歌妓令诗人动心,可见偏爱之至。这是写诗所谓"尊题法",即在诗里推重主角,甚至不惜夸张,使之超过侪辈。

杜牧在扬州的生活,有纵情声色之一面,这首诗可以为证。但他对这位歌妓,也不无真情。此题第二首说:"惟觉樽前笑不成"还说"蜡烛有心还惜别,替人垂泪到天明",写临别情状,难以为怀,可以为证。

集 评

杜牧之诗:"娉娉袅袅十三余,豆蔻梢头二月初。"刘孟熙谓:《本草》云:"豆蔻未开者,谓之含胎花。言少而娠也。"其所引《本草》是言少而娠,非也。牧之诗本咏娼女,言其美而且少,未经事人,如豆蔻花之未开耳。此为风情言,非为求嗣言也。(明杨慎《升庵诗话》)

·江南相关知识·

扬州

扬州自南朝起,便成为一座繁华的商业大都会;唐代更是如此。据唐人描述:"每重城向夕,倡楼之上,常有绛纱灯数万,辉罗耀列空中。九里三十步街中,珠翠填咽,邈若仙境"(《太平广记》卷二七三引《唐阙文》),盛况可见一斑。这为杜牧所言"春风十里扬州路",提供了一个注脚。

遣 怀

杜 牧

落魄江湖载酒行①,楚腰纤细掌中轻②。
十年一觉扬州梦③,赢得青楼薄幸名④。

---

* 选自《全唐诗》第2714页,清彭定求等编,郑州:中州古籍出版社2008年版,首二句文字有改动。

① 落魄:放荡不羁。江湖:与中央相对的外地。
② 楚腰纤细:春秋时,楚灵王喜欢细腰女子,这里系泛指,不限于楚地。掌中轻:传说西汉成帝皇后赵飞燕身姿轻盈,能为掌上舞。

③ 十年:大和七年(833)至九年,杜牧在淮南节度使幕,居扬州。
④ 薄幸:薄情。

题 解

这首诗当作于唐武宗会昌中后期。杜牧为名门之后,以治国为己任,勇于论事,是有抱负的人。然而沉沦下僚,施展有限,难免郁郁。另一方面,他在扬州时三十刚出头,也正是性好冶游的年纪。出入秦楼楚馆,不拘细行,是被际遇所激,性格中某一面向过分发展所致。当然,也不排除诗人吟咏,有意夸张的可能。就诗艺言,描写冶游生活背后,实有政治感慨在焉,"江湖"一词便暗示了这点,但无只言片语直述。表面之纵放与内里之含蓄相反相成,令人回味不尽。

集 评

牧少隽,性疏野放荡,虽为检刻,而不能自禁。会丞相牛僧孺出镇扬州,辟节度掌书记。牧供职之外,唯以宴游为事。(唐高彦休《阙史》)

情至,语自耿耿。(明陆时雍《唐诗镜》)

若杜牧之"落魄江湖载酒行"一绝,尤为豪放,乃知"落魄"为放荡失检之意,非沦落不堪也。(清胡鸣玉《订讹杂录》)

题乌江亭①

杜 牧

胜败兵家事不期②,包羞忍耻是男儿③。
江东子弟多才俊④,卷土重来未可知。

* 选自《全唐诗》第2707页,清彭定求等编,郑州:中州古籍出版社2008年版。
① 乌江亭:在今安徽和县东北乌江浦,项羽兵败自刎处。
② 不期:难以预料。

③ 包羞忍耻：忍下屈辱。

④ 江东：江南，项羽在秦末起兵于吴中（今江苏吴县）。项羽兵败退至乌江，有亭长撑舟相待，愿渡他过江，在江东徐图再起。项羽自认无颜见江东父老，拒绝渡江，自刎而死。

【题解】

杜牧在咏历史题材的两类诗歌——咏史与怀古——中，更擅长主理性议论的前者，名作颇多，此诗为其中之一。这类诗以观点新颖、深刻见长，不以含蓄为工。实际上，新颖、深刻的观点，表达愈直接愈有力，若求含蓄，反成软沓。所以对此诗措辞太直的批评，全不中理。咏史诗立论求深求新，常用办法是翻案，这首也如此。历来对项羽兵败自刎，或咎其一贯失策，渐以致此；或悲其英雄末路，慷慨苍凉。然而对其拒绝渡江，向无异议。杜牧则主张忍辱负重，过江再做打算。这看法，一方面是刻意立异使然；另一方面，的确也表现出放宽眼光、不计较一时得失的政治智慧。由此还反映出，杜牧对江南风土人情的认知。在这片土地上，不仅有风流旖旎的景物、感情，也有才俊之士、热血之人，希望建功立业，平定天下。两面并观，方能窥见江南之全貌。

【集评】

牧之处唐人中，本是好为论议，大概出奇立异。如《四皓庙》："南军不袒左边袖，四皓安刘是灭刘。"如《乌江亭》："胜败兵家未可期，包羞忍耻是男儿。江东子弟多才俊，卷土重来未可知。"（宋方岳《深雪偶谈》）

众言项羽有速亡之罪，牧之独言项羽有可兴之机，亦死中求活意也。（宋蔡正孙《诗林广记》引谢枋得）

牧之自许诗豪，故《题乌江亭》诗失之于直。（清吴乔《围炉诗话》）

沈下贤①

杜 牧

斯人清唱何人和②,草径苔芜不可寻。
一夕小敷山下梦③,水如环珮月如襟④。

* 选自《全唐诗》第2697页,清彭定求等编,郑州:中州古籍出版社2008年版。
① 沈亚之:生年不详,卒于公元831年稍后,字下贤,吴兴(今浙江湖州)人。元和十年(815)进士,晚年贬虔州南康尉,量移郢州司户参军,卒于任。工诗文,亦工传奇,李贺称之为"吴兴才人"。有《沈下贤集》。清唱:指作诗。
② 斯人:这人,指沈下贤。
③ 小敷山:又名福山,在湖州乌程县西南二十里,有沈下贤旧居。
④ 如环珮:如沈亚之身上环佩一般玎琮作响。如襟:像沈亚之的衣襟一般洁白。

题 解

唐宣宗大中四年(850),杜牧任湖州刺史,此诗写于湖州任上,距沈亚之去世尚不足二十年。首句写沈氏吟咏无人可与唱和,显其诗才之高。以咏叹领起,笔势夭矫。可就是这样一位绝代才人,下世未几,旧居已荒废难觅,这自然令人感慨。不过接下来,杜牧全未就感慨发挥,只写访寻不获后,在那里暂住一晚。萦绕周边的,是清水流淌、月色皎洁。诗人取环佩、衣襟作比,一个长身玉立的沈亚之见于言外。水之清、月之白,正象征后者高洁的品格。造境澄澈,不言感慨而感慨自深。

集 评

唐人绝句有意相袭者,有句相袭者。……杜牧《沈下贤》云:"一夕小敷山下梦,水如环珮月如襟。"白乐天《暮江吟》云:"可怜九月初三夜,露似珍珠月似弓。"……此皆意相袭也。(宋范晞文《对床夜语》)

小杜之咏下贤,犹义山之咏小杜,皆自有暗合意。(清宋顾乐《唐人万首绝句选评》)

夜泊龍廟阻風建康有感

我醉行水上身輕如飛煙魚龍互悲嘯伴我夜
不眠羽扇揮浮雲月挂斗間河漢橫復斜風
露方浩然坡陁石頭城寂莫七百年世事感予
懷辣身入青天 文瀚公

將至京口

臥聽金山古寺鐘三巴昨夢已成空船頭坎坎

幸民

遊山西村

莫笑農家臘酒渾豐年留客足雞豚山重水複
疑無路柳暗花明又一村簫鼓追隨春社近衣
冠簡朴古風存從今若許閒乘月拄杖無時夜
叩門

觀村童戲溪上

雨餘溪水掠堤平閒看村童戲晚晴竹馬踉蹡

江南相关知识

沈亚之

沈亚之深受中晚唐文人称赏。李贺、杜牧之外,李商隐也是一位。义山有五律《拟沈下贤》一首:"千二百轻鸾,春衫瘦著宽。倚风行稍急,含雪语应寒。带火遗金斗,兼珠碎玉盘。河阳看花过,曾不问潘安。"可知沈氏诗名。其传奇也颇有特色。鲁迅说:"亚之有文名,自谓'能创窈窕之思',今集中有传奇文三篇,皆以华艳之笔,叙恍忽之情,而好言仙鬼复死,尤与同时文人异趣。"(《中国小说史略》第八篇《唐之传奇文(上)》)。

经无锡县醉后吟①

赵 嘏

客过无名姓,扁舟系柳阴。
穷秋南国泪,残日故乡心。
京洛衣尘在②,江湖酒病深。
何须觅陶令③,乘醉自横琴④。

* 选自《全唐诗》第2861页,清彭定求等编,郑州:中州古籍出版社2008年版。

① 无锡县:今江苏无锡市。
② 京洛:长安与洛阳,赵嘏曾久客于此二京。
③ 陶令:陶渊明。
④ 横琴:陶渊明有一张无弦琴,酒后常抚弄以寄意。

作者简介

赵嘏(806?—852),字承祐,楚州山阳(今江苏淮阴)人。尝入元稹淮东幕府,与杜牧友善,七律尤工。有《渭南集》。

题 解

首句"无名姓",点出只是路过,在此无人相识。这本为正常之事,然而特笔写出,便寓有寂寞心情。颈联回顾寓居京洛岁月,可见此种寂寞由来已久。"京洛"与下句"江湖",又道出寂寞乃因漂泊无定。前三联由眼下溯及以往,由果及因,有层进之感。中又插入思乡,不是一线直下,章法开阔。寂天寞地,无从挣脱,尾联只能借琴声自我陶写。起结秩然。

江南行①

罗 隐

江烟湿雨蛟绡软②,漠漠小山眉黛浅③。
水国多愁又有情,夜槽压酒银船满④。
细丝摇柳凝晓空,吴王台榭春梦中⑤。
鸳鸯鸂鶒唤不起⑥,平铺绿水眠东风。
西陵路边月悄悄⑦,油壁轻车苏小小⑧。

* 选自《全唐诗》第3420页,清彭定求等编,郑州:中州古籍出版社2008年版。

① 江南行:乐府古题,写江南春景,及乘时游玩之乐。
② 蛟绡:传说中海里鲛人织的丝织品,这里比喻烟雾。
③ 眉黛:古时女子用黛描画眉毛,这里是说山恋远远看去,好像一条横眉。
④ 槽:榨酒时盛酒的容器。压酒:酒快酿熟时,榨去渣滓取酒。银船:银质船形酒杯。
⑤ 吴王台榭:指吴王夫差所筑姑苏台,在苏州城外西南姑苏山上。
⑥ 鸂鶒(xī chì):水鸟名,体形大于鸳鸯,也有并游的习性。
⑦ 西陵:在钱塘江西,苏小小生于此,葬于此。
⑧ 油壁:古人有一种坐的车,车壁用油涂饰,传说苏小小常坐。苏小小:南朝著名歌伎。

作者简介

罗隐(833—910),本名横,字昭谏,新城(今浙江富阳)人。十举进士不第,因改名为隐。少有诗名,逢唐末大乱,后投钱镠。有《甲乙集》《逸书》等。

题 解

此诗咏江南春景。姑苏台在苏州,苏小小在杭州,可知诗人不拘于一地,而是综合地刻画江南。"水国多愁又有情"是提纲挈领之句,笔之所及,皆哀愁而缱绻。人文意象有夫差为西施所造姑苏台、美丽多情的苏小小;自然意象有蛟绡,有鸳鸯,有形似眉黛的远山,多含男女之情暗示,且偏女性化。这些都是第三句的注脚。措辞则刻意锤炼,譬如"细丝摇柳凝晓空"的"凝",使得全首风格在柔丽之外,又多了几分奇诡,从而与李贺等人诗风有所趋近。

集 评

奇丽可比温、李,然亦不可多得也。(明徐燉《笔精》)

江南相关知识

苏小小

苏小小,钱塘名倡也,盖南齐时人。西陵在钱塘江之西,歌云"西陵松柏下"是也。(宋郭茂倩《乐府诗集》卷八十五引《乐府广题》)

嘉兴县前有吴妓人苏小小墓,风雨之夕,或闻其上有歌吹之音。(唐李绅《真娘墓》诗序)

夜泊毗陵无锡县有寄①

罗 隐

草虫幽咽树初团②,独系孤舟夜已阑③。

浊浪势奔吴苑急④，疏钟声彻惠山寒⑤。

愁催鬓发凋何易，贪恋家乡别渐难。

他日亲朋应大笑，始知书剑是无端⑥。

* 选自《全唐诗》第3390页，清彭定求等编，郑州：中州古籍出版社2008年版。

① 毗陵：唐代天宝、至德间，改常州为毗陵郡，治所在今江苏常州。无锡县：今江苏无锡市，唐代隶属常州。

② 囷：这里指树冠茂盛，形如圆盖。

③ 阑：夜将尽时。

④ 吴苑：长洲苑，在苏州西南、太湖北岸，唐时早已荒废。

⑤ 惠山：在今无锡西郊。

⑥ 书剑：二者为古时文人出门随身携带之物，这里代指文人生涯。

题 解

这首诗是途经无锡，暂泊而作。观首句，时在初夏。次句舟既"孤"，舟上人又"独"，加倍寂寞。颔联浪头大、钟声寒，景象动荡而凄清。但阑入远在苏州之"吴苑"，境界顿然开阔许多。后半抒怀，乡情渐浓，自是人到中年后的常有感觉；老大无成，更加重了这一点。但也正因乡情萦怀，连奋斗的动力也日益流逝，愈觉前途渺茫。写心情真切而细微。尾联写因无用为亲朋所笑，正是理所当然。且进一步点明无成之因，在于读书而为文人。无奈之感溢于言表。

江南相关知识

长洲苑

吴王初鼎峙，羽猎骋雄才。辇道阊门出，军容茂苑来。山从列阵转，江自绕林回。剑骑缘汀入，旌门隔屿开。合离纷若电，驰逐溢成雷。胜地虞人守，归舟汉女陪。可怜夷漫处，犹在洞庭隈。山静吟猿父，城空应雉媒。戎行委乔木，马迹尽黄埃。揽涕问遗老，繁华安在哉。（唐•孙逖《长洲苑吴苑校猎》）

送人游吴

杜荀鹤

君到姑苏见,人家尽枕河①。
古宫闲地少②,水港小桥多③。
夜市卖菱藕,春船载绮罗④。
遥知未眠月,乡思在渔歌。

* 选自《全唐诗》第3558页,清彭定求等编,郑州:中州古籍出版社2008年版。
① 枕河:大门靠河。
② 古宫:古老的房舍宅院。
③ 水港:遍布街坊之间的一条条小河。
④ 绮罗:华美的丝织品。

作者简介

杜荀鹤(846—904),字彦之,池州石埭(今安徽石台)人。因居九华山,自号九华山人。曾隐居庐山十年,早有诗名。大顺二年(891)进士。有《唐风集》。

题解

这一首是送人去苏州时所写。前六句不见一般送别之作的不舍,而是兴致勃勃地介绍吴中风土人情。所言既有水乡风光,又有都市繁华景象,兼二者于一身者,除了苏州之外少有。故综合来看,颇能状出此地特色,可谓善于形容。尾联忽然设想对方起了乡愁,急转直下,收得矫健。而"渔歌"扣住水乡写,与前六句仍有一脉相通。

集评

《送人游吴越》云:"夜市桥边火,春风寺外船";《维扬春日》云:"络岸柳丝悬细雨,绣田花朵弄残春";《闽中》:"雨余紫菊丛丛色,风弄红蕉叶叶

声。北畔是山南畔海,祇堪图画不堪行",可谓善状三处景物者。(宋张淏《云谷杂记》)

晚唐诗人有佳句而多俗言者,杜彦之荀鹤是也。"承恩不在貌,教妾若为容""溪山入城郭,户口半渔樵""古宫闲地少,水港小桥多""九州有路休为客,百岁无愁即是仙""故园何啻三千里,新雁才闻一两声""高下麦苗新雨后,浅深山色晚晴时",皆为佳句。"生应无辍日,死是不吟时""举世尽从愁里过,谁人肯向死前休",虽俗而有意趣。其余如"世间何事好,最好莫过诗""争知百岁不百岁,未合白头今白头"之类,未免诗如说话矣。其起结之句,尤多率易。(清余成教《石园诗话》)

写吴中如画。(清沈德潜《唐诗别裁集》)

台 城①

韦 庄

江雨霏霏江草齐②,六朝如梦鸟空啼。
无情最是台城柳,依旧烟笼十里堤③。

* 选自《全唐诗》第3597页,清彭定求等编,郑州:中州古籍出版社2008年版。

① 台城:六朝时禁城,在玄武湖旁,与鸡鸣山相接。
② 霏霏:形容细而密地落下。
③ 烟:这里指杨柳茂盛如烟雾。堤:指玄武湖旁的长堤。

作者简介

韦庄(836?—910),字端己,京兆杜陵(今陕西西安)人,韦应物四世孙。乾宁元年(894)进士,后投蜀中王建。前蜀建立后,官至吏部侍郎同平章事。有《浣花集》。

题 解

　　首句写春草笼罩在霏霏春雨中,起笔有迷蒙之感。台城至唐代已荒废,次句"六朝如梦",承上迷蒙之感而来,但实质上是写台城之废,化实事为轻灵,笔致甚活。后半写物是人非,又是承次句台城荒废而来。全首句意步步相生。韦庄身经黄巢入长安之乱,写六朝台城,有强烈的现实感慨在,并非泛泛怀古。

集 评

　　台城乃梁武帝馁死之地。国亡主灭,陵谷变迁,人物换世,唯草木无情,只如前日。此柳必梁朝所种,至唐犹存,"无情""依旧"四字最妙。(宋谢枋得《注解章泉涧泉二先生选唐诗》)

　　端己声调宏壮,亦晚唐好手。此诗厚而有味。(清张文荪《唐贤清雅集》)

　　韵足与牧之"商女后庭"之作同妙。(清周咏棠《唐贤小三昧集续集》)

　　咏柳从无人说"无情"者,一翻用,觉感慨不尽。(清宋顾乐《唐人万首绝句选评》)

　　韦端己《台城》,赋凄凉之景,想昔日盛时,无限感慨,都在言外,使人思而得之。(清马时芳《挑灯诗话》)

江南相关知识

台城

　　南宋洪迈《容斋续笔》卷五"台城少城"条介绍:"晋宋间谓朝廷禁省为'台',故称禁城为'台城'。"东晋之"台城",三国吴时原为后苑城,晋成帝改建新宫,遂为宫城,因有是名。南朝历宋、齐、梁、陈,皆为台省(中央政府)和宫殿所在地。唐代刘禹锡《金陵五题》其三,也以《台城》为题,录备参考:"台城六代竞豪华,结绮临春事最奢。万户千门成野草,只缘一曲《后庭花》。"

宋　诗 (四十四首)

游虎丘寺

王禹偁

寺墙围着碧孱颜①,曾是当年海涌山②。
尽抱好峰藏院里,不教幽景落人间。
剑池草色经冬在③,石座苔花自古斑④。
珍重晋朝吾祖宅⑤,一回来此便忘还。

* 选自《全宋诗》第690页,北京大学古文献研究所编,北京:北京大学出版社1991年版。

① 孱(chán)颜:山势险峻的样子。这句意思是说山寺的高墙围着险峻的虎丘山。
② 海涌山:虎丘的别称。陆广微《吴地记》:"虎丘山,避唐太祖讳,改为武丘山,又名海涌山。"
③ 剑池:虎丘胜境之一,相传吴王阖闾埋剑于此。
④ 石座:晋末高僧竺道生讲经处,在虎丘山下剑池前。斑:色彩斑驳。
⑤ 吾祖:指东晋司徒王珣、司空王珉兄弟。二人曾在虎丘建宅,后因崇佛而舍宅为寺,即虎丘山寺。

作者简介

王禹偁(954—1001),字元之。济州钜野(今山东巨野)人。北宋初期的政治家、文学家。反对晚唐五代的绮靡文风,开宋初散文之新貌。诗学白居易,反映社会现实,在宋初白体诗中独树一帜。今传《小畜集》《小畜外集》。

题解

宋太宗雍熙元年(984)秋,王禹偁以大理评事,知苏州长洲县。这次赴任,诗人意兴颇浓,他所作《赴长洲县作》其一有云:"移任长洲县,扁舟兴有余。"这也是一段十分愉快的仕宦经历,给他留下了"鱼酒甚美,俸禄甚优"(《与李宗谔书》)的美好回忆。本诗就作于他到任长洲县后。虎丘寺位于虎丘山麓,始建于东晋咸和二年(327),寺前有道生公讲台、千人座、点头石等名胜古迹。诗歌首联,从现实和历史两个维度入手,概括虎丘山的秀美风光和悠久历史。颔联移情于景,发挥想象,赋予了寺院和山景自然和谐的关系。颈联着眼于细节描写,重点表现剑池和石座的历史沧桑感。尾联触景生情,缅怀先人,流连光景,意韵隽永。这首诗的最大特点就在于历史和现实的有机结合,不仅赋予了虎丘山寺历史的厚重,而且表现了虎丘山景现实的清幽,给人一种既真切实在又如梦似幻的特殊体验。

· 江南相关知识 ·

虎丘之美——"三绝九宜"

"虎丘三绝"之说,出自宋代文学家朱长文《蒲章诸公唱和诗题辞》:"望之山形,不越冈陵,而登之者见层峰峭壁,势足千仞,一绝也。近临郛郭,矗起原隰,旁无连属,万景都会,西联穹窿,北亘海虞,震湖沧洲,云气出没,廓然四顾,指掌千里,二绝也。剑池泓渟,彻海浸云,不盈不虚,终古湛湛,三绝也。"所谓"三绝",即山势奇绝,风景殊绝,剑池幽绝。

"虎丘九宜"之说,出自明代画家李流芳《江南卧游册题词·虎丘》:"虎丘,宜月,宜雪,宜雨,宜烟,宜春晓,宜夏,宜秋爽,宜落木,宜夕阳,无所不宜,而独不宜于游人杂沓之时。"正所谓四时之景不同,而虎丘之美亦无穷也。

山园小梅二首·其一

林 逋

众芳摇落独暄妍①,占尽风情向小园②。
疏影横斜水清浅③,暗香浮动月黄昏④。
霜禽欲下先偷眼⑤,粉蝶如知合断魂。
幸有微吟可相狎⑥,不须檀板共金尊⑦。

* 选自《林和靖集》第87页,沈幼征校注,杭州:浙江古籍出版社2012年版。
① 暄妍:鲜丽。
② 占尽风情:意思是说独占春光。
③ 疏影:舒朗的影子,这里形容梅花的形貌。
④ 暗香:幽香。
⑤ 霜禽:寒鸟。
⑥ 微吟:低声吟咏。狎(xiá):亲近,赏玩。
⑦ 檀板:檀木制的拍板。

作者简介

林逋(967—1028),字君复。杭州钱塘(今浙江杭州)人。宋初晚唐体诗人,终生隐居不仕,有"梅妻鹤子"之誉。卒赐谥和靖先生。今传《林和靖先生诗集》。

题 解

林逋是北宋著名的隐逸诗人,他隐居杭州孤山。这首《山园小梅》,堪称其代表之作。诗歌首联,不惜对梅花的赞美之情。一个"独"字,体现了梅花的与众不同;一个"尽"字,表现了梅花的风情万种。颔联从正面直接描写梅花,上句描绘梅花的姿态,下句刻画梅花的神韵,"清浅之水"和"黄昏之月"则成为背景和烘托。颈联想象霜禽和粉蝶的活动,侧面烘托梅花的神采和魅力。尾联直抒胸臆,表达诗人对梅花的喜爱和赞美。全诗将咏物与抒情完美结合,又通过高超的艺术手法,表现了梅花的品格神韵,被誉为咏梅诗的千古绝唱。

集 评

梅花诗云:"疏影横斜水清浅,暗香浮动月黄昏。"评诗者谓:"前世咏梅者多矣,未有此句也。"(宋欧阳修《归田录》)

林逋处士,钱塘人,家于西湖之上,有诗名。人称其梅花诗云"疏影横斜

水清浅,暗香浮动月黄昏",曲尽梅之体态。(宋司马光《司马温公诗话》)

林和靖梅花诗:"疏影横斜水清浅,暗香浮动月黄昏",近似野蔷薇也。(宋陈辅《陈辅之诗话》)

林和靖梅花诗:"疏影横斜水清浅,暗香浮动月黄昏",诚为警绝;然其下联乃云:"霜禽欲下先偷眼,粉蝶如知合断魂",则与上联气格全不相类,若出两人。乃知诗全篇佳者诚难得。(宋蔡启《蔡宽夫诗话》)

欧阳文忠公最爱林和靖云:"疏影横斜水清浅,暗香浮动月黄昏。"山谷以为不若"雪后园林才半树,水边篱落忽横枝。"余以为其所爱者便是优劣耶。(宋王直方《王直方诗话》)

林和靖梅诗云:"疏影横斜水清浅,暗香浮动月黄昏。"大为欧阳文忠公称赏。大凡《和靖集》中,梅诗最好,梅花诗中此两句尤奇丽。(宋许顗《彦周诗话》)

林和靖赋梅花诗,有"疏影横斜水清浅,暗香浮动月黄昏"之语,脍炙天下殆二百年。(宋周紫芝《竹坡诗话》)

西湖"横斜""浮动"之句,屡为前辈击节,尝恨未见其全篇。及得其集,观之云:……其卓绝不可及专在十四字耳。(宋黄彻《䂬溪诗话》)

咏物诗,本非初学可及,而莫难于梅、竹、雪。咏梅,无如林和靖"疏影横斜水清浅,暗香浮动月黄昏"。(托名宋吴沆《环溪诗话》)

梅格高韵胜,诗人见之吟咏多矣。自和靖"香""影"一联为古今绝唱,诗家多推尊之。(元韦居安《梅磵诗话》)

"疏影""暗香"之联,初以欧阳文忠极赏之,天下无异辞。王晋卿尝谓此两句杏与桃、李皆可用也,苏东坡云:"可则可,但恐杏、桃、李不敢承当耳。"予谓彼杏、桃、李者,影能疏乎?繁秾之花,又与"月黄昏""水清浅"有何交涉?且"横斜""浮动"四字,牢不可移。(元方回《瀛奎律髓》评语)

宋诗如林和靖梅花诗,一时传诵。"暗香""疏影",景态虽佳,已落异

境,是许浑至语,非开元、大历人语。至"霜禽""粉蝶",直五尺童耳。(明王世贞《艺苑卮言》)

梅花诗,"暗香""疏影"两语自是擅场,所微乏者气格耳。(明谢肇淛《小草斋诗话》)

惟林君复"暗香""疏影"之句为绝唱,亦未见过之者,恨不使唐人专咏之耳。(明李东阳《麓堂诗话》)

"疏影横斜"于水波清浅之处,"暗香浮动"于月色黄昏之时。二语于梅之真趣,颇自曲尽,故宋人一代尚之。然其格卑,其调涩,其语苦,未是大方。(明胡应麟《艺林学山》)

江为诗:"竹影横斜水清浅,桂香浮动月黄昏。"林君复改二字为"疏影"、"暗香"以咏梅,遂成千古绝调。(明李日华《紫桃轩杂缀》)

"暄妍"二字不稳,次联真精妙。(清冯舒《瀛奎律髓》评语)

首句非梅,次联绝妙。(清冯班《瀛奎律髓》评语)

冯云首句非梅,不知次句"占尽风情"四字亦不似梅。三四及前一联皆名句,然全篇俱不称,前人已言之。五、六浅近,结亦滑调。(清纪昀《瀛奎律髓》评语)

和靖"疏影横斜水清浅"一联善矣,而起联云"众芳摇落独暄妍,占尽风情向小园",太杀凡近,后四句亦无高致。(清吴乔《围炉诗话》)

· 江南相关知识 ·

江南三大梅林

江南有三大梅林,分别是无锡梅园、苏州邓尉、杭州超山。无锡梅园位于无锡西郊的东山、浒山和横山之间,民国初年由著名实业家荣宗敬、荣德生兄弟营建。梅园面积八百多亩,梅树五千多株,另有老藤、新桂、奇石、楼阁等景观。园内有联云:"千树梅花半轮月,万家烟火一帆风。"邓尉山位于苏州城西南,相传东汉太尉邓禹隐居于此,故此得名。清圣祖康熙皇帝南巡,至邓尉赏梅,为邓尉山圣恩寺题"松风水月"匾额,并御制诗一首:"邓尉知名久,看梅及早春。岂因耽胜赏,本是重时巡。野霭朝未散,山容雨后新。缤纷开万树,相对惬佳辰。"超山位于杭州市东北,梅花以"古、广、奇"三绝而著名。盖因超山有唐梅、宋梅各一株,故为古。又因超山梅花盛开时有"十里梅花香雪海"之称,故谓广。另超山梅花有六瓣,此为奇。清末古文家林纾有一篇《记超山梅花》,文中写道:"纵横交纠,玉雪一色;步武高下,沿梅得径。远馥林麓,近偃陂陀;丛芬积缟,弥漫山谷。"此外,江南的赏梅胜地还有扬州梅花岭、桐庐九里洲、太湖东西山、南京梅花坞、乌程栖贤山以及杭州的西溪、孤山等地,也是各具特色,别有风景。

东 溪

梅尧臣

行到东溪看水时,坐临孤屿①发船迟。
野凫②眠岸有闲意,老树着花无丑枝。
短短蒲茸③齐似剪,平平沙石净于筛④。
情虽不厌住不得,薄暮归来车马疲。

* 选自《梅尧臣集编年校注》第772—773页,朱东润编年校注,上海:上海古籍出版社2006年版。

① 孤屿:水中孤岛。
② 野凫(fú):野鸭。杜甫《漫兴》其七:"笋根稚子无人见,沙上凫雏傍母眠。"
③ 蒲茸:初生的菖蒲嫩芽。
④ 净于筛:意思是说比用筛子筛过还干净。

作者简介

梅尧臣(1002—1060),字圣俞。宣州宣城(今安徽宣城)人。因宣城古名宛陵,故世称宛陵先生。北宋著名诗人,追求平淡的艺术风格,开宋诗之新风,有《汝坟贫女》《田家语》等名篇传世。今传《宛陵先生集》。

题解

东溪,一名宛溪,发源于宣城东南峰山,流经梅尧臣故乡宣城县境内,最后与句溪合流,并称"双溪"。这是一首写景诗,作于宋仁宗至和二年(1055)。首联第一句,交代写作的地点(东溪)和事件(看水),"发船迟"三字烘托出诗人的流连忘返。颔联写"看水"所见的两岸景致。"野凫眠岸"是作者眼前所见,"有闲意"则是诗人心中想象,一实一虚,似有所寄托。老树开花,本是寻常之景,作者却说"无丑枝",不禁使人联想到欧阳修寄给梅尧臣的诗句:"譬如妖韶女,老自有余态。"(《水谷夜行寄子美圣俞》)颈联继续写景,视线从岸边移向水中。东溪中有许多洲渚岛屿,上面长满了一排排整齐的蒲茸,就像有人修剪过一般。水面清澈平静,水底的沙石就像用筛子筛过一般。这里用了两个比拟句,形象生动地表现了蒲茸和沙石的鲜明特征。尾联写看水归来,两句文字,看似平淡,却有四层转折,表达了诗人对东溪的喜爱和留恋。"意新语工","状难状之景如在目前,含不尽之意见于言外"(欧阳修《六一诗话》引梅尧臣语),梅尧臣写诗的夫子自道,应该是对这首诗的最好诠评。

集评

三、四句为当世名句,众所脍炙。(元方回《瀛奎律髓》评语)

此乃名下无虚。(清纪昀《瀛奎律髓》评语)

三、四亦好,然非唐音。(清冯舒《瀛奎律髓》评语)

至"野凫眠岸有闲意,老树着花无丑枝",尤是吴体中寻常语,且下句更觉安排造作,何足为重!(清贺裳《载酒园诗话》)

梅 雨

梅尧臣

三日雨不止,蚯蚓上我堂。
湿菌生枯篱①,润气醭素裳②。
东池虾蟆儿③,无限相跳梁。
野草侵花圃,忽与栏干长。
门前无车马,苔色何苍苍。
屋后昭亭山④,又被云蔽藏。
四向不可往,静坐唯一床。
寂然忘外虑,微诵黄庭章⑤。
妻子笑我闲,曷不自举觞。
已胜伯伦妇⑥,一醉犹在傍。

* 选自《梅尧臣集编年校注》第791—792页,朱东润编年校注,上海:上海古籍出版社2006年版。

① 湿菌:潮湿的霉菌。薛能《题逃户》:"朽关生湿菌,倾屋照斜阳。"
② 醭(bú):长出白色的霉菌。
③ 虾蟆儿:蝌蚪。
④ 昭亭山:敬亭山,在安徽宣城北,晋代避晋文帝司马昭名讳改称敬亭山。
⑤ 黄庭章:指《黄庭经》,主要讲道家养生修炼之道。
⑥ 伯伦:魏晋竹林名士刘伶,字伯伦,嗜酒不羁,著《酒德颂》。刘义庆《世说新语》:"刘伶病酒,渴甚,从妇求酒。妇捐酒毁器,涕泣谏曰:'君饮太过,非摄生之道,必宜断之!'伶曰:'甚善。我不能自禁,唯当祝鬼神自誓断之耳!便可具酒肉。'妇曰:'敬闻命。'供酒肉于神前,请伶祝誓。伶跪而祝曰:'天生刘伶,以酒为名,一饮一斛,五斗解酲。妇人之言,慎不可听!'便引酒进肉,隗然已醉矣。"这里借刘伶妻子做比,意谓自己的贤妻还要胜过刘妇。

题 解

梅雨是江南地区一种特殊的气候现象,一般出现在每年农历的五、六月份。此时正值梅子黄熟,故名梅雨,又称黄梅雨。陈岩肖《庚溪诗话》云:"江南五月梅熟时,霖雨连句,谓之黄梅雨。"这首诗作于宋仁宗至和二年(1055),梅尧臣正在宣城老家为母亲守制期间。这年五月,宣城淫雨不绝,引发大水,诗歌描写的正是这一次梅雨天气。诗可分为两个部分,前半部分共十二句,描写梅雨时节的气候特征。其中,既有蚯蚓、虾蟆儿等动物的活动,也有湿菌、野草、苍苔等植物的变化,另外还有山峦、云雾的描写,可谓全方位、多角度地表现了梅雨时节潮湿闷热的气候特点。后半部分八句,写作者梅雨闲居时的行为活动。前四句写独自静坐,表达寂然无虑的闲适心态;后四句写举杯畅饮,表现和谐融洽的家庭氛围。结尾用典,以刘伶自况,表达了自己摆脱尘俗、超然物外的高情远致。

和刘原甫平山堂见寄

欧阳修

督府繁华久已阑①,至今形胜可跻攀②。
山横天地苍茫外,花发池台草莽间。
万井笙歌遗俗在,一樽风月属君闲。
遥知为我留真赏③,恨不相随暂解颜④。

* 选自《欧阳修诗文集校笺》第1481页,洪本健校笺,上海:上海古籍出版社2009年版。

① 督府:州府行政长官的办事机构。《明一统志》卷一二《扬州府》:"唐初,复为南兖州,改邗州,寻复为扬州,置大都督府。"阑:将尽。
② 跻攀:攀登。杜甫《白水县崔少府十九翁高斋三十韵》:"清晨陪跻攀,傲睨俯峭壁。"
③ 真赏:值得欣赏的景物。
④ 解颜:开颜欢笑。

江南诗

作者简介

欧阳修(1007—1072),字永叔,自号醉翁,晚号六一居士,卒谥文忠。吉州庐陵(今江西吉安)人。他是当时的文坛盟主,一时名臣如王安石、苏轼等皆出其门下。他又是北宋古文运动的倡导者和实践者,有《醉翁亭记》《五代史·伶官传序》等名篇传世。他的诗被看作是宋诗发生转变的一个关键,而其词深婉清丽,颇受晚唐五代词风的影响。今传《欧阳文忠公集》。

题解

平山堂,北宋仁宗庆历八年(1048)欧阳修知扬州时所建。欧阳修有《朝中措》词纪之,其上阕云:"平山栏槛倚晴空。山色有无中。手种堂前垂柳,别来几度春风。"刘原甫,名敞,宋仁宗嘉祐二年(1057)知扬州,有诗《游平山堂寄欧阳永叔内翰》:"芜城此地远人寰,尽借江南万叠山。水气横浮飞鸟外,岚光平堕酒杯间。主人寄赏来何暮,游子销忧醉不还。无限秋风桂枝老,淮王先去可能攀。"这首诗就是欧阳修和韵刘敞而作。首联总叙督府繁华胜景,引出平山堂登高远眺。颔联写堂前所见美景,远山苍茫,池台花草,一远一近,相映成趣。颈联写都市繁华,歌舞升平,花前月下,倜傥风流。尾联表达对朋友赠诗的感激之情,并希望有朝一日能与朋友相聚,排遣心中的苦闷和忧愁。

江南相关知识

宋人所作平山堂诗四首

黄土坡陁冈顶寺,青烟幂历浙西山。半荒樵牧旧城下,一月阴晴连屿间。人指废兴都莫问,眼看今古总输闲。刘郎寄咏公酬处,夜对金銮步辇还。

(梅尧臣《和永叔答刘原甫游平山堂寄》)

城北横岗走翠虬,一堂高视两三州。淮岑日对朱栏出,江岫云齐碧瓦浮。

墟落耕桑公恺悌,杯觞谈笑客风流。不知岘首登临处,壮观当时有此不。

(王安石《平山堂》)

豁豁虚堂巧架成,地平相与远山平。横岩积翠檐边出,度陇浮苍瓦上生。春入壶觞分蜀井,风回谈笑落芜城。谢公已去人怀想,向此还留召伯名。

(王令《平山堂》)

堂上平看江上山,晴光千里对凭栏。海门仅可一二数,云梦犹吞八九宽。檐外小棠阴蔽芾,壁间遗墨涕丸澜。人亡坐使风流尽,遗构仍须子细观。

(苏辙《扬州五咏·平山堂》)

望太湖

苏舜钦

杳杳波涛阅古今①,四边无际莫知深。
润通晓月为清露②,气入霜天作暝阴③。
笠泽鲈肥人脍玉④,洞庭柑熟客分金⑤。
风烟触目相招引,聊为停桡一楚吟⑥。

* 选自《苏舜钦集编年校注》第228页,傅平骧、胡问陶校注,成都:巴蜀书社1991年版。

① 杳杳:渺渺。阅:经历。

② 润:水气。晓月:拂晓的月亮。

③ 暝阴:晦暗的颜色。唐彦谦《春阴》:"春阴更觉愁于我,闲盖低村作暝阴。"

④ 笠泽:太湖的别名。顾祖禹《读史方舆纪要》:"太湖在苏州府西南三十里,常州府东南八十里,浙江湖州府北二十八里,……纵广三百八十三里,周回三万六千顷,或谓之笠泽。"脍玉:切割鲈鱼之肉。

⑤ 洞庭:洞庭东山,太湖中的岛屿。分金:分食柑橘。

⑥ 桡(ráo):船桨。楚吟:效仿楚客吟哦。许浑《送客归湘楚》:"此路千余里,应劳楚客吟。"

江南诗

·作者简介·

苏舜钦(1008—1049),字子美。梓州铜山(今四川中江)人。北宋初期诗文家,与梅尧臣并称"苏梅"。今传《苏舜钦集》。

·题 解·

苏舜钦庆历六年(1046)所作《和菱磎石歌》云:"予尝飞帆入震泽,穷探异境登龟鼋。"太湖古称震泽,那么这首诗当作于庆历六年以前。诗歌描写太湖的自然风光和风土人情。首联两句,分别从时间和空间的角度展开,不仅写出了渺渺烟波的历史沧桑,而且表现了太湖水域的开阔无垠。颔联以湖面上的水气为描写对象,"晓月"和"霜天"则暗示昼夜变化,描绘太湖秀美瑰奇的湖光山色。颈联由太湖的自然风光,转向风土人情。上句写湖中鲈鱼肥美,下句写东山柑橘成熟,一"玉"一"金",形成视觉对比,并暗含春秋交替变化。尾联直抒胸臆,表达对太湖美景的赞美和留恋。全诗气象宏大,运思细密,结构严谨,意境悠远。

·集 评·

《复斋漫录》云:"子美诗云:'笠泽鲈肥人脍玉,洞庭桔熟客分金。'吕吉甫诗云:'鱼出清波庖脍玉,菊含寒露酒浮金。'此二联相类,苏胜于吕,但'人''客'两字虽无亦可。"(宋蔡正孙《诗林广记·后集》)

·江南相关知识·

太湖三白

太湖三白,是指太湖盛产的三种湖鲜,即银鱼、白鱼和白虾。古语云:"吴郡太湖产名食,以太湖银鱼、白鱼、白虾三味湖鲜之形冠名,故曰太湖三白。"因为这三种水产品的色泽都呈银白色,所以称为"三白"。这三种太湖美食,在古代就已获得了食客们的纷纷"点赞"。北宋词人张先《吴江》诗云:"春后银鱼霜下鲈,远人曾到合思吴。"春天的银鱼可媲美秋后的鲈鱼。南宋叶梦得《避暑录话》记载:"太湖白鱼,实冠天下。"清代钱友理编《太湖备考》云:"太湖白虾甲天下,熟时色泽仍白洁。"白鱼和白虾都堪称太湖一绝,名满天下。此外,太湖中还生长着红菱、莲藕、茭白、莼菜、芡实、荸荠、茨菇、水芹等水生植物,号称太湖"水八仙",营养丰富,味道鲜美,同样受人青睐。

琼 花

韩 琦

维扬一株花①,四海无同类②。
年年后土祠③,独比琼瑶贵④。
中含散水芳⑤,外团蝴蝶戏。
酴醾不见香⑥,芍药惭多媚⑦。
扶疏翠盖圆⑧,散乱真珠缀。
不从众格繁⑨,自守幽姿粹⑩。
尝闻好事家⑪,欲移京毂地⑫。
既违孤洁情⑬,终误栽培意⑭。
洛阳红牡丹⑮,适时名转异⑯。
新荣托旧枝⑰,万状呈妖丽。
天工借颜色,深淡随人智⑱。
三春爱赏时⑲,车马喧如市。
草木禀赋殊⑳,得失岂轻议。
我来首见花,对花聊自醉。

* 选自《全宋诗》第3962—3963页,北京大学古文献研究所编,北京:北京大学出版社1991年版。

① 维扬：扬州的别称。《尚书·禹贡》："淮海惟扬州。"
② "四海"句：意思是说四海之内杨花独此一株，再无同样的第二株。王辟之《渑水燕谈录》："扬州后土庙，有花一株，洁白可爱，岁久木大而花繁也。俗目为'琼花'，不知实何木也。世以为天下无之，惟此一株。"
③ 后土祠：祭祀上古创世女神女娲的祠庙，在扬州府城东，又名蕃釐观。杨慎《丹铅录》："扬州有蕃釐观，观中有琼花，即陈后主所谓《玉树后庭花》云'琼树朝朝新'也。"
④ 琼瑶：美玉。这句意思是说琼花价值连城，胜过美玉。
⑤ 散水：花名，又名玉蕊花。姚宽《西溪丛语》："唐昌观玉蕊花，今之散水花。"
⑥ 酴醾：花名。宗懔《荆楚岁时记》："酴醾，本酒名，以花色似之，故名。"
⑦ 惭：因……感到惭愧。
⑧ 扶疏：枝叶纷繁茂盛的样子。翠盖：原指翠鸟羽毛所装饰的车盖，这里用来比喻像翠盖一样的花珠。
⑨ 众格：众花的品格。
⑩ 幽姿：清幽柔媚的姿态。谢灵运《登池上楼》："潜虬媚幽姿，飞鸿响远音。"
⑪ 好事家：指喜欢花草树木的人。
⑫ 移：移栽。京毂(gǔ)：京城。
⑬ 孤洁情：指琼花孤傲高洁的性情。
⑭ 栽培意：主人精心栽培的良苦用心。
⑮ 洛阳红：洛阳牡丹特有品种，俗称焦骨牡丹。
⑯ "适时"句：意思是说洛阳牡丹的名称因时而异。欧阳修《洛阳牡丹记》："牡丹而出洛阳者，今为天下第一。洛阳所谓丹州花、延州红、青州红者，皆彼土之尤杰者。"
⑰ 新荣：新开的牡丹花。
⑱ "深淡"句：意思是说洛阳牡丹的颜色深浅，可以根据栽种者的要求而加以改变。
⑲ 三春：三月阳春。
⑳ 殊：不同。

作者简介

韩琦(1008—1075)，字稚圭，自号赣叟，卒谥忠献。相州安阳(今河南安阳)人。北宋著名政治家、将领。与范仲淹共同驻守边塞，名重一时，时称"韩范"。词有《安阳好》等名篇,今传《韩魏公集》。

> 题 解

　　北宋仁宗庆历五年(1045)正月二十八日,范仲淹罢参知政事,知邠州;三月五日,韩琦罢枢密副使,知扬州;八月,欧阳修罢官知滁州。"庆历新政"至此宣告失败,支持新政的官员全部被贬出京。根据诗尾"我来首见花"句判断,这首诗是韩琦知扬州任上所作。北宋初年,扬州城里的一株稀世琼花,曾引得无数文人为之吟咏点赞。宋初诗人王禹偁作《后土琼花》诗云:"春冰薄薄压枝柯,分与清香是月娥。忽似暑天深涧底,老松擎雪白娑婆。"极尽琼花的娇美妍丽。南宋周密《齐东野语·琼花》记载:"扬州后土祠琼花,天下无二本,绝类聚八仙,色微黄而有香。仁宗庆历中,尝分植禁苑,明年辄枯,遂复载还祠中,敷荣如故。"宋仁宗庆历年间,皇帝曾派人将扬州琼花移栽至宫内,因为水土不服的原因,导致花枝枯萎,只能再移回江南栽种。韩琦的这首诗,可以分为两个部分:前十二句描写琼花之美,后十六句据此抒发感慨。开头两句,掷地有声,一下子就突显了琼花的独特地位。后面六句,又通过琼瑶、散水、蝴蝶、酴醾、芍药等其他事物,来映衬琼花的娇妍名贵,不可多得。最后对花株进行正面描写,以翠盖和珍珠作比喻,表现其婀娜多姿的风采神韵。诗歌至于此,无非只是一首普通的咏物诗,而后半段的议论部分,才是诗人所要表达的思想和主旨。"尝闻"四句,借宋仁宗移栽琼花一事引入议论。但是,作者并不直接对此事发表议论,而是借洛阳牡丹来阐述自己的想法。洛阳的牡丹,可以根据赏花者的喜好来改变自己的本性。但是,扬州的琼花却坚守孤傲高洁的秉性,拒绝趋炎附势,曲意逢迎,这不正是新政失败以后诗人心境的真实写照吗?

> 集 评

　　《艺苑雌黄》云:"维扬后土祠有琼花,洁白而香,天下惟此一株。故好

事者创亭于其侧,曰无双。韩魏公诗:'维扬一株花,四海无同类。'盖谓是也。"(宋胡仔《苕溪渔隐丛话·后集》)

甘露寺多景楼

曾　巩

欲收嘉景此楼中①,徙倚阑干四望通②。
云乱水光浮紫翠,天含山气入青红。
一川钟呗淮南月③,万里帆樯海外风④。
老去衣裾尘土在,只将心目羡冥鸿⑤。

* 选自《曾巩集》第118页,陈杏珍、晁继周点校,北京:中华书局1984年版。
① 嘉景:美景。于季子《咏云》:"愿得承嘉景,无令掩桂轮。"
② 徙倚:流连徘徊。四望通:意思是说楼上可尽收四方美景。
③ 呗(bài):梵文意思为赞叹、歌咏,这里指僧人诵经声。淮南月:镇江地处淮南,故云。
④ 樯(qiáng):桅杆。
⑤ 冥鸿:飞向天际的禽鸟。扬雄《法言》:"鸿飞冥冥,弋人何慕焉?"

作者简介

曾巩(1019—1083),字子固。江西南丰(今江西南丰)人。北宋著名的文学家,"唐宋八大家"之一。文章长于议论,与欧阳修并称"欧曾",有《墨池记》等名篇传世。诗歌重思想内容,以济世为宗,如《胡使》等。今传《南丰类稿》。

题　解

多景楼,在江苏镇江北固山甘露寺内,始建于唐代。楼名"多景",取自唐朝宰相李德裕的诗句"多景悬窗牖",是古代的名楼之一。米芾《甘露寺》诗序云:"多景楼背山面江,为天下甲观,五城十二楼不过也。"这首诗是曾巩中年离乡宦游时所作,描绘了登楼所见的壮阔景象。诗歌首联,总括多景楼的地理形胜,并为下文进行铺垫。中间两联,具体描写多景楼上所见的湖山美景。颔联以视觉描写为主,表现了景色的绚烂多彩;颈联从听觉角度入手,渲染了平阔寂静的氛围。尾联借景抒情,表达了作者"蹑景追飞"的理想和抱负,引起读者的广泛共鸣。

集 评

刘渊材所谓"五恨":以鲥鱼多骨,金橘不甘,莼菜性冷,海棠无香,以曾子固不能诗,殆未也。尝考子固有《多景楼》诗云:(略)。此诗既不落浮靡,而又不枯寂。清逸奇古,何让作者可谓不能诗耶?(明陈师《禅寄笔谈》)

·江南相关知识·

天下江山第一楼——多景楼

多景楼始建于唐代,但是,它的出名却是在宋代。北宋书法家米芾《题多景楼》诗云:"华严兜率梦曾游,天下江山第一楼。"自此多景楼便声名鹊起,吸引文人墨客流连驻足。北宋诗人题咏多景楼,大多描写壮丽风景,讴歌大好河山。除了曾巩、米芾的诗作,另外像裴煜《多景楼》诗云:"登临每忆卫公诗,多景唯于此处宜。海岸千艘浮若芥,邦人万室布如棋。江山气象回环见,宇宙端倪指点知。禅老莫辞勤迓候,使君官满有归期。"显示了北宋王朝的大国气象和胸襟气魄。及至宋室南渡,江北沦陷,多景楼转而成为文人士大夫抒发兴亡感慨、表达报国之志的精神寄托。如南宋爱国诗人刘过《题京口多景楼》诗有云:"壮观东南二百州,景于多处却多愁。江流千古英雄泪,山掩诸公富贵羞。北府至今唯有酒,中原在望莫登楼。西风战舰成何事,只送年年使客舟。"表达了诗人怒斥群小、收复失地的思想感情。到了南宋覆亡之际,这种思想感情就变得更加强烈。汪元量、陈允平、柴望、林景熙等宋末诗人,都在多景楼诗中寄托了亡国之音和黍离之悲。多景楼已然成为南宋王朝十分重要的政治地标。

江南诗

泊船瓜洲

王安石

京口瓜洲一水间①,钟山只隔数重山②。
春风自绿江南岸,明月何时照我还?

* 选自《王文公文集》第744页,唐武标校,上海:上海人民出版社1974年版。
① 京口:古代长江下游的军事重镇,位于长江南岸,故址位于今江苏镇江。瓜洲:瓜洲古渡,位于扬州南郊大运河入海口,系泥沙沉积而成,因洲形如瓜,故名瓜洲。间(jiàn):隔开。
② 钟山:紫金山,位于南京东郊。

作者简介

王安石(1021—1086),字介甫,晚号半山。抚州临川(今江西抚州)人。北宋著名的政治家、文学家,"唐宋八大家"之一。诗文兼擅,散文以议论说理见长,代表作有《上仁宗皇帝言事书》《游褒禅山记》《伤仲永》等;诗歌则个性鲜明,风格独特,号称"荆公体""半山体"。今传《临川先生文集》。

题 解

宋神宗熙宁八年(1075)二月,王安石第二次入京拜相,他北渡长江后泊船瓜洲,写了这首诗。熙宁三年(1070)十二月,王安石第一次任宰相,推行变法改革。无奈遇到了守旧派的强烈反对,不得不于熙宁七年(1074)四月罢相,改知江宁府。不到一年之后,他又赴京任命,心情显然是十分复杂的。诗歌首句看似平淡无奇,却隐含了诗人急于赴任的迫切心情,京口和瓜洲在诗人看来也仅仅是一水之隔。可是,诗人渡江以后,又对江宁产生了眷恋,回望钟山,渐行渐远,重山阻隔,遥不可及。然而,这毕竟又是一次施展抱负的难得机会,就像江南的春天一般,让人充满了信心和期待。但是,诗人还是希望早日功成身退,栖隐山林,远离尘世的嘈杂和喧嚣。全诗感情,一波三折,诗人能融情于景,借景抒情,充分表现了欲进还退、欲去还留、欲仕还隐的复杂心情。

集 评

吴中士人家藏其草,初云"又到江南岸",圈去"到"字,注曰:"不好。"改为"过",复圈去,而改为"入",旋改为"满",凡如是十许字,始定为"绿"。(宋洪迈《容斋续笔》)

题西太一宫壁二首·其一

王安石

柳叶鸣蜩绿暗①,荷花落日红酣。
三十六陂春水②,白头想见江南。

* 选自《王文公文集》第704页,唐武标校,上海:上海人民出版社1974年版。
① 鸣蜩(tiáo):鸣蝉。
② 陂(bēi):池塘。三十六陂,宋时汴京和扬州都有三十六陂,这句的意思是说诗人由眼前的三十六陂,想到了江南的三十六陂。案:本句原作"三十六宫烟水",今据别本改。

题 解

太一宫,亦作"太乙宫",祭祀太一神的宫殿。据洪迈《容斋三笔》记载:"五福太一自雍熙甲申(984)岁入东南巽宫,故修东太一宫于苏村;天圣己巳(1029)岁入西南坤位,故修西太一宫于八角镇。"王安石曾于宋仁宗景祐三年(1036)随父亲至汴京,游览西太一宫。此番故地重游,已是三十二年后的熙宁元年(1068)。此时的王安石,奉召入京被授为翰林学士,并得到宋神宗的重用,准备革新变法。从题材而言,这是题壁诗;就体裁而论,这又是六言绝句。题诗共两首,这是其中的第一首。诗歌前两句,主要描写西太一宫的美丽风景。"绿暗"表明柳叶十分浓密,而鸣蝉正隐藏在柳叶深处。"红酣"凸显荷花争奇斗艳,是落日产生了这样的视觉效果。一绿一红,一暗一明,一静一动,既有视觉的对比,又有听觉的映衬,西太一宫的美景如在眼前。面对这宫内的一池春水,两鬓斑白的诗人王安石,不由怀念起江南的池塘春色。诗歌后两句,由写景转入抒情。这其中既有思乡思亲之深挚,也有出仕归隐之彷徨,作者虽一言未发,却尽在其中,耐人寻味。

集 评

元祐间,东坡奉祠西太一宫,见公旧题两绝,注目久之,曰:"此老野狐精也。"遂次其韵。(宋蔡絛《西清诗话》)

荆公《题西太一宫》六言首篇,今临川刻本以"杨柳"为"柳叶",其意欲与"荷花"切对,而造语遂不佳。此犹未足问。至改"三十六陂春水"为"三十六宫烟水",则极可笑。公本意在京华中,故想见江南景物,何预于宫禁哉?不学者妄意涂窜,殊为害也。彼盖以太一宫为禁廷离宫尔。(宋洪迈《容斋四笔》)

绝代销魂,荆公诗当以此二首压卷。(陈衍《宋诗精华录》)

杭州呈胜之

王安国

游观须知此地佳,纷纷人物敌京华①。
林峦腊雪千岩水②,城郭春风二月花。
彩舫笙箫吹落日③,画楼灯烛映残霞。
如君援笔宜摹写④,寄与尘埃北客夸⑤。

* 选自《两宋名贤小集·王校理集》,《宋集珍本丛刊》第357页,四川大学古籍整理研究所编,北京:线装书局2004年版。

① 京华:指北宋京城汴梁(今河南开封)。

② 腊雪:腊月的雪。这句意思是说,腊月时积的霜雪,到了春天都化作了山林泉水,流过千家万户。

③ 彩舫(fǎng):绘有图饰的彩船。

④ 如:假如。援:执,持。

⑤ 北客:客居北方之人,这是作者的自称。

作者简介

王安国(1028—1074),字平甫。抚州临川(今江西抚州)人。安石弟,政见与安石不合。器识磊落,文思敏捷,与王安礼、王雱并称"临川三王"。诗文多已散佚,今传《王校理集》。

题 解

王益柔(1015—1086),字胜之,王安国的朋友,河南洛阳人,官至龙图阁直学士,知应天府。这首诗是王安国写给王益柔的,是一篇赞美杭州美景的佳作。第一句总写杭州之美,以一"佳"字总领全篇。第二句写杭州人杰地灵,人才辈出,堪比汴都媲美。颔联,写早春二月的自然风光:山上的积雪已融化成小溪流水,和暖的春风则吹开了烂漫的山花。这两句诗的主语和宾语之间,都省略了一个谓语动词,看似跳跃,却给读者留下了更加丰富的想象空间。颈联转写杭州西湖的人文风光:西子湖畔彩船飘游,笙歌不断,一直持续到夕阳西下;画楼之上烛光辉映,与晚霞的倒影洒向湖面。这一句的两个动词"吹"和"映",仿佛赋予了笙箫和灯烛生命力量,进一步凸显了西湖的热闹喧嚣。尾联赞美抒情,略发感慨,将杭州的美景写于纸上,寄赠友人。诗人未必身在杭州,友朋也未必栖居杭州,但是中间两联所描绘的杭州美景,想必每一位读者都会心驰神往。

集评

宋起宋结。(明冯舒《瀛奎律髓》)

起句劣。(明冯班《瀛奎律髓》)

中四句是风土,不是人物。五、六稍似杭州。三、四不免通用。(清纪昀《瀛奎律髓刊误》)

亦复自然,但次句与汴京对照,乃无意中诗谶也。(清无名氏《瀛奎律髓》)

游金山寺

苏 轼

我家江水初发源①,宦游直送江入海②。
闻道潮头一丈高,天寒尚有沙痕在。
中泠南畔石盘陀③,古来出没随涛波。
试登绝顶望乡国④,江南江北青山多。
羁愁畏晚寻归楫⑤,山僧苦留看落日。
微风万顷靴文细⑥,断霞半空鱼尾赤⑦。
是时江月初生魄⑧,二更月落天深黑。
江心似有炬火明,飞焰照山栖鸟惊⑨。
怅然归卧心莫识,非鬼非人竟何物?
江山如此不归山⑩,江神见怪警我顽⑪。
我谢江神岂得已⑫,有田不归如江水⑬!

* 选自《苏轼诗集合注》第274—276页,清冯应榴辑注,黄任轲、朱怀春校点,上海:上海古籍出版社2001年版。

①"我家"句:古人认为长江发源于岷山。《尚书·夏书·禹贡》:"岷山导江。"

徑、承懷求羊蹤賞心不可忘妙善冀能同

石壁精舍還湖中作

昏旦變氣候山水含清暉清暉能娛人游子憺
忘歸出谷日尚早入舟陽已微林壑斂暝色雲
霞收夕霏菱荷迭映蔚蒲稗相因披拂趨南
逕愉悅偃東扉慮澹物自輕意愜理無違寄言
攝生客試用此道推

登石門最高頂

晨策尋絕壁夕息在山棲疏峯抗高館對嶺臨

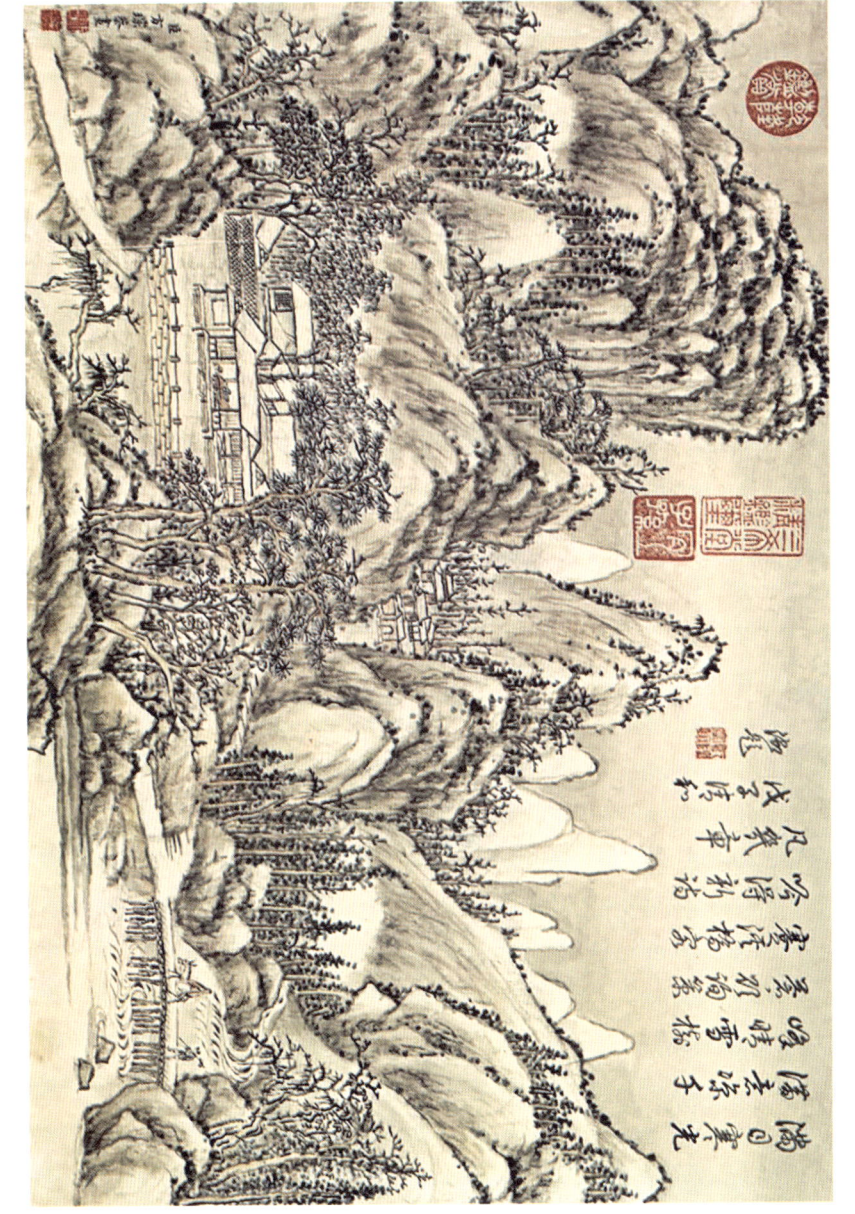

子房未虎嘯破產不爲家滄海得壯士椎秦博浪沙報韓雖不成天地皆振動潛匿遊下邳豈曰非智勇我來圯橋上懷古欽英風唯見碧流水曾無黃石公歎息此人去蕭條徐泗空

月夜金陵懷古 金陵

蒼蒼金陵月空懸帝王州天文列宿在霸業大江流淥水絕馳道青松摧古丘臺傾鷓鴣觀宮沒鳳皇樓別殿悲清暑芳園罷樂遊一聞歌玉樹蕭瑟後庭秋 一作千古不勝愁

金陵三首

晉家南渡日此地舊 一作即 長安地即帝王宅山爲龍虎盤 一作碧宇樓臺滿青山龍虎盤 金陵空壯觀天塹 一作塞 淨波瀾醉客廻橈去吳歌且自歡 行路難一作辨六
地擁金陵勢城廻江漢 一作 水流當時百萬戶夾道起朱

② 宦游：因做官而远游他乡。这句意思是说自己因为做官而路经镇江金山寺。
③ 中泠(líng)：泉水名，位于镇江金山以西的石弹山下。盘陀：形容山石不平的样子。
④ 乡国：家乡。这句意思是说作者登上金山山顶遥望自己的故乡。
⑤ 羁愁：旅途的愁闷。归楫：指返回镇江的船。
⑥ 靴文：古代皮靴有细皱纹，这里用来比喻水面的细波纹。
⑦ 鱼尾赤：古人认为鱼一旦劳苦，尾巴就会变红，这里用来形容红色的晚霞。《诗经·周南·汝坟》："鲂鱼赪尾。"
⑧ 魄：通"霸"，月缺时有圆形轮廓而光线暗淡的部分。《礼记·乡饮酒义》："月之三日而成魄。"后用以泛指月亮或月光，如高适《塞下曲》："日轮驻霜戈，月魄悬雕弓。"
⑨ "江心"两句：作者自注："是夜所见如此。"炬火：指阴晦时江面出现的火光，是一种奇特的自然现象，古人称作"阴火"。
⑩ 如此：如此美好。归山：辞官归隐。
⑪ 警我顽：对我的顽固恋俗表示警戒。
⑫ 谢：告诉。
⑬ "有田"句：作者对江水发誓：等置田产后必归故乡。苏轼《东坡志林》卷二《卖田求归》："浮玉老师元公欲为吾买田京口，要与浮玉之田相近者，此意殆不可忘。吾昔有诗云：'江山如此不归山，山神见怪惊我顽。我谢将神岂得已，有田不归如江水。'今有田矣不归，无乃食言于神也耶！"

作者简介

苏轼(1037—1101)，字子瞻，号东坡居士。眉州眉山(今四川眉山)人。宋仁宗嘉祐二年(1057)进士，历通判杭州，知密、徐、潮等州。"唐宋八大家"之一，与其父洵、其弟辙合称"三苏"。苏轼的古文气势雄放，自然畅达，如行云流水，有"苏文如海"之誉。其诗开宋诗新貌，与黄庭坚并称"苏黄"；其词开豪放先声，与辛弃疾并称"苏辛"。另外，他在书法、绘画、医药、烹饪、水利等领域也颇有建树，是中国古代文化之集大成者。今传《东坡先生文集》《苏文忠公诗集》《东坡乐府》《东坡志林》《仇池笔记》等。

江南诗

题 解

宋神宗熙宁三年(1070),王安石秉政,极力改革,推行新法。苏轼写了《上神宗皇帝书》《拟进士对御试策》等文进行批评和反对,遭到了当权者的不满。于是,他主动请求离京外任,并于熙宁四年七月赴任杭州通判。十一月初三日,途经镇江金山,访宝觉、圆通二僧,夜宿寺中,并作此诗。

诗歌大致分为三个层次。前六句写金山寺所处的自然环境。此处原是江中的一个岛屿,所以作者早就听闻这里风急浪高,可以在岸边看见潮涨潮落留下的水痕。山上景点甚多,中泠就是其中之一,号称天下第一泉。岛上山石巨大,突兀不平,具有独特的自然地貌,自古以来就一直在出没在波涛汹涌中。这不仅是写实,而且也暗示自己人生的坎坷和仕途的风波。"试登绝顶望乡国"一句,承上启下,并照应结尾"有田不归",引出深夜登高所见江景。以下十二句,紧扣"望"字,全方位、多角度呈现江面夜景。作者先用两个比喻,描写江面的波纹和天边的晚霞,贴切新颖,如在眼前。接下来,诗人的视线又转向空中的月亮,从江月初上写到二更月落,同时为下文作渲染铺垫。月落之后,漆黑的江面上突然出现了明亮的火光,这一奇特的自然现象,惊动了正在栖息的鸟类。这火光到底是什么呢?诗人用一个问句留下悬念,并引出下文。结尾四句,作者借此发表议论,抒发感慨,不仅反映了对官场生涯的失意厌倦,而且表达了归隐家园的坚定决心。全诗首尾照应,情景交融,既呈现了瑰奇壮阔的深夜江景,又揭示了意义深刻的人生哲理,引起读者无限的思考和遐想。

集 评

东坡《游金山寺》诗曰:"我家江水初发源,宦游直送江入海。"《松醪赋》亦云:"遂从此而入海,渺翻天之云涛。"人以坡此语为晚年南迁之谶。(宋陈善《扪虱新话》)

《易》:"泽中有火。"《素问》:"泽中有阳焰。"注:"阳焰,如火烟腾起水面者是也。"盖泽有阳焰,乃山气通泽;山有阴霭,乃泽气通山。《文选·海赋》"阴火潜然",唐顾况《使新罗诗》"阴火暝潜烧"是也。东坡《游金山寺诗》云:"是时江月初生魄,二更月落天深黑。江心似有炬火明,飞焰照山栖鸟惊。怅然归卧心莫识,非鬼非仙竟何物。"注引《物类相感志》:"山林薮泽,晦明之夜,则野火生焉。散布如人秉烛,其色青,异乎人火。"刘须溪批云"龙也",非是。坡公《西湖》诗又有"湖光非鬼亦非仙"之句,与此可互证。(明杨慎《丹铅总录》)

腊日游孤山访惠勤惠思二僧

苏 轼

天欲雪,云满湖,楼台明灭山有无①。
水清出石鱼可数,林深无人鸟相呼②。
腊日不归对妻孥③,名寻道人实自娱。
道人之居在何许?宝云山前路盘纡④。
孤山孤绝谁肯庐⑤?道人有道山不孤⑥。
纸窗竹屋深自暖⑦,拥褐坐睡依团蒲⑧。
天寒路远愁仆夫,整驾催归及未晡⑨。
出山回望云木合,但见野鹘盘浮图⑩。
兹游淡薄欢有余,到家恍如梦蘧蘧⑪。
作诗火急追亡逋⑫,清景一失后难摹。

* 选自《苏轼诗集合注》第288—289页,清冯应榴辑注,黄任轲、朱怀春校点,上海:上海古籍出版社2001年版。

① 这句写大雪将至,天色昏暗,楼台山峦依稀模糊,似有若无。王维《汉江临泛》:"江流天地外,山色有无中。"

江南诗

② 鸟相呼：鸟鸣如互相叫唤。
③ 妻孥(nú)：妻子和儿女。
④ 宝云山：在西湖之北，五代吴越王建宝云寺。盘纡(yū)：曲折盘旋。
⑤ 庐：结庐而居。
⑥ 道人：谓惠勤、惠思二僧。不孤：意谓有志同道合的伙伴而不感到孤独，语出《论语·里仁》："德不孤，必有邻。"
⑦ 纸窗竹屋：糊纸为窗，编竹为屋。
⑧ 褐：褐衣，黄黑色的僧衲。团蒲：即蒲团，僧人坐禅及跪拜时所用。
⑨ 晡(bū)：申时，下午三时至五时。
⑩ 浮图：宝塔。
⑪ 蘧(qú)蘧：受惊梦醒之貌。《庄子·齐物论》："昔者庄周梦为蝴蝶，栩栩然蝴蝶也。自喻适志与，不知周也。俄然觉，则蘧蘧然周也。"
⑫ 亡逋(bū)：逃亡的人，这里指作诗的灵感。钟嵘《诗品》："(袁)嘏诗平平耳，多自谓能。常语徐太尉云：'我诗有生气，须人捉着。不尔，便飞去。'"

题 解

这首诗作于北宋神宗熙宁四年(1071)冬，苏轼于本年十一月底任杭州通判。腊日，农历十二月初八日，又称腊八日。惠勤，杭州诗僧，欧阳修曾对苏轼说："西湖僧惠勤甚文，而长于诗。"苏轼亦自云"到官不及月，以腊日见勤于孤山下"(《罢文忠公送惠勤诗后》)，可见他对二僧仰慕之情。诗歌以孤山访友为线索，着力描写往返途中的孤山冬景。诗歌开头四句，表现了楼台明灭、湖水清冽、深林鸟鸣的冬日山景。写景之后，转而议论：腊日本应该是与家人团聚的日子，而诗人为什么要去山中访友？"名寻道人实自娱"，点出了这次孤山访友的真实目的——名义上是为了寻找志同道合的朋友，其实是为了排遣自己的心情。接下来，描写诗僧的居住环境和生活场景，表达了一种清静虚空的思想境界。等到仆人催促回家之时，山中已是一片迷茫，只看见几只鹜鸟盘桓在宝塔之巅。回到家里，恍如梦境，为了不留下遗憾，赶紧写诗把这段难忘的行程记录下来。作者以"清"统领全诗，境幽而心静,心静而虚空,心情和景致融为一体,思想和境界澄澈空明。

> 集 评

惠勤、惠思者,皆居孤山。苏子瞻倅杭郡,以腊日访之,作诗云"天欲雪,云满湖"云云。此诗惟"孥"字、"蘆"字二韵艰涩,而共三叠之。(明田汝成《西湖游览志余》)

结句"清景"二字,一篇之大旨。云雪楼台,远望之景;水清林深,近接之景。末至其居,见盘纡之山路;既造其屋,有坐睡之蒲团。至于仆夫整驾,回望云山,寒日将逋,宛焉入画。"野鹘"句于分明处写出迷离,正与起五句相对照。又以"欢有余"应前"实自娱",语语清景,亦语语自娱。而"道人有道"之处,已于言外得之。栩栩欲仙,何必涤笔于冰瓯雪椀。(清汪师韩《苏诗选评笺释》)

忽叠韵,忽隔句韵,音节之妙,动合天然,不容凑泊。其源出于古乐府。("出山回望云木合"二句)与"但见乌帽出复没",同一写法。(清纪昀《苏文忠公诗集》)

《腊日游孤山》诗后半云:"出山回望云木合,但见野鹘盘浮图。"此等句法,无处可学,直如如来丈六金身,忽于虚空变现,公亦不自觉其然也。(清王文诰《苏诗织余》)

神妙。(清方东树《昭昧詹言》)

从未入山以至入山,写景逼真。("腊日不归对妻孥"四句)四语点题。("孤山孤绝谁肯庐"二句)接法妙绝,二语自为开合,亦以字面错综复出生姿。("出山回望云木合")转到出山。结醒"作诗"。(清赵克宜《角山楼苏诗评注汇抄》)

此等天然七言,读者须要看他下句,无一字可摇动处。("名寻道人实自娱")自是坡翁语。("兹游淡薄欢有余"四句)作此诗根本全在下四句。("作诗火急追亡逋"二句)一篇所成,先得此二句乎?(日本赖山阳《东坡诗钞》)

江南诗

夜泛西湖五绝

苏 轼

其一

新月生魄迹未安①,才破五六渐盘桓②。
今夜吐艳如半璧③,游人得向三更看。

其二

三更向阑月渐垂④,欲落未落景特奇。
明朝人事谁料得?看到苍龙西没时⑤。

其三

苍龙已没牛斗横⑥,东方芒角升长庚⑦。
渔人收筒及未晓⑧,船过惟有菰蒲声⑨。

其四

菰蒲无边水茫茫,荷花夜开风露香。
渐见灯明出远寺,更待月黑看湖光⑩。

其五

湖光非鬼亦非仙,风恬浪静光满川。
须臾两两入寺去⑪,就视不见空茫然⑫。

* 选自《苏轼诗集合注》第333—334页,清冯应榴辑注,黄任轲、朱怀春校点,上海:上海古籍出版社2001年版。

① 魄:见前苏轼《游金山寺》注释⑧。杜甫《初月》:"光细弦岂上,影斜轮未安。"
② 破:过。五六:初五、初六日。盘桓:徘徊。

③ 吐艳：闪射光芒。璧：圆形玉器，中心有空。卢仝《月蚀》："初露半个璧，渐吐满轮魄。"

④ 向阑：夜色将尽。

⑤ 苍龙：东方七宿之合称，即角、亢、氐、房、心、尾、箕七宿，夜半而没。

⑥ 牛斗：指牛宿和斗宿，属北方七宿，说明夜色更深。

⑦ 芒角：光芒闪烁。长庚：星名，又称太白、启明。

⑧ 筒：钓筒，一种捕鱼工具。

⑨ 菰蒲：两种江南地区的水生植物，菰可食用，蒲可织席。古人常用菰蒲来喻指家乡风物，借以表达思乡之情。

⑩ 月黑：月落。湖光：水面浮灯倒映在湖面的光芒。周密《癸辛杂识》："西湖四圣观前有一灯浮水上，其色青红……风雨中光愈盛，月明则稍淡。雷电之时，则与电光争闪烁。"

⑪ 须臾：极短的时间，片刻。这句描写湖光渐渐消失，好像进入了寺中。

⑫ 就视：凑近细看。

题 解

这组诗是宋神宗熙宁五年(1072)七月苏轼任杭州通判时所作。脍炙人口的《饮湖上初晴后雨》写的是西湖白天的景色，而这组诗写的则是西湖的美丽夜景。诗歌按照时间顺序依次展开，第一首从新月初升写起，表现西湖的月光皎洁和月色迷人，游人纷纷驻足观赏，流连徘徊。第二首写月亮将落未落，景色奇异，虽未着笔墨，却给人无限的想象空间。第三首从黎明拂晓写起，写湖面上渔人的捕鱼活动。因为夜色昏暗，无法看清，所以诗人通过菰蒲的声音来表现捕鱼的热闹和繁忙，与后面所选秦观《秋日三首其一》有异曲同工之妙。第四首紧承船过菰蒲展开，水面一片迷茫，吹来阵阵荷香。诗人泛舟湖上，陶醉其中，而湖面上突然出现的奇异火光，更加引起了读者的兴趣和猜想。第五首重点描写湖光，营造出一种变化多端、神秘莫测的诡异氛围，而湖光的无端消逝，又让诗人感到一阵莫名的失落和惆怅。全诗紧扣题目"夜泛"二字，前三首写月夜西湖之景，后两首写西湖月落之景,观察的视角始终停留在船上,全面细致地表现了夜泛西湖的游览全程。

这组诗歌在形式上还有一个明显的特征,那就是使用了蝉联格,即上一首诗的结尾,取作下一首诗的开头。这样不仅可以产生一种回环往复的阅读效果,而且使五首诗歌首尾相连,宛若整体,使这一次美好的游程更加圆满和完整。

集 评

月黑看湖光,才是看西湖法眼。顷来深扃舱窗,歌吹相喧,客生了一故事,未暮趋归,求一看月中西湖者少矣,况知黑中光乎?夫黑中光事,真湖光也。(明谭元春《东坡诗选》评语)

五首章法,联络不断,前人所未有,亦先生集中变格也。(清查慎行《初白庵诗评》)

(其三)潇洒浑脱,笔墨俱化。此种境界,浅人不易解也。(同上)

(其五)末章纪一时所见如此,《金山》诗亦然。(同上)

五绝蝉联而下,体制从《三百篇》出,清苍突兀。三四两作写景之妙,尤为脱尽恒蹊。昔陈思《赠白马王彪》诗,《艺苑卮言》谓其体全仿《大雅·文王之什》。至谢康乐《登临海峤》四章,《文选》直合为一首,注亦更不分其一其二。若此诗亦必作一首读,乃见其妙耳。(清汪师韩《苏诗选评笺释》)

蝉联格本陈思《赠白马王彪》诗,初白先生以为创格,非也。然终是小样,雅不喜之。(清纪昀《苏文忠公诗集》)

(其一)以拗取姿,然无甚佳处。(同上)

(其二、三)中二首差有致耳。(同上)

以真境大而能化。在绝句中,固已空绝古人矣。(清翁方纲《石洲诗话》)

五首用蝉联格,此其第三首也,雅有唐人气息。(清赵克宜《角山楼苏诗评注汇抄》)

有美堂暴雨

苏 轼

游人脚底一声雷,满座顽云拨不开①。
天外黑风吹海立②,浙东飞雨过江来③。
十分潋滟金樽凸④,千杖敲铿羯鼓催⑤。
唤起谪仙泉洒面⑥,倒倾鲛室泻琼瑰⑦。

* 选自《苏轼诗集合注》第453—454页,清冯应榴辑注,黄任轲、朱怀春校点,上海:上海古籍出版社2001年版。

① 顽云:密布不散的乌云。
② 海立:形容风势极大,掀起滔天巨浪,就像把江水吹得直立起来。杜甫《朝献太清宫赋》:"九天之云下垂,四海之水皆立。"
③ 浙东:浙江(钱塘江)以东。杭州在浙江之西,雨从东来,故云。
④ "十分"句:意思是说江水汹涌,漫过两岸,就像杯中的美酒溢出了杯盏。
⑤ 羯(jié)鼓:羯族传入的一种打击乐器,以声音碎急为美,这里用来比喻雨声急促。
⑥ 谪仙:唐大诗人李白,这里用了李白"以水洒面,即令秉笔"的典故。《旧唐书·李白传》:"玄宗度曲,欲造乐府新词,亟召白,白已卧于酒肆矣。召入,以水洒面,即令秉笔,顷之成十余章,帝颇嘉之。"这句是说天下暴雨似是为了唤醒谪仙李白,兼有作者自寓之义。
⑦ 鲛室:鲛人(传说中的人鱼)所居之室,指大海。张华《博物志》:"鲛人从水出,寓人家积日,卖绡。将去,从主人索一器,泣而成珠满盘,以与主人。"这里用"鲛人倾泪"来形容雨势磅礴。琼瑰:珍贵的宝石,这里比喻杰出的诗文。苏轼《又送郑户曹》:"迟君为座客,新诗出琼瑰。"

题 解

有美堂,旧址在杭州吴山东麓的山顶上,北宋仁宗嘉祐二年(1057)杭州知县梅挚所建。梅挚离京出任时,皇帝亲自作诗饯行,因诗中有"地有吴山美,东南第一州"之句,故名"有美堂"。宋神宗熙宁六年(1073),苏轼任杭州通判时游有美堂,突遇暴雨,遂作此诗。诗歌的重点不在有美堂,而是暴雨。首联起句,就如同一声惊雷,振聋发聩,而浓云密布的场面,便足以想象暴雨之势。颔联首句写风,风力之大,好像能把大海吹得直立起来,何况接下来又是一场滂沱大雨?以上三句都是暴雨来临前的铺垫渲染,而随着"浙东飞雨过江来",一场暴雨终于如期而至。颈联通过比喻描写暴雨带来的视觉和听觉感受:上句用酒满将溢的金樽来比喻雨中的西湖,形容雨势之大;下句用急促繁密的鼓声来比喻雨滴的声音,形容雨点之密。尾联又通过两个故事典故,猜测这场暴雨的前因后果。全诗气势磅礴,节奏迅疾,用词瑰丽,想象丰富,既不抒情,也不言志,纯粹写景,实属难得。

集 评

杜少陵文自古奥。如云"九天之云下垂,四海之水皆立","忽翳日而翻万象,却浮云而留六龙","万舞凌乱,又似乎春风壮而江海波",其语皆磊落惊人。或言无韵者不可读,是大不然。东坡《有美堂》诗:"天外黑风吹海立,浙东飞雨过江来。"盖出此。(宋蔡絛《西清诗话》)

绍兴六年夏,仆与年兄何元章会于钱塘江上。余因举东坡诗"天外黑风吹海立,浙东飞雨过江来"。元章云:"'立'字最为有功,乃水涌起之貌。老杜《三大礼赋》云:'九天之云下垂,四海之水欲立。'东坡之意盖出于此。或者妄易'立'为'至',只可一笑。"(宋马永卿《懒真子》)

长水校尉关子阳谓:"天去人尚远,而黑风吹海。"盖东坡博极群书,兼用乎此。(宋吴曾《能改斋漫录》)

东坡在杭州作《有美堂会客》诗,颔联云:"天外黑风吹海立,浙东飞雨过江来。"读者疑海不能立,黄鲁直曰:"盖是为老杜所误。"因举《三大礼赋朝献太清宫》云"九天之云下垂,四海之水皆立"以告之。二者皆句语雄峻,前无古人。坡和陶《停云》诗有"云屯九河,雪立三江"之句,亦用此也。(宋洪迈《容斋四笔》)

（张）右丞云："曾知杜诗妙处否？"环溪云："杜诗千有四百余篇，某极力精选，得五百有十八首，是杜诗妙处。"右丞云："不是如此，杜诗妙处，人罕能知。凡人作诗，一句只说得一件物事，多说得两件。杜诗一句能说得三件、四件、五件物事。常人作诗，但说得眼前，远不过数十里内。杜诗一句能说数百里，能说两州军，能说半天下，能说满天下，此其所以为妙。"……环溪因取前辈之诗，参而考之，谓："东坡惟《有美堂》一篇最工，然'天外黑风吹海立，浙东飞雨过江来'，正是一句能言三件事。"（宋吴沆《环溪诗话》）

老杜《朝献太清宫赋》："九天之云下垂，四海之水皆立。"本是奇语。摘"海立"二字用之，自东坡始。此联壮哉！（元方回《瀛奎律髓》）

通首都是摹写暴雨，章法亦奇。（清查慎行《初白庵诗评》）

大手。如此才力，何必唐诗？（清冯班《瀛奎律髓》）

（"天外黑风吹海立"二句）写暴雨，非此杰句不称。但以用杜赋中字为采藻鲜新，浅之乎论诗矣。且亦必有"浙东"句作对，情景乃合。有美堂在郡城吴山，其地正与海门相望，故非率尔操觚者。唐贤名句中惟骆宾王《灵隐寺》诗"楼观沧海日，门对浙江潮"一联足相配敌。（清弘历《御选唐宋诗醇》）

写雨势之暴，不嫌其险。（清何焯《瀛奎律髓》）

纯以气胜。（清纪昀《瀛奎律髓》）

此首为诗话所盛推，然犷气太重。（清纪昀《苏文忠公诗集》）

余雅不好宋诗而独爱东坡，以其诗声如钟吕，气若江河，不失于腐，亦不流于郛。由其天分高，学力厚，故纵笔所之，无不精警动人。不特在宋无此一家手笔，即置之唐人中，亦无此一家手笔也。公尝自举生平得意之句，以"令严钟鼓三更月，野宿貔貅万灶烟"一联为其最，实不止此也。公集中无论长篇短幅，任举一句，皆具大魄力。如《有美堂暴雨》起笔云（"游

人"四句),其声直霞百里,谁能有此?(清李调元《雨村诗话》)

奇气。(清方东树《昭昧詹言》)

"浙东"句全用殷尧藩诗,注苏诗者皆未及之。(清林昌彝《海天琴思录》)

有客气而无精意,流俗谈诗,所见浅甚。过此,则非所知,故盛推此种耳。试取柳子厚《登柳州城楼》诗对看,其所写之景略同,而意味气息迥异。(清赵克宜《角山楼苏诗评注汇抄》)

登高诗须得宏阔沉着,方与题称。……苏子瞻《有美堂》云:"天外黑风吹海立,浙东飞雨过江来。"是何等气象,何等笔力。(清何曰愈《退庵诗话》)

饮湖上初晴后雨二首

苏　轼

其一

朝曦迎客艳重冈①,晚雨留人入醉乡。
此意自佳君不会②,一杯当属水仙王③。

其二

水光潋滟晴方好④,山色空濛雨亦奇⑤。
欲把西湖比西子⑥,淡妆浓抹总相宜。

* 选自《苏轼诗集合注》第404页,清冯应榴辑注,黄任轲、朱怀春校点,上海:上海古籍出版社2001年版。

① 朝曦:早晨的阳光。重冈:重叠的山冈。
② 会:体会,领会。
③ 属:敬酒。水仙王:作者自注:"湖上有水仙王庙。"
④ 潋(liàn)滟(yàn):水光闪动貌。

⑤ 空濛:形容雨中雾气迷茫。谢朓《观朝雨》:"空濛如薄雾。"
⑥ 西子:春秋时越国美女西施。

题　解

熙宁六年(1073),苏轼于杭州通判任上作此诗。诗题的意思是说朝晴暮雨的一天在西湖边上饮酒。诗共两首,第一首紧扣题目,并阐释题意。早晨还是艳阳高照,晴空万里,晚上却已经是细雨霏霏,催人欲醉。这样一种天气的变化所带来的美景和体验,是十分舒适惬意的,也不是常人所能理解和体会的,倒不如向湖边的水仙王先进一杯美酒。这第一首诗,虽然没有具体的景物描写,却通过"此意自佳"四字,为第二首诗的展开作了很好的铺垫。天晴时的西湖水光闪动,下雨时的西湖水气迷茫。这一晴一雨,就好比是美女西施一样,无论是抹了浓妆,还是化了淡妆,都体现了她的美丽和风情。西施之美如此,西湖之美亦如此,世界万物之美又何尝不如此？这首诗不仅通过省净的语言极尽西湖之美,而且引申出深刻的人生哲理和审美思想,给读者无尽的思考和启示。

集　评

东坡爱西湖,诗曰:"若把西湖比西子,淡妆浓抹总相宜。"余宿孤山下,读林和靖诗,句句皆西湖写生。特天姿自然,不施铅华耳。作诗书壁曰:"长爱东坡眼不枯,解将西子比西湖。先生诗妙真如画,为作春寒出浴图。"(宋阮阅《诗话总龟·前集》)

东坡酷爱西湖,尝作诗云:"若把西湖比西子,淡妆浓抹总相宜。"识者谓此两句已道尽西湖好处。公又有诗云:"云山已作歌眉敛,山下碧流清似眼。"予谓此诗又是为西子写生也。要识西子,但看西湖;要识西湖,但看此诗。(宋陈善《扪虱新话》)

苏东坡不甚喜妇人,而诗中每及之者,非有他也,以为戏谑耳。(略)其曰"欲把西湖比西子,淡妆浓抹总相宜",乃咏西湖之作也。……如此数

诗,虽与妇人不相涉,而比拟恰好,且其言妙丽新奇,使人赏玩不已,非善戏谑者能若是乎?(宋袁文《甕牖闲评》)

("水光潋滟晴方好"二句)多少西湖诗被二语扫尽,何处着一毫脂粉颜色。(清查慎行《初白庵诗评》)

二诗本色,却佳。(清纪昀《苏文忠公诗集》)

此是名篇,可谓前无古人,后无来者。公凡西湖诗,皆加意出色,变尽方法。然皆在《钱塘集》中。其后帅杭,劳心灾赈,已无复此种杰构,但云"不见跳珠十五年"而已。(清王文诰《苏文忠公诗编注集成》)

与毛令方尉游西菩寺二首·其一

苏　轼

推挤不去已三年①,鱼鸟依然笑我顽。
人未放归江北路②,天教看尽浙西山③。
尚书清节衣冠后④,处士风流水石间⑤。
一笑相逢那易得,数诗狂语不须删⑥。

* 选自《苏轼诗集合注》第558页,(清)冯应榴辑注,黄任轲、朱怀春校点,上海:上海古籍出版社2001年版。

① 排挤:受到官场排斥。宋制,官吏任满三年,磨勘后可以转官。苏轼于熙宁四年底到杭州任,至今已满三年。

② 江北路:这里指京都开封。

③ 浙西:指钱塘以西的富阳、新城、於潜、昌化等地。

④ 尚书:三国时毛玠曾官至尚书仆射。这句称赞毛令国华是有清风亮节的尚书毛玠之后。

⑤ 处士:原指没有做官的读书人,这里指唐代隐士方干。这句称赞方尉君武如先人方干一般隐于山水之间。

⑥"数诗"句：意思是说写几句诗不过是率真狂放之言，并不需要过分的推敲删改。

题　解

毛令，於潜县令毛国华；方尉，於潜县尉方君武。西菩寺，在於潜县西西菩山。宋神宗熙宁七年(1074)，身为杭州通判的苏东坡下乡视察蝗灾，途经於潜，于八月二十七日游西菩寺，作此诗。诗歌虽然题为"游西菩寺"，但全诗并无一字写景，纯是议论和抒情，体现了宋诗"以议论为诗"的艺术特点。诗人外任杭州通判已经三年，却依然想着有朝一日回京做官，这种冥顽不化的思想不仅被水里的游鱼和天空的翔鸟所嘲笑，而且也给自己徒增痛苦和烦恼。在这里见到毛令和方尉，不禁想起了他们的先人毛玠和方干。古人的清风亮节和风流雅韵，给了苏轼无限的宽慰和启迪。面对人生十之八九的不如意事，诗人表现出一贯的疏狂野性，即便是写诗也无需删改了。

集　评

（"天教看尽浙西山"）乐天得意句。（清查慎行《初白庵诗评》）

首作不露刻斲经营之迹，自成高唱。五、六用毛玠、方干，贴二人姓。此本古法，少陵集中多有之。（清弘历《御选唐宋诗醇》）

（"尚书清节衣冠后"二句）切姓便俗。工部之"杜酒张梨"，不可训也。（清纪昀《苏文忠公诗集》）

坡诗有云："清诗要锻炼，方得铅中银。"然坡诗实不以锻炼为工，其妙处在乎心地空明，自然流出，一似全不着力而自然沁入心脾。此其独绝也。今第就七言律论之，如……"人未放归江北路，天教看尽浙西山。"……此数十联乃是称心而出，不假雕饰，自然意味悠长。即使事处，亦随其意之所欲出，而无牵合之迹。此不可以声调、格律求之也。（清赵翼《瓯北诗话》）

江南诗

惠山谒钱道人烹小龙团登绝顶望太湖

苏 轼

踏遍江南南岸山,逢山未免更流连。
独携天上小团月①,来试人间第二泉②。
石路萦回九龙脊③,水光翻动五湖天④。
孙登无语空归去⑤,半岭松声万壑传⑥。

* 选自《苏轼诗集合注》第509页,清冯应榴辑注,黄任轲、朱怀春校点,上海:上海古籍出版社2001年版。

① 小团月:即小龙团茶。因小龙团茶是宫廷特贡,故称天上。
② 第二泉:古人品泉水,以金山中泠泉为第一泉,以无锡惠山泉为第二泉。
③ 九龙脊:九龙山山脊。陆羽《惠山寺记》:"山有九陇,若龙之偃卧然。"
④ 五湖:太湖别名。
⑤ 孙登:字公和,号苏门先生,三国时期魏人。长年隐居山中,善啸,弹一弦琴。刘义庆《世说新语·栖逸》:"阮步兵啸,闻数百步。苏门山中,忽有真人,樵伐者咸共传说。阮籍往观,见其人拥膝岩侧。籍登岭就之,箕踞相对。籍商略终古,上陈黄、农玄寂之道,下考三代盛德之美,以问之,仡然不应。复叙有为之教,栖神导气之术以观之,彼犹如前,凝瞩不转。籍因对之长啸。良久,乃笑曰:'可更作。'籍复啸。意尽,退,还半岭许,闻上(口酋)然有声,如数部鼓吹,林谷传响。顾看,乃向人啸也。"这里以孙登比喻钱道人。
⑥ 松声:松涛声。宋玉《高唐赋》:"俯视峥嵘,窒寥窈冥,不见其底,虚闻松声。"

题 解

钱道人,即苏轼上山拜谒的惠山寺长老。小龙团,宋代御用贡茶,十分珍贵难得。欧阳修《归田录》云:"茶之品莫贵于龙凤,谓之小团。凡二十八片,重一斤,其价值金二两。然金可有,而茶不可得……盖贵重如此。"宋神宗熙宁六、七年间(1073—1074),苏轼访惠山钱道人,道人烹珍贵的小龙团茶招待苏轼,令他感念不已,写下此诗。诗人一向流连湖光,寄情山水,所以首联就直接表达了他对江南山水的喜爱之情。颔联写烹茶,小龙团是天下第一,惠山泉是天下第二,两者相得益彰,自然天成,被人们赞为咏茶的千古名句。颈联写诗人登上惠山之巅,眺望太湖美景。只见山间道路崎岖,湖面水光潋滟,山水之情,溢于言表。尾联说理,以孙登喻钱道人,称赞其隐逸忘世的精神境界。诗意层层推进,流转自然,融抒情、说理、咏茶、状景于一炉,值得细细品味。

集 评

有横绝太空之概,洒豁襟抱,亦如听苏门长啸,响动林谷。(清弘历《御选唐宋诗醇》)

逐层清出,亦颇细致,但乏警策耳。(清纪昀《苏文忠公诗集》)

大风留金山两日

苏 轼

塔上一铃独自语,明日颠风当断渡①。
朝来白浪打苍崖,倒射轩窗作飞雨。
龙骧万斛不敢过②,渔舟一叶从掀舞③。
细思城市有底忙④,却笑蛟龙为谁怒?
无事久留童仆怪,此风聊得妻孥许⑤。
潜山道人独何事⑥,半夜不眠听粥鼓⑦。

* 选自《苏轼诗集合注》第911—912页,清冯应榴辑注,黄任轲、朱怀春校点,上海:上海古籍出版社2001年版。

① 颠风:狂风。断渡:渡船不能通航。这两句借用佛图澄的典故,预言大风将至。《晋书·佛图澄传》:"(石)勒死之年,天静无风,而塔上一铃独鸣。澄谓众曰:'铃音云:国有大丧,不出今年矣。'既而勒果死。"

② 龙骧:本义形容龙马抬头,这里借指大船。万斛(hú):古代以十斗为一斛,这

里形容舟船数量之多。杜甫《夔州歌》其七："蜀麻吴盐自古通,万斛之舟行若风。"

③从:任凭。韩愈《同水部张员外籍曲江春游寄白二十二舍人》："曲江水满花千树,有底忙时不肯来。"

④有底忙:有什么可忙的。

⑤"无事"两句:意思是说童仆喜动而不愿风阻久留,妻儿则正好借此休整暂歇。

⑥潓山道人:即僧道潜,字参寥,当时与苏轼同行。

⑦粥鼓:黎明时僧寺召集食粥的鼓声。

题 解

北宋神宗元丰二年(1079),苏轼由徐州改知湖州,南下赴任途中,经过镇江金山,遇大风,写下此诗。诗歌分为两部分。前六句写景。起二句借浮图澄事,引出大风,照应诗题。以下四句,通过各种角度描写风势。三、四两句,借江中风浪以及倒摄于船窗上的浪花,来表现风急浪高的恶劣天气。五、六两句,则通过大船和小舟难以行进来表现风势之大,说明无论是何种船只都很难在波浪汹涌的江面上航行。正因为如此,苏轼一行只能停船逗留,于是也就自然引出了诗歌的后半部分。面对这种天气情况,大家又表现出怎样不同的态度呢?后六句写人,惟妙惟肖,风趣幽默。七、八两句写苏轼自己的态度,表达一种随缘自适的乐观心态。九、十两句写僮仆和妻孥不同的反应,形成鲜明对比,展现了世人的普遍心态。最后是苏轼好友潓山道人的心态,他丝毫未受到外面世界的任何影响,正专心致志地听着寺内的木鱼声。全诗既写景,又写人,兼顾理趣,表现了苏轼在人生风浪面前恬淡自适的乐观心态。

集 评

对句法,诗人穷尽其变,不过以事、以意、以出处具备谓之妙。如荆公曰:"平昔离愁宽带眼,迄今归思满琴心。"又曰:"欲寄岁寒无善画,赖傅悲壮有能琴。"乃不若东坡微意特奇,如曰:"见说骑鲸游汗漫,亦会扪虱话辛酸。"又曰:"蚕市风光思故园,马行灯火记当年。"又曰:"龙骧万斛不敢过,渔舟一叶纵掀舞。"以"鲸"为"虱"对，以"龙骧"为"渔舟"对，大小气焰之不等，其意若玩世，谓之秀杰之气终不可没者，此类是也。（宋释惠洪《冷斋夜话》）

先生自徐移湖，过高邮，与少游、参寥同行。游金山时，两公皆在焉。故前篇少游有和诗。此篇结句所云"瀍山道人"，即参寥也。（清查慎行《初白庵苏诗补注》）

"明日颠风当断渡"七字，即铃语也，奇思得自天外。轩窗飞雨，写风浪之景，真能状丹青所莫能状。末忽念及瀍山道人不眠而听粥鼓，想其濡墨挥毫，真有御风蓬莱、泛彼无垠之妙。（清弘历《御选唐宋诗醇》）

（起处）笔力横恣。"无事"二句，金山阻风中有景有人在。（清纪昀《苏文忠公诗集》）

《羌村》第一首"归客千里至"五字，乃"鸟雀噪"之语，下转入妻子，方为警动。若直作少陵自说千里归家，不特本句太实太直，而下文亦都逼紧，无复伸缩之理矣。此等处最是诗家关捩，而评杜者皆未及。苏诗"塔上一铃独自语，明日颠风当断渡"，下七字即塔铃之语也，乃少陵已先有之。（清翁方纲《石洲诗话》）

道妙。（清方东树《昭昧詹言》）

（"塔上一铃独自语"四句）发端斗峭，死事活用，落想绝奇。（"无事久留僮仆怪"）二语合写入情。（清赵克宜《角山楼苏诗评注汇抄》）

诗题极简洁，而金山之形势如见，此等尤可法者。（前六句）六句中，叙大风之景，开合抑扬，波澜顿挫，尽具此，以有"塔上"云云句耳。（"塔上一铃独自语"二句）自大风将来着笔，极妙。（"朝来白浪打苍崖"）白浪与苍崖，句中为对。（"却笑蛟龙为谁怒"）嘲笑语调，古来今，东坡一人耳。（"瀍山道人独何事"二句）如此结法，他人所无，五古犹可，七古必不可用。此等后来不可学者。（日本赖山阳《东坡诗抄》）

江南诗

书李世南所画秋景二首

苏 轼

其一

野水参差落涨痕①,疏林欹倒出霜根②。
扁舟一棹归何处,家在江南黄叶村③。

其二

人间斤斧日创夷④,谁见龙蛇百尺姿⑤。
不是溪山成独往,何有解作挂猿枝⑥。

* 选自《苏轼诗集合注》第1435—1436页,清冯应榴辑注,黄任轲、朱怀春校点,上海:上海古籍出版社2001年版。

① 落涨痕:落潮涨潮时在岸边留下的水痕。
② 出霜根:树木因歪斜倾侧而露出根须,蒙上寒霜。
③ "家在"句:想象画上的小船是驶向江南的故乡黄叶村。
④ 斤:类似于斧头的一种砍伐工具。宋应星《天工开物》:"凡铁兵薄者为刀剑,背厚而面薄者为斧斤。"创(chuàng)夷:砍伐,作动词。
⑤ 龙蛇:指画中的藤蔓枝条。
⑥ "不是"二句:意思是说如果不是画家独自进入深溪老林,他怎么能画出如此形象逼真的盘曲枝桠?

题 解

李世南,字唐臣,安肃(今河北徐水)人,官至大理寺丞,工山水画。宋哲宗元祐二年(1087),李世南在汴京参加《元祐敕令式》的编纂工作,翰林学士苏轼亦在京为官,李世南画了一幅"秋景图"请苏轼题诗。这幅图的内容,根据李世南孙皓云:"此图本寒林障,分作两轴。前三幅尽寒林,坡所以有'龙蛇姿'之句,后三幅尽平远,所以有'黄叶村'之句。其实一景而坡作两意。"(邓椿《画继》)

正如李皓所言,诗歌第一首以画中辽阔的水面为着眼点,关注的是远景。野水,就是野外的水流湖泊,水天茫茫一片,渲染出一种氤氲的水乡氛围。疏林,指稀疏的疏林,不仅照应题目秋景,而且给人一种凄凉萧索的感觉。画面上的一叶扁舟,引起了作者无限的遐想:这条小船究竟将驶向何处?答案就在末句,江南的黄叶村也许就是梦中的故乡。诗歌虽然描绘的是画上的景致,但始终弥漫着江南的水乡特质,尤其是结句的大胆想象,使人更加深信画家笔下所描绘的就是他梦中的江南。诗歌第二首写近景,写深秋的寒林。人类的肆意砍伐,已经很难再见到画家笔下形态各异的藤蔓枝条。后两句转而议论,说明真实的生活体验对于艺术创作的重要性。无论是第一首的"江南黄叶村",还是第二首的"溪山曾独往",都表达了作者厌倦尘世、向往自然的闲适心态。东坡虽分作两意,但两诗所反映的思想境界是基本一致的。

集 评

武林潮鸣寺,有宋思陵赐统制刘汉臣诗云:"野水参差落涨痕(下略)。"此苏子瞻句也。起句第二字是"水"字,令只改一"寺"字,途掩而有之。思陵博雅,断不如是,当由一时在寺中偶御笔书之,遂以赐刘,而寺中欲假以为重,乃改字勒石,以侈荣观耳。不然,岂子瞻以诗得罪,易世之后,犹没其警句,竟充支赐之用耶?一笑。(明李日华《六研斋笔记》)

邓公寿《画继》云:"'浩歌'二字,雕本皆以为'扁舟'。其实画一角子,张颐鼓枻,作浩歌之态。今作'扁舟'甚无谓也。"(清查慎行《初白庵苏诗补注》)

(其二)《画继》:"李世南,字唐臣,安肃人。明经及第,终大理寺丞。长于山水。东坡题其《秋景平远》云云。余尝见其孙皓云:'此图本寒林障,分作两轴:前三幅画寒林,东坡所以有龙蛇姿之句;后三幅画平远,所以有家在江南黄叶村之句。其实一景,而坡作两意。'"(同上)

(其一)其声清越以张。(清汪师韩《苏诗选评笺释》)

（"扁舟一棹归何处"二句）意境殊高。（清纪昀《苏文忠公诗集》）

容斋取张文潜爱诵杜公"溪回松风长"五古，坡公"梨花淡白柳深青"七绝，以为美谈。二诗何尝有一字求奇，何尝有一字不奇。仆少年不学，卤莽于诗，不谓容斋钜手，久已为此。必知容斋述文潜之意，方于诗学有少分相应耳。予又考坡公七绝甚多，而合作颇少。其才高博学，纵横驰骤，自难为弦外之音。"梨花淡白"一章，允为杰出。文潜所赏，足称只眼。然坡之七绝高唱，犹有数章，漫识于此，供爱者之讽诵焉。（清潘德舆《养一斋诗话》）

天然妙语，佳在题画，实赋便不及矣。（清赵克宜《角山楼苏诗评注汇抄》）

题伯时画严子陵钓滩

黄庭坚

平生久要刘文叔①，不肯为渠作三公②。
能令汉家重九鼎③，桐江波上一丝风④。

* 选自《黄庭坚全集辑校编年》第504页，郑永晓整理，南昌：江西人民出版社2011年版。

① 久要：旧交。刘文叔：东汉光武帝刘秀，字文叔。
② 渠：他，这里指刘秀。三公：东汉以太尉、司徒、司空为三公。
③ 九鼎：相传夏禹铸九鼎，后代指国家政权。
④ 桐江：富春江，因流经桐庐故名。

作者简介

黄庭坚(1045—1105)，字鲁直，自号山谷道人，晚号涪翁。洪州分宁（今江西修水）人。北宋著名的文学家和书法家，"苏门四学士"之一。在诗歌史上，开创"江西诗派"，与苏轼并称"苏黄"；在书法史上，自成一体，与苏轼、米芾、蔡襄并称"宋四大家"。今传《豫章黄先生文集》《山谷诗集注》《山谷词》等。

题解

　　这首诗作于宋哲宗元祐三年(1088)。本年,苏轼主持礼部考试,李伯时和黄庭坚皆在试院负责考试。院中无聊,便请李伯时作画,众人各自题诗唱和,这就是题画诗中的一首。严子陵,名光,东汉人。他曾是光武帝刘秀的同窗,刘秀即位后,便隐居不仕。刘秀派人四处寻找,欲委以谏议大夫,严坚决不受,遂隐于富春江畔,垂钓为乐。李伯时所画就是严子陵在富春江畔的垂钓图。这既是一首题画诗,也是一首咏史诗。诗歌前两句,紧扣画作,叙述史实,言简意赅。诗歌后两句,展开议论,赞美严光不肯趋炎附势的高风亮节。元祐年间,党争激烈,作者似有借古讽今、以汉喻宋之意,委婉含蓄而意味深长。

集评

　　任天社云:"'能令汉家重九鼎',本汲黯曰:'夫以大将军有揖客,反不重邪?'此句盖用此意也。东汉多名节之士,赖以久存。迹其本原,政在子陵钓竿上来耳。"(宋蔡正孙《诗林广记·后集》)

　　山谷《题严溪钓滩》诗云:"能令汉家九鼎重,桐江波上一丝风。"说者谓东汉多名节之士,赖以久存,迹其本原,正在子陵钓竿上来。予谓论则高矣,而风何与焉? 尝质之吾舅周君,君笑曰:"想渠下此字时,其心亦必不能安也。"或曰:"诗人语不当如是论。"曰:"固也,然亦须不害于理乃可。如东坡《眉石砚》诗,指胡马于眉间,与此是一个规模也,而岂有意病哉?"(金王若虚《滹南诗话》)

江南相关知识

严子陵钓台

　　严子陵钓台,位于浙江省桐庐县富春山麓,是富春江上的风景名胜。

清代文学家严懋功言:"自古名胜以钓台命名繁多:陕西宝鸡县渭河南岸之周吕尚钓台,山东濮州之庄周钓台,江苏淮安汉韩信钓台,福建闽县之东越王王馀善钓台,湖北武昌县江滨之吴孙权钓台……吕尚、韩信、任昉三钓台较为著称,然均不及桐庐富春山严子陵钓台。"自古以来,文人墨客到此都不免题咏一番,以赞颂其不事王侯的高洁品质。如宋末诗人陈著《题严子陵钓台》其一云:"才得心安便是通,乘龙非贵钓非穷。哪知碌碌攀鳞者,尽在先生不钓中。"江南地区与严子陵有关的风景名胜还有七里泷(浙江桐庐)、严陵祠堂(浙江余姚)、严子陵墓(浙江慈溪)等,表达了人们对于这位东汉名士的景仰和纪念。

观化十五首·其十一

黄庭坚

竹笋初生黄犊角①,蕨芽已作小儿拳②。
试寻野菜炊香饭,便是江南二月天。

* 选自《黄庭坚全集辑校编年》第1126页,郑永晓整理,南昌:江西人民出版社2011年版。

① 黄犊:小牛。
② 蕨芽:蕨菜的嫩芽,形状似小儿拳,又名拳菜。

题 解

宋神宗崇宁元年(1102)六月,黄庭坚罢官后在荆州闲居,作七绝组诗《观化》十五首,这是其中之一。观化,是通过观察事物的变化,来体悟人生的哲理。黄庭坚在组诗的小序中说:"夫物与我若有境,吾不见其边,忧与乐相过乎前,不知其所以然,此其物化欤?亦可以观矣。"《观化》诗所描写的全部都是春天的自然景色,这首诗也不例外。诗歌前两句,把春笋比作牛犊之犄角,把蕨芽比作孩童之拳头,形象贴切,趣味盎然。在如此美好的春光之下,诗人情不自禁地去田间采一些野菜,煮一锅满是春天气息的喷香米饭——这就是江南的早春二月!全诗语言,清新自然,描绘了早春江南的美丽画面,表达了诗人恬淡闲适的悠然心境。

集 评

黄山谷诗"蕨芽初长小儿拳",以为奇句。然太白诗已有"不知行径下,初拳几枝蕨"之句,已落第二义矣。(明杨慎《升庵诗话》)

德清道中还寄子瞻

秦 观

投晓理竿栧①,溪行耳目醒。
虫鱼各萧散,云日共晶荧。
水荇重深翠,烟山叠乱青。
路回逢短榜②,崖断点孤翎。
丛薄开罗帐③,沧漪写镜屏④。
疏篱窥窅窕⑤,支港泛泠箐⑥。
远溆依微见,哀猱断续听。
梦长天杳杳,人远树冥冥。
旅思摇风旆⑦,归期数月蓂⑧。
何时燃蜜炬⑨,复听阁前铃?

* 选自《淮海集笺注》第258页,徐培均笺注,上海:上海古籍出版社1994年版。
① 投晓:临晓,即将拂晓。竿栧(yì):竹篙与船桨。
② 短榜:短小的船桨,代指小船。
③ 丛薄:茂密的草丛。

江南诗

④ 沦漪:微波。
⑤ 窅(yǎo)窕:幽深阴暗。
⑥ 筡(líng)箵(xīng):捕鱼的竹笼。
⑦ 风斾(pèi):风中的旗。
⑧ 月蓂(míng):古代传说中的一种瑞草,根据草荚之多少,可以计算时日。《竹书纪年·帝尧陶唐氏》:"有草夹阶而生,月朔,始生一荚;月半,而生十五荚。十六日以后,日落一荚,及晦而尽。月小,则一荚焦而不落。名曰'蓂荚'。"
⑨ 蜜炬:蜡烛。

作者简介

秦观(1049—1100),字少游,一字太虚,号淮海居士。扬州高邮(今江苏高邮)人。北宋著名婉约派词人,"苏门四学士"之一,有《鹊桥仙》(纤云弄巧)、《满庭芳》(山抹微云)等词作名世。今传《淮海集》《淮海居士长短句》。

题 解

德清,唐代置县,今属浙江省湖州市。子瞻,苏轼的字。这首诗作于宋神宗元丰二年(1079)五月,当时苏轼仍留湖州太守任上,而秦观则继续泛舟东游。诗歌开篇,交代时间(投晓)和事件(溪行),一个"醒"字则使读者对沿江美景充满了期待。以下十二句,极力描写溪行优美景致,使人仿佛置身于青山绿水之间,如痴如醉,如梦似幻。结尾六句,转而抒情,回忆与苏轼同在湖州时的生活场景,抒发无限留恋与感慨。除了首尾四句,中间全用对偶,通过描写湖杭之间的湖光山色,来表达苏、秦二人诚挚深厚的师友之情。

江南相关知识

筡箵

江南地区,河流纵横,湖泊星罗,鱼虾肥美。河鲜是江南地区重要的食物来源,而捕鱼则是江南地区的劳动人民赖以生存的必要技能。在捕鱼的过程中,他们通过勤劳和智慧,发明了各种各样的捕鱼工具,筓箵就是其中之一。唐代诗人陆龟蒙《渔具诗·序》云:"列竹于海澨曰沪,吴之沪渎是也,错薪于水中曰䉺,所载之舟曰舴艋,所贮之器曰筓箵。"可知筓箵是一种用来盛鱼的竹笼。陆龟蒙《渔具诗·筓箵》诗云:"谁谓筓箵小,我谓筓箵大。盛鱼自足餐,真璧能为害。时将刷萍浪,又取悬藤带。不及腰上金,何劳问菁蔡。"现在我们还能看到捕鱼人身背的竹篓,那也许就是从筓箵演变而来的。

秋日三首·其一

秦 观

霜落邗沟积水清①,寒星无数傍船明。
菰蒲深处疑无地②,忽有人家笑语声。

* 选自《淮海集笺注》第437页,徐培均笺注,上海:上海古籍出版社1994年版。

① 邗(hán)沟:又名邗江、渠水,连结长江和淮河的古运河,位于扬州境内,途经秦观故乡高邮。

② 菰蒲:见前苏轼《夜泛西湖五绝》注释⑨。

题 解

本组诗三首,此其一。宋神宗元丰年间(1078—1085),秦观闲居家乡高邮,作《秋日》三首描写邗江秋景。在露浓霜重的深秋时节,诗人驾一叶小船,漂泊在澄清的邗江之上。天空中繁星点点,倒映江中,直到天明。舟行到菰蒲深处,不知前路何在,远处忽然传来了一阵阵欢声笑语。诗歌结尾,以声传情,于清冷中见温馨,于寂静中见活泼,不仅体现出巧妙的艺术手法,而且表达了诗人对于家乡的热爱赞美之情。

集 评

晋宋间,沃州山帛道猷诗曰:"连峰数千里,修竹带平津。茅茨隐不

江南诗

见,鸡鸣知有人。"后秦少游诗云:"菰蒲深处疑无地,忽有人家笑语声。"僧道潜号参寥,有云:"隔林仿佛闻机杼,知有人家住翠微。"其源乃出于道猷而更加锻炼,亦可谓善夺胎者也。(宋陈岩肖《庚溪诗话》)

《高斋诗话》云:"东坡长短句云:'村南村北响缫车。'参寥诗云:'隔林仿佛闻机杼,知有人家在翠微。'秦少游云:'菰蒲深处疑无地,忽有人家笑语声。'"三诗大同小异,皆奇句也。(宋胡仔《苕溪渔隐丛话·前集》)

晋世释子帛道猷,有《陵奉采药诗》曰:"连峰数千里,修林带平津。茅茨隐不见,鸡鸣知有人。"此四句古今绝唱也,有石刻在沃州岩。按《弘明集》亦载此诗,本八句,其后四句不称,独刻此四句,道猷自删之耶?抑别有高人定之耶?宋秦少游诗:"菰蒲深处疑无地,忽有人家笑语声。"道潜诗:"隔林仿佛闻机杼,知有人家在翠微。"虽祖道猷语意而不及。庚溪作诗话谓少游、道潜比道猷尤为精炼,所谓"苏粪壤以充帏,谓申椒其不芳"也。(明杨慎《升庵诗话》)

王半山:"青山缭绕疑无路,忽见千帆隐映来",秦少游"菰蒲深处疑无地,忽有人家笑语声"所祖也。陆放翁"山重水复疑无路,柳暗花明又一村",乃又变作对句耳。(清翁方纲《石洲诗话》)

·江南相关知识·

1. 扬州的母亲河——邗沟

邗沟是中国最早见于文献记载的运河,由春秋时期吴王夫差开凿。《左传·哀公九年》记载:"秋,吴城邗,沟通江、淮。"古邗沟因为年久失修,导致河段淤塞,航行不畅。到了隋朝,隋炀帝又发动十几万群众,在原来古邗沟的基础上重新开凿。《资治通鉴·隋纪四》记载:"(隋炀帝)又发淮南民十余万开邗沟,自山阳至杨子入江。渠广四十步,渠旁皆筑御道,树以柳。"于是,邗沟岸边的柳树又称为一道靓丽的风景,化作诗人笔下的"隋堤柳"。邗沟作为京杭大运河的重要河段,古往今来一直发挥着十分重要的航运功能,并且具有丰富的文化内涵和象征意义。

2. 菰蒲之思

菰是江南地区常见的多年生禾本科水生植物,多生长在浅水、沼泽地区,可供食用。汉代刘歆《西京杂记》记载:"菰之有米者,长安人谓之雕胡;菰之有首者,谓之绿节"。菰可食用的部位,一是其茎块,也就是俗称的茭白。《尔雅·释草》郭璞注:"蘧蔬,似土菌,生菰草中,今江东啖之,甜滑。"这里的蘧蔬就是茭白。菰的籽实,又称菰米,是古代重要的六谷之一,口感清香软糯,可以做饭。唐代诗人王维《游化感寺》诗云:"香饭青菰米,嘉蔬绿笋茎。"蒲也是一种多年生草本植物,多生于江河湖泊之中。《诗经·陈风·泽陂》:"彼泽之陂,有蒲与荷。"蒲草的叶子柔韧性强,可以用来编织草席。东汉许慎《说文解字·艸部》:"蒲,水草也。可以作席。"蒲之嫩芽,俗名蒲菜,味道清爽,亦可食用。汉代文学家枚乘《七发》云:"刍牛之腴,菜以笋蒲。"

在中国古代诗文中,菰与蒲经常连用出现,成为水乡泽国的标志。如南朝山水诗人谢灵运《从斤竹涧越岭溪行》云:"苹萍泛沉深,菰蒲冒清浅",北宋词人周邦彦《虞美人》云:"菰蒲睡鸭占陂塘,纵被行人惊散、又成双。"又因为菰蒲多见于江南水乡一带,古代文人常借菰蒲来表达自己的乡关之思。如元末诗人倪瓒《怀归》诗云:"久客怀归思惘然,松间茅屋女萝牵。三杯桃李春风酒,一榻菰蒲夜雨船。"表达了诗人于兵荒马乱、浪迹江湖之时强烈的思乡情绪。鲁迅先生在《亥年残秋偶作》中有云:"老归大泽菰蒲尽,梦坠空云齿发寒。"一代文学巨匠,则是借菰蒲来感叹自己晚年无处可栖的悲凉境遇,菰蒲之义又更进一层,读来使人无限感慨。

游山西村

陆 游

莫笑农家腊酒浑①,丰年留客足鸡豚②。
山重水复疑无路,柳暗花明又一村。
箫鼓追随春社近③,衣冠简朴古风存。
从今若许闲乘月④,拄杖无时夜叩门⑤。

* 选自《陆游全集校注》第一册第78页,钱仲联、马亚中主编,杭州:浙江教育出版社2011年版。

① 腊酒:头年腊月所酿的酒。浑:浑浊。
② 足:备足。豚:小猪。
③ 春社:古代立春后第五个戊日为春社日,祭社公(土地神)以祈丰年。
④ 闲乘月:趁月明之时外出闲游。
⑤ 无时:没有固定的时间,即随时。

作者简介

陆游(1125—1210),字务观,号放翁。越州山阴(今浙江绍兴)人。南宋著名文学家、史学家,"中兴四大诗人"之一。曾参与编修《两朝实录》和《三朝史》,并以一人之力完成《南唐书》的撰写。散文兼擅众体,著有《老学庵笔记》《入蜀记》等。其词风格多样,真挚动人,如《钗头凤》(红酥手)、《诉衷情》(当年万里觅封侯)等均脍炙人口。诗歌追求雄浑豪健的艺术风格,对南宋中后期诗坛有重要影响。今传《剑南诗稿》。

题 解

这首诗作于南宋孝宗乾道三年(1167)。在此之前,陆游因为极力支持张浚北伐而遭到弹劾,罢归故里。回到魂牵梦萦的故乡山阴,陆游终于可以过上向往已久的农村生活,这首诗就是他当时生活的真实写照。诗歌首联渲染出农村一派喜庆祥和的丰收气象,同时也表现了乡间热情好客的淳朴民风。颔联写景，又蕴含哲理，千百年来为人们所传诵。正如钱钟书先生所言，这样的景象虽然很多人已经写过，但是直到陆游才把它写得"题无剩意"。(钱钟书《宋诗选注》)颈联叙事，表现江南地区社日祭神的民间习俗，抒发对故乡的赞美和热爱。尾联抒情，表达对农村美好生活的向往和留恋。这首贬官以后的作品，清丽明快，积极昂扬，说明作者对个人前途和国家命运依然充满信心。正如颔联所言，一时的贬官只是"山重水复疑无路"，等到机会来临之时，一切又都将会"柳暗花明又一村"。

集　评

有如弹丸脱手，不独善写难状之景。(清弘历《御选唐宋诗醇》)

以游春情事作起，徐言境地之幽，风俗之美，愿为频来之约。(清方东树《昭昧詹言》)

登赏心亭

陆　游

蜀栈秦关岁月遒①，今年乘兴却东游。
全家稳下黄牛峡②，半醉来寻白鹭洲③。
黯黯江云瓜步雨④，萧萧木叶石城秋⑤。
孤臣老抱忧时意，欲请迁都涕已流⑥。

* 选自《陆游全集校注》第二册第212页，钱仲联、马亚中主编，杭州：浙江教育出版社2011年版。

① 蜀栈：蜀地的栈道，这里代指四川。秦关：秦地的关塞，这里代指汉中。遒(qiú)：雄健有力，意谓不平常。

② 黄牛峡：长江三峡西陵峡内的一道峡谷，在湖北宜昌市西。郦道元《水经注》："江水又东经黄牛山，山下有滩名黄牛滩，有石如人，负刀牵牛，人黑牛黄。行

者谣曰:'朝发黄牛,暮宿黄牛。三朝三暮,黄牛如故。'"

③ 白鹭洲:长江口的小洲,位于南京城西。乐史、王文楚《太平寰宇记》:"江宁县:白鹭洲,在县西三里,隔江中心,南边新林浦。白鹭洲在大江中,多聚白鹭,故名。"

④ 瓜步:瓜步山,位于南京六合县东南,东临长江。南北朝时为军事争夺要地。

⑤ 石城:石头城,三国时孙权在此筑城。《太平御览》引张勃《吴录》:"钟阜龙盘,石城虎踞。"

⑥ 迁都:从杭州迁都建康。南宋主战派认为建康是北伐的战略要地,从这里渡江北上,可一举收复失地。

题 解

正如《游山西村》中所言,陆游屏居乡里不到两年时间,就被授命夔州通判,并于宋孝宗淳熙五年(1178)离蜀东归,重新回到临安。这是他奉诏回临安途中经过建康时登赏心亭而作。赏心亭位于建康城上,据《景定建康志》记载:"赏心亭在城西下水门上,下临秦淮,尽观赏之胜。"说明登亭远眺,一城美景可尽收眼底。诗歌首联回忆自己过去十年外放为官的峥嵘岁月,如今终于苦尽甘来,乘兴而归,喜悦之情溢于言表。颔联交代全家的旅途行程,一个"稳"字和一个"醉"字,表达了作者化险为夷、安然无恙的悠然心境。但是,当诗人登上赏心亭,映入眼帘的却是一派凄凉萧条的石城秋景,不禁引起了心中的无限感慨。眼前的这座石头城,是收复失地的军事重镇。可是,朝廷的光复大业却屡遭挫折,迁都于此的计划已成泡影。一想起这些伤心往事,诗人不禁涕泗横流,泪如雨下。诗歌前半部分写归来之喜,后半部分写家国之悲,一喜一悲,形成强烈对比,表达了作者忧国忧民的爱国情怀。

者非蘧廬故山鶴怨秋猿孤何時自駕鹿車去掃除白
髮煩菖蒲麻鞵短後隨獵夫射弋狐兔供朝哺陶潛自
作五柳傳潘閬畫入三峰圖吾年粟粟今幾餘知非不
去憨衞蘧歲荒無術歸亡逋鶻則易畫虎難摹

列子〔昔者夢爲人僕數驚杖撻無不致也眠中嘒嘒呼徼旦息焉周禮小司徒
之職以比追胥以令貢賦揚子紆朱懷金唐李泌傳肅宗在靈武泌入議國事出
陪乘輿衆指曰著黃者聖人也著白者山人也因賜金紫莊子天運篇仁義先王之
蘧廬也止可一宿而不可以久處孔稚圭北山移文蕙帳空兮夜鶴怨山人去兮
曉猿驚風俗通鹿車窄小裁容一鹿晉劉伶傳常乘鹿車神仙傳九疑仙人見武
帝云聞有石菖蒲一寸九節可以服食卻老故來採耳莊子說劍篇曼胡之纓短後
之衣漢張騫傳堂邑父善射窮急射禽獸給食晉陶潛著五柳先生傳以自況潘閬觀華山詩高愛
三峰插太虛回頭仰望此華山圖帳裏更添潘閬倒騎驢郭綠
坐述征記華山有三峰直上數千仞古詩〔粟粟歲暮〕淮南子蘧伯玉年五十而
有四十九年非何者先爲知而後爲難爲知也莊子則陽篇蘧伯玉行年六
十而六十化未嘗不始於是之而卒詘之以非也未知今之所謂是之非五十九

鰷鱼

比目誠何恨滄波作伴游幸逃網罟厄可免別離愁
小市時珍改殘書土物收若逢封禪詔定向海邊求
可封禪見管子

鰲

得東海比目魚始

舊俗魚鹽賤貧家入饌輕自慚非食肉勿飯望休
兵餘骨䱅何附長餐臭有情腐儒嗟口腹屬饜負

昇平

過吳江有感

落日松陵道堤長欲抱城塔盤湖勢動橋引月痕

临安春雨初霁

陆 游

世味年来薄似纱①,谁令骑马客京华②。
小楼一夜听春雨,深巷明朝卖杏花。
矮纸斜行闲作草,晴窗细乳戏分茶③。
素衣莫起风尘叹④,犹及清明可到家。

* 选自《陆游全集校注》第三册第141—142页,钱仲联、马亚中主编,杭州:浙江教育出版社2011年版。

① 世味:对世故人情的体会。韩愈《示爽》诗:"吾老世味薄,因循致留连。"
② 京华:京城,这里指杭州。
③ "矮纸"两句:矮纸:即短纸,即两端长而上下窄的手卷。草:草书。细乳:指沏茶时水面泛起的白色泡沫。分茶:品茶。这两句意思是说春雨初晴,闲居无事,以写字、品茶打发时间。
④ 素衣:洁白的丝质衣物。陆机《为顾彦先赠妇》:"京洛多风尘,素衣化为缁。"

题 解

这是陆游晚年(六十二岁)的一首作品,写于南宋孝宗淳熙十三年(1186)春。虽然淳熙五年陆游已奉诏东归,重新回到了政治中心临安,但他始终未得到朝廷重用。这一年,他去临安觐见皇帝,并于西湖客舍中写下了这首诗歌。首联回顾了自己大半生以来的政治经历和官场沉浮,对于自己的人生理想似乎也产生了失望和怀疑。正在愁苦郁闷、一夜未眠之时,听到了清晨小巷传来的卖花叫声。这又是一联千古传诵的名句,来自陈与义《怀天经智老因访之》:"杏花消息雨声中。"然较陈诗更加形象生动,清新隽永。颈联写作者写字和品茶,表面上是为了突出闲居客舍的百无聊赖,其实是为了表达自己不被重用的失意和惆怅。正如尾联化用陆机的诗句,不仅反用其意,而且正话反说,表达了一种郁郁不得志的悲愤之情。

江南诗

> **集 评**
>
> 五、六凑泊,与前后不称。(清查慎行《初白庵诗评》)
>
> 颔联团转,脱口而出,一涉凑泊,失此语妙。卢世㴶曰:"三四有唐人风韵。"(清弘历《御选唐宋诗醇》)
>
> 陆放翁诗,以"小楼一夜听春雨,深巷明朝卖杏花"得名,其余七律名句辐辏大类此,而起讫多不相称。人以先生先得好句后足成之,情理或然。(清李调元《雨村诗话》)
>
> 格调殊卑,人以谐俗而诵之。(清纪昀《瀛奎律髓》)
>
> 光景气韵,必少年作。(清冯舒《瀛奎律髓》)
>
> ("小楼"二句)有唐人风韵。(清朱梓、冷昌言《宋元明诗三百首》)

晓出净慈寺送林子方二首

杨万里

其一

出得西湖月尚残,荷花荡里柳行间。
红香世界清凉国①,行了南山却北山。

其二

毕竟西湖六月中②,风光不与四时同③。
接天莲叶无穷碧④,映日荷花别样红。

* 选自《杨万里集笺校》第三册第1160页,辛更儒笺校,北京:中华书局2014年版。

① 红香世界:指荷花。清凉国:指荷叶。《涅槃经》:"有国多清凉风,能除一切郁蒸之恼。"

② 毕竟:到底,还是。
③ 四时:春夏秋冬四季。
④ 接天:与天相接。

作者简介

杨万里(1127—1206),字廷秀,号诚斋。吉州吉水(今江西吉水)人。南宋著名文学家,"中兴四大诗人"之一。早年学诗从江西诗派入手,晚年学习王安石和晚唐诗人绝句,终于形成了自己的风格,世称"诚斋体"。诗歌活泼自然,饶有谐趣。今传《诚斋集》。

题解

这是一组送别诗,送别的地点就在西子湖畔的净慈寺。张岱《西湖寻梦》记载:"净慈寺,周显德元年钱王俶建,号慧日永明院,迎衢州道潜禅师居之。"送别对象林子方,名枅,福建莆田人。第一首从黎明拂晓写起,"月尚残"点明天还未亮,月亮未落。下二句写饯行的环境,诗人和朋友徜徉在荷香柳浪之间,置身于红花绿柳的清凉世界,是如此的依恋和不舍。末句表面写山,实则表达一种依依惜别的真挚感情。如果说第一首诗是紧扣题目,借景抒情,表现送友的场景和情怀,那么,第二首诗则是纯粹写景,其影响力和知名度也更为广泛。起句交代时间和地点,次句总括西湖六月所独有的良辰美景,令人期待。三、四两句,抓住荷花这一具有季节代表性的花卉,并运用互文的表现手法,把荷花盛开的西湖美景呈现在读者面前,对仗工整,色彩明艳,虚实相生,刚柔并济,成为赞美荷花的千古名句。

集评

此杨诚斋《晚出净慈送林子方》诗,亦犹东坡《赠刘景文》"一年好景君须记,正是橙黄橘绿时"之意。(清恒仁《月山诗话》)

江南诗

泊舟无锡,雨止遂游惠山

杨万里

天教老子不空回,船泊山根雨顿开①。
归去江西人问我,也曾一到惠山来。

* 选自《杨万里集笺校》第二册第648页,辛更儒笺校,北京:中华书局2014年。

① 山根:山脚。

题 解

　　这是杨万里舟行停泊无锡惠山时所作。杨万里的诗集中有多首描写惠山的作品,他的诗友、南宋另一位著名诗人尤袤致仕后便结庐于此。这首诗的一大特点就是语言浅白通俗,几乎不用注释,就能读懂。首句"老子"一词,系诗人自称,这在他的诗中多次出现,如"老子嘴来浑谢客"(《梨》)、"老子平生不附炎"(《晚寒炽炭》)等,表现了诗人狂放豁达的胸襟气度。次句写暴雨来临,正如苏轼《有美堂暴雨》所描写的那样,一个"顿"字表现了雨势的迅猛。三、四两句,假设亲友之间问答,如话家常,间接表达对惠山的喜爱和赞美之情。正如清代李树滋《石樵诗话》所说:"用俗语入诗,始于宋人,而要莫善于杨诚斋。"这首诗反映了"诚斋体"清新自然的语言风格。

过无锡寄沈知县季丰

项安世

同时月殿气如虹①,各自天涯影似蓬。
半世弟兄才一识②,二年州县忽重逢。

湘山饱听灵妃瑟③，锡水新弹单父桐④。
剩有江湖不归话⑤，回船相就却从容。

* 选自《全宋诗》第27287页，北京大学古文献研究所编，北京：北京大学出版社1991年版。

① 月殿：月宫，比喻登科做官。
② 世：古人以三十年为一世。半世，犹言十五年。
③ 灵妃瑟：传说中的湘水之神鼓瑟，用来比喻美妙动人的艺术作品或高雅的艺术境界。屈原《远游》："使湘灵鼓瑟兮，令海若舞冯夷。"
④ 桐：桐木，古代用以制琴。《吕氏春秋·察贤》："宓子贱治单父，弹鸣琴，身不下堂而单父治。"后世用"单父鸣琴"，称颂地方官员政清事简单，治理有方。
⑤ "剩有"句：意思是说谈论归隐江湖之事。项斯《长安书怀呈知己》："江湖归不易，京邑计长贫。独夜有知己，论心无故人。"

作者简介

项安世(1129—1208)，字平甫，号平庵。祖籍括苍(今浙江丽水)，后移家江陵(今湖北江陵)。南宋文学家、思想家，潜心治学，著有《周易玩辞》《项氏家说》等。今传《平庵悔稿》。

题解

这是作者乘船经过无锡时写给知县沈季丰的一首诗。首句表明作者和沈知县同年及第，颇有渊源。但是，两人始终异地漂泊，各自天涯，未曾见面。直到十五年后的今天，才得以在无锡这个地方再次重逢。颈联连用两个典故，表现了朋友相聚时的欢乐场景，同时也对沈知县的政绩予以称颂和赞扬。尾联回到船中，相忘于江湖，表达了厌倦尘俗、渴望归隐的从容心境。诗歌语言质朴，感情诚挚，朋友间的深情厚谊跃然纸上，人生的理想和目标不言自明。

江南诗

除夜自石湖归苕溪十首

姜　夔

其一

细草穿沙雪半销①，吴宫烟冷水迢迢②。
梅花竹里无人见，一夜吹香过石桥。

其三

黄帽传呼睡不成③，投篙细细激流冰④。
分明旧泊江南岸，舟尾春风毡客灯⑤。

* 选自《白石诗词集》第 41 页，夏承焘校辑，北京：人民文学出版社 1998 年版。

① 细草穿沙：嫩草从沙地里冒出。
② 吴宫：春秋时吴国的官殿遗址。
③ 黄帽：指船夫，汉代称为"黄头郎"。《汉书·佞幸传》云："邓通，蜀郡南安人也，以濯船为黄头郎。"
④ "投篙"：意思是说乘船时竹篙将浮冰打成了碎块。
⑤ 毡(zhān)：晃动。

作者简介

姜夔(1155?—1209)，字尧章，号白石道人。饶州鄱阳(今江西鄱阳)人。南宋著名文学家、词人。才名早著，与杨万里、范成大、辛弃疾等多有交往。工诗词，善书法，精通乐理。其词守律精严，措意深婉，格调高旷，有《暗香》(旧时月色)、《疏影》(苔枝缀玉)、《扬州慢》(淮左名都)等名篇。诗歌清婉拔俗，自出机杼。今传《白石道人歌曲》《白石诗集》等。

题解

这组诗共有十首，写于南宋光宗绍熙二年(1191)年冬除夕之夜。作者自注云:"此诗录寄诚斋,得报云:'所寄十诗,有裁云缝雾之妙思,敲金戛玉之奇声。'"石湖,是南宋著名的田园诗人范成大的号。这是诗人在除夕夜访范成大后,从苏州乘舟回到湖州苕溪途中所作。第一首写船离开苏州时所见的景色。前两句从远处着笔,营造一种烟水迷茫的朦胧意境。后两句写近景,绿竹掩映,疏影横斜,无人往来,清幽寂静。末句一语双关,既指梅花的香气吹过石桥,也指诗人的小船驶过石桥。短短四句,就将细草、平沙、吴宫、烟水、残雪、梅花、竹枝、石桥等八种景物巧妙安排在一起,"幽韵冷香,令人挹之无尽"(刘熙载《艺概》)。

第三首写驾船夜行。首二句从听觉的角度入手,写船夫的呼喊声和水面的激浪声,一下子就打破了深夜的安宁和寂静,令诗人无法入眠。诗人的视线转向舱外,这不就是他曾经漂泊停留之处吗?此情此景,不禁令人心生感慨,而当他还沉浸在往日的思绪之中,船尾的一缕春风,吹动了舟里的灯火,也吹进了诗人的心灵。全诗语少意足,蕴藉空灵,恬淡悠远之中蕴含着一丝淡淡的哀怨和感伤。

【集评】

姜白石《除夜自石湖归苕溪》十绝句,极为诚斋所赏。然白石诗风致胜诚斋远矣,诚斋顾以张功父比之耶?(清翁方纲《石洲诗话》)

过垂虹

姜　夔

自作新词韵最娇①,小红低唱我吹箫②。
曲终过尽松陵路③,回首烟波十四桥。

* 选自《白石诗词集》第46页,夏承焘校辑,北京:人民文学出版社1998年版。

①自作新词：指姜夔自度曲《暗香》《疏影》。
②小红：范成大的家妓。姜夔访范成大于石湖，姜夔作《暗香》《疏影》二词，并使小红学唱。临别之际，范以小红赠之。
③松陵：镇名，在江苏吴江县。

题解

这首诗的本事，据元代陆友仁《研北杂志》记载："小红，范成大青衣也，有色艺。成大请老，姜夔诣之。一日，授简征新声，夔制《暗香》《疏影》两曲。成大使二妓歌之，音节清婉，成大寻以小红赠之。其夕大雪，过垂虹，赋诗曰：（略）。"垂虹，即垂虹桥，在江苏吴江松陵镇上。始建于北宋庆历八年（1048），因桥"环如半月，长若垂虹"而得名。与前面两首一样，本诗同样作于绍熙二年（1191）年冬除夕之夜。首句是说自己所作的新词婉转动听，十分满意。次句描写小红唱歌、诗人伴奏的欢快场景，情绪达到高潮。后两句写曲终回首，已经走过了大段旅程，而烟波浩渺中的座座画桥，见证了两人一路行来的欢声笑语。诗歌语言浅白，感情热烈，音调谐和，意境清幽，说明欢娱之词亦能工也。

集评

宋人七绝，每少风韵，惟姜白石能以韵胜。如《过垂虹》云：（略）。渔洋亦瓣香此种。（清黄培芳《香石诗话》）

无锡县春日

高　䎖

吴楚新岐路①，江湖旧散人②。
放船来古县，沽酒供闲身③。
花卸一村雨，乌啼千树春。
野塘风卷地④，无复见芳尘⑤。

* 选自《全宋诗》第 34131—34132 页,北京大学古文献研究所编,北京:北京大学出版社 1991 年版。

① 岐路:分岔小路。
② 散人:闲散之人。陆龟蒙《江湖散人歌》:"江湖散人天骨奇,短发搔来蓬半垂。"
③ 沽(gū)酒:买酒。
④ 野塘:野外的池塘。
⑤ 芳尘:落花。谢庄《月赋》:"绿苔生阁,芳尘凝榭。"

作者简介

高翥(1170—1241),原名公弼,字九万,号菊涧。绍兴府舜江(今浙江绍兴)人,寓居余姚(今浙江余姚)。南宋江湖派诗人,人称"江湖游士"。诗风平易自然,有民歌风味。今传《菊涧小集》《信天巢遗稿》。

题 解

这首诗写无锡的春景。前半部分两联四句,自叙身世,抒发感慨。作者自称"江湖旧散人",既表达出不为世所用的失意落寞,而且也表现了闲散淡泊、逍遥自在的达观心境。后半部分两联四句,描绘乡村春景,有花有雨,有鸟有树。作者通过巧妙的语序变化,不仅丰富了艺术的想象空间,而且增强了诗歌的艺术感染力,仿佛这雨是被花吹落,而这春是被鸟唤起。但是,有道是"林花谢了春红,太匆匆,无奈朝来寒雨晚来风"(李煜《相见欢》),当卷地大风呼啸而过,就再也不见这繁华春景了。尾联既是写眼前景,也是写心中情,隐约透露着作者悲凉沧桑的身世境遇,读罢使人心怀惆怅。

江南诗

无 锡

文天祥

金山冉冉波涛雨①,锡水泯泯草木春②。
二十年前曾去路,三千里外作行人③。
英雄未死心先碎,父老相逢鼻欲辛④。
夜读程婴存赵事⑤,一回惆怅一沾巾。

* 选自《文天祥全集》第491页,熊飞、漆身起、黄顺强校点,南昌:江西人民出版社1987年版。

① 金山:即黄埠墩,位于京杭运河无锡北门地段,屹立于运河中央,系古芙蓉湖中形成的一个小墩。冉冉:迷离的样子。
② 泯(mǐn)泯:清澈。杜甫《漫成二首》其一:"野日荒荒白,春流泯泯清。"
③ 行人:出行之人。
④ 辛:心酸,悲痛。
⑤ 程婴存赵:春秋时,晋国佞臣屠岸贾诬陷赵盾,杀其全家。盾子赵朔妻有遗腹子赵武藏匿宫中,屠岸贾到处搜捕。赵朔友人程婴及朔门客公孙杵臼定计以他人婴儿顶替,救出赵武,赵氏孤儿遂得以保全,并由程婴抚养成人,报仇雪恨。

作者简介

文天祥(1236—1283),字履善,一字宋瑞,号文山。吉州吉安(今江西吉安)人。宋末大臣、文学家。宋亡后被俘,坚贞不屈,被囚禁数年,从容就义。创作了《过零丁洋》《正气歌》等爱国诗篇,留下了"人生自古谁无死,留取丹心照汗青"的千古名句。今传《文山先生全集》。

题 解

这首诗题下原有作者小序云:"己未,予携弟璧赴廷对,尝从长江入里河,趋京口。回首十八年,复由此路,是行驱之入北,感今怀昔,悲不自胜。"己未,即南宋理宗开庆元年(1259),那么,本诗当作于十八年后的宋恭帝德祐二年(1276)。当时,作者与蒙古军元帅伯颜进行谈判,途中被胁迫扣押至江北,这是胁迫途中路经无锡时所作。首联两句,描写眼前所见的山川草木,暗示国家局势动荡、山河破碎。颔联回忆十八年前踌躇满志,感慨如今失意落寞,今昔对比,触景伤情。颈联抒发自己国破家亡、报国无门的心酸痛楚,尾联用赵氏孤儿的典故,再次表达自己忠于宋廷、舍身忘死的报国之志。诗歌气势雄浑,慷慨激昂,一腔热血,喷涌而出,感人肺腑,动人心魄。

金陵驿二首·其一

文天祥

草合离宫转夕晖①,孤云飘泊复何依②。
山河风景元无异③,城郭人民半已非④。
满地芦花和我老,旧家燕子傍谁飞⑤?
从今别却江南路,化作啼鹃带血归⑥。

* 选自《文天祥全集》第546页,熊飞、漆身起、黄顺强校点,南昌:江西人民出版社1987年版。

① 合:围绕。离宫:南宋皇帝在金陵建造的行宫。转夕晖:夕阳西下。
② 孤云:作者自喻。陶潜《咏贫士》:"万族各有托,孤云独无依。"
③ 元:通"原",本来。这句用了新亭泣泪的典故。刘义庆《世说新语·言语》:"过江诸人,每至美日,辄相邀新亭,藉卉饮宴。周侯中坐而叹曰:'风景不殊,正自有山河之异!'皆相视流泪。"
④ "城郭"句:传说汉曲阿太宵观道士丁令威学道于灵虚山,后化鹤归辽,从空中下望,说道:"有鸟有鸟丁令威,去家千年今始归,城郭犹是人民非。"这里借指元兵攻破金陵。
⑤ "旧家"句:意思是说当时的王公贵族,今已无处依托,无家可归。杜甫《归燕》:"故巢倘未毁,会傍主人飞。"

⑥ 啼鹃带血：传说古代蜀帝名杜宇，死后变成杜鹃，每到春天就彻夜悲鸣，嘴边淌满鲜血。

题解

金陵驿，顾名思义，就是金陵的驿站。南宋帝昺祥兴元年(1278)，文天祥抗元失败被俘。次年四月，从广州押解北上。六月十二日至金陵，囚邸中。八月二十四日，北行渡江。这首诗就是作者离开金陵时所作。首联从眼前所见的景物写起，采用象征的表现手法，表明山河破碎，流离失所。颔联化用典故，形成今昔对比，说明江山已经易主，百姓生离死别。颈联由眼前的芦花，想到自己的白发，感叹岁月蹉跎，大业未成。恨不能挽狂澜于既倒，扶大厦于将倾，下定决心与国家共存亡。尾联用杜鹃啼血的典故，表达自己对江南故国的无比思念和眷恋。全诗充满了强烈的爱国思想，深情婉转，风格悲壮，犹如南宋王朝的一曲挽歌。

送王安之无锡州判

陆文圭

龙峰邻吾州，赤子久失乳①。
或加手斫削②，谁肯顷摩拊③。
有客来嘉禾④，谈我读书坞。
口称王侯贤，可配循吏古⑤。
廉不受私谒，公不畏强御。
素秋下严霜⑥，阳春沃膏雨⑦。
泽国鲈正肥，山泉茗尤苦。
州县徒劳人，扬历安足数⑧。
莫思金带横⑨，长学彩衣舞⑩。

* 选自《全宋诗》第44534页,北京大学古文献研究所编,北京:北京大学出版社1991年版。

① 赤子:刚出生的婴儿,比喻爱国志士。
② 斫(zhuó)削:砍削,摧残伤害。
③ 摩拊(fǔ):抚摸,安抚。玄奘《大唐西域记·乌仗那国》:"池龙少女游览水滨,忽见释种,恐不得当也,变为人形,即而摩拊。"
④ 嘉禾:生长茁壮的禾稻,古人认为这是政治清明、天下太平的吉兆。
⑤ 循吏:奉公守法、造福于民的廉吏。
⑥ 素秋:秋天。秋属金,其色白,故称素秋。杜甫《秋兴八首》其六:"瞿唐峡口曲江头,万里风烟接素秋。"
⑦ 膏雨:滋润万物的甘霖。《左传·襄公十九年》:"小国之仰大国也,如百穀之仰膏雨焉。"
⑧ 扬历:显扬贤者居官的治绩,后多指仕宦的经历。《三国志·魏志·管宁传》:"优贤扬历,垂声千载。"
⑨ 金带横:古代高官系金饰的腰带于腰间,代指高官殊勋、富贵权势。梅尧臣《十一日垂拱殿起居闻南捷》:"腰佩金鱼服金带,槛前拜跪称圣皇。"
⑩ 彩衣舞:穿着五彩斑斓的衣服起舞,指孝养父母。《艺文类聚》卷二十引《列女传》:"昔楚老莱子孝养二亲,行年七十,婴儿自娱,常著五色斑斓衣,为亲取饮。"

作者简介

陆文圭(1256—1340),字子方。江阴(今江苏江阴)人。宋末元初诗文家,学者,博通经史百家,精于史地考核。宋亡后不仕,隐居于江阴城东,人称"墙东先生"。今传《墙东类稿》。

题 解

这是一首送友人赴无锡任职的排律诗,当作于宋亡以后。诗可分为三个部分。起首四句,写神州陆沉、生灵涂炭,表达内心的亡国之痛。中间十二句,对友人的道德品行赞美称颂,并描写江南的景色风物。其中,"泽国鲈正肥,山泉茗尤苦"一联,形象生动地表现了江南地区的鱼肥茶香、物产丰腴。结尾四句,表达对朋友的劝勉和嘱托,希望他能够不慕荣华,齐家治国。正如作者在《送史药房序》中所说:"君子救世之心重而利己之心轻,利己虽轻而所以自任者,极重救世。"这首送别诗所要传递的正是这样一种治国安民的救世思想。

元 明 诗 (四十八首)

宿集庆寺①

仇 远

半生三宿此招提②,眼底交游更有谁。
顾恺漫留金粟影③,杜陵忍赋玉华诗④。
旋烹紫笋犹含箨⑤,自摘青茶未展旗⑥。
听彻洞箫清不寐,月明正照古松枝。

* 选自《元诗选》二集第44页,清顾嗣立编,北京:中华书局1987年版。

① 集庆寺:即显慈集庆寺,又称显庆寺,宋理宗为专宠阎妃所建功德院,位于浙江杭州西湖积庆山九里松西段,位列教院十刹之首,元末毁于战火,留存理宗御容及燕游图各一幅。

② 招提:寺院的别称。

③ "顾恺"句:顾恺即东晋画家顾恺之,于南京瓦官寺绘《维摩诘示疾壁画》,因维摩诘又称"金粟如来",故金粟影后指描绘传神的佛像。

④ "杜陵"句:杜陵即杜甫,所作五古《玉华宫》诗,描写唐代旧宫在安史之乱中的凄凉破败景象。

⑤ 紫笋:一种茗茶。箨:竹皮。

⑥ 青茶:茶叶品类一种,又称乌龙茶。旗:指茶展开的芽,茶的嫩叶。

作者简介

仇远(1247—1326),字仁近,钱塘(今浙江杭州)人。宋末已享诗名,入元以逸民自居,后曾任溧阳教授,旋归,优游湖山以终。性洒脱颓放,诗以七律为佳,语言清新圆畅,有《金渊集》。

题 解

宋亡后,遗民诗人多有借物咏怀、追恋故国之作。本诗亦可视为其一。首联切题,诗人自述曾多次留宿集庆寺,并发问同自己交游的人又有几何。颔联作答,也是用典:顾恺之在瓦官寺丹青绘成惟妙惟肖的维摩画像,暗指理宗遗留画像的空无一用;杜甫于安史乱中挥泪写下凄恻哀感的

江南诗

玉华宫诗,委曲转折地传达出黍离之悲,不但对仗工稳,更可谓用心良苦。颈联笔调一转,凸写茶事,而不忌合掌,紫笋含箨,青茶未展,观察颇细,颜色对亦佳。尾联照应开篇,诗人彻夜难眠,但闻洞箫清幽,但见明月朗照古松枝,以景结情,宕开一笔,俨然一幅月夜听箫图,言尽而意远。全诗笔调清雅委婉,语近唐人,抒写故国沦亡之感、寄托荆棘铜驼之思能够做到含而不露,含蓄蕴藉,自是诗教正道。

江南相关知识

1. 顾恺之:

（约345—409）东晋画家。字长康,小字虎头,晋陵无锡（今江苏无锡）人。先后为桓温与殷仲堪参军。安帝义熙初为散骑常侍。博学多才艺,工诗赋、书法,尤擅绘画。性谐谑,尝有"才绝、画绝、痴绝"三绝之称。多作人物肖像及神仙、佛像、禽兽、山水等。每画人成,数年不点睛,人问辄曰:"传神写照,正在阿堵中"。画裴楷像,颊上加三毛,立觉有神。其画笔迹周密,紧劲连绵如春蚕吐丝,后人以之与南朝宋陆探微并称"顾陆",号为"密体",以区别于南朝梁张僧繇、唐吴道子的"疏体"。北宋宣和年间,御府所藏其画,尚有《净名居士图》等九幅。今存《女史箴图》传为早期摹本。另传《洛神赋图》,或曰为宋人所作。著有《论画》《魏晋胜流画赞》《画云台山记》,其中"迁想妙得""以形写神"等观点,对中国画的发展有很大影响。另有文集及《启蒙记》行于世。唐皮日休《新秋即事三首其一》:"痴号多于顾恺之,更无余事可从知。"元卫仁近《承玉山主人遗竹枝辄赋近体以寄》:"草堂只在玉山西,未识风流顾恺之。"清朱彝尊《赠周参政》:"画品真同顾恺工,隶书远见钟繇并。"

2. 紫笋:

名茶。产于浙江长兴西北顾渚山。宋陆游《病酒新愈独卧苹风阁戏书》自注:"紫笋,蒙顶之上者,其味尤重。"曾为贡品,唐贞元后,每年为此役工三万余人,累月方毕。陆龟蒙曾置茶园于山下。唐白居易《夜闻贾常州崔湖州茶山境会想羡欢宴因寄此诗》:"青娥递舞应争妙,紫笋齐尝各斗新。"唐郑谷《寄献湖州从叔员外》:"茶香紫笋露,洲迥白蘋风。"宋苏轼《宿临安净土寺》:"觉来烹石泉,紫笋发轻乳。"

甘露寺①

高 启

胜地江山壮②,名林岁月遥。刹藏京口树③,钟送海门潮④。月黑龙光发⑤,天清蜃气销⑥。何当寻狠石⑦,闲坐话前朝⑧。

* 选自《高太史大全集》卷十二,明高启撰,四部丛刊景明景泰刊本。

① 甘露寺:位于江苏镇江北固山上,三国吴甘露年间建,故名。
② 胜地:以佳山水而闻名的地方。
③ 京口:古城,位于今江苏镇江境内。三国时吴置县并一度作为都城,是古代长江下游的军事重镇。
④ 海门:属今江苏南通,五代时建县,后没于海。
⑤ 龙光:龙身上的光,此指不同寻常的光辉。
⑥ 蜃气:一种由大气光学现象引起的奇异幻象。古人误以为蜃吐气而成,故称。
⑦ 何当:何如。狠石:一作"很石",其状如羊,在甘露寺内,相传诸葛亮(一说刘备)坐其上,与孙权计攻曹操。
⑧ 前朝:此指三国。

作者简介

高启(1336—1374),字季迪,号青丘子,长洲(今江苏苏州)人。洪武初,召修《元史》,授翰林院编修,书成,坚辞户部右侍郎,乃见恶于太祖,终因魏观案牵连获罪,被腰斩于市。博学工诗,众体皆擅,而独具性灵,清新超拔,与刘基、宋濂并称"明初诗文三大家",又与杨基、张羽、徐贲被誉为"吴中四杰"。有《缶鸣集》《高太史大全集》存世。

> **题 解**

京口作为古代军事重镇,历来为兵家必争之地,而"天下第一江山"的北固山,更因三国故事名扬千古,留下无数脍炙人口的名篇佳作。甘露寺雄踞山巅,历经岁月的淘洗,供人们瞻仰凭吊,寻访那早已湮灭的三国遗迹。本诗首联即对,总领胜景,出句从空间上描写山川的壮阔,对句在时间上突出历史的久远,气象已自不凡。颔联切题,"藏""送"二字,一隐一现,颇见锤炼之功,且巧妙嵌入即景的地名,而两句相对,一静一动,既指物态的行与止,又涉声音的鸣与默,不流于板滞,形成比照。颈联描写自然奇景,因为月黑,所以龙光照射,因为天清,所以蜃气消泯,一生一灭,明暗交错,虚实相生,令人想起摩诘"行到水穷处,坐看云起时"的名句,只是虽未必如流水对的上下一气、意义贯串,亦写得清健骏爽、奇秀华赡,自是大家手笔。尾联落到三国史事,尽入渔樵闲话。全诗看似平易,实则洗练功深,既神韵高朗,又涵浑从容,不失为咏怀古迹之佳作。

> **江南相关知识**

1. 甘露寺:

寺名。在江苏镇江北固山上。三国吴甘露元年(265)始建,传为刘备招亲之处。唐李德裕加以增辟。宋郭若虚《图画见闻志·会昌废壁》:"唐李德裕镇浙西日,于润州建功德佛宇曰甘露寺。当会昌弃毁之际,奏请独存。因尽取管内废寺中名贤画壁置之甘露。"宋迁建今址,后又屡毁屡建。相传建寺时甘露适降,故名。寺前有清晖亭和北宋铁塔;寺北有多景楼遗址,景色绝佳。宋韩元吉《送陆务观得倅镇江还越其二》:"把酒赋诗甘露寺,眼中那更有金山。"

2. 京口:

古城。故址在今江苏镇江。公元209年,孙权将首府自吴(今江苏苏州)迁此,称为京城。公元211年迁治建业(后称建康,即今江苏南京)后,改称京口镇。东晋、南朝时,因城凭山临江,通称京口城。为古代长江下游军事重镇和都城建康的东北方门户,徐州、南徐州先后治此。南朝宋又称北京。唐杜甫《送许八拾遗归江宁觐省甫昔时尝客游此县于许生处乞瓦棺寺维摩图样志诸篇末》:"淮阴清夜驿,京口渡江航。"宋王安石《泊船瓜洲》:"京口瓜洲一水间,钟山只隔数重山。"清吴伟业《送周子俶》诗:"京口正用兵,仓皇过瓜步。"

游茅山五首·其三①

卢 挚

竹杪飞亭枕石泉②,松坛香雾散茶烟。
鸟声记得夜来雨,鹿梦惊回别有天③。

* 选自《元诗选》第104—118页,清顾嗣立编,北京:中华书局1987年版。

① 茅山:位于江苏省句容市东南,原称句曲山,有华阳洞。相传汉景帝时茅盈偕弟固、衷于此采药修道,由是得名。

② 竹杪:竹的顶梢。泉:指喜客泉。

③ 鹿梦:典出《列子·周穆王》:"郑人有薪於野者,遇骇鹿,御而击之,毙之。恐人见之也,遽而藏诸隍中,覆之以蕉,不胜其喜。俄而遗其所藏之处,遂以为梦焉。"喻指得失如梦幻,诗中谓茅山胜境别有洞天,仿佛梦中所见。

·作者简介·

卢挚(1242?—1315?),字处道,号疏斋,大都涿州(今河北涿县)人。至元五年(1268)进士,官至翰林学士承旨。驰名南北文坛,诗与刘因齐名,文与姚燧比肩,散曲亦佳。作品集久佚不传,后顾嗣立辑佚作五十余首成《疏斋集》,收录于《元诗选》。

题解

疏斋《游茅山》诗共得五首,诗前有一段两百余字的序言,交代了此行的缘起:"至元戊子(1288)春,由宣部行郡溧阳,省俗。"此为其三。首句即以驰纵的想象描摹"竹杪飞亭"的奇丽险峻,山亭高耸开张,仿佛悬立于竹杪之上,翼然水树竹石之间,丽玮胜绝,亭下泉水交横而过,泉石相激而鸣,泉方如井,泉澈如鉴,而承石如砥,犹亭枕卧,沸沫湝漤,不写声而接响,动静自生,孙子荆误"枕石漱流"为"枕流漱石",疏斋此句可谓得兼。次句写松坛,茅山古来为道教圣地,香客茶人络绎不绝,香雾茶烟缭绕山间,香雾愈弥而茶烟愈散,犹如缥缈仙境。转句鸟声破空而来,静中生响,以响衬静,原来是"山中一夜雨",晨鸟喜雨欢鸣。然而诗人对此奇景,却惝恍惊疑,以为置身梦中,"别有天"语带双关,既实写隆阜胜川的"洞天福地",又喻指风景殊绝,引人入胜。世称卢挚以五言诗见长,但这首七绝却写得清淡玄远,意趣悠然,承转之间深谙绝句笔法,而转结行之以宽对,虽属律句,亦工炼自然,逸韵出尘。

江南相关知识

茅山:

山名。原名"句曲山"。位于江苏西南部,地跨句容、金坛、溧水、溧阳等市县境。系太湖水系和秦淮河水系的分水岭。南北走向。主要由石英砂岩组成。平均海拔200~300米,高峰有礜山(410米)、大茅峰(330米)等。道教称"第一福地第八洞天"。相传西汉茅盈、茅固、茅衷兄弟三人在此修道成仙,号"三茅真君",因名"三茅山",简称"茅山"。《南史·隐逸传下·陶弘景》:"止于句容之句曲山,恒曰:'此山下是第八洞宫,名金坛华阳之天,周回一百五十里。'昔汉有三茅君得道来掌此山,故谓之茅山。"为道教茅山派发源地。晋许谧、齐梁陶弘景、唐吴筠等著名道士均曾修道于此。名胜古迹有蓬壶、玉柱、华阳三洞和唐碑、元碣等。唐王建《送顾非熊秀才归丹阳》:"江城柳色海门烟,欲到茅山始下船。"唐孟浩然《宿扬子津寄润州长山刘隐士》:"心驰茅山洞,目极枫树林。"唐刘长卿《送陆羽之茅山寄李延陵》:"延陵衰草遍,有路问茅山。"

过广陵驿①

萨都剌

秋风江上芙蓉老,阶下数株黄菊鲜。
落叶正飞扬子渡②,行人又上广陵船。
寒砧万户月如水③,老雁一声霜满天。
自笑栖迟淮海客④,十年心事一灯前。

* 选自《雁门集》第344页,殷孟伦、朱广祁整理,上海:上海古籍出版社1982年版。

① 广陵:即今江苏扬州。
② 扬子渡:古津渡。古时位于长江北岸,由在今江苏邗江南的扬子桥南渡京口,为江滨要津。
③ 寒砧:寒秋的捣衣声。砧(zhēn),捣衣石。
④ 栖迟:滞留。淮海:指以江苏徐州为中心的淮河以北及海州(今江苏连云港西南)一带地区。

> 作者简介

萨都剌(1307?—?),字天锡,号直斋,蒙古人(一说回族答失蛮氏)。出身将门,其父、祖以世勋镇守云、代,遂居雁门。泰定四年(1327)进士,累官至御史。诗风清丽俊逸,长于言情,间有豪迈之作,以乐府、宫词见称,词亦闻名。著有《雁门集》。

江南诗

> **题 解**

广陵作为古代著名驿站,过往行人无数,也是迁客骚人寄兴题咏的对象。本诗以景语起,首联不对而对,"芙蓉老""黄菊鲜"意象鲜明,对比强烈,芙蓉已老,黄菊方鲜,正是夏消秋兴时节。颔联切题,落叶飞渡、行人登舟,动态出之以流水对,更增动感,"扬子""广陵"地理专名相对,亦称佳构。颈联摹写声音,无论是"寒砧万户",还是"老雁一声",都是古典诗词中描绘清秋冷寂的传统意象,也是旅人游子的标配,"寒""老"二字更凸显了这一况味。就意境论,出句何其阔大,化用"长安一片月,万户捣衣声"的名句,但又能熔裁得法,圆融浑成,对句何其苍凉,人道"雁过无痕",本句则反其意用之,一声雁叫而清霜满天,颇有一雁知秋之感。数字对既联中相对,又当句相对,愈显境界悠远,而捣衣和雁叫的听觉效果中实则亦隐含了捣砧和雁行的动态图景。尾联由物及我,景到而情生,在"寥廓江天万里霜"的萧瑟秋景中,诗人自嘲十年栖迟,流寓淮海,满腔心事化为一灯如豆前的茕茕形影,对句显然脱胎于山谷的"江湖夜雨十年灯",而又熔铸无痕,自出新意。若说前三联是无边的秋日远景,则尾联实乃诗人自我形象的特写,以前三联的寥廓秋景衬照尾联寥落的诗人形象,倍增其寥落,亦以情语结。本诗中间两联皆为作者十年前之旧作成句,但置于此律中,如同妙手天成,浑化无迹,读者当不以骈枝目之。

> **·江南相关知识·**

1. 广陵:

地名。秦置县,治今江苏扬州西北蜀冈上。隋开皇中改为邗江,大业初改为江阳,五代南唐复称广陵。与江都县同为扬州治所。北宋熙宁五年(1072)并入江都。南渡后复置,元废。自古为东南都会,西汉为荆、吴、江都、广陵等国治所;东汉、东晋、南朝为广陵郡治所;南朝又为南兖州治所。又西汉元狩二年(前121)改江都国置广陵郡。六年分广陵郡部分地置广陵国。西汉末辖境相当今江苏长江以北、射阳湖西南、仪征市以东地区。东汉建武中改为郡。辖境相当今江苏、安徽交界的洪泽湖和南京市六合区以东,泗阳、宝应、灌南以南,串场河以西,长江以北地区。三国魏移治淮阴(今淮安市淮阴区甘罗城)。东晋还治广陵,辖境渐小。隋开皇初废。唐天宝、至德时又改扬州为广陵郡。《南齐书·州郡志》:"晋末以广陵控接三齐,故青、兖同镇。"亦为扬州的别称。唐崔致远《酬杨瞻秀才送别》:"好把壮心谋后会,广陵风月待衔杯。"唐储光羲《临江亭五咏其二》:"潮生建业水,风散广陵烟。"宋欧阳修《答许发运见寄》:"曾向无双亭下醉,自知不负广陵春。"

2. 扬子渡:

古津渡。又写作"杨子渡"。今江苏邗江南有杨子桥,古时长江北岸由此南渡京口,为江滨要津。今距江已远,仅通运河。明欧大任《送王武库定甫使金陵因还南昌展省》:"碧草渐迷扬子渡,青溪还问谢公桥。"明徐熥《送陈仲徽之齐省兄其一》:"一片飞帆扬子渡,五更归梦越王城。"清沈荃《晓渡扬子》:"曙色初开扬子渡,片帆遥挂海门西。"

归茶山[①]

沈 贞

落落朱樱破雨肥[②],斑斑红笋透泥齐[③]。
懒童圆药神先睡[④],病叟观书眼转低[⑤]。
山挟晴娇新水嫩[⑥],地含湿润净苔迷。
临江节士来相访[⑦],自把闲门竹上题[⑧]。

* 选自《茶山老人遗集》卷上,元沈贞撰,清刻本。

① 茶山:因唐时盛产佳茗而进贡朝廷,又名唐贡山,位于浙江长兴与江苏宜兴

交界处。

② 落落：众多分明貌。

③ 斑斑：繁茂鲜明貌。红笋：或为紫笋之误。

④ 圆药：磨药。

⑤ 病叟：诗人自指。

⑥ 晴娇：指骄阳。娇，同"骄"。新水：春水。

⑦ 临江节士：《汉书·艺文志·杂赋》录《临江王及愁思节士歌诗》四篇，南朝齐陆厥作《临江王节士歌》，后李白亦作《临江王节士歌》，清王琦认为两诗是对上题的误分，诗中均以悲秋起兴，系赞颂古今节士的感慨之歌。节士：有节操的人。

⑧ 闲门：清闲的门庭，意谓往来迎送稀少。

作者简介

沈贞，元末明初人，生卒年不详。字元吉，号茶山老人，长兴（今浙江长兴）人。性介笃学，博通经史，尤长于诗。不乐仕，隐德潜行，安贫乐道，特立独行，以布衣终其志。文集久无传本，今存《茶山老人遗集》。

题 解

唐朝中后期，顾渚茶山佳茗紫笋被列入贡品，此后茶事繁盛不歇，本诗即是一首歌咏茶事的作品。首联即对，描写茶山一景，同时点明时节，朱樱累累，更因春雨的灌溉，显得格外分明腴硕，红笋斑斑可爱，也在雨后破土出泥，而以朱樱对红笋，设色不避重复，愈显鲜亮明艳。颔联放置人物，偷懒的童子磨药时已神情倦怠，睡思昏沉，而诗人病中读书亦不觉垂下眼帘，目色低迷。颈联复写景，群山怀抱骄阳，春水初生，大地濡湿润泽，不辨青苔。尾联以临江节士称访客，亦是诗人自况，闲门清雅，竹上自题，诗人的志趣亦约略可见。全诗纯以白描，几乎不用典事，自然天成，明白晓畅，但又自见诗人心性。

莫厘登高卷①

沈 周

己亥秋②,文明府天爵访王翰林济之③,同登莫厘之峰,二公各有记,予不能同游,不知其为胜兹,强作图与诗,聊复尔耳。

洞庭两山浮具区④,金庭玉柱仙所都⑤。
翰林王君列仙儒,住隔万顷玻璃湖⑥。
洪涛巨浪相吞屠⑦,我欲从之老命虞⑧。
海东文侯眼孔大⑨,视之不与坳堂殊⑩。
眼中之人不可呼,翩然往就乔之凫⑪。
文侯文侯实尹吴⑫,所治百里山水俱。
山灵河伯受约束,疑为后拥仍前驱⑬。
高登莫厘尽奇观,云古未始今当无⑭。
白波青嶂坐可挹⑮,红妆细马来敢污⑯。
两人傲睨万象表⑰,但恐笑语天人狙⑱。
挥毫抚景间杯酤⑲,作文竟与山描摹。
湖山洵美我未识⑳,翻意斯文相厚诬㉑。
缘文作画强鄙夫㉒,正如摘埴求其途㉓。
茫茫意会复有咏,长安西笑何其迂㉔。
有生不游山亦诮㉕,手搔白发吁嗟乎㉖。

---

* 选自《石田诗选》卷二,明沈周撰,清文渊阁四库全书补配清文津阁四库全书本。

① 莫厘:即莫厘山,位于太湖东南,系洞庭东山主峰。
② 己亥:即公元1479年。
③ 文明府天爵:即文贵。王翰林济之:即王鏊。
④ 洞庭:此指洞庭山,位于江苏段太湖中,有东西二山,东山古名即莫厘山,后与陆地相连成半岛。具区:即太湖。

⑤ 金庭：传说为神仙居处。玉柱：石柱的美称。
⑥ 玻璃湖：喻指湖面平静澄澈。
⑦ 吞屠：吞吐。
⑧ 虞：忧虑。
⑨ 海东文侯：此指治理吴地的土地神。
⑩ 坳堂：堂上的低洼处。殊：不同。
⑪ 乔之凫：用"王乔凫舄"典。《后汉书·王乔传》："王乔者，河东人也。赤宗世，为邺令。乔有神术，每月朔望，常自县诣台朝。帝怪其来数，而不见车骑，密令太史伺望之。言其临至，辄有双凫从东南飞来。于是候凫至，举罗张之。但得一只舄（xì）焉。乃诏尚方许多工作视，则四年中所赐尚书官属履也。"
⑫ 尹：治理。
⑬ 后拥：后面簇拥。前驱：在前开路。
⑭ 未始：没有。
⑮ 白波：指湖水白色的波浪。青嶂：如屏障的青山。挹：舀，酌。
⑯ 红妆细马：指小马驮着美人。污：意谓马蹄践履。
⑰ 傲睨：倨慢斜视。
⑱ 徂：往。
⑲ 挥毫：此兼指运笔写字和绘画。抚景：对景，览景。杯酌：此借指饮酒。
⑳ 洵：实在。
㉑ 翻意：谓变换文意。厚诬：深加蒙蔽。
㉒ 鄙夫：自称的谦词。
㉓ 擿（tī）埴求其途：谓盲人以杖点地摸索道路，喻指暗中求索。
㉔ 长安西笑：西望长安而笑，谓渴慕帝都。迂：迂腐，不合时宜。
㉕ 诮：责备。
㉖ 吁嗟：叹词，表赞美。

作者简介

沈周（1427—1509），字启南，号石田，晚号白石翁，长洲（今江苏苏州）人。性宽和，不应科举，不预政事，以"野人"自居。创始吴门画派，与文徵明、唐寅、仇英并称"明四家"。诗风高亢超绝，清新雅丽。有《石田先生集》《石田先生诗钞》《石田稿》等。

题 解

作为吴门文人画派的开创者,石田诗文书画俱能。本诗即是一首题画诗。诗前小序交代了创作缘起:公元1479年,文贵、王鏊偕登莫厘峰,诗人未能同行,故神游以作画与诗。开篇即摹画洞庭山景,东西两山浮出太湖之上,如金庭玉柱为仙人所居。王鏊正是这样的仙人,住在万顷玻璃湖水之畔。洪涛巨浪吞吐翻滚,我意欲相从却担心我这衰朽之躯。海东文侯的眼孔之大,看上去就与坳堂无甚差别。眼中之人不能召唤,如王乔凫舄翩然而去。文侯治理吴地百里山水,山灵河伯前驱而后拥,咸受其约束。登上莫厘高峰尽享奇观,这是古往今来从未有过的美景。坐断青嶂,白波可挹,红妆细马践履而过。文、王二人饱览万象之表,只怕笑语会惊走仙人。我对景挥毫间饮酒,作文章描摹山川景象。然而湖山实在壮美,只能变换文意使之不被遮蔽。根据文章再来作画,难为我正如擿埴索途。茫茫画卷,我心领神会,咏叹又起,那长安西笑者真是何其迂腐。有生之年不游历,山也要责备怪罪,念此不觉手搔白发,不住赞叹。全诗未采用歌行常见的平仄韵转换的手法,而是七虞韵一押到底,全诗三十句,唯九句出韵,虽不是柏梁体,读来却也音节谐婉,而间错以他韵,又避免了单调。诗人未亲至,却魂飞神驰,将莫厘奇观尽搜笔底,不得江山助,而得自助,这真是心中存丘壑,下笔如有神了。

江南相关知识

洞庭:

指湖即为太湖别名。《文选・左思〈吴都赋〉》:"指包山而为期,集洞庭而淹留。"刘逵注引王逸曰:"太湖在秣陵东,湖中有包山,山中有如石室,俗谓洞庭。"指山则有东西二山,在江苏太湖中。东山古名莫厘山、胥母山,在江苏省苏州市吴中区西南太湖沿岸。原系湖中小岛,元明后始与陆地相连成半岛。主峰莫厘峰,海拔293.5米。为著名果园区,产枇杷、杨梅、柑橘和"碧螺春"茶叶。名胜古迹有九龙山、紫金庵、轩辕宫、春在楼、启园等。西山古名"包山",俗称"西山",在江苏省苏州市吴中区西南太湖中。是湖中最大岛山,面积约95平方千米。主峰缥缈峰(又名杳眇峰),海拔336.5米。岛上石公山,为太湖风景最佳处。有归云洞、夕光洞、一线天、消夏湾、明月湾等胜景。东南林屋洞为道教圣地。产枇杷、杨梅、柑橘、茶叶等。建有太湖大桥。唐王昌龄《西江寄越弟》:"南浦逢君岭外还,沅溪更远洞庭山。"唐韦庄《题姑苏凌处士庄》:"载酒客寻吴苑寺,倚楼僧看洞庭山。"唐高蟾《秋》:"阳羡溪声冷骇人,洞庭山翠晚凝神。"

过扬州

王　冕

东南重镇是扬州,分野星辰近斗牛①。
人物渐分南北异,江淮不改古今流②。
琼花香委神仙佩,杨柳风闲帝子舟③。
十里珠帘晴不下,银罌翠管满江楼④。

* 选自《竹斋诗集》卷之四,元王冕撰,清光绪邵武徐氏丛书本。
① "分野"句:指扬州地处斗宿与牛宿分界处。
② 江淮:长江与淮水。
③ 帝子舟:此处指隋炀帝所乘龙舟。
④ 银罌:银质或银饰的大腹小口的酒器。翠管:碧玉镂雕的笛箫之类的管乐器。

作者简介

王冕(1287?—1359),字元章,号煮石山农,诸暨(今浙江诸暨)人。幼聪敏,以农家子而苦学成材。少屡应进士不第,愤而焚稿,始漫游天下。

晚岁躬耕田亩,归隐以终。能诗擅绘,尤好画梅,兼治印,诗遒劲纵逸,质而不俚。有《竹斋集》存世。

题 解

作为淮左名都的扬州,历来是东南重镇,不但令帝王心醉神驰,迷而忘返,更教历代文士骚客竞相折腰,纷纷低首,在流连耽湎的同时题赠歌咏无数。本诗即为其一。首联切题,点明扬州的重要性和特殊的地理位置。颔联承上,指出扬州的独特意义,以此地为界,南北畛域渐次分明,人情风物呈现地区差异,然而长江和淮水依然静静流淌,今古不变,以"南北"对"古今",时空对照,亦称佳构。颈联拈出隋末历史,写得风流旖旎,摇曳多姿,意象组合之美,恰如琼花婉娈,杨柳婀娜,相传隋炀帝贪恋垂涎于琼花的仙姿秀色,不惜耗费民力,开凿运河,三下扬州,只为一睹此花的风韵与香姿,真可谓是"为爱名花抵死狂"了。"委""闲"字,轻灵飘逸,姿态全出,深得唐人笔法,那花香靡曼,是传说神人仙子的环佩空归,柳风过处,是曾经皇帝威仪的浩荡龙舟,不但对仗工稳,更自风神高迈,风情艳逸。尾联出句化用牧之名句"春风十里扬州路,卷上珠帘总不如",但能自出机杼,暖阳正好,珠帘当然不下,由此从外景过渡到室内,用银罂翠管指代倚江的酒榭歌台杯酒莫停、弦歌不辍,一说"江楼"为"红楼",则更设色富丽,明艳非凡,而夺人耳目。元章诗以朴质见长,这首七律写来却清丽婉转,质而后文,在其诗作中可谓独树一帜。

江南相关知识

1. 扬州:

见《梅花六首其五》。

2. 江淮:

即长江与淮水的合称。泛指长江与淮河之间的地区。亦指称江苏与安徽中部地区。两省淮河以南、长江下游一带的平原,为中国东部重要农业区，主要由长江、淮河冲积而成，地势低洼，海拔一般在10米以下，水网密布，湖泊众多。古时指江南、淮南地区。唐设江南道、淮南道，统称江淮地区，是当时中国经济文化最发达的地区，号称"天下赋税仰仗江淮""江淮自古为天下富庶之区"。南宋设淮南西路、淮南东路。西路位于今安徽中部、河南南部、湖北东部，包括今合肥、巢湖、安庆、六安、淮南、蚌埠、信阳；东路位于今江苏中部地区，包括扬州、泰州、南通、淮安、盐城、连云港。元归河南江北行省。明属南直隶。清改南直隶为江南省。唐孟浩然《奉先张明府休沐还乡海亭宴集（探得阶字）》："自君理畿甸，予亦经江淮。"唐白居易《咏闲》："就中今夜好，风月似江淮。"宋刘过《柬胡卫道其一》："淮北山南幕府开，江淮谁念有遗才。"

3. 琼花：

花名。亦称"木绣球""八仙花"。忍冬科。落叶或半常绿灌木。叶对生，柔而莹泽，卵形至卵状椭圆形，被有星状毛。夏季开花，花集成聚伞花序，色微黄而有香。边缘具白色大型无性花。产于江苏、湖北、四川等地。宋淳熙以后，多为聚八仙（八仙花）接木移植。宋周密《齐东野语·琼花》："扬州后土祠琼花，天下无二本，绝类聚八仙。"栽培过程中，花皆变为白色大型无性花，整个花序呈大球状，极富观赏价值，为本种原变型，称"绣球""绣球荚蒾"。唐吴融《隋堤》："曾笑陈家歌玉树，却随后主看琼花。"宋张璪《琼花》："父老不知前日事，逢人口口道琼花。"宋李龙高《扬州》："二十四桥春色里，相逢只是说琼花。"

金陵行送余局官[①]

王　冕

李白题诗旧游处[②]，桃花杨柳春无数。
六代衣冠委草莱[③]，千官事业随烟雾。

謝宣城詩集卷第四

直石頭　　　　　　　　蕭衍

率土皆王土安知全高尚東壟弃黍稷西遊入卿相
屬逢利建始投分參末將尺一功未施河山賞已諒
攝官因時暇曳裾聊起望鬱盤地勢遠參差河山壯
翠甓絳霄際丹樓青霞上夕池出濠渚朝雲生壘嶂
籠鳥易爲恩屠羊無飾讓泰階端且平海水本無浪
小臣何日歸頫轡從閑放

和蕭中庶直石頭

九河互積岨三巏鬱芎眺皇州摠地德回江欵嚴徼

黃昏蓬裏梅風起蔓草淒淒
地滿周紅萼橫互矯不道尊前
銷滅吉年心何郎詢筆乘
老筆殘花感惱月寒江路暎真
真一縷清芬坐摘著故枝春

光緒甲申初春 伯年任頤寫於春申浦上厓齋

繼潛仁兄屬題 朱育威

金山寺與柳子玉飲大醉臥寶覺禪榻夜分方醒書其壁

惡酒如惡人相攻劇刀箭頎然六榻上勝之以不戰詩翁氣雄拔禪老語清軟我醉都不知但覺紅綠眩醒時

大風雷金山兩日

塔上一鈴獨自語明日顛風當渡朝來白浪打蒼崖倒射軒牕作飛雨龍驤萬斛不敢過漁艇一葉從掀舞細思城市有底忙卻笑蛟龍爲誰怒無事久雷童僕怪此風聊得妻孥許灊山道人獨何事半夜不眠聽粥鼓

江月墮城摵摵風響變惟有一龕燈二豪俱不見
杜詩夜闌接軟語李白詩看朱成碧顏始酡亙劉伶酒德頌二豪侍側焉若蜾蠃之與螟蛉

北史石勒死之年天靜無風而塔上一鈴獨鳴佛圖澄曰國有大喪不出今年矣杜子美詩晚來急雨春風顛又蕩蕩萬斛舟玉注龍驤大舟也又參參號灊山道人

元明诗(四十八首)

大江西下秦淮流④,石头寂寞围荒丘⑤。
原田每每尽禾黍⑥,青山不掩诸公羞。
高楼如天酒如海,触景令人生感慨。
红堕香愁燕子飞,风流王谢今安在⑦?
我欲去寻朱雀桥⑧,淡烟落日风萧萧⑨。
交疏结绮杳无迹⑩,但见野草生新苗。
小儿纷纷竞豪纵⑪,区区割据成何用⑫?
芙蓉水冷胭脂消,千古繁华同一梦。
伤今吊古如之何,头上岁月空蹉跎。
君行喜有丝五纭⑬,宦情不似诗情多。
江南故事可知否,白云冥冥变苍狗⑭。
休论平生锦机手⑮,浩歌且醉金陵酒⑯。

* 选自《元诗选》二集第937页,清顾嗣立编,北京:中华书局1987年版。
① 金陵:即今江苏南京。
② "李白"句:李白一生多次造访南京,留下大量歌咏南京的诗篇,此处当指《登金陵凤凰台》。
③ 六代:即六朝。衣冠:缙绅,此指士族。草莱:杂草,引申为荒芜之地。
④ 大江:即长江。秦淮流:即秦淮河。
⑤ 石头:指石头城。
⑥ 原田:此指平原上的田地。禾黍:泛指黍稷稻麦等粮食作物,用作悲悯故国破败或胜地废圮之典。
⑦ 王谢:指东晋时期并称的高门士族琅琊王氏和陈郡谢氏,后代指世家大族。
⑧ 朱雀桥:六朝时南京朱雀门外的大桥,附近多王谢等高门巨宅。
⑨ 萧萧:象声词,此处形容风声。
⑩ 交疏结绮:指窗上交错雕刻的花格子,极言装饰精巧。
⑪ 小儿:此指六代君主。豪纵:骄横跋扈。
⑫ 区区:小、少,形容微不足道。
⑬ 五纭:指皮袄上的五个丝绳钮子,引申为衙役。

239

⑭ 白云苍狗：比喻世事变幻无常。霙霙(yīng)：缤纷貌。
⑮ 锦机手：代指文章高手。
⑯ 浩歌：放声歌唱。

题 解

  本诗如题，为送行赠别之作，亦未尝不可以看作咏史怀古的诗篇。元章诗近太白，本诗起首即言"李白题诗"，使人想起"崔颢题诗在上头"的逸闻，不过元章并未"眼前有景道不得"，而是一气纵贯，起落豪宕，那太白当年的造访处，现在是桃花杨柳，春光无限。然而六朝衣冠早都付与断井颓垣，功名事业烟消雾散。长江浩荡西下处，与迤逦的秦淮河水汇流交合，然而潮打空城，是一片寂寞荒丘，使人顿生六代兴亡、胜地废圮之感，苍翠青山的映照之下，更彰显那些只思偏安江南、不知亡国旧恨的衮衮诸公的羞愧。那如天的高楼、如海的酒，怎不教人触目凄凉，触景生情。落英缤纷，香满成愁，堂前的燕子飞时，早已不是旧日的王谢之家，曾经的魏晋风流又去何处追寻。去那朱雀桥边，却只见淡烟落日，春风也似萧萧哀鸣。富丽的玲珑楼阁杳无踪迹，但见野草花开，新苗初生，一如六朝兴替，豪杰纷起，但割据一隅又有何用？芙蓉水冷，胭脂消尽，千古繁华不过梦一场。作者在伤今吊古之后，回到现实，感叹自己岁月蹉跎，转而对局官赠言，好在您这次的宦游是职官所在，而我却是诗情更比宦情多。江南故事如白云苍狗，不要再争夸我那织锦的妙手文章，且让我放声高歌，沉醉于金陵美酒。作为七言古体，本诗不妨看作是由七首绝句连缀而成的歌行，虽然未必合乎近体格律，但用韵却基本体现了绝句（不论近古）的特点，且平仄韵交替使用，以仄声韵起篇、收尾，使全诗节奏明快，声调响豁，呈现一派瑰丽铿锵、寄倨排奡的气象，而设字遣词，豪婉兼纳，也体现出元章一贯遒劲纵逸的诗风。

▶江南相关知识◀

1. 金陵：

　　古邑名。即今南京别称。战国楚威王(一说楚武王)七年(前333)灭越后于清凉山(石城山)置，地势冈阜连石头，据《江宁府志》：" 因其地有'王气'，埋金镇之。"又《丹阳记》：" 秦始皇埋金玉杂宝，以压天子气，故名金陵。"旋称秣陵。三国吴于此建都，改名建业。东晋王导谓"建康古之金陵"。唐时称升州，南唐建西都，改江宁府，宋改建康府。明初为都城，称应天府，清又改为江宁府。南朝齐谢朓《入朝曲》：" 江南佳丽地，金陵帝王州。"唐李白《金陵酒肆留别》：" 金陵子弟来相送，欲行不行各尽觞。"唐刘禹锡《西塞山怀古》"王浚楼船下益州，金陵王气黯然收。"

2. 秦淮：

　　河名。长江下游支流。位于江苏省西南部。东源句容河出句容市大茅山，南源溧水河出溧水县东芦山，在秣陵关附近汇合北流，经南京市区西入长江。以溧水河为源，长110千米，流域面积2630平方千米。为南京名胜。相传秦始皇南巡至龙藏浦，察有王气，遂凿方山，断长垄为渎入于江，以泄之，故名秦淮。南京夫子庙一带古称繁华。唐刘禹锡《金陵五题其五》：" 南朝词臣北朝客，归来唯见秦淮碧。"唐杜牧《泊秦淮》：" 烟笼寒水月笼沙，夜泊秦淮近酒家。"宋王安石《江宁夹口二首其一》：" 昨夜月明江上梦，逆随潮水到秦淮。"

3. 王谢：

　　六朝望族王氏、谢氏的并称。《南史·侯景传》：" (景)又请娶于王、谢，帝曰：'王、谢门高，非偶；可于朱、张以下访之。'"后以"王谢"为高门世族的代称。唐杜甫《送大理封主簿五郎亲事不合却赴通州主簿前阆州贤子余与主簿平章郑氏女子垂欲纳郑氏伯父京书至女子已前许他族亲事遂停》：" 颇谓秦晋匹，从来王谢郎。"唐刘禹锡《乌衣巷》：" 旧时王谢堂前燕，飞入寻常百姓家。"唐李缟《和三乡诗》："会稽王谢两风流,王子沉沦谢女愁。"

4. 朱雀桥：

古浮桥名。亦称"朱雀航","航"一作"桁"。六朝都城建康(今江苏南京)南城门朱雀外的浮桥。故址在今南京中华门内镇淮桥稍东,横跨秦淮河上。三国吴时名"南津桥",东晋咸康后以在朱雀门外有此名。又以其在都城正南,通称"南航";其时秦淮上有二十四航,此为最大,又称"大航"。航为连船而成,长九十步,广六丈。有警,则撤航为备,为当时都南门户。王导、谢安等豪门巨室多居其附近。隋灭陈后废。唐韩翃《送客之江宁》："朱雀桥边看淮水,乌衣巷里问王家。"唐刘禹锡《乌衣巷》："朱雀桥边野草花,乌衣巷口夕阳斜。"宋杨万里《谢江东耿漕曼老寄书并与沈侍郎唱和诗二首其一谢诒书劳苦》："朱雀桥边旧使星,五年再照大江明。"

梅花六首·其五

王 冕

马迹山前万树梅①,千花万花如雪开。
满载扬州秋露白②,玉箫吹过太湖来。

* 选自《元诗选》二集第957页,清顾嗣立主编,北京:中华书局1987年版。
① 马迹山:位于太湖西北部,系湖中第二大岛屿。
② 秋露白:一种秋露酿造的酒。

题 解

元章一生痴爱梅花,这首梅花诗亦题作《素梅》,是其同名组诗中的一首。作者行至马迹山前,忽见万树素梅,花团锦簇,如雪花片片,绽满枝头。此为实写。接着笔锋一转,作者满载着扬州盛产的美酒秋露白,在玉箫的低回中,悠然驶过太湖的万顷碧波。张辰《王冕传》云:"君善写梅花竹石,士大夫皆争走馆下,缣素山积,君援笔立挥,千花万蕊,成于俄顷。每画竟则自题其上,皆假图以见志云。"但近有集子将此诗作为七绝收录,恐有误。

·江南相关知识·

1. 扬州:

　　扬州之名,最早见于《书·禹贡》:"淮、海惟扬州。"为古"九州"之一。《周礼·夏官·职方氏》称:"东南曰扬州。"《尔雅·释地》亦称:"江南曰扬州。""淮"即淮水,"海"为东海,"江"指长江。范围相当于淮河以南、长江流域及岭南地区。汉武帝时置十三刺史部,扬州为其一。辖今安徽淮河和江苏长江以南及上海、江西、浙江、福建三省一市,湖北英山、黄梅、武穴,河南固始、商城等市县地。东汉治历阳(今安徽和县),末年移寿春(今安徽寿县)、合肥(今安徽合肥西北)。三国魏、吴各置扬州,魏治寿春,吴治建业(今江苏南京)。西晋灭吴后复合,治建邺(建业改名)。后辖境渐小。隋开皇九年(589)改蒋州,移治石头城(今南京清凉山)。同时,改吴州为扬州,治江都(今江苏扬州)。唐辖今江苏南京六合区和扬州、泰州、江都、高邮、兴化、泰兴、海安、如皋、姜堰及安徽天长等市县地。元改路,元末朱元璋改府。清辖今江苏宝应以南、长江以北、东台市以西、仪征市以东地。当运河交通冲要。唐时为对外贸易海港之一,经济、文化繁荣,有"扬一益二"(益为益州,今四川成都)之称。明、清时为两淮盐运中心。今名扬州市,在江苏省中部、长江北岸。面积 6 634 平方千米。人口 470 万(2018)。辖维扬、广陵、邗江三区和宝应县。代管江都、仪征、高邮三市。市人民政府驻维扬区。战国时为广陵邑。西汉为广陵国,东汉为广陵郡治。南朝宋置南兖州,北周改吴州。隋为扬州治,元后为扬州路、府治。1949 年析江都县城区置扬州市。1983 年升设地级市。地处江淮平原，京杭运河、通扬运河、新通扬运河流贯。农产稻、小麦、油菜籽、棉花、蚕茧等，花卉及水产养殖业发达。为江苏省中部重要的经济、文化和交通中心。属长三角城市圈。自古为淮盐总汇，商业发达。工业有机械、化学、电子、造船、汽车、纺织、食品。以产酱菜、玉器、漆器、绒绢纸花著称。宁启铁路及宁通、京沪高速公路经此。市境南部建有润扬长江公路大桥。建有扬州大学。名胜古迹有瘦西湖、大明寺、个园、何园、天宁寺、史可法祠墓等。为中国历史文化名城。唐李白《送孟浩然之广陵》："故人西辞黄鹤楼，烟花三月下扬州。"唐杜牧《遣怀》"十年一觉扬州梦，赢得青楼薄幸名。"宋苏轼《次韵王定国倅扬州》："未许相如还蜀道，空教何逊在扬州。"

2. 太湖：

古称"震泽""具区""五湖""洞庭""笠泽"等。位于江苏南部，邻接浙江。为长江和钱塘江下游泥沙堰塞古海湾而成。面积 2 420 平方千米，旧时称三万六千顷，湖面海拔 3.14 米左右，最深达 3.33 米，贮水量 51.4 亿立方米。为中国第三大淡水湖。湖中有岛屿 48 个，以洞庭东山、洞庭西山、马迹山、鼋头渚为最著。周围河流水网密布，西南纳苕溪、荆溪诸水，东由浏河、吴淞江（苏州河）、黄浦江泄入长江，成为江南水网中心。濒湖土壤肥沃，是江、浙间的重要农作地带。富灌溉、航运、水产之利。地势低洼，时有涝灾，已兴建环湖大堤、太浦河、望虞河等水利工程。建有太湖大桥。特产洞庭红橘、白沙枇杷、西山杨梅、无锡水蜜桃、"碧螺春"茶等。烟波浩渺，景色多姿，自古称胜景。为全国重点风景名胜区和著名的游览胜地。唐白居易《九日宴集醉题郡楼兼呈周殷二判官》："姑苏台榭倚苍霭，太湖山水含清光。"唐皮日休《馆娃宫怀古五绝其一》："绮阁飘香下太湖，乱兵侵晓上姑苏。"宋张先《吴江》："桥南水涨虹垂影，清夜澄光照太湖。"

陈湖夜泊①

谢应芳

平湖秋水清如镜,照见潘郎两鬓斑②。
带箭飞来何处雁,一声哀怨入云间③。

* 选自《龟巢稿》卷三,元谢应芳撰,四部丛刊三编景钞本。
① 陈湖:又名澄湖或沉湖,位于淀山湖上游,因该地古为陈县(州),因名。
② 潘郎:指潘岳,其自述三十二岁有白发。
③ 云间:松江的古称,此处兼指空中。

作者简介

谢应芳(1296—1392),字子兰,号龟巢,武进(今江苏常州)人。自幼笃志好学,潜心理学。授徒讲学,时人争相延致为塾师。晚岁学行益劭,素履高洁,仕宦咸慕名相访。归隐以终始。今存《龟巢稿》《辨惑编》《思贤录》等集。

题 解

起句切题,点明环境,秋日湖平如镜,但诗人题为"夜泊",可见晚间周遭灯火不辍。次句用"潘鬓"典,谓湖水之清,照得见诗人斑白的两鬓,可想子兰此时当值壮年。转句一雁带箭穿空而来,如平湖击水,打破先前的宁静,北雁南飞,本就萧索,身被利箭,更增哀怨,一声雁叫划破长空,在天地间绵延不绝。而子兰移情入景,哀怨的又何止是雁叫声声,分明更是早生华发的诗人自己,如此则景中有情,物我两忘。这首小诗虽是描摹秋景,读来却并不使人添悲秋之感,而是写得兴象玲珑,颇为灵动,转结处尤妙。

江南相关知识

1. 云间:

古华亭(今上海松江)、松江府的古称。南朝宋刘义庆《世说新语·排调》:"荀鸣鹤、陆士龙二人未相识,俱会张茂先坐。张令共语。以其并有大才,可勿作常语。陆举手曰:'云间陆士龙。'荀答曰:'日下荀鸣鹤。'"故名。明陶宗仪《辍耕录·诗谶》:"'潮逢谷水难兴浪,月到云间便不明。'松江古有此语。谷水、云间,皆松江别名也。"明夏完淳有《别云间》诗。唐张旭《春草》:"情知海上三年别,不寄云间一纸书。"唐陈羽《若耶溪逢陆澧》:"担簦蹑屐仍多病,笑杀云间陆士龙。"唐李商隐《赠孙绮新及第》:"陆机始拟夸文赋,不觉云间有士龙。"

奉陪陈伯大先辈及赵师吕、张伯启、朱月江、金清夫兄弟登金牛台①

谢应芳

六龙城西吕城东②,奔牛古堰卧两龙③。
谁筑高台水中沚④,野有蔓草牛无踪⑤。
河边青苔生白骨,刀枪箭瘢犹未灭⑥。
问知八十二年前⑦,战死当时皆义卒。
铁马遁去刘将军⑧,大家牵羊走燕云⑨。
三百山河献明主⑩,北驼南象今纷纷⑪。
登临且喜得佳客,鞠育青青已堪摘⑫。
浮云世事勿复论,一醉西风真上策⑬。

* 选自《龟巢稿》卷二,元谢应芳撰,四部丛刊三编景钞本。
① 金牛台:位于常州武进西侧,连奔牛镇。
② 六龙城:指江苏常州。吕城:位于长江中下游南岸,与常州接壤,今属江苏丹阳。
③ 奔牛:即武进奔牛镇。因汉时有金牛出山东石池,至曲河入栅断其道,牛遂骤奔,故名。两龙:指长江与运河。

④水中沚:语出《诗经·秦风·蒹葭》:"宛在水中沚。"沚,水中小洲。

⑤野有蔓草:原为《诗经·郑风》篇名,此处当指蔓生的野草。

⑥刀枪箭瘢(bān):刀痕箭疤。

⑦问知:向有知识的人请教。八十二年前:此为公元1275年,是年秋,元军大举南下伐宋,攻破常州后屠城,宋军都统刘师勇率铁骑突围至奔牛。

⑧铁马:铁骑。刘将军:即刘师勇。

⑨大家:指卿大夫之家。牵羊:谓降服,典出微子牵羊降周武王。走燕云:元军攻破常州后又克临安,虏宋恭帝及皇室经奔牛押往燕云。燕云,燕州、云州,泛指华北地区,此指元朝都城大都。

⑩三百山河:指两宋享国共319年。明主:此指元世祖忽必烈,世祖于1279年荡平南宋残余势力,统一全国。

⑪北驼南象:民谚有"南人不梦驼,北人不梦象",此句反用其意,谓元统一全国后,结束南北对峙,南人亦可见驼,北人亦可见象。

⑫鞠育:原指养育,此指陈伯抚育的赵师吕、张伯启、朱月江、金清夫众兄弟。

⑬西风:即秋风。

题解

史载龟巢晚年为学者所宗,达官缙绅路经常州,必谒门相访。考此诗作于公元1357年,常州作为齐梁故地,具有深厚的历史文化资源。本诗开篇点明金牛台所在地理位置:常州之东、吕城之西的奔牛古镇,长江、运河跨镇而过。进而发问:谁于这水中小洲筑起高台?但见蔓草萦回,金牛无踪。两句巧妙袭用诗经成句,而了无斧凿痕。河边累累的白骨,青苔滋生蔓长,唯刀痕箭疤斑斑仍在,探听后才知悉皆是八十二年前宋元易代之际战死的义卒的遗骸。追溯往事,刘将军率铁骑遁去,卿大夫降元后被北掳至大都,从此两宋三百余年的基业掬献于元帝,江山一统,幅员辽阔,北驼南象纷然可见。最后回到现实,眼下我辈登临,幸得嘉宾相随,而往昔青葱少年的一众兄弟皆已长成。那浮云般的世事休要再论及,莫如沉醉于秋风方为上策。作为七言歌行的古风体,本诗凭吊易代史事及古战场,辞情慷慨,骨力莽苍。音韵方面,平仄韵固是交替使用,而仄韵选用入声字,急促有力,清壮顿挫,使全诗显得更为抑扬跌宕,回旋转折。

江南诗

云林草堂答元镇次韵①

杨维桢

坐断深林事不闻②,西窗风日爱余曛③。
旧经高赤寻三传④,新咏山王削五君⑤。
翠筱侵床落空雪⑥,石池洗砚动玄云⑦。
东邻书屋最相忆,莫遣草堂移浪文。

* 选自《常郡八邑艺文志》卷十二上,清卢文弨撰,清光绪十六年刻本。
① 元镇:即倪瓒,云林草堂为其居处。本诗一题为《次韵奉答倪元镇》。
② 坐断:占住。
③ 风日:自然景候。余曛:落日余晖。
④ "旧经"句:三传即注释《春秋》的《左传》《公羊传》《穀梁传》,高赤即公羊高与穀梁赤,二人分别为《公羊传》与《穀梁传》的作者。
⑤ "新咏"句:山王指山涛和王戎,五君为阮籍、嵇康、刘伶、阮咸、向秀,南朝宋颜延之贬谪而作《五君咏》,述竹林七贤,以山涛、王戎显贵而弃咏之。
⑥ 翠筱:绿色细竹。
⑦ 玄云:指墨水。

作者简介

杨维桢(1296—1370),字廉夫,号铁崖、铁笛道人、东维子等,诸暨(今浙江诸暨)人。泰定年间登进士第,却官位不显。明初召修礼乐书,旋病殁。性狷直旷放,才力横轶,诗称"铁崖体",奇谲兀臬,喜标新领异,为元末诗坛殿军,著有《铁崖古乐府》《东维子集》等。

题 解

次韵为古人诗词往还最为常见的一种方式,要求和诗必须依原作的韵脚依次用韵,是诗人才力的一种体现。倪元镇之原韵虽则不传,但铁崖此和韵,浑然一体而似原唱,亦足见其才具。首联即写草堂主人不闻世事,每日坐拥林宅,直至西窗下落日余晖惹人爱怜。颔联用典事,语言精警,堪称工对,描写云林闲适的草堂生活:尝翻阅《春秋》三传,又新作歌咏五君的篇章。颈联写草堂景致,翠竹紧挨着围栏,竹叶如雪片散落井中,洗砚的石池里,残墨如黑云翻动,几个动词下得颇为警策。尾联转到诗人自己,即追忆对草堂印象最为深刻的东邻书屋,最后谆谆告诫元镇不要把草堂空置。铁崖诗以恣放瑰崛的乐府著称,而不以近体见长,但这首七律写来却格律严谨,章法浑成,作为和诗,尤为不易。

·江南相关知识·

倪瓒:

(1301或1306—1374)元末画家。初名斑,字元镇,号云林子、云林居士、幻霞子、荆蛮民、曲全叟、朱阳馆主等,常州无锡(今江苏无锡)人。家豪富,四方名士日至其门,居有清閟阁,藏书数千卷,古鼎法书、名琴奇画陈刊左右,幽迥绝尘。初奉佛教禅宗,后入全真教。博学,好古,性高洁。元顺帝至正初,卖田散财与亲故,未几兵兴,富家悉被祸,而瓒扁舟箬笠,往来太湖、泖湖间。不受张士诚召,逃渔舟以免。入明,黄冠野服,混迹编氓。工诗擅画,画水墨山水,宗董源,参以荆浩、关仝技法,创"折带皴"写山石;画树木则兼师李成。所作多取材于太湖一带景色,意境清远幽深,以萧疏见长,自谓"逸笔草草,不求形似""聊写胸中逸气"。与黄公望、王蒙、吴镇合称"元四家"。存世作品有《渔庄秋霁》《梧竹秀石》等图。兼工书法,学王羲之小楷《黄庭经》。诗文有《倪云林先生诗集》《清閟阁集》。

岳鄂王墓①

赵孟頫

鄂王坟上草离离②,秋日荒凉石兽③危④。
南渡君臣轻社稷⑤,中原父老望旌旗⑥。

江南诗

英雄已死⑦嗟⑧何及,天下中分⑨遂不支⑩。
莫向西湖歌此曲⑪,水光山色不胜⑫悲。

* 选自《全元诗》第 17 册第 241 页,杨镰主编,北京:中华书局 2013 年版。
① 岳鄂王:即抗金名将岳飞,宋宁宗追封鄂王。其墓位于杭州栖霞岭南麓,又称岳坟。
② 离离:繁茂貌。
③ 石兽:指墓前兽形石雕。
④ 危:高耸貌。
⑤ "南渡"句:此指公元 1126—1127 年靖康之变,金兵攻破汴梁(今河南开封),徽钦二宗为金人所掳,北宋宣告灭亡。康王赵构率宋室南渡,即位高宗,于临安(今浙江杭州)建都,自此偏安一隅,不思北伐,史称南宋。社稷,古代帝王所祭的土神和谷神,代称国家。
⑥ "中原"句:指为金人所占领统治下的黄河流域的大宋遗民日夜盼望王师早日北定,收复失地。旌旗,此即以"岳"字为旗号的大军,岳家军屡挫金兵进犯,绍兴十年(1140)岳飞挥师直抵朱仙镇(今开封西南),中原各路义军纷起响应。
⑦ 英雄已死:英雄即指岳飞。飞为南宋君臣为首的主和派所构陷,以"莫须有"之罪被杀。
⑧ 嗟:叹息。
⑨ 中分:国土分裂,此指南宋与金南北对峙。
⑩ 不支:指南宋小朝廷后为元所灭。
⑪ 此曲:即本诗。
⑫ 胜:禁得住。

作者简介

赵孟頫(1254—1322),字子昂,号松雪道人,湖州(今浙江吴兴)人。以宋宗室仕元,官至翰林学士承旨,谥文敏。多才艺,尤以书画闻名,法书世称"赵体"。诗宗唐人,风调清丽和婉。渊闻赡学,文采风流,为一时之冠。有《松雪斋集》行世。

题　解

岳飞屈死,天下咸以为冤,迨南宋覆灭,题岳坟者甚众,然子昂此诗尤为人所激赏,向视为其名作。全诗笔触深厚,甚至颇为沉痛,殊绝于其一贯的清丽诗风。首联破题,以景语起,昔时人已没,徒剩荒冢一堆,衰草离离,荒凉的秋日下,空有墓前石兽危然耸立,萧瑟哀婉。颔联转而咏史,对仗工稳,对比强烈,正在中原父老苦望岳家军之际,南渡君臣早已与金人媾和,设一"轻"字,将赵构、秦桧等君臣误国的苟安行径一语道破,可谓一字而寓褒贬。颈联承接直下,"嗟何及""遂不支"虽难称工对,但在英雄已死的嗟叹中,徒呼奈何,追悔固于事无补,赵宋中兴无望,颓势难挽,西湖的暖风歌舞固陷人于沉醉,可江南的温柔乡毕竟不是中原的帝王州,所谓"正自有山河之异",当稍后崛起的蒙古铁骑踏破这半壁江山,南宋重蹈北宋覆辙,覆灭于风雨飘摇之中。子昂素以七律见长,此中圣手而至破律,足见其怅恨殊深。尾联重拾景语,应照开篇,不知诗人是在敦嘱旁人,还是自我箴诫,诗成却不能披之管弦、付之歌喉,特别是对着这灵秀的西湖山水,水光山色自无愁无感,正所谓"夕阳芳草本无恨,才子佳人空自悲",悲的只是诗人自己,因移情于物,仿佛西湖的盈盈眉眼都成了啼眼泪目,不胜幽怨。子昂诗如其人,风流儒雅,但这首咏怀前朝旧事之作,凭吊先烈,却写得感慨深沉,意味绵长,且不饰藻绘,亦无七律用典之成习,而是直抒胸臆,景见情生。文敏以前朝宗室身份入仕新朝,终不免为流俗所病,由此谒墓诗,其复杂微妙之心态亦颇堪玩味。

集　评

岳王墓诗,不下数百篇。其脍炙人口者,莫如赵魏公作。(宋陶宗仪《南村辍耕录》)

古诗沈涵鲍谢,自余诸作,犹傲视高适、李翱云。(宋戴表元《松雪斋诗文集序》)

江南诗

"南渡君臣轻社稷,中原父老望旌旗"一联深厚简切。(明李东阳《麓堂诗话》)

赵承旨首倡元音,《松雪集》诸诗何寥寥,卑近淡弱也。然体裁端雅,音节和平,自是胜国滥觞,非宋人末弩。其间《岳鄂王墓》,称为佳作。(明胡应麟《诗薮》)

·江南相关知识·

西湖:

湖名。我国以"西湖"名者甚夥,多以其在某地之西为意。这里指杭州西湖。在浙江杭州城西。原是与杭州湾相通的浅海湾,后因钱塘江泥沙堰塞湾口,海面被隔断,沙嘴内侧的海水遂成为一个潟湖。湖周约15千米,面积5.66平方千米。三面环山,有南高峰、北高峰、玉皇山等。被孤山、白堤、苏堤分隔为外西湖、里西湖、后西湖、小南湖及岳湖。湖中有小瀛洲、湖心亭、阮公墩三个小岛。汉时称明圣湖,唐后始称西湖,湖光山色,风景绮丽,有苏堤春晓、曲院风荷、平湖秋月、断桥残雪、柳浪闻莺、花港观鱼、雷峰夕照、双峰插云、南屏晚钟、三潭印月等脍炙人口的十处胜景,为驰名中外的游览胜地,亦是全国重点风景名胜区。唐白居易《杭州回舫》:"欲将此意凭回棹,报与西湖风月知。"宋苏轼《饮湖上初晴后雨二首其二》:"欲把西湖比西子,淡妆浓抹总相宜。"宋杨万里《晓出净慈寺送林子方》:"毕竟西湖六月中,风光不与四时同。"

竹茶炉为僧题

王绂

僧馆高闲事事幽,竹编茶具瀹清流①。
气蒸阳羡三春雨②,声带湘江两岸秋③。

玉杵夜敲苍雪冷④,翠屏晴引碧云稠⑤。
禅翁托此重开社,若个知心是赵州⑥。

* 选自《石仓历代诗选》卷三百九十,明曹学佺编,四库全书本。

① 瀹(yuè):《玉篇》,煮也。明代饮茶开始流行瀹饮法,即用开水冲茶的饮法,一改唐宋以来的煮饮法。
② "气蒸"句:以阳羡三春时节烟雨迷蒙虚写竹茶炉煮水时水汽蒸腾的情状。阳羡,宜兴古称,阳羡茶在唐代即为江南第一贡茶,明沈德符《万历野获编》:"国初四方贡茶,以建宁、阳羡茶品为上。"
③ "声带"句:写竹茶炉煮水之声,如湘江秋声。以上两句皆为虚写。
④ "玉杵"句:写用玉杵敲碎茶叶。苍雪,喻茶叶。
⑤ "翠屏"句:写用沸水点开茶叶的情状。翠屏,指层峦叠嶂的绿色山岩。
⑥ 若个:哪个。赵州,即赵州禅师(778—897),法号从谂。曹州(今山东菏泽)人,幼年出家,学法于南泉普愿禅师,南泉为禅宗六祖慧能的第四代传人。唐大中十一年(857),八十岁高龄的从谂禅师行脚到赵州,受信众敦请驻锡观音院,弘法达四十年,僧俗共仰,为丛林模范,人称"赵州古佛"。其证悟渊深、年高德劭,享誉南北禅林,与福建雪峰义存禅师齐名,有"南有雪峰,北有赵州"之说。此句以赵州禅师比真上人。

作者简介

王绂(1362—1416),字孟端,号友石生。无锡(今江苏省无锡市)人。明初著名画家。洪武中,被征召进京,不久便归乡隐居,后因胡惟庸案牵累,发往山西大同充当戍卒十余年。永乐中,因善书被举荐进京,供事文渊阁,参与编纂《永乐大典》,拜中书舍人,筹备迁都事宜。绘画擅长山水,尤精枯木竹石,所画墨竹,人称"明朝第一"。存世画迹有《墨竹图》《竹鹤双清图》《潇湘秋意图》《枯木竹石图》《江山渔乐图》等,著有《王舍人诗集》。

题解

真上人即明初惠山寺高僧普真,号性海,曾主持重建惠山寺。他晚年

江南诗

在惠山寺西北建听松庵自居,庵之周围栽松万株,并辟有茶园。洪武二十八年(1395),他请湖州竹工编制了一具精巧的竹茶炉,该炉上圆下方,高不盈尺,外壳为竹制,里面填泥,炉心装铜栅,形似道家的乾坤炉。炉成,他以山上干透的松枝作燃料,烹煮二泉水泡茶,用来招待文人雅士,传为美谈。听松庵因之被称为竹炉山房,明沈贞(沈周伯父)作《竹炉山房图》(今藏辽宁省博物馆),题识:"成化辛卯初夏,余游毘陵,过竹炉山房,得普照师囗酌竹林深处,谈话间出素纸索画,余时薄醉,挑灯戏作此图,以供清赏。南齐沈贞。"乾隆题诗:"阶下回回淙惠泉,竹炉小叩赵州禅。个中我亦曾清憩,为缅流风三百年。"

江南相关知识

1. 惠山寺

位于无锡市惠山脚下,是江南著名的千年古刹。其前身是刘宋司徒右长史湛挺隐居的"历山草堂"。景平元年(423),改称"华山精舍",成为佛教圣地。梁大同三年(537),建"大同殿",改称"法云禅院"。唐会昌中,诏毁浮屠,寺毁,大中、咸通间重建,改称"惠山寺"。北宋至道二年(996),宋太宗赵匡义赐额"普利院"。靖康年间,曾赐给李纲为"功德院"。南宋绍兴初,又赐给信安郡王孟忠厚,祀孟太后,改额"旌忠荐福禅院"。元朝末年寺毁。明洪武初,僧普真重建。清咸丰年间,毁于太平军,江苏巡抚李鸿章在惠山寺的废墟上,建造昭忠寺。

2. 天下第二泉

惠山泉为唐大历年间无锡令敬澄开凿。惠山泉水源于若冰洞,呈伏流而出成泉。泉池先围砌成上、中两池。上池呈八角形,由八根小巧的方柱嵌八块条石以为栏,池深三尺余。池中泉水水质很好,水色透明,甘冽可口。中池紧挨上池,呈四方形,水体清淡,别有风味。至宋代,又在下方开一大池,呈长方形,实为鱼池。明代雕刻家杨理特在下池池壁雕刻了一具螭首,似龙非龙,俗称石龙头,中池泉水石龙头下注大池,终年喷涌不息。池前建有供茶人品茗的漪澜堂,苏东坡曾赋诗曰:"还将尘土足,一步漪澜堂。"相传唐代陆羽评定了天下水品为二十等,惠山泉被列为天下第二泉。中唐诗人李绅赞扬道:"惠山书堂前,松竹之下,有泉甘爽,乃人间灵液,清鉴肌骨。漱开神虑,茶得此水,皆尽芳味也。"宋徽宗时,此泉水成为宫廷贡品。元代书法家赵孟頫特书"天下第二泉"泉额,至今石刻尚存于泉亭。明初听松庵的高僧性海,请湖州竹工做了个天圆地方、形如乾坤壶的竹炉,以二泉水煮茗待客,一时传为美谈。

琼　花

于　谦

爱尔蕃釐玉一丛①,奇花不与八仙同②。
珑璁色染溥溥露③,烂萼香凝淡淡风④。
旧本取归蓬岛苑,灵根移自蕊珠宫⑤。
无双亭上多铭记⑥,都在长吟感慨中。

＊选自《琼花集》第36页,明曹璇编,北京:中华书局1985年版。

① 蕃釐(xǐ):即蕃釐观。《汉书·礼乐志》:"惟泰元尊,媪神蕃釐。"颜师古注:"蕃,多也;釐,福也。"蕃釐,即洪福。

② 八仙:聚八仙。世人多误以聚八仙为琼花,《绍熙广陵志》:"八仙花虽类琼花,而琼花之香如莲花可爱,虽剪折之,余韵亦不减,此八仙之所无也。"郑兴裔曰:"琼花大而瓣厚,其色淡黄,聚八仙小而瓣薄其色微青,不同者一也。琼花叶柔而莹泽,聚八仙叶粗而又芒,不同者二也。琼花蕊与花平,不结子而花香,聚八仙叶(疑作蕊)低于花,结子而不香,不同者三也。"

③ 珑璁:如玉一般洁白。

④ 烂萼:灿烂的花萼。

⑤ 蕊珠宫：道教传说中的仙宫，亦称蕊宫。李益《寄许炼师》："扫石焚香礼碧空，露华偏湿蕊珠宫。"

⑥ 无双亭：欧阳修知扬州，因琼花举世无双，于观内琼花旁作亭，题曰"无双亭"。

作者简介

于谦(1398—1457)，字廷益，钱塘(今浙江省杭州市)人。永乐进士，官至兵部尚书。瓦剌入侵，英宗被俘，他拥立景帝，反对南迁，并亲自督战，击败瓦剌军，使当时局势转危为安。英宗复位后，他以"谋逆罪"被诬杀。万历间昭雪，谥忠肃。其诗多忧国忧民之作，抒发了自己的坚贞情操。有《忠肃集》。

题 解

此诗为咏琼花的上乘之作。首句点题，直言自己对蕃釐观中琼花之喜爱，并指明琼花与聚八仙之不同。中间两联从奇花之"奇"着笔，渲染琼花色白而有凝香，是来自蓬苑蕊宫的灵根。末联以欧阳修作无双亭并以诗文咏叹琼花作收，更见历代文人墨客对琼花之喜爱。可见，作者于谦是深知琼花者。

江南相关知识

扬州琼花观

扬州琼花观原本后土祠，始建于西汉成帝元延二年(前11)，唐僖宗中和二年(882)，淮南节度使高骈增修。宋初王禹偁守扬州，作《琼花诗》，叙曰："扬州后土祠有花树一株，洁白可爱，其树大而花繁，不知实何木也，俗谓之琼花，因赋诗以状其异云。"庆历中，欧阳修知扬州，因琼花举世无双，于观内琼花树旁作亭，题匾额曰"无双亭"。欧阳修有诗："琼花芍药世无伦，偶不题诗便怨人。曾向无双亭下醉，自知不负广陵春。"宋徽宗赐匾额"蕃釐观"，遂易名蕃釐观，因琼花而得名，故俗称"琼花观"。《宝祐维扬志》曰:"琼花生色柯叶与他品绝异,尤有大可异者,方金亮拔本而去,竟枯悴弗槙,无何,旧基旁畅,根枝益以盛大。方金犯城之前一月,柯叶俄悴,避腥风如恶恶臭,高标凛凛与孤竹二子一节。"

与严太守道卿同登莫厘峰

王　鏊

微雨发春妍,东风花外软。良朋约佳游,遥指莫厘巘。
平生山水心,老脚肯辞茧?壶觞纷提携,曲磴屡回转。
小憩山之腰,秘境渐披蒇①。紫翠盖幢翻②,青黄绣裀展③。
须臾造其颠,四顾目尽眩。太湖小汀滢④,风帆时隐见。
吴门俯可掇,越峤杳堪辨⑤。摩挲旧题名,班驳半苔藓。
日斜下山椒,窅尔迷近远⑥。问途值樵夫,失脚悔已晚。
悬崖飓伶俜⑦,绝壑窥涊涊⑧。熹微认前村,山寺吠鸣犬。
解衣得盘礴⑨,仰视坐犹喘。韩公镌华岳⑩,正自恐不免⑪。
登高弗知厌,持用戒轩冕⑫。

* 选自《震泽集》卷六,明王鏊撰,清文渊阁四库全书本。
① 蒇(chǎn):完成,解决。
② 盖幢(chuáng):伞盖。
③ 绣裀:裀同"茵",丝绸垫子。
④ 汀滢:小水流。《抱朴子》:"不测之渊,起于汀滢。"
⑤ 越峤(qiáo):越地高山。
⑥ 窅(yǎo)尔:深远貌。韩愈《本政》:"茫乎天运,窅尔神化。"
⑦ 伶俜,孤单。
⑧ 涊涊(tiǎn niǎn):垢浊而不鲜明。刘向《九叹》:"拨谄谀而匡邪兮,切涊涊之流俗。"
⑨ 盘礴:舒展两腿而坐。秦观《田居诗四首》:"羸老厌烦歊,解衣屡盘礴。"

⑩ "韩公镌华岳"：元和十一年，韩愈随裴度平淮右，东过华阴，礼于岳庙，作《华岳题名》。

⑪ "恐不免"：语典出《世说新语·排调》：初，谢安在东山居，布衣，时兄弟已有富贵者，翕集家门，倾动人物。刘夫人戏谓安曰："大丈夫不当如是乎？"谢乃捉鼻曰："但恐不免耳！"

⑫ 轩冕：古制大夫以上的官员才可以乘轩服冕，后借指官位爵禄或显贵的人。

作者简介

王鏊(1450—1475)，字济之，号守溪，晚号拙叟。吴县(今江苏省苏州市)人。成化十一年(1475)进士，授翰林编修。官至户部尚书、武英殿大学士。因刘瑾专权无法挽救时局而辞官归里，家居十六年，终不复出。王守仁赞其为"完人"，唐寅赠联"海内文章第一，山中宰相无双"。他博学有识鉴，经学通明，制行修谨，文章修洁。善书法，多藏书。著有《震泽编》《震泽集》《震泽长语》《震泽纪闻》《姑苏志》等。

题 解

这首五言古诗是王鏊与苏州知府严道卿同登莫厘峰的纪行之作。全诗以叙事为主，记述了登莫厘峰的经过以及所见所感。其中"太湖小汀滢，风帆时隐见。吴门俯可掇，越峤杳堪辨。"是登临莫厘峰顶远眺所见，"莫厘远眺"原是洞庭东山古八景之一，诗句刻画细腻，状难写之景如在眼前。诗的最后写返途迷路一事，发出感叹："登高弗知厌，持用戒轩冕。"微婉地表达了自己的仕途体验。

沧浪池上

文徵明

杨柳阴阴十亩塘，昔人曾此咏沧浪①。
春风依旧吹芳杜②，陈迹无多半夕阳③。

积雨经时荒渚断④,跳鱼一聚晚波凉。
渺然诗思江湖近,便欲相携上野航⑤。

* 选自《甫田集》第71页,陆晓冬点校,杭州:西泠印社出版社2012年版。

① "昔人"句:苏舜钦营造沧浪亭,并作《沧浪亭记》《沧浪亭诗》。欧阳修亦曾应邀作《沧浪亭》诗,有"清风明月本无价,可惜只卖四万钱"句。

② 芳杜:芳香的杜若。《楚辞·九歌·湘君》:"采芳洲兮杜若,将以遗兮下女。"

③ "陈迹"句:明王鏊《姑苏志》:"沧浪亭在郡学之南,积水弥数十亩,旁有小山,与水相萦带。"陈迹无多,可见当时沧浪亭之状貌。

④ 荒渚:荒废的水中小洲。

⑤ 野航:乡野小船。杜甫《南邻》:"秋水才深四五尺,野航恰受两三人。"诗意用苏轼《临江仙》:"小舟从此逝,江海寄余生。"

作者简介

文徵明(1470—1559),初名璧,以字行,别号衡山。长洲(今江苏苏州)人。屡试不第,正德末,巡抚李允嗣荐之,嘉靖元年以岁贡生贡上,二年授翰林院待招,预修《武宗实录》。当时专尚科目,征明非以科目进,意不自得,于嘉靖五年辞官归里。筑玉磬山房,吟咏其中,四方乞诗文书画者不绝。少学文于吴宽,学书于李应桢,学画于沈周,与祝允明、唐寅、徐祯卿,号称"吴中四才子"。诗学陆游,兼法唐宋,不为七子派所动。有《甫田集》。

题 解

沧浪亭为苏舜钦谪居苏州所建,历宋元明而成为苏州山水胜迹。此诗"春风依旧吹芳杜,陈迹无多半夕阳"是文徵明时代的沧浪池,疏野中带有一份人世的沧桑,复想苏舜钦当年:"时榜小舟,幅巾以往,至则洒然忘其归。觞而浩歌,踞而仰啸,野老不至,鱼鸟共乐。形骸既适则神不烦,观听无邪则道以明。"故而倏然有"渺然江湖"之思。此诗萧散自然,为七律之佳作。

江南诗

> **江南相关知识**

沧浪亭

沧浪亭,是苏州历史最为悠久的古典园林。最早为吴越王钱俶妻弟孙承佑之池馆,北宋庆历四年(1044)集贤院校理苏舜钦遭贬谪,翌年流寓吴中,见孙氏弃地,以四万钱买入,筑沧浪亭,并作《沧浪亭记》云:"一日过郡学,东顾草树郁然,崇阜广水,不类乎城中。并水得微径于杂花修竹之间。东趋数百步,有弃地,纵广合五六十寻,三向皆水也。杠之南,其地益阔,旁无民居,左右皆林木相亏蔽。访诸旧老,云钱氏有国,近戚孙承佑之池馆也。坳隆胜势,遗意尚存。予爱而徘徊,遂以钱四万得之,构亭北碕,号沧浪焉。前竹后水,水之阳又竹,无穷极。澄川翠干,光影会合于轩户之间,尤与风月为相宜。予时榜小舟,幅巾以往,至则洒然忘其归。觞而浩歌,踞而仰啸,野老不至,鱼鸟共乐。形骸既适则神不烦,观听无邪则道以明。返思向之汩汩荣辱之场,日与锱铢利害相磨戛,隔此真趣,不亦鄙哉!"苏舜钦去世,此园多次更换主人,章惇、龚明之曾各得其半。南宋绍兴初,为韩世忠所占,改名"韩园"。元朝时,沧浪亭曾废为僧居。

烟波钓叟歌

唐 寅

太湖三万六千顷①,渺渺茫茫浸天影。
东西洞庭分两山②,幻出芙蓉翠翘岭③。
鹧鸪啼雨烟竹昏,鲤鱼吹风浪花滚。
阿翁何处钓鱼来,雪白长须清凛凛。
自言生长江湖中,八十余年泛萍梗④。
不知朝市有公侯,只识烟波好风景。

芦花荡里醉眠时，就解蓑衣作衾枕。
撑开老眼恣猖狂，仰视青天大如饼。
问渠姓名何与谁，笑而不答心已知。
玄真之孙好高士⑤，不尚功名惟尚志。
绿蓑青笠胜朱衣，斜风细雨何思归？
笔床茶灶兼餐具，墨筒诗稿行相随。
我曹亦是豪吟客，萍水相逢话荆识⑥。
飘飘敞袖青幅巾，清谈卷雾天香生。
两舟并泊太湖口，我吟诗兮君酌酒。
酒杯到我君亦吟，诗酒赓酬不停手⑦。
大瓢小杓何曾干，长篇短句随时有。
饮如长鲸吸巨川，吞天吐月鼍鼍吼⑧。
吟似行云流水来，星辰摇落珠玑走。
天长大纸写不尽，墨汁蘸干三百斗。

* 选自《唐伯虎先生集》外编续刻卷三，明唐寅撰，明万历刻本。

① "太湖"句：《太湖备考》："太湖广三万六千顷，周延五百里。"

② "东西"句：太湖中有七十二山之说，最大者为东洞庭山、西洞庭山。两山相对，相距约十里。东山较西山略小，而冈峦起伏大略相似。

③ 芙蓉翠翘岭：《太湖备考》："东洞庭山，一支自北而东为芙蓉峰，为翠峰。"

④ 萍梗：比喻行踪如浮萍断梗一样，漂泊不定。

⑤ 玄真之孙：玄真是道家对"道"的称谓。玄真之孙殆为道教徒。

⑥ 荆识：久闻其名而初次见面的敬词。典出李白《与韩荆州书》："生不用封万户侯，但愿一识韩荆州。"

⑦ 赓酬：以诗歌与人相赠答。

⑧ 鼍鼍：指巨鳖和鼍龙（今称为扬子鳄）。

作者简介

唐寅(1470—1523),字伯虎,号六如居士。长洲(今江苏苏州)人。弘治十一年(1498)乡试第一,考官梁储奇其文,以示学士程敏政,敏政亦奇之。次年会试,敏政为总裁,家童受贿泄题,寅受牵连,谪为吏,耻不就,归家。宁王朱宸濠厚礼聘之,寅察其有谋反之意,佯狂使酒,露其丑秽,宸濠不能堪,遂放还。筑室桃花坞,以卖画为生,放诞不羁。与徐祯卿、祝允明、文征明,号称"吴中四才子"。其诗文少尚才情,喜秾丽,学初唐。长则学刘禹锡、白居易,多凄怨之调。晚年颓然自放,不计工拙,不经深思,语颇浅俚,谓"人知我者不在此"。有《唐伯虎全集》。

题 解

这首七言古诗叙述了自己与"烟波钓叟"在太湖中一见如故、诗酒赓酬的经历,重点刻画了"不知朝市有公侯,只识烟波好风景"的太湖老渔翁尚志自适的自由人生,同时也表达了自己旷达豪放的人生追求。全诗纵情任性,汪洋恣肆,有太白之风。

登阅江楼

王守仁

绝顶楼荒旧有名,高皇曾此驻龙旌①。
险存道德虚天堑②,守在蛮夷岂石城③。
山色古今余王气,江流天地变秋声。
登临授简谁能赋④?千古新亭一怆情⑤!

* 选自《王阳明全集》第740页,吴光、钱明、董平、姚延福编校,上海:上海古籍出版社1992年版。

① 高皇：明太祖朱元璋，谥号开天行道肇纪立极大圣至神仁文义武俊德成功高皇帝，故又曰高皇。

② "险存"句：江山之固，可凭恃的在道德，而不在天堑。

③ 守在蛮夷：即守在四夷，指疆土辽阔。语典出自朱元璋《又阅江楼记》："今也皇上声教远被遐荒，守在四夷，道布天下，民情效顺，险已固矣，又何假阅江楼之高挹险而拒势者欤？"

④ 授简：给予简札，嘱人写作。《文选·雪赋》："授简于司马大夫，曰：抽子秘思，骋子妍辞，侔色揣称，为寡人赋之。"

⑤ 新亭：用新亭对泣典，典出刘义庆《世说新语·言语》："过江诸人，每至美日，辄相邀新亭，藉卉饮宴。周侯中坐而叹曰：'风景不殊，正自有山河之异。'皆相视流泪。唯王丞相愀然变色曰：'当共戮力王室，克复神州，何至作楚囚相对！'"

作者简介

王守仁(1472—1528)，字伯安，号阳明。余姚(今浙江省余姚市)人。弘治进士。历任刑部、兵部主事，正德初，疏救给事中戴铣等，忤刘瑾，谪为贵州龙场驿丞，移庐陵知县。累擢督察院右佥都御史，巡抚南赣。十四年，平宁王朱宸濠之叛。嘉靖时，封新建伯，六年总督两广军务。阳明以心学名世，主张"心即理"，天地万物之主，心外无物，心外无理。提倡"知行合一"、"致良知"。有《王文成公全书》。

题 解

生于明中叶的王守仁，对明初朱元璋兴修阅江楼并中途停建的历史知之甚详，这首诗是对此事的咏叹之作。虽然朱元璋和宋濂的《阅江楼记》非常有名，但阅江楼自明初即"有记无楼"，所以王守仁实为登狮子山所感。开篇以"绝顶楼荒旧有名"句点题，立刻进入明初的历史情境，中间二联，一则议论，一则写景，议论宏阔，境象远大。最后以登高作赋、新亭对泣之典作结，愈邈远深沉的历史幽思。全诗浑厚典雅，为明代七律之佳作。

江南诗

江南相关知识

阅江楼

南京城西北有狮子山。狮子山的得名,朱元璋《阅江楼记》:"宫城去大城西北将二十里,抵江干曰龙湾。有山蜿蜒如龙,连络如接翅飞鸿,号曰卢龙,趋江而饮水,末伏于平沙。一峰突兀,凌烟霞而侵汉表,远观近视实体狻猊之状,故赐名曰狮子山。"洪武七年(1374),朱元璋在狮子山上拟建阅江楼,自撰《阅江楼记》:"乃于洪武七年甲寅春,命工因山为台,构楼以覆山首,名曰阅江楼。此楼之兴,岂欲玩燕赵之窈窕,吴越之美人,飞舞盘旋,酣歌夜饮?实在便筹谋以安民,壮京师以镇遐迩,故造斯楼。"同时命众臣各写一篇《阅江楼记》,以大学士宋濂之作最佳,后被选入《古文观止》。但不久,朱元璋下令停建,作《又阅江楼记》说明原因:"今年欲役囚者建阅江楼于狮子山,自谋将兴,朝无入谏者。抵期而上天垂象,责朕以不急。即日惶惧,乃罢其工。"自此,阅江楼"有记无楼"。王守仁作《登阅江楼》诗云:"绝顶楼荒旧有名","楼荒"正言当时"有记无楼"的状况。1997年,南京市人民政府正式批准建造阅江楼,直到2001年九月阅江楼正式竣工建成。从此结束了六百年来"有记无楼"的历史。

仲春虎丘

章美中

孤阁生残照,平台下夕阴。疏钟不知处,人影在花林。
古刹云光杳①,空山剑气深②。依依池上月,犹复照登临。

* 选自《明诗纪事》第2026页,陈田辑,北京:商务印书馆1936年版。

① 古刹:指云岩寺,云岩寺最早为东晋司徒王珣、司空王珉兄弟舍宅为寺,名虎丘寺。

② "剑气"句：据史书记载，阖闾冢在剑池下。《越绝书》："阖闾冢在虎丘山下，池广六十步，水深一丈五尺。"《吴地记》："阖闾葬其下，以扁诸、鱼肠等剑三千殉焉，故以剑名池。"

作者简介

章美中，字道华。吴县（今江苏省苏州市）人。嘉靖二十六年（1547）进士。授大理寺评事，数迁为江西按察佥事，屡治严嵩家奴横行及藩王不法事。以治绩荐，严嵩衔其不附己，不予升迁。久之，始迁广西布政司参议，再迁四川按察副使。以徙地愈远，遂遁归。有《章玄峰集》。

题解

这首五律写仲春时节自日落到月出时分虎丘之景色，作者善于从虚处着笔，"疏钟""人影""云光""剑气"，空灵蕴藉，同时给人以一种历史的幽深感。此诗自然雅致，深得五律之体式。

游虎跑泉

袁宏道

竹床松涧净无尘，僧老当知寺亦贫。
饥鸟共分香积米①，落花常足道人薪。
碑头字识开山偈，炉里灰寒护法神②。
汲取清泉三四盏，芽茶烹得与尝新。

* 选自《袁宏道集笺校》第355页，钱伯城笺校，上海：上海古籍出版社1981年版。
① 香积：即香积厨，是寺庙中僧徒的斋堂。
② 护法：即保护维持正法。传说佛陀派四大声闻、十六阿罗汉等护持佛法。

江南诗

作者简介

袁宏道(1568—1610),字中郎,号石公,公安(今湖北省公安县)人。万历二十年进士,历任吴县(今江苏省苏州市)知县,官至吏部郎中。与其兄宗道、弟中道都是晚明反对复古派的公安派代表人物,时称"三袁"。他们力矫前、后七子所倡导的"文必秦汉、诗必盛唐"的流弊,主张文学作品要"独抒性灵,不拘格套"。其作品语言清新明快,多抒写闲情逸致之作。有《袁中郎全集》。

题 解

这首七律如一篇晚明小品文《虎跑泉游记》一般,触处所见,纵意涉笔,虽是寺院寻常景象,却写出了其清寂雅洁,诗人寻碑、烹茶,颇具文人之雅趣。

江南相关知识

虎跑泉

虎跑泉在杭州西南大慈山白鹤峰下定慧禅寺。定慧寺,唐元和十四年(819)性空法师所建,宪宗赐号曰广福院。大中八年(854)改大慈寺,僖宗乾符三年(876)加"定慧"二字。宋末毁。元大德七年(1303)重建,又毁。明正德十四年(1519),宝掌禅师重建。嘉靖十九年(1540)又毁。二十四年,山西僧永果再造。今人皆以泉名其寺。先是,性空法师为蒲坂卢氏子,得法于百丈怀海,来游此山,乐其灵气郁盘,栖禅其中。苦于无水,意欲他徙。梦神人语曰:"师毋患水,南岳有童子泉,当遣二虎驱来。"翼日,果见二虎跑(刨)地出泉,清香甘洌。大师遂留。

宿乌龙潭

钟 惺

渊静息群有①,孤月无声入。冥漠抱天光②,吾见晦明一③。
寒影何默然,守此如恐失。空翠润飞潜④,中宵万象湿。
损益难致思⑤,徒然勤风日。吁嗟灵昧前⑥,钦哉久行立⑦。

* 选自《隐秀轩集》第 39 页,李先耕、崔重庆标校,上海:上海古籍出版社,2017 年版。

① 群有:佛教语。犹众生或万物。《文选·头陀寺碑文》:"行不舍之檀,而施洽群有。"李善注:"群有,谓有色无色,有想无想,以其不一,故曰群有。"
② 冥漠:昏暗不清。《文选·吊魏武帝文》:"悼穗帐之冥漠,怨西陵之茫茫。"
③ 晦明:昏暗明朗。
④ 飞潜:飞鸟与潜鱼。
⑤ 损益:盈亏,《易·损卦》:"损益盈虚,与时偕行。"
⑥ 灵昧:贤与不肖。江淹《建平王庆江皇后正位章》:"休遍函夏,誉殷灵昧。"
⑦ 钦哉:语出《尚书·尧典》,钦,敬也。

作者简介

钟惺(1574—1624),字伯敬,竟陵(今湖北省天门县)人。万历进士,官至福建提学佥事。与谭元春同为竟陵派创始者。他提倡抒写性灵,同时又企图以幽深峭拔的风格来矫正公安派的肤浅之弊,这对于纠正前后七子拟古的创作风尚有一定的作用,但由于过度追求形式,使其大部分作品流于冷僻苦涩。著有《隐秀轩集》。

题 解

此诗为钟惺宿南京乌龙潭所作,表达了自己独特的所见所感。但全诗用字险僻,如"冥漠""晦明""灵昧""钦哉"等,在立意遣词上刻意求深,而且全诗押仄声韵,给人以"幽深孤峭"之感。这首诗是"竟陵派"诗歌创作的典型之作。

江南诗

> 江南相关知识

乌龙潭

乌龙潭位于南京清凉山东麓,素有南京小西湖之美称。三国时,原为清水大塘、芙蓉池。相传晋朝时潭中有四处泉眼,终年喷涌不息,四条乌龙环绕泉眼戏水,乌龙潭由此得名。乌龙潭今存放生庵,据颜真卿《乞御书天下放生池碑额表》:乾元二年(759)冬,颜真卿在升州(今江苏南京)刺史任上,肃宗命左骁卫右郎将史元琮、中使张庭玉诏于天下州县临江带郭处各置放生池,始于洋州兴道县,终于升州江宁县,凡八十一所。颜真卿于乌龙潭畔设放生池。元和年间,后人于潭西建放生庵,以祀颜鲁公。宋、明、清历代,几经修缮。

金陵故宫

徐 熥

先朝遗殿闭尘埃①,零落空劳过客哀。
五夜铜壶干罢滴,六宫金锁涩难开。
翠华去后全无影②,罗绮焚余尚有灰。
弓剑尽埋烟雨冷,椒房一半上苍苔③。

* 选自《明诗纪事》庚籤卷三,陈田辑,上海:商务印书馆1936年版。
① 先朝遗殿:即南京明故宫。
② 翠华:用翠羽所作的旗饰,为古代天子出行时所用。张衡《蜀都赋》:"望翠华兮葳蕤,建太常兮裶裶。"
③ 椒房:指椒房殿,在未央宫,为汉代皇后居住的宫殿。以椒和泥涂壁,使温暖芳香,并象征多子。后泛指后妃的居室。

> **作者简介**

　　徐𤊹,字惟和,闽县(今福建省福州市)人。明万历十六年(1588)举人。学识渊博,不求闻达,致力于诗歌创作,其诗"俯仰古今,错综名理"。万历年间,与其弟徐熥在福州鳌峰坊建红雨楼、绿玉斋、南损楼,以藏书、校书为事。著有《幔亭集》。

> **题　解**

　　南京明故宫,始建于元至正二十六年(1366),明洪武二十五年(1392)基本完工。永乐十九年(1421),明成祖朱棣迁都北京,作为明初三朝皇宫,虽有皇族重臣驻守,但风吹雨打,年久失修,逐渐荒废。徐𤊹作此诗时,大约在万历朝,已距永乐迁都有百余年之久,所以,全诗主要写南京故宫的荒凉破败。

伍相祠

陈鸣鹤

黄池宴罢羽书催①,骨葬鸱夷榇可材②。
西子已辞吴苑去③,东门忍见越兵来。
春风故国麋芜长④,落日荒祠杜宇哀⑤。
千载忠魂何处问?满城儿女弄潮回。

* 选自《明诗别裁集》第134页,清沈德潜编,李索、王萍点校,石家庄:河北人民出版社1997年版。

①"黄池"句:《史记·吴太伯世家》:"(王夫差)十四年春,吴王北会诸侯于黄池,欲霸中国以全周室。六月丙子,越王句践伐吴。……吴人告败于王夫差,夫差恶其闻也。或泄其语,吴王怒,斩七人于幕下。七月辛丑,吴王与晋定公争长。……吴王已盟,乃引兵归国。"黄池在今河南省封丘县南。

②"骨葬"句:《史记·吴太伯世家》:"(夫差)七年,吴王夫差闻齐景公死而大臣争宠,新君弱,乃兴师北伐齐。子胥谏,吴王不听,遂北伐齐。……越王句践率其众以朝吴,厚献遗之,吴王喜。唯子胥惧,曰:'是弃吴也。'吴王不听,使子胥於齐,子胥属其子于齐鲍氏,还报吴王。吴王闻之,大怒,赐子胥属镂之剑以死。将死,曰:'树吾墓上以梓,令可为器。抉吾眼置之吴东门,以观越之灭吴也。'"《史记·伍子胥列传》:"吴王闻之大怒,乃取子胥尸盛以鸱夷革,浮之江中。"
③"西子"句:《越绝书》:"西施,亡吴后复归范蠡,同泛五湖而去。"
④蘼芜:香草,又名江蓠。
⑤杜宇:相传古代蜀帝名杜宇,号望帝,死后魂化为杜鹃。

作者简介

陈鸣鹤,字汝翔,侯官(今福建省福州市)人。明天启、崇祯间生员。无意于仕途,与徐𤊹兄弟、谢肇淛等共同攻研声律,作诗数百篇。著有《东越文苑》《闽中考》等。

题 解

伍相祠,原位于苏州市胥门外,现迁于盘门,为纪念伍子胥而建。此诗开篇从颇具戏剧性的黄池之会写起,吴王夫差北上争霸,而越国已攻入吴国都城,俘虏太子,吴国覆亡已成定局。此时,伍子胥墓上的梓木已经成材,伍子胥"越国灭吴"的预言已成事实。第三联,用"春风故国蘼芜长",象征伍子胥的忠义长存人间,而"杜宇哀"则写吴王夫差不听劝谏导致亡国的悲哀。最后,以追问结尾,大有"商女不知亡国恨"的无奈,令人深思。

武进道中

汤显祖

迎春乡曲影晴湖①,苦竹西青接伴奴②。
总为游人俊鞍马,贪看忘落髻心珠③。

* 选自《汤显祖诗文集》第869页,徐朔方笺校,上海:上海古籍出版社1982年版。
① 迎春乡:武进县旧乡名,滨临太湖,有马迹山。
② 苦竹西青:苦竹、西青为山名。一说马迹山以西地名西青。
③ 髻心珠:发髻中心的珍珠。

作者简介

汤显祖(1550—1616),字义仍,又号海若,别署清远道人。临川(今江西省临川县)人。明代杰出的戏剧家。政治上,他支持东林党人;哲学上,他受王学左派和李卓吾的影响,反对程朱理学;文艺思想上,他反对前后七子的复古主张,提倡抒写性灵,不拘格套。仕途上,他洁身自好,不贪缘附会。在南京礼部祠祭司任内,因上《论辅臣科臣疏》被贬广东徐闻。不久,量移浙江遂昌知县,三年后被劾免职,归乡家居。著有《玉茗堂集》,戏曲代表作《牡丹亭》《紫钗记》《邯郸记》和《南柯记》合称"临川四梦"。

题 解

武进,即今常州市武进区,此诗作于武进道中,主要写太湖之滨马迹山一带的风光之美。全诗以民歌的笔调,写马迹山一带游人之盛,以烘托的技法,写出湖光山色之美。

江南相关知识

马迹山

马迹山即今无锡市灵山,在太湖中。《咸淳毗陵志》卷十五:"马迹山在晋陵县东南迎春乡太湖中西南二十里,山麓周百二十里,与津里山相接,山西地名西青,石壁屹立,下有两穴迹,圆各盈尺,深五六寸,水落则见,旧经谓秦始皇巡幸,为马所践。"

重游弇园

陈子龙

放艇春寒岛屿深,弇山花木正萧森。
左徒旧宅犹兰圃①,中散荒园尚竹林②。
十二敦槃谁狎主③,三千宾客半知音④。
风流摇落无人继,独立苍茫异代心。

* 选自《陈子龙诗集》第475页,施蛰存、马祖熙标校,上海:上海古籍出版社2006年版。

① "左徒"句:《史记·屈原列传》:"屈原为楚怀王左徒。"《离骚》"予既滋兰之九畹兮,又树蕙之百亩。"

② "中散"句:《晋书·嵇康传》:"嵇康与魏宗室婚,拜中散大夫。盖其胸怀所寄,以高契难期,每思郢质。所与神交者惟陈留阮籍、河内山涛,豫其流者河内向秀、沛国刘伶、籍兄子咸、琅邪王戎,遂为竹林之游,世所谓竹林七贤也。"

③ 敦槃:指玉敦和珠槃。古代天子或诸侯盟会所用的礼器。敦以盛食,槃以盛血,皆用木制,珠玉为饰。

④ "三千"句:《史记·春申君列传》:"赵平原君使人于春申君,春申君舍之于上舍。赵使欲夸楚,为玳瑁簪,刀剑室以珠玉饰之,请命春申君客。春申君客三千余人,其上客皆蹑珠履以见赵使,赵使大惭。"

作者简介

陈子龙(1608—1647),字卧子,号大樽,松江华亭(今上海市松江区)人。崇祯十年进士,选绍兴推官,升兵科给事中。福王时,见朝政腐败,告归终养。清兵破南京后,在松江起兵,推吴易为主,兵败,避匿山中,结太湖兵抗清,事泄,被执,乘间投水死。崇祯间,太仓张溥起复社,子龙与同里夏允彝起几社,与之相应,俱为东林后劲。其文学主张继承七子传统,诗宗法汉魏六朝盛唐。早期作品,词采浓郁,尤好拟古乐府,但内容比较贫乏。后期多感时抚事之作,风格俊上,悲壮苍凉,为明末重要作家。其诗文词被后人辑为《陈忠裕公全集》。

题 解

弇园,又名弇山园,在今江苏省太仓市,曾为明代文坛领袖王世贞的私家园林。此诗为陈子龙于崇祯十一年(1638)重游太仓弇园时所作。中间两联,用屈原、嵇康和春申君的典故,来表达王世贞主盟文坛二十年,培植人才,门生故吏遍天下,何等煊赫。最后,以弇园的兴废,抒发了对人事兴衰的感叹。

别云间

夏完淳

三年羁旅客①,今日又南冠②。无限山河泪③,谁言天地宽④。已知泉路近⑤,欲别故乡难。毅魄归来日⑥,灵旗空际看⑦。

* 选自《夏完淳集笺校》第317—320页,白坚笺校,上海:上海古籍出版社2016年版。

① "三年"句:指作者自参加抗清活动到写此诗时,远离家乡已有三年。

② 南冠:楚国在南方,因此称楚冠为"南冠",本指被俘的楚国囚犯,后泛称囚犯或战俘,亦作"南冠囚"。

③ "山河"句:用杜甫《春望》"国破山河在"典。

④ "谁言"句:是说天地之大竟无容身之处。孟郊《赠崔纯亮》:"出门即有碍,谁谓天地宽。"

⑤ 泉路:黄泉路,指死亡。

⑥ 毅魄:坚强不屈的魂魄。

⑦ 灵旗:古代出兵征伐时所用的一种旗帜。《汉书·礼乐志》:"招摇灵旗。"注:"划招摇(星名)于旗,以征伐,故称灵旗。"以上两句言:自己死后成了鬼魂,也还要归来从空中看后继者率领部队抗清。

江南诗

> **作者简介**

　　夏完淳(1631—1647),字存古,松江华亭(今上海市松江区)人。与父夏允彝、师陈子龙,并有声名。明亡后,从父、师起兵抗清,事败以后,夏允彝与陈子龙先后死难。夏完淳复入吴易军中参与军事。易败,流亡于江汉之间,继续进行抗清活动。顺治四年(1647)夏间,因上表谢鲁王遥授中书舍人,为人告发,被捕。解送南京后,不屈死,年仅十七。著有《夏内史集》及《玉樊堂词》等。

> **题　解**

　　云间,今上海市松江区,古称云间,是夏完淳的家乡。这首诗是夏完淳被清廷逮捕后,在解往南京前临别松江时所作。原收在他临难前的诗集《南冠草》中,作者一方面抱着誓死不屈的决心;一方面又对行将永别的故乡,流露出无限的依恋和深切的慨叹。

十月朔日抵广陵二首·其一

钱谦益

隋苑荒台叶不飞①,竹西歌吹正依稀②。
流萤尚作芜城梦③,跨鹤真同华表归④。
旧事月明空在眼⑤,新愁《水调》欲沾衣⑥。
笮篱湾畔孤坟在,万点寒鸦送落晖。
　　自注:故人顾所建,夏国公勋卫也,墓在笮篱湾⑦。

* 选自《牧斋初学集》第520页,清钱曾笺注,钱仲联标校,上海:上海古籍出版社1985年版。

①隋苑:即上林苑,又名西苑,隋炀帝所建,在扬州市西北。

② 竹西:指扬州。杜牧《题禅智寺》:"谁知竹西路,歌吹是扬州。"

③ 流萤:《隋书·炀帝纪》:"大业十二年,上于景华宫征求萤火,得数斛,夜出游山放之,光遍岩谷。"芜城,乐史《寰宇记》:"芜城即州城,古为邗沟城也。汉已后荒毁,宋文士鲍明远为赋即此。"

④ "跨鹤"句:典出《搜神记》:"辽东城门有华表柱,忽有一白鹤集柱头,时有少年,举弓欲射之,鹤乃飞,徘徊空中而言曰:有鸟有鸟丁令威,去家千岁今来归。城郭如故人民非,何不学仙冢垒垒。遂高上冲天。"

⑤ "旧事"句:罗隐《夜泊秦淮口》:"锦帆天子狂魂魄,应过扬州看月明。"

⑥ 水调:据《乐苑》:"水调,商调曲也。旧说水调,向传隋炀帝幸江都时所制,曲成奏之,声韵怨切。王令言闻而谓其弟子曰:但有去声而无回韵,帝不返矣。后竟如其言。"

⑦ 顾大猷:字所建,自号南湘外史。扬州府江都人,明初夏国公顾成裔孙。以侯家子弟补勋卫,旋谢病归。折节读书,广延四方宾客,时议以为四公子复出。辽事告急,以荐募江淮水师勤王,兵甫出,被逸下狱,谪戍,寻赦还。崇祯二年(1629),后金兵至京师城下,大猷单车渡淮,欲独身赴斗,闻解严乃还。后郁郁不得志而卒。

作者简介

钱谦益(1582—1664),字受之,号牧斋,又号蒙叟、绛云老人、东涧遗老。常熟(今江苏省常熟市)人。万历三十八年进士,官至礼部右侍郎兼翰林院侍读学士。弘光朝,为礼部尚书。清兵陷南京,率先迎降。顺治三年,授内秘书院学士兼礼部侍郎,充《明史》副总裁。不久托病归里,终老于家。钱谦益明末为东林党魁,士林领袖,晚年变节仕清,为士人不齿。后自悔恨,曾秘密与郑成功、瞿式耜联系,从事反清复明活动。他博学多才,诗宗杜甫,唐宋兼采,自成一家,在其影响下产生了"虞山诗派"。著有《初学集》《有学集》《杜诗笺注》《列朝诗集》等。

题解

崇祯十年丁丑(1637)三月,受温体仁指使,常熟人张汉儒诬告钱谦益贪肆不法,钱谦益被捕入京,闰四月,下刑部狱。巡抚张国维、巡按路振飞上书为其鸣冤,又经司礼太监曹化淳营救,刑毙张汉儒,且告发温体仁,温体仁称病辞职。崇祯十一年戊寅(1638)五月,钱谦益出狱,削籍归乡。此诗为崇祯十一年十月初一钱谦益还乡途中过扬州而作,故诗中有"跨鹤真同华表归"句。全诗因隋炀帝作咏史怀古之想,实则隐含对时事的抨击与不满。

吴门春仲送李生还长干

钱谦益

阑风伏雨暗江城①,扶病将愁起送行②。
烟月扬州如梦寐③,江山建业又清明④。
夜乌啼断门前柳⑤,春鸟衔残花外樱⑥。
尊酒前期君莫忘,药囊吾欲傍余生⑦。

* 选自《牧斋有学集》第16页,清钱曾笺注,钱仲联标校,上海:上海古籍出版社1996年版。

① "阑风"句:阑风伏雨,杜甫《秋雨叹》:"阑风伏雨秋纷纷。"赵次公注:"阑珊之风,沉伏之雨。"江城,即苏州。

② 将愁:带愁。

③ "烟月"句:语出李白《送孟浩然之广陵》:"烟花三月下扬州。"

④ 建业:王象之《舆地纪胜》:"建康府,《禹贡》扬州之域,楚置金陵邑,秦改曰秣陵,汉改为丹阳郡。吴帝自丹阳徙此,因改为建业,遂定都焉。"

⑤ "夜乌"句:用李白《杨叛儿》:"何许最关情,乌啼白门柳。"

⑥ "春鸟"句:反用王维《敕赐百官樱桃诗》:"才是寝园春荐后,非关御园鸟衔残。"

⑦ 前期:前约。

元明诗(四十八首)

> **题 解**

吴门,即苏州。长干,指南京。此诗是顺治五年(1648)仲春钱谦益在苏州送别李生还南京作。顺治四年(1647)四月,钱谦益因涉黄毓祺案被逮至南京下狱,五月中出狱,但尚被看管,直至顺治六年(1649),黄案始结。在此期间,钱谦益往来于南京、苏州间,经陈寅恪考证,钱在苏州寓居拙政园。全诗弥漫着凄苦之音。中间两联,表面上作伤春之语,实则蕴含着对明王朝沉痛的悲悼之情,烟月扬州、江山建业,经过王朝易代,春天虽然再次来临,但在异族的统治之下,均如梦寐。

西湖杂感二十首·其二
钱谦益

潋艳西湖水一方①,吴根越角两茫茫②。
孤山鹤去花如雪③,葛岭鹃啼月似霜④。
油壁轻车来北里⑤,梨园小部奏西厢⑥。
而今纵会空王法⑦,知是前尘也断肠⑧。

* 选自《牧斋有学集》第91页,清钱曾笺注,钱仲联标校,上海:上海古籍出版社1996年版。

① 潋艳:水光闪烁。语出苏轼《饮湖上初晴后雨》:"水光潋滟晴方好,山色空濛雨亦奇。"

② 杭州地处吴越两国交接处,故称吴根越角。杜牧《昔事文皇帝三十二韵》:"溪山侵越角,封壤尽吴根。"钱谦益《西湖杂感序》:"登登版筑,地断吴根;攘攘烟尘,天分越角。"

③ 孤山:在杭州,宋林逋隐居处。沈括《梦溪笔谈》:"林逋隐居杭州孤山,常畜两鹤,纵之则飞入云霄,盘旋久之,复入笼中。"

④ 葛岭:在杭州灵隐山,相传为葛洪所居。《舆地纪胜》:"葛坞,晏公《类要》

云：在灵隐山。《图经》：在武林山，吴葛孝先偕葛洪居此。"

⑤"油壁"句：油壁车，车壁用油涂饰的车子，多为女性乘坐。《苏小小歌》："我乘油壁车，郎乘青骢马。何处结同心？西陵松柏下。"北里，唐长安平康里位于城北，亦称"北里"，为妓院所在地，后因用以泛称娼妓聚居之地。

⑥"梨园"句：写虽然经历明清易代，但杭人却无亡国之恨，梨园中仍然上演着表现儿女私情的《西厢记》。小部，《杨太真外传》："小部者，梨园法部所置，凡三十人，皆十五以下。在长生殿奏新曲，未有名。会南海进荔枝，因以曲名《荔枝香》。"西厢，即《西厢记》。

⑦ 空王：指佛法。《观佛三昧经》："过去久远，有佛出世，号曰空王。"

⑧ 前尘：佛教称色、声、香、味、触、法为六尘，认为当前的境界由六尘构成，都是虚幻的，所以称前尘。这里指往事。

题 解

顺治七年(1650)五月，钱谦益赴浙江金华游说金华总兵马进宝反清复明，返回途中在杭州逗留六日，作《西湖杂感》二十首，此为第二首。《西湖杂感》诗序曰："岳于双表，绿字犹存；南北两峰，青霞如削。想湖山之佳丽，数都会之繁华。旧梦依然，新吾安往？况复彼都人士，痛绝黍禾；今此下民，甘忘桑梓。侮食相矜，左言若性。何以谓之？嘻其甚矣！昔日南渡行都，憝遗南市；西湖隐迹，追抗西山。嗟地是而人非，忍凭今而吊古。丛残长句，凄绝短章。酒阑灯灺，隔江唱越女之歌；风急雨淋，度峡下巴人之泪。"诗序中抒发了沉痛的故国之思，对于杭州往日之梦华，对于杭人"侮食相矜，左言若性"，诗人感叹地是而人非，嗟叹"旧梦依然，新吾安往？"此诗中"吴根越角两茫茫"，即是对杭州今昔所发出的苍茫之叹。孤山鹤去，葛岭鹃啼，那些历史文化中最美好的品节都随异族的蹂躏而毁灭，残花如雪，冷月如霜。彼都人士，不知亡国之恨，梨园小部，犹奏西厢之曲。所以，诗人即使深会佛教空幻之义，念及前尘往事，犹不能不作断肠之痛。

半野堂初赠诗

柳如是

声名真似汉扶风①,妙理玄规更不同②。
一室茶香开澹黯③,千行墨妙破冥濛④。
竺西瓶拂因缘在⑤,江左风流物论雄⑥。
今日沾沾诚御李⑦,东山葱岭莫辞从⑧。

* 选自《牧斋初学集》第616页,清钱曾笺注,钱仲联标校,上海:上海古籍出版社1985年版。

① 汉扶风:汉代扶风人马融。《后汉书·马融传》:"融才高博洽,为世通儒,教养诸生,常有千数。涿郡卢植,北海郑玄,皆其徒也。善鼓琴,好吹笛,达生任性,不拘儒者之节。居宇器服,多存侈饰。尝坐高堂,施绛纱帐,前授生徒,后列女乐,弟子以次相传,鲜有入其室者。"此句以汉代马融的声名比钱谦益在当时的影响。

② 钱谦益自矜洞达禅理,博探佛藏。此句言钱谦益与马融之不同。

③ 茶香:典出杜牧《题禅院》:"今日鬓丝禅榻畔,茶烟轻飏落花风。"

④ 墨妙:指文章精妙。典出江淹《别赋》:"渊云之墨妙,严乐之笔精。"此赞牧斋以文章著称于世。

⑤ "竺西"句:谓牧斋博通内典,具有宿世胜因,己身当如佛教中捧瓶持拂供奉菩萨之侍女(依陈寅恪说)。

⑥ "江左"句:《南史·王俭传》:"俭常谓人曰:江左风流宰相,唯有谢安。盖自比也。"此句以谢安比钱谦益。

⑦ 御李:谓得以亲近贤者。典出《后汉书·李膺传》:"荀爽尝就谒膺,因为其御,既还,喜曰:'今日乃得御李君矣。'其见慕如此。"陈寅恪:"谢安石王仲宝固是风流宰相,李元礼更为党锢名士,而兼负宰相之望者。牧斋于天启四年以魏忠贤党指为东林党魁之故,因而削籍。又于崇祯二年以会推阁臣,获罪罢归。故与元礼尤复相类。凡河东君所举诸贤,皆是牧斋胸中自比之人,真可谓道出胸坎内事。"

⑧ "东山"句:《晋书·谢安传》:"谢安少既有名声,屡征不就,隐居会稽东山,安虽放情丘壑,然每游赏,必以妓女从。"颈联既以谢安比牧斋,此句乃以东山妓女自比。

江南诗

作者简介

柳如是(1618—1664),本名杨爱,后改名柳隐,字如是,又称河东君。浙江嘉兴人,一说云间人。明末秦淮八艳之一,后嫁于钱谦益为侧室。有《湖上草》《戊寅草》与《尺牍》。

题 解

崇祯十三年庚辰(1640)十一月,柳如是乘扁舟至常熟,初访钱谦益于半野堂,作此诗投赠牧斋,此诗为钱柳因缘之始。此年柳如是二十八岁,钱谦益五十九岁。钱谦益誉此诗"语特庄雅",陈寅恪评此诗:"遣词庄雅,用典适切,其意境已骎骎进入北宋诸贤之范围,固非同时复社、几社胜流所能望见,即牧斋松圆与之相角逐,而竟短长,似仍有苏子瞻所谓汗流籍湜走且僵之苦。"

春日我闻室作

柳如是

裁红晕碧泪漫漫①,南国春来正薄寒。
此去柳花如梦里②,向来烟月是愁端③。
画堂消息何人晓④?翠帐容颜独自看。
珍重君家兰桂室⑤,东风取次一凭栏。

* 选自钱谦益《牧斋初学集》第621页,清钱曾笺注,钱仲联标校,上海:上海古籍出版社1985年版。

① "裁红"句:典出元好问《春日》:"里社春盘巧欲争,裁红晕碧助春情。"注:欧阳詹《春盘赋》"裁红晕碧,巧助春情"为韵。指的是立春日做春盘的习俗。

② "此去"句:据陈寅恪考证,今典出自陈子龙《满庭芳》词:"无过是,怨花伤柳,一样怕黄昏。"此句因当日我闻室之新境,遂忆昔日与陈子龙之旧情。

③"向来"句：据陈寅恪考证，今典出自宋让木《秋塘曲》："十二银屏坐玉人，常将烟月号平津。"此句忆及与"吴江故相"周道登之瓜葛，柳如是曾为周氏妾，为群妾所忌，谮于主人，谓其与仆通，因被放逐。

④画堂消息：用王昌典故，其古典出自萧衍《河中之水歌》："河中之水向东流，洛阳女儿名莫愁。……十五嫁于卢家妇，十六生儿字阿侯。卢家兰室桂为梁，中有郁金苏合香。……珊瑚挂镜烂生光，平头奴子擎履箱。人生富贵何所望，恨不嫁与东家王。"唐人多用此典。李商隐《代应》"本来银汉是红墙，隔得卢家白玉堂。谁与王昌通消息，尽知三十六鸳鸯。"今典出自牧斋初次答柳如是《过访半野堂》诗："但似王昌消息好，履箱擎了便相从。"又《永遇乐》词："白玉堂前，鸳鸯六六，谁与王昌说。"王昌典故是钱谦益与柳如是诗歌对话的密钥，委婉地表达了柳如是对牧斋的倾慕之情。陈寅恪指出："意谓己身之苦情，牧斋未必能尽悉，而怀疑其是否果为真知己也。"

⑤"珍重"句：柳如是初至虞山，牧斋即筑"我闻室"，十日落成，留之度岁。兰桂室即"我闻室"。此句感牧斋相待之厚意，而抱未必能久居之感。

题解

据陈寅恪考证，此诗作于崇祯十三年（1640）十二月二十四日立春日至除夕之间，柳如是十一月来虞山，牧斋为其筑"我闻室"，十日落成，留之度岁。此诗一方面感谢牧斋相待之厚意，另一方面又自慨身世，抱未必能久居之感。陈寅恪评此诗之艺术性："河东君此诗虽止五十六字，其辞藻之佳，结构之密，读者所尽见，不待赘论。至情感之丰富，思想之微婉，则不独为《东山酬和集》中之上乘，即明末文士之诗，亦罕有其比。"

圆圆曲

吴伟业

鼎湖当日弃人间①，破敌收京下玉关②。恸哭六军俱缟素③，冲冠一怒为红颜④。

江南诗

红颜流落非吾恋,逆贼天亡自荒宴⑤。
电扫黄巾定黑山⑥,哭罢君亲再相见⑦。
相见初经田窦家⑧,侯门歌舞出如花。
许将戚里箜篌伎⑨,等取将军油壁车⑩。
家本姑苏浣花里⑪,圆圆小字娇罗绮⑫。
梦向夫差苑里游,宫娥拥入君王起⑬。
前身合是采莲人,门前一片横塘水⑭。
横塘双桨去如飞,何处豪家强载归⑮?
此际岂知非薄命,此时只有泪沾衣。
熏天意气连宫掖⑯,明眸皓齿无人惜⑰。
夺归永巷闭良家⑱,教就新声倾座客⑲。
座客飞觞红日暮,一曲哀弦向谁诉?
白皙通侯最少年,拣取花枝屡回顾⑳?
早携娇鸟出樊笼㉑,待得银河几时渡㉒。
恨杀军书抵死催,苦留后约将人误㉓。
相约恩深相见难,一朝蚁贼满长安㉔。
可怜思妇楼头柳,认作天边粉絮看㉕。
遍索绿珠围内第,强呼绛树出雕栏㉖。
若非壮士全师胜,争得蛾眉匹马还㉗。
蛾眉马上传呼进,云鬟不整惊魂定㉘。
蜡炬迎来在战场,啼妆满面残红印㉙。
专征箫鼓向秦川㉚,金牛道上车千乘㉛。
斜谷云深起画楼,散关月落开妆镜㉜。
传来消息满江乡,乌桕红经十度霜㉝。
教曲妓师怜尚在,浣纱女伴忆同行㉞。

旧巢共是衔泥燕，飞上枝头变凤凰㉟。
长向尊前悲老大，有人夫婿擅侯王㊱。
当时只受声名累，贵戚名豪尽延致㊲。
一斛珠连万斛愁，关山漂泊腰支细㊳。
错怨狂风扬落花，无边春色来天地㊴。
尝闻倾国与倾城，翻使周郎受重名㊵。
妻子岂应关大计，英雄无奈是多情㊶。
全家白骨成灰土，一代红妆照汗青㊷。
君不见馆娃初起鸳鸯宿，越女如花看不足㊸。
香径尘生鸟自啼，渫廊人去苔空绿㊹。
换羽移宫万里愁，珠歌翠舞古《梁州》㊺。
为君别唱吴宫曲，汉水东南日夜流㊻！

* 选自《吴梅村全集》第78—79页，李学颖集评标校，上海：上海古籍出版社1990年版。

① "鼎湖"句：言李自成起义军攻克北京，明思宗崇祯皇帝自尽于煤山。据《史记·封禅书》载，黄帝在荆山下铸鼎，鼎成后骑龙升天，后世称铸鼎之处为鼎湖。

② "破敌"句：言吴三桂引清兵入关，打败李自成的农民军，收复北京。玉关，本指玉门关，此处代指山海关。

③ "恸哭"句：言明军收复北京后，为崇祯服丧。恸哭，大哭。六军，天子有六军，这里指吴三桂率领的明军。缟素，本指未经染色的白绢，这里指丧服。

④ "冲冠"句：怒发冲冠，指发怒时头发直竖将帽子顶起。这里指吴三桂降清、引清兵入关、打败李自成、收复北京等一系列军事活动，都是为了陈圆圆。因为李自成攻入北京后，吴三桂的爱妾陈圆圆为李自成部将刘宗敏掳得。

⑤ "红颜"二句：以吴三桂的口吻辩解，自己并非贪恋红颜，而是李自成迷乱于酒色，自取灭亡。逆贼，指李自成。荒宴，迷乱于酒色。

⑥ "电扫"句：指吴三桂迅速扫清李自成农民军。黄巾，东汉末以张角为首的农民军。黑山，东汉末张燕率领的农民军。这里均指李自成起义军。

⑦"哭罢"句:吴三桂收复北京后,祭奠过崇祯皇帝、父亲吴襄后再与陈圆圆相见。君,指崇祯皇帝。亲,指吴三桂之父吴襄,吴襄在李自成的逼迫下招降吴三桂未果被杀害。

⑧"相见"句:言吴三桂与陈圆圆初次相会在崇祯帝周皇后的父亲周奎家。田窦,指西汉外戚田蚡、窦婴,这里指周奎。

⑨"许将"句:言周奎将陈圆圆许配给吴三桂。箜篌伎,即陈圆圆,箜篌言明陈圆圆擅长音乐。

⑩"等取"句:言吴三桂以油壁香车迎娶陈圆圆。油壁车,车壁用油涂饰的车子,多为女性乘坐。

⑪"家本"句:言陈圆圆旧籍苏州。姑苏,苏州。浣花里,本在成都浣花溪畔,为薛涛所居之处,这里以薛涛比陈圆圆。

⑫"圆圆"句:言圆圆为其小字,身穿罗绮,愈显娇媚。

⑬"梦向"二句:虚写陈圆圆梦里入吴王夫差宫苑,暗喻以下陈圆圆入宫事。

⑭"前身"二句:以陈圆圆比西施。苏州有采莲径,传说为西施采莲之处,采莲人指西施。横塘,在苏州城西南。

⑮"何处"句:言陈圆圆被权势之家豪夺强买而去。权势之家,或指周奎家。

⑯"熏天"句:言周奎家权势熏天,直连宫廷,陈圆圆被送入宫。

⑰"明眸"句:言陈圆圆虽然貌美,但并未被崇祯宠幸。杜甫曾以"明眸皓齿"形容杨贵妃。

⑱"夺归"句:言陈圆圆从宫中遣出,重新回到周奎家。永巷,指宫中长巷,宫女所居之处。

⑲"教就"句:言陈圆圆在周奎家作歌女,音乐才能突出。

⑳"白皙"二句:言年轻貌美的吴三桂,在周奎家酒宴上爱上了歌女陈圆圆。通侯,是秦二十等爵的最高一级,汉代名列侯,吴三桂崇祯末被封平西伯,故称他通侯。捡取花枝屡回顾,写吴三桂在酒宴上对陈圆圆一见倾心。

㉑"早携"句:言周奎将陈圆圆许配给吴三桂,吴三桂将陈圆圆带出周家。

㉒"待得"句:言吴三桂与陈圆圆如牛郎织女鹊桥相会一样聚少离多。

㉓"恨杀"二句:写前线战事紧急,吴三桂被迫与陈圆圆分别,奔赴山海关,别后承诺未能实现。底死催,拼命催促。

㉔"一朝"句:言李自成农民军占领北京。蚁贼,像蚂蚁一样的贼兵。

㉕"可怜"二句:写战乱中的陈圆圆不能主宰自己的命运。思妇楼头柳,用"忽

见陌上杨柳色,悔教夫婿觅封侯"意。

㉖ "遍索"二句:写李自成部将刘宗敏围攻吴三桂宅邸,索要陈圆圆事。绿珠,西晋石崇家妓。绛树,魏时著名歌女。

㉗ "若非"二句:言如果不是吴三桂顺利打败李自成军,陈圆圆怎能从刘宗敏手中逃脱回到吴三桂身边。壮士,指吴三桂。蛾眉,指陈圆圆。

㉘ "蛾眉"二句:写收复北京后,吴三桂与陈圆圆相见时的情状。

㉙ "蜡炬"二句:言吴三桂在离开北京向西进军中找回陈圆圆,当时陈圆圆化妆的胭脂为泪痕所乱。

㉚ "专征"句:写吴三桂率军向陕西进发。

㉛ "金牛"句:写吴三桂由陕西向蜀道进军。金牛道,自陕西勉县向西南越七盘岭、朝天驿到剑门关。

㉜ "斜谷"二句:写陈圆圆随吴三桂军队入驻汉中。斜(yé)谷,陕西终南山有褒、斜二谷口,北口曰斜,南口曰褒,同为一谷。散关,陕西宝鸡西南的大散关。

㉝ "传来"二句:写陈圆圆的事迹传到江南,距她离开江南已经十年。用"乌桕红经十度霜"写时间为十年。

㉞ "教曲"二句:写当年教陈圆圆曲子的伎师对她的曲折经历且能存活人间深表同情,当年为妓女时的同伴纷纷追念圆圆。

㉟ "旧巢"二句:写当年的女伴感叹当年与陈圆圆一样卑微,如今圆圆被吴三桂宠爱,地位显贵。

㊱ "长向"二句:写女伴悲叹盛年不在,艳羡陈圆圆得到封侯的夫婿。

㊲ "贵戚"句:写陈圆圆当年被贵戚名豪争相抢夺。

㊳ "一斛"二句:写当年周奎高价卖得陈圆圆,开启了陈圆圆戏曲性的人生经历。一斛明珠,相传石崇用三斛明珠买得绿珠,这里指周奎高价购得陈圆圆。

㊴ "错怨"二句:言圆圆不必抱怨时事的动荡,被吴三桂宠爱,如无边春色来天地,可谓苦尽甘来。

㊵ "尝闻"二句:言常听说美女可以倾城倾国,带来祸害,但吴三桂却因陈圆圆暴得大名,语含讽刺。倾国倾城,《李延年歌》:"北方有佳人,绝世而独立。一顾倾人城,再顾倾人国。"周郎,指周瑜,这里喻吴三桂。

㊶ "妻子"二句:言怎能因妻子影响国家大局,吴三桂恐怕太多情了吧。此言吴三桂不忠。

㊷ "全家"二句:言吴三桂一家三十余口被李自成所杀,而陈圆圆反而名垂青

史。此言吴三桂不孝。

㊸"君不见"二句：写吴王夫差宠爱西施事。馆娃，即馆娃宫，吴王夫差作宫于砚石山以馆西施，在今江苏吴县灵岩山。越女，指西施。

㊹"香径"二句：以吴王覆国事，写历史的空幻。采香径，在今江苏吴县西南香山上，相传吴王遣美人采香于此。屧廊，即响屧廊，在吴县灵岩山上。相传吴王令西施辈步屧，廊虚而响，故名。

㊺"换羽"二句：写吴三桂与陈圆圆在汉中的歌舞享乐生活。古梁州，魏晋南北朝隋唐时期均设梁州，大体包括秦岭以南的汉中地区，此时吴三桂正驻军汉中。

㊻"为君"二句：吴梅村以吴王夫差事警戒吴三桂，故为吴三桂别唱《吴宫曲》。

作者简介

吴伟业（1609—1672），字骏公，号梅村，太仓（今江苏省太仓市）人。少从张溥游，参加复社。崇祯四年（1631）进士，官至左庶子。弘光朝，任少詹事，因与马士英、阮大铖不合，辞官归里。入清后，复出仕，为国子监祭酒一年。作诗取法盛唐及元、白诸家，尤工七言歌行，号称"娄东派"。其诗寓身世之感，多有反映清初时事的作品。著有《梅村家藏稿》。

题解

这是一首以陈圆圆为题材的七言古诗。陈圆圆是明清之际苏州名妓，崇祯年间被周皇后之父周奎买到北京，送入宫中，但未被崇祯宠幸又被遣回周家，后送给镇守山海关的总兵平西伯吴三桂为妾。李自成攻陷北京后，陈圆圆为李自成的部将刘宗敏所掳。吴三桂"冲冠一怒为红颜"，打开山海关投降清军，驱逐李自成农民军，收复北京。陈圆圆再次回到了吴三桂的身边，却酿成了满清定鼎中原的结局。此诗只写到顺治五年（1648）吴三桂镇守汉中事，未及顺治八年（1651）吴三桂入川事，所以，此诗当作于顺治五年至八年之间。全诗以陈圆圆的遭遇为线索，反映了明清易代的重大历史事件，讽刺了吴三桂不顾民族大义的卑劣行径，在艺术上，将叙事、抒情与议论完美结合，是"梅村体"的代表作品。

过吴江有感

吴伟业

落日松陵道①,堤长欲抱城②。塔盘湖势动③,桥引月痕生④。市静人逃赋,江宽客避兵⑤。廿年交旧散,把酒叹浮名⑥。

* 选自《吴梅村全集》第379页,李学颖集评标校,上海:上海古籍出版社1990年版。

① 松陵:吴江旧称。

② 堤:指吴江长堤。据《大清一统志》:"长堤在吴江县东,宋庆历二年(1042),以松江风涛,漕运多败舟,遂接续松江长堤于江湖之间。明万历三十三年(1605)重筑,长八十三里。"诗言远远望去,长堤好像抱住了整个吴江县城。

③ 塔:指吴江县华严寺方塔,共七层,在县东门外,宋元祐四年(1089)建。诗言塔在湖中各处皆可见,仿佛湖势绕塔而动。

④ 桥:指吴江县长桥,又名垂虹桥,东西百丈余,有七十二洞,中间有垂虹亭。诗言由于桥身很长,所以给人以错觉,淡淡的月痕由桥牵引而生。

⑤ "市静"二句:写清初战乱,百姓逃避赋税与兵灾,一片萧条凄凉的景象。

⑥ "廿年"二句:据靳荣藩《吴诗集览》:"按《吴江县志》:国初邑之高蹈而能文者,相率为惊隐诗社,起顺治庚寅(1650),四方同志咸集,相与遁迹林泉,优游文酒,角巾方袍,往来于三江五湖间。其后史案株连,同社有罹法者,社集遂辍。二十年交旧,梅村盖感其事欤?"交旧散,当指顺治九年壬辰(1652)复社被取缔以后之事。交旧,即旧交。

题解

此诗大约作于康熙七年(1668),吴伟业从家乡太仓往浙江吴兴途经吴江时作。全诗紧扣自己过吴江的所见所感,巧妙地融写景、叙事、抒情为一体。抒发了吴梅村晚年的心境和对时事的不满,写得极为浑朴含蕴,虽然没有强烈的抒情感愤,但个人的感情与时代的实录隐含其中,体现了梅村晚年诗艺上的炉火纯青。

江南诗

听女道士卞玉京弹琴歌

吴伟业

　　驾鹅逢天风①,北向惊飞鸣。飞鸣入夜急,侧听弹琴声。借问弹者谁?云是当年卞玉京。玉京与我南中遇,家近大功坊底路②。小院青楼大道边③,对门却是中山住④。中山有女娇无双,清眸皓齿垂明珰⑤。曾因内宴直歌舞,坐中瞥见涂鸦黄⑥。问年十六尚未嫁,知音识曲弹清商⑦。归来女伴洗红妆,枉将绝技矜平康⑧,如此才足当侯王⑨。万事仓皇在南渡,大家几日能枝梧⑩。诏书忽下选蛾眉,细马轻车不知数⑪。中山好女光徘徊,一时粉黛无人顾⑫。艳色知为天下传,高门愁被旁人妒。尽道当前黄屋尊,谁知转盼红颜误⑬。南内方看起桂宫,北兵早报临瓜步⑭。闻道君王走玉骢,犊车不用聘昭容⑮。幸迟身入陈宫里,却早名填代籍中⑯。依稀记得祁与阮,同时亦中三宫选⑰。可怜俱未识君王,军府抄名被驱遣⑱。漫咏《临春》《琼树篇》,玉颜零落委花钿⑲。当时错怨韩擒虎,张孔承恩已十年⑳。但教一日见天子,玉儿甘为东昏死㉑。羊车望幸阿谁知㉒?青冢凄凉竟如此㉓!我向花间拂素琴,一弹三叹为伤心。暗将《别鹄》《离鸾》引㉔,写入悲风怨雨吟。昨夜城头吹筚篥,教坊也被传呼急㉕。碧玉班中怕点留,乐营门外卢家泣㉖。私更装束出江边,恰遇丹阳下渚船㉗。翦就黄绝贪入道㉘,携来绿绮诉婵娟㉙。此地繇来盛歌舞,子弟三班十番鼓㉚。月明弦索更无声,山塘寂寞遭兵苦㉛。十年同伴两三人,沙董朱颜尽黄土㉜。贵戚深闺陌上尘,吾辈漂零何足数㉝!坐客闻言起叹嗟,江山萧瑟隐悲笳㉞。莫将蔡女边头曲,落尽吴王苑里花㉟。

＊ 吴伟业《吴梅村全集》第63—64页,上海:上海古籍出版社1990年版。

① 驾(jiā)鹅：野鹅。
② 大功坊：南京城坊，明初中山王徐达府第所在。王府东花园后，为秦淮妓女所居的旧院。
③ 青楼：即妓院。
④ 中山：明开国功臣徐达，封魏国公，死后追封中山王。这里指其后裔。
⑤ 明珰：用珠玉串成的耳饰。
⑥ 涂鸦黄：指徐家女子。鸦黄，唐时妇女用以涂额的黄粉。卢照邻《长安古意》："片片行云着蝉鬓，纤纤初月上鸦黄。鸦黄粉白车中出，含娇含态情非一。"
⑦ 通晓音律：明了乐曲。意即擅长音乐。清商，即清商曲，古乐曲名，声调清越，故名。
⑧ 在妓院中夸耀。平康，平康坊，也称平康里，唐代长安街坊名，为妓女聚居之地，后遂以为妓院的代称。
⑨ 徐女的才貌，足以和侯王子弟匹配。
⑩ "万事"二句：南渡，本指南迁。晋元帝、宋高宗皆渡长江迁于南方建都，史称南渡。这里指清兵南下。大家，古时宫中近臣或后妃对皇帝的称呼，蔡邕《独断》："天子自谓曰行在所，亲近侍从官称曰大家。"枝梧，斜而相抵的支柱，引申为支持支撑。这两句是说，清兵正在南下，南明王朝难以支撑残局。
⑪ "诏书"二句：写南明福王朱由崧下诏选后宫事。据徐鼒《小腆纪年》、计六奇《明季南略》载：顺治元年(1644)八月，福王命选淑女于南京，隐匿者罪，邻里连坐。凡有女之家，黄纸贴额，太监即携之而去。后又命苏、杭、绍兴、嘉兴等地搜求美女，抚按道等官有奉行不力者治罪。于是江南各地家户骚动，昼夜嫁娶，合城若狂。
⑫ "中山"二句：言中山徐氏女光彩照人，其他女子相形见绌。白居易《长恨歌》："回眸一笑百媚生，六宫粉黛无颜色。"
⑬ "尽道"二句：诗言都以为选入后宫，会得到皇帝宠幸，谁知转眼之间，青春已逝。黄屋，古代帝王车盖，多以黄缯为盖里。转盼，犹转瞬。红颜误，耽误女子青春。
⑭ "南内"二句：南内，原指唐代长安的兴庆宫，这里指福王的皇宫。桂宫，陈后主为宠妃张丽华所建的宫殿。《南部烟花记》："陈后主为张贵妃丽华造桂宫于光照殿后。作圆门如月，障以水晶。后庭设素粉罘，庭中空无他物，惟植一桂树。"据《小腆纪年》载，顺治元年八月，福王大兴土木，修建宫殿，其一应器物并陈设，需

数十万金。北兵,指清兵。瓜步,在今江苏六合县东南,水际谓之步,相传吴人卖瓜于江畔,因以为名。

⑮"闻道"二句:玉骢,玉花骢,唐玄宗所乘骏马名。犊车,牛车,汉时诸侯贫者乘之,后转为贵者乘用。昭容,宫中女官名。《小腆纪年》载,顺治二年(1645)五月,清军进抵长江北岸,福王因观戏无暇视朝,及闻清军渡江,乃与内监四五十人仓皇出逃,西奔芜湖,投黄得功营。

⑯"幸迟"二句:言徐氏女虽然未被及时送入宫中,但被记入名册。陈宫,借指南明皇宫。代籍,汉吕太后赐代王宫人的名册,后借指皇帝遴选宫女时记录入选者的名册。《汉书·孝文窦皇后传》:"孝文窦皇后,景帝母也,吕太后时以良家子选入宫。太后出宫人以赐诸王各五人,窦姬与在行中。家在清河,欲如赵,近家,请其主遣宦者吏必置我籍赵之伍中'。宦者忘之,误置籍代伍中。籍奏,诏可。当行,窦姬涕泣,怨其宦者,不欲往,相强乃肯行。至代,代王独幸窦姬,生女嫖。孝惠七年,生景帝。"

⑰"依稀"二句:言祁女、阮女与徐女同时被选入宫。祁与阮,祁,指山阴祁彪佳的族女。阮,指阮大铖的族女。

⑱"可怜"二句:指福王出逃后,徐女等被选入宫的女子被清兵按名俘虏。军府,当指清兵。抄名,根据名册。

⑲"漫咏"二句:以张丽华得宠于陈后主,反衬徐女等未得君王恩宠,却遭清兵驱遣。临春,陈后主建临春、结绮、望春三阁,皆以沉香木为之,自居临春阁,张丽华居结绮阁,龚孔二贵嫔居望春阁,游宴无度,隋兵破金陵,丽华从后主匿井中,被俘杀。临春、琼树,指陈后主为张丽华所制《临春乐》《玉树后庭花》两曲。委,委弃。花钿,镶嵌金花的首饰。

⑳"当年"二句:韩擒虎,开皇九年,大举伐陈,韩擒虎为先锋,以轻骑五百,直取金陵,生俘陈后主。张孔,指后主宠妃张贵妃丽华和孔贵嫔。十年,陈后主在位八年,此举其成数。

㉑玉儿:南齐东昏侯宠妃潘妃的小字,也称玉奴。东昏侯败,妃自缢死。以上四句,用张贵妃和潘淑妃事,感叹徐女等未蒙皇帝恩宠即遭清兵俘虏的不幸命运。

㉒羊车:古代宫中所乘小车。《晋书·胡贵嫔传》:"(武帝)并宠者众,帝莫知所适,常乘羊车,恣其所之,至便宴请。宫人及取竹叶插户,盐汁洒地,以引帝车。"望幸,盼望皇帝亲临。

㉓青冢典故:即明言弘光所选宫女被清兵俘虏。青冢,王昭君墓,在今内蒙古

呼和浩特市南。《嘉庆一统志》："青冢，在归化城南二十里。"《大同府志》："塞草皆白，惟此冢草青，故名。"

㉔"暗将"句：别鹄，《别鹤操》，琴曲名。《古今注》："《别鹤操》，商陵牧子所作也。娶妻五年而无子，父兄将为之改娶。妻闻之，中夜起，倚户而悲啸。牧子闻之，怆然而悲，乃歌曰：'将乖比翼隔天端，山川悠悠路漫漫，揽衣不寝食忘餐。后人因为乐章焉。"离鸾，琴曲名。《西京杂记》卷："庆安世年十五，为成帝侍郎，善鼓琴，能为双凤离鸾之曲。"

㉕"昨夜"二句：言清兵占领南京后，秦淮妓女也被强行征讨。筚篥，管乐器，以竹为管，以芦为首，其声甚悲。教坊，古代管理宫廷音乐的官署，这里指妓院。

㉖"碧玉"二句：言卞玉京为了不被清兵俘虏，沦为官妓，所以，乔装出逃。碧玉班，歌舞班子。《乐苑》："《碧玉歌》者，宋汝南王所作也。碧玉，汝南王妾名，以宠爱之甚，所以歌之。"乐营，唐代官妓的坊署。卢家，即"卢女"，《乐府诗集》题解："卢女者，魏武帝时宫人也，故将军阴升之姊。七岁入汉宫，善鼓琴。"后泛指善奏乐器的女子。

㉗"私更"二句：写卞玉京变更装束，自南京逃出，经丹阳，下五湖，而至苏州。以此可见卞玉京机智勇敢，不甘心屈服于异族的品节。渚，即五渚，五湖，太湖别称。

㉘"蒻就"句：写卞玉京到苏州后做了道士。黄绁，黄色粗绸，此指道士服装。

㉙绿绮：古琴名，傅玄《琴赋序》"司马相如有琴曰绿绮。"

㉚此二句，写苏州在明末和南京一样是歌舞繁盛之地。十番鼓，一种乐器合奏名，因演奏时轮番用鼓、笛、木鱼等十种乐器，故名，始于明万历年间。《板桥杂记》："曲中狎客，盛仲文打十番鼓。"

㉛此二句，写清人攻入苏州后，昔日的繁华歌舞，经残暴蹂躏，一片寂寞。山塘，水名，在苏州市西北，白居易为苏州刺史时所凿，上承运河，北绕虎丘，折西至浒墅，仍入运河，沿水一带市街名山塘街。

㉜此二句，以名妓的凋零，写明清易代苏州兵祸之酷烈。沙董，指歌妓沙才和董年。《板桥杂记》："沙才美而艳，丰而逸，骨体皆媚，天生尤物也。善奕棋，吹箫度曲，游吴郡，卜居半塘，一时名噪。""董年，秦淮绝色，与小宛姐妹行，艳冶之名，亦相颉颃。"

㉝"贵戚"二句：写显贵人家的女儿尚且遭遇杀戮，何况卑贱的妓女，生命零落，不足为奇。

㉞"坐客"句：写吴梅村为江南女性的命运悲叹，但此时的苏州城仍为清军严加防守。坐客，即吴梅村。笳，军中号角。杜甫《秋兴八首》(其二)："画省香炉违伏枕，山楼粉堞隐悲笳。"

㉟"莫将"二句：隐曲地表达了对清人疯狂掠夺江南女性的愤慨。蔡女，即蔡琰，博学能文，妙于音律。兴平中，天下丧乱，没于匈奴十二年。后曹操遣使赎归。相传《胡笳十八拍》乃琰所作。边头，边塞。边头曲，当指《胡笳十八拍》。吴王，即夫差。吴王苑里花，暗指江南女性。

题　解

此诗为七言古诗。借卞玉京之口，诉说南明弘光小朝廷面临清兵南下的威胁，不能励精图治、拯救危亡，而在江南大肆搜求美女，供朝夕之娱。南都陷落后，征选入宫的女子被清兵俘虏北上，卞玉京和南京教坊中的歌妓同样遭受被掳夺的命运，反映了南明弘光王朝荒淫昏愦、终致覆灭的重大历史事件，同时从侧面反映了清兵南下，疯狂掠夺江南女性，表现了作者对不幸女子的深切同情和对明朝覆亡的无限悲痛。此诗虽以叙事为主，但全诗笼罩着一片悲凉气氛，抒情意味浓重，情调凄切动人。

杂诗寓水绘庵作十首·其一

陈维崧

南国有佳人，容华若飞燕①。绮态何嫣娟②，令颜工婉娈③。
红罗为床帷，白玉为钗钿。出驾六萌车④，入障九华扇⑤。
倾城畴不知，秉礼人所美。如何盛年时，君子隔江甸⑥？
金炉不复熏⑦，红妆一朝变。客从远方来，长城罢征战⑧。
君子有还期，贱妾无娇面⑨。妾年三十余，恩爱何由擅⑩？

* 选自《冒辟疆全集》第1101—1102页，万久富、丁富生主编，南京：凤凰出版社2014年版。

① "容华"句：飞燕，赵飞燕，汉成帝皇后。诗题"水绘庵"，则诗所言的"南国佳人"即指如皋冒辟疆家水绘庵之董小宛。此句以赵飞燕比董小宛，暗示董小宛入宫。

② 媥(pián)娟：体态娇妙。

③ 婉娈：年轻美好。阮籍《咏怀诗》(其二)："二妃游江滨，逍遥顺风翔。交甫怀佩环，婉娈有芬芳。"

④ 六萌车：古代妇女所乘的一种车。《乐府诗集·清商曲辞六·骢白马》："问君可怜六萌车，迎取窈窕西曲娘。"

⑤ 九华扇：皇家仪仗。曹植《九华扇赋序》："昔吾先君常侍，得幸汉桓帝，赐方扇，不方不圆，其中结成文，名曰九华。"

⑥ 江甸：江边，常用指长江下游江边。《宋书·萧思话传》："仗顺治流，席卷江甸。"此指如皋。

⑦ 金炉熏：金炉熏香，喻夫妻恩爱。《文选·别赋》"同琼佩之晨照，共金炉之夕香。"

⑧ "客从远方来，长城罢征战"：此二句言顺治六年二月、五月睿亲王多尔衮征讨长城大同，九月大同平。顺治七年正月多尔衮纳肃王福晋、征女朝鲜后，三月远来征女南国，小宛因此是在江甸如皋家中被暴客强盗即清朝军队劫归多尔衮。

⑨ "君子"两句：冒辟疆曾进京索还董小宛，几乎被杀头，幸而终得还家，而小宛却无面还家，也不许还家。

⑩ "妾年"两句：言小宛年三十有余，渐近色衰，虽然入宫，做了皇后，何能固宠？

作者简介

陈维崧(1625—1682)，字其年，号迦陵，宜兴(今江苏省宜兴县)人。他出生于官宦世家，为明末四公子之一陈贞慧之子，早岁能文，补诸生。明亡后，流寓四方。康熙十八年，举博学鸿儒科，授检讨，与修《明史》。他于古近体诗及骈文，皆有名，尤工词。所著有《陈迦陵文集》《湖海楼诗集》《迦陵词》等。

江南诗

题 解

水绘庵,即冒辟疆在如皋的私家园林水绘园。陈维崧与冒辟疆为世交,曾寓居水绘园前后七八年,与冒辟疆感情至深,熟知董小宛事。此诗约作于顺治十八年(1861),正当顺治十七年董小宛死后不久所作。此诗以微言表达了董小宛入清宫做了皇后,之前是被清兵劫归多尔衮,冒辟疆进京索还董小宛几乎被杀头等一系列历史真相。(参考邓小军《董小宛入清宫与顺治出家考》一书)

江南相关知识

董小宛入清宫

董小宛,原名白,字小宛,复字青莲。生于明天启四年(1624),原为明末秦淮名妓,崇祯末嫁于江南名士如皋冒襄(辟疆)为侧室。清顺治八年(1651),冒辟疆称董小宛病死,并作《影梅庵忆语》述与小宛共同度过九年的生活情境。董小宛是病死,还是被清廷掳入宫廷,董小宛是否清史所记载的董鄂妃,是数百年来的一大公案。据邓小军教授《董小宛入清宫与顺治出家考》(华东师范大学出版社,2018年)最新考证:董小宛是在顺治七年(1650)三月末自如皋家中被清兵入室劫至北京,归摄政王多尔衮;十二月九日,多尔衮死,清诸亲王分取多尔衮家人,董小宛归和硕承泽亲王硕塞。十一年(1654),董小宛入侍孝庄太后,与顺治相遇,为顺治所爱,顺治杀和硕承泽亲王硕塞,董小宛入宫侍奉孝庄太后。十三年(1656)八月二十五日,顺治立董小宛为贤妃,十二月六日,册封为皇贵妃。十四年(1567),董小宛为顺治生下皇四子,四个月后,皇子卒。十七年(1660)八月十九日,董小宛薨。十八年(1661)正月初七,顺治因思念董小宛,出家于山西五台山,清廷对外宣称顺治死于天花,崩于养心殿。

此诗及以下三首诗皆为"董小宛入清宫"的重要证据。

有　感

丘石常

银河只隔水盈盈①，诏下文姬不许行②。

才貌如卿值一死，风流无主奈多情。

嫌笼娇鸟开何日，抱柱迂生哭有声③。

闻到南宫皆赐配④，梦中呓语望成名⑤。

* 选自《清诗纪事初编》第 686 页，邓之诚撰，上海：上海古籍出版社 2013 年版。

① 银河：指皇官护城河。

② "诏下"句：古典出自《后汉书·蔡琰传》："字文姬，归宁于家。兴平中，天下丧乱，文姬为胡骑所获，没于南匈奴左贤王。曹操乃遣使者以金币赎之。"今事指冒辟疆进京请求孝庄太后遣回董小宛，小宛已准发还，冒辟疆在神武门外等候，而事忽中变，最终遭到太后的拒绝。

③ 抱柱迂生：古典出自《庄子·盗跖》："尾生与女子期于梁下，女子不来，水至不去，抱梁柱而死。"今典指冒辟疆得知孝庄太后拒绝发回董小宛的消息后在神武门外放声哭泣。

④ "闻到"句：南宫，指睿亲王多尔衮府。此句指多尔衮死后，府中没入掖庭的女子，蒙恩遣出婚配。

⑤ "梦中"句：梦中呓语指《影梅庵忆语》，成名，指死后所加谥号，引申为死亡。诗言冒辟疆进京向清廷索还董小宛不成，而作《影梅庵忆语》，称小宛已死，希望自己犹如已死。

作者简介

丘石常(1606—1661)，字子廪，筑海石山房于九仙山，因号海石。诸城(今山东省诸城市)人。副贡生，入清选山东利津县训导，升高要知县，不赴官。有《楚村诗集》。

江南诗

> **题 解**
>
> 此诗首先被邓之诚留意,选入《清诗纪事初编》,认为"有事可指"。高阳在《董小宛入清宫诗末诗证》中指出:"这首诗包含着冒辟疆北上,请求孝庄太后遣回小宛这一大段情节在内。"小宛已准发还,冒辟疆在神武门外等候,而事忽中变,最终遭到孝庄太后拒绝。邓小军进而指明,一是董小宛在多尔衮殁后归和硕承泽亲王硕塞,尚未入慈宁宫,二是诗的末句是同情而非谴责冒辟疆。

清凉山赞佛诗四首·其一

吴伟业

西北有高山,云是文殊台①。台上明月池,千叶金莲开②。
花花相映发,叶叶同根栽。王母携双成③,绿盖云中来④。
汉王坐法宫⑤,一见光徘徊⑥。结以同心合⑦,授以九子钗⑧。
翠装雕玉辇,丹髹沉香斋⑨。护置琉璃屏,立在文石阶⑩。
　长恐乘风去,舍我归蓬莱⑪。从猎往上林⑫,小队城南隈。
雪鹰异凡羽,果马殊群材⑬。言过乐游苑,进及长杨街。
张宴奏丝桐,新月穿宫槐,携手忽太息,乐极生微哀。
千秋终寂寞,此日谁追陪?陛下寿万年,妾命如尘埃。
愿共南山椁,长奉西宫杯⑭。披香淖博士,侧听私惊猜。
今日乐方乐,斯语胡为哉⑮?待诏东方生,执戟前诙谐⑯。
熏炉拂黼帐,白露零苍苔。吾王慎玉体,对酒毋伤怀。

* 选自《吴梅村全集》第230页,李学颖集评标校,上海:上海古籍出版社1990年版。

① 文殊台:五台山相传为文殊菩萨的道场。

② "台上"两句：明月池在五台山观海寺。千叶莲华，即千瓣莲华，为供养佛所用。

③ "王母"句：王母，西王母，指孝庄太后。双成，古典《汉武帝内传》：西王母又命侍女董双成吹云和之笙。今典指孝庄太后侍女姓董，即董小宛。

④ 绿盖：绿色车盖，为神话中仙女车盖。

⑤ "汉王"句：汉王指顺治帝。法官，正殿。

⑥ "一见"句：古典出自《后汉书·南匈奴传》："昭君丰容靓饰，光明汉宫，顾影裴回，竦动左右，帝见大惊。"以上言顺治一见董小宛一举一动，光亦为之徘徊。即顺治一见钟情，爱上董小宛。

⑦ 同心合：典出《赵飞燕外传》："请奏上二十六物以贺，五色同心大结一盘。"

⑧ 九子钗：典出《赵飞燕外传》："后立泣，持昭仪手，抽紫玉九雏钗，为昭仪簪髻。"

⑨ 玉辇：帝王的乘舆。辇，以漆漆物。

⑩ "护置"句：《西京杂记》："赵飞燕为皇后，其女弟子上琉璃屏风。"文石，白玉石。

⑪ "长恐"句：典出《拾遗记》："每轻风时至，飞燕殆欲随风入水，帝以翠缨结飞燕之裙。"蓬莱，海上仙山。

⑫ 上林：上林苑。

⑬ 果马：矮小精悍的小马，身高三尺，能在果树下行走，故称果马。

⑭ "愿共"句：椁，外棺。此句言愿生死与共，永不分离。

⑮ "披香"四句：淖博士，汉宣帝时侍臣淖方成，教授披香殿，时称披香博士。此四句言：顺治的侍臣听到二人的私语，暗自猜度：今日如此欢乐，何以会说出这样的话。暗伏董妃之死。

⑯ "待招"二句：东方生，即东方朔，武帝时，为太中大夫，善辞赋，性诙谐滑稽。

题解

吴伟业《清凉山赞佛诗》四首是董小宛入清宫与顺治出家的重要证据，此为第一首。诗中"王母携双成，绿盖云中来。汉王坐法官，一见光徘徊。"用西王母的侍女董双成姓董暗指孝庄太后的侍女姓董，即董小宛。"一见光徘徊"写出了顺治皇帝对董小宛一见钟情。诗的后半部分写顺治皇帝对董小宛的宠爱，游宴时乐极生悲，暗伏董小宛之死。

江南诗

消寒杂咏四十六首·其三十七

钱谦益

夜静钟残换夕灰,冬釭秋帐替君哀①?
汉宫玉釜香犹在②,吴殿金钗葬几回③。
旧曲风凄邀笛步④,新愁月冷拂云堆⑤。
梦魂约略归巫峡,不奈琵琶马上催⑥。

(自注:和老杜生长明妃一首。)

* 选自《牧斋有学集》第666—667页,清钱曾笺注,钱仲联标校,上海:上海古籍出版社1996年版。

① "夜静"句:冬釭、秋帐,古典出自江淹《别赋》:"春宫閟此青苔色,秋帐含兹明月光,夏簟清兮昼不暮,冬釭凝兮夜何长。"首联用《别赋》的语典,暗指董小宛与冒辟疆生离死别。

② "汉宫"句:古典出自东方朔《十洲记》:"聚窟洲上有大山,山多大树,与枫木相类,而花叶香闻数百里,名为反魂树。伐其木根心,于玉釜中煮,取汁,更微火煎,如黑饧状,令可丸之。名曰惊精香,或名之为震灵丸,或名之为反生香,或名之为震檀香,或名之为人鸟精,或名之为却死香。一种六名,斯灵物也。香气闻数百里,死者在地,闻香乃却活,不覆亡也。以香熏死人,更加神验。"汉宫,指清廷。玉釜香指还魂香。诗言即使有还魂香,入清廷的董小宛也不能再次起死回生。顺治十七年(1660)八月十九日,董小宛死于清宫。

③ "吴殿"句:古典出自沈亚之《异梦录》:"王炎,元和初梦入侍吴王久,闻宫中出辇,鸣笳吹箫击鼓,言葬西施。王悲悼不止,立词词客作挽歌。炎应教试曰:'西望吴王国,云书凤字牌。连江起朱帐,择地葬金钗。满路红心草,三层碧玉阶。春风何处所?悽恨不胜怀。'进,王甚嘉之。"今典指顺治八年(1651),董小宛被劫入清廷后,身在如皋的冒襄葬董小宛衣冠于影梅庵,此为小宛假死。顺治十七年(1660)八月十九日,董小宛死于清宫。康熙二年(1662)六月六日,董小宛与清世祖顺治皇帝的骨灰安放到清孝陵地宫。此为董小宛真死。故有"吴殿金钗葬几回"之说。此诗作于康熙二年冬,当是针对六月六日清廷安葬董小宛骨灰于孝陵这一事件而发。

④ 邀笛步：旧名萧家渡，在上元县（今南京）东南青溪桥右侧。晋桓伊善乐，为江左第一，有蔡邕柯亭笛，常自吹之。王徽之赴召京师，舟泊青溪侧，与伊不相识，令人谓之曰："闻君善吹笛，试为我一奏。"伊为作三调，弄毕，便去，客主不交一言。后名其地为邀笛步。

⑤ 乐史《寰宇记》："拂云堆，榆林县北百七十里。"杜牧《木兰庙》："几度思归还把酒，拂云堆上祝明妃。"邀笛步，在江南。拂云堆在塞外。正合董小宛出身江南，被劫清廷的身份，所以用王昭君喻董小宛。

⑥ 石季伦《王昭君词序》："昔公主嫁乌孙，令琵琶马上作乐，以慰其道路之思。"

题 解

此诗作于康熙二年癸卯冬。陈寅恪《柳如是别传》指出：和杜一首为董白作。观牧斋"吴殿金钗葬几回"之语，其意亦谓冒氏所记述顺治八年正月初二日小宛之死乃其假死。清廷所发表顺治十七年八月十九日董鄂妃之死即小宛之死。故云"葬几回"，否则钱诗辞旨不可通矣。

金 山

顾炎武

东风吹江水，一夕向西流。金山忽动摇，塔铃语不休。
水军一十万，虎啸临皇州①。巨舰作大营，飞艣为前茅。
黄旗亘长沙，战鼓出中洲。举火蒜山旁②，鸣角东龙湫。
故侯张子房③，手运丈八矛。登高瞩山陵，赋诗令人愁④。
沉吟十年余，不见旌旆浮。忽闻王旅来，先声动燕幽。
阖闾用子胥，鄢郢不足收。况兹蠢逆胡，已是天亡秋。
祖生奋击楫⑤，肯效南冠囚⑥。愿言告同袍，乘时莫淹留⑦。

* 选自《顾亭林诗文集》第308—309页，华忱之点校，北京：中华书局 1983

江南诗

年版。

① 皇州:指南京。

② 蒜山:是镇江渡长江的著名渡口,三国时叫蒜山渡,唐代曾名金陵渡,宋代以后称为西津渡。

③ 张子房:张良字子房,这里代指张名振。张名振,明南直隶应天府江宁县人。原任台州石浦游击,封富平将军。弘光元年(1645)福王被执,招集义师,共图恢复。与张煌言等拥立鲁王监国于绍兴。后奉鲁王从福建金门回到舟山。鲁监国二年(1647)获悉苏松士绅起义,统战船进至崇明,覆舟兵败。清军进逼,迎鲁王居舟山。舟山失陷,又奉鲁王依郑成功。其后与张煌言多次攻崇明、镇江,进窥金陵,力图恢复。永历八年(1654)随郑成功欲收复舟山,死于军中。

④ "登高"二句:顺治十一年(1654)正月,张名振在金山"设醮三日,遥祭孝陵,泣下沾襟",并赋《登金山遥祭孝陵》。

⑤ 祖生奋击楫:指晋祖逖渡江中流,拍击船桨,立誓收复中原的故事。《晋书·祖逖传》"将本流徙部曲百余家渡江,中流击楫而誓曰:祖逖不能清中原而复济者,有如大江!辞色壮烈,众皆慨叹。"宋张孝祥《水调歌头·和庞佑父》:"我欲乘风去,击楫誓中流。"

⑥ 南冠囚:楚国在南方,因此称楚冠为"南冠",本指被俘的楚国囚犯,后泛称囚犯或战俘,亦作"南冠囚"。

⑦ 同袍:战友。语出《诗经·秦风·无衣》:"岂曰无衣,与子同袍。王于兴师,修我戈矛,与子同仇。"

作者简介

顾炎武(1613—1682),初名绛,字宁人,别号亭林,又尝自署蒋山佣,昆山(今江苏省昆山市)人。早年入复社。清兵南下,曾参与昆山、嘉定一带的抗清起义。失败后,遍游华北各省,考察边塞山川形势,访求各地风俗民情,并垦荒于雁门之北,一生不忘兴复。晚岁卜居华阴,卒于曲沃。他学识渊博,于历朝典制、郡邑掌故、河漕兵农、及经史百家、音韵训诂之学,无不探究原委。晚年治经,侧重考证,开有清一代朴学风气。其诗多写兴亡之事,托物寄兴,吊古伤今,表现了力图恢复、坚持抗清的决心,苍凉沉郁,悲壮激昂。著有《亭林诗文集》《日知录》《天下郡国利病书》等。

题解

　　金山,位于江苏省镇江市西北,长江边上,与焦山对峙,为江南胜地。顺治十一年(1654)正月,张名振率十万大军乘着东风溯江而上,直抵镇江金山,逼近明朝故都、也是清朝在江南的军事重镇南京。巨舰为营、飞橹为前茅,战备精良,黄旗横亘长江,战鼓振振,举火鸣角,待时而发张名振的此次进军是近十年长江上最大规模的反清军事行动,此次军事行动令清廷为之震动。"阖闾用子胥",用吴王重用伍子胥拟张名振。"鄢郢不足收",鄢郢为楚故都,所以,此次张名振军事活动的目的是联合湖南的孙可望军进取长江中下游的广大地区。亭林认为清朝的统治已岌岌可危,希望张名振的大军一鼓作气,把握进攻时机,不可淹留。

江南相关知识

张名振"三入长江"

　　顺治十一年(1654)一月、四月与十二月,张名振率水师三次进入长江作战,分别抵达镇江、仪征和南京城燕子矶下,准备联合在湖南作战的孙可望军,攻取清朝在江南的统治中心南京。由于上游的孙可望部迟迟未到,会师长江的战略设想最终破产。顾炎武不仅用诗歌记载了这一重大历史事件,而且是"三入长江之役"的直接参与者。顾炎武有四首诗歌正面记载"三入长江之役",分别是《金山》《真州》《江上》和《久留燕子矶院中有感而作》。这四首诗不仅记录了战争进程,而且发表了对战局的判断。

真　州

顾炎武

击楫来江外①，扬帆上旧京②。鼓声殷地起，猎火照山明。楚尹频奔命③，宛渠尚守城④。真州非赤壁，风便一临兵。

（亭林原注：真州闸外，焚船数百艘。）

* 选自《顾亭林诗文集》第310页，华忱之点校，北京：中华书局1983年版。
① 江外：即真州。
② 旧京：指南京，南京曾为明朝故都。
③ 楚尹：指仪征的地方官员。
④ 宛渠：指据守南京的清军统帅。

题　解

真州，今江苏仪征，古称真州。顺治十一年（1654）四月，张名振等率军第二次入长江作战，抵达仪征。亭林用祖逖击楫誓师的典故，隐言张名振自崇明誓师，第二次沿江而上，直达仪征，此次来袭声势之浩大，进军之迅速，令南京城的清朝官员疲于奔命，无力应对。当张名振军抵达仪征时，清军首领尚固守南京。据计六奇记："四月初五日，海艘千数复上镇江，焚小闸，至仪真，索盐商金，弗与，遂焚六百艘而去。"可见，此次张名振的进军并未以直取南京为目的，仅仅是焚掠盐船而去。所以，亭林言"真州非赤壁"，即真州并非决定长江之役胜负之关键，没有必要花费兵力，而应直取南京，言下对张名振的进军有失望之意。

金陵即事

钱澄之

秋山无树故崚嶒①，几度支筇未忍登②。

荒路行愁逢牧马③,旧交老渐变高僧④。

钟楼自吼南朝寺,佛塔还然半夜灯。

莫向雨花台北望⑤,寒云黯淡是钟陵⑥。

* 选自《田间诗集》第42页,诸伟奇校点,合肥:黄山书社1998年版。

① "秋山"句:崚嶒(líng céng),形容山势高耸突兀。据吴伟业《遇南厢园叟感赋》:"钟陵十万松,大者参天长。根节犹青铜,屈曲苍皮僵。不知何代物,同日遭斧创。"可见,清初统治者大肆砍伐孝陵林木之事实。

② "支筇(qióng)"句:支筇,拄着筇竹杖。未忍登,是不忍心看到清朝统治者对明皇陵的破坏。

③ 牧马:孝陵在明朝本为皇陵禁地,易代之后,清朝统治者在孝陵圈地牧马。

④ "旧交"句:清初大量明遗民,为躲避清廷剃发令,宁可出家为僧,也不向清廷屈服。

⑤ 雨花台:在南京市南聚宝山上,形势雄壮,为南京扼要之地。相传梁武帝时有云光法师讲经于此,感天而雨花,故称为雨花台。

⑥ 钟陵:指明太祖朱元璋孝陵,在钟山南麓,故曰钟陵。

作者简介

钱澄之(1612—1694),初名秉镫,字幻光,号田间。桐城(今安徽省桐城市)人。曾任南明隆武朝延平府推官,永历朝礼部精膳司主事,翰林院庶吉士,后迁翰林院编修,知制诰。永历四年(1650),两粤失守,永历帝自梧州逃奔南宁。未及随驾,削发为僧,法号西顽。后返乡还俗,改名澄之。不仕清朝,著述以终。有《藏山阁集》、《田间集》。

题 解

此诗题为《金陵即事》,共五首,此诗为第一首,作于顺治十一年(1654),记清初明孝陵事。清初统治者大肆砍伐明孝陵林木,如吴伟业所记"钟陵十万松,同日遭斧创"。作为明遗民的钱澄之不忍看到征服者的残暴,所以"几度支筇未忍登"。但为"行愁",诗人登上孝陵,看到的是胡虏的骄纵牧马，故交削发为僧，逐渐老去，诗中饱含遗民的悲愤与故国之思。

登雨花台恭望

魏　禧

生平四十老柴荆①，此日麻鞋拜故京②。
谁使山河全破碎？可堪翦伐到园陵③。
牛羊践履多新草，冠盖雍容半旧卿④。
歌泣不成天已暮，悲风日夜起江生。

* 选自《魏叔子文集》第1356页，胡守仁、姚品文、王能宪校点，北京：中华书局2003年。

① 柴荆：指用柴荆筑成的门，这里指家乡。
② 故京：指南京。
③ 翦伐园陵事：清初，清朝统治者翦伐明孝陵事见上一首诗注释一。
④ "冠盖"句：指仕于清廷的官僚多半为明朝旧臣。

作者简介

魏禧（1624—1680），字冰叔，号裕斋，亦号勺庭先生。江西宁都人。明亡后，与兄祥、弟礼隐居翠微山，筑室易堂，授徒著述，有"宁都三魏"之称。又与彭士望、林时宜等号称"易堂九子"。以散文著称于世。有《魏叔子文集》。

题　解

这首诗是明遗民魏禧在康熙初年游南京所作。诗句质朴自然，但灌注着深沉激烈的故国之思和亡国之痛。诗人直呼"谁使山河全破碎？"振聋发聩。诗人看到清朝征服者居然翦伐明孝陵松木，痛心疾首。无奈礼乐文明之腹心,如今被游牧部族践踏蹂躏,牛羊腥膻遍地,屈节事新朝的权贵仍旧过着雍容富贵的生活。最后诗人以歌哭无端,悲风日夜作结,沉郁苍凉。

秣 陵

屈大均

牛首开天阙①,龙岗抱帝宫②。六朝春草里,万井落花中。
访旧乌衣少③,听歌玉树空④。如何亡国恨,尽在大江东⑤。

* 选自《屈大均诗词编年校笺》第176页,陈永正等校笺,上海:上海古籍出版社2017年版。

① "牛首"句:位于南京市南的牛头山,双峰并峙,如宫前阙楼,故称"开天阙"。
② "龙岗"句:龙岗即钟山。据晋张勃《吴录》:刘备曾使诸葛亮至京,因睹秣陵山阜,叹曰:"钟山龙盘,石头虎踞,此帝王之宅。"明朝南京故宫在钟山西南,故称"龙岗抱帝宫"。
③ 乌衣:即南京乌衣巷,东晋南朝时,王谢名门大族多聚居于此。
④ 玉树:即陈后主所做宫体诗《玉树后庭花》,辞曰:"丽宇芳林对高阁,新妆艳质本倾城。映户凝娇乍不进,出帷含态笑相迎。妖姬脸似花含露,玉树流光照后庭。花开花落不长久,落红满地归寂中。"后人以此为亡国之音。
⑤ 长江至芜湖与南京间因作西南、东北流向,故秦汉以来,泛称长江此河段的南岸地区为江东。

作者简介

屈大均(1630—1696),初名绍隆,字翁山,又字介子,番禺(今广东省广州市番禺区)人。少为诸生。清兵入粤时,曾参加抗清斗争。兵败后,削发为僧,法名今种。中年还俗,北游关中、山西各地,与顾炎武、李因笃等交往。他平生踪迹遍历南北各省,目睹社会动乱,每自慨叹,故其诗多写民生疾苦,慷慨突兀,寄托深远,语言别具特色,五律尤胜,与陈恭尹、梁佩兰并称为"岭南三大家"。著有《道援堂集》《翁山诗外》《翁山文外》《广东新语》等。

> **题 解**

秣陵,秦汉时期南京旧称,此诗为清初明遗民屈大均游南京所作。南京曾为明朝故都,诗中抒发了深沉的亡国之恨。诗的开头从南京形胜写起,南京本来号称"龙盘虎踞帝王州",是有王气所聚的。中间两联一转,写尽了亡国景象,诗句虽然以"六朝"为烟幕弹,实则写的是对明朝的亡国遗恨,在春草落花里,前朝繁华已逝。结句顺势追问:"如何亡国恨,尽在大江东?"是无奈的感叹,也是历史的沉思。

摄山秋夕作

屈大均

秋林无静树,叶落鸟频惊。一夜疑风雨,不知山月生。
松门开积翠,潭水入空明。渐觉天鸡晓,披衣念远征。

* 选自《屈大均诗词编年校笺》第196页,陈永正等校笺,上海:上海古籍出版社2017年版。

> **题 解**

摄山,又名栖霞山,在南京。《建康志》:"摄山多草药,可以摄生,故名焉。据《南史·僧绍传》:'僧绍遁隐摄山,建栖霞寺。'栖霞本寺名,后以名山。"此诗为屈大均宿摄山所作,全诗从秋夕写到天晓,写尽了屈大均作为一个遗民,眼中不安定的世界、犹疑的心境和漂泊的生活。

虎丘题壁

陈恭尹

虎迹苍茫霸业沉①,古时山色尚阴阴。
半楼月影千家笛,万里天涯一夜砧。
南国干戈征士泪,西风刀剪美人心。
市中亦有吹篪客,乞食吴门秋又深②。

* 选自《陈恭尹集笺校》第35页,陈荆鸿笺释,陈永正补订,李永新点校,广州:广东人民出版社2016年版。

① "虎迹"句:《越绝书》:"阖闾冢,在阊门外,名虎丘。葬三日而白虎居上,故号虎丘。"《史记·吴太伯世家》:"十九年夏,越因伐吴,败之姑苏,伤吴王阖庐指,军却七里。吴王病伤而死。阖庐使立太子夫差,谓曰:'尔而忘句践杀汝父乎?'对曰:'不敢!'三年,乃报越。"因游虎丘而想起阖闾争霸事,由阖闾而想起"杀父之仇"。

② 吹篪客:指伍子胥,《史记·范睢蔡泽列传》:"(伍子胥)鼓腹吹篪,乞食于吴市。"又,伍子胥父吴奢、兄吴尚被楚平王所杀,故奔吴复仇。陈恭尹之父陈邦彦因抗清被杀,号称"岭南三忠"之首。故此句以伍子胥自比。

作者简介

陈恭尹(1631—1700),字元孝,初号半峰,晚号独漉子。顺德(今广东佛山顺德区)人。著名抗清志士陈邦彦之子。清初诗人,与屈大均、梁佩兰同称"岭南三大家"。工书法。有《独漉堂全集》。

题 解

陈恭尹为岭南著名抗清志士陈邦彦之子,此诗为恭尹游虎丘所作。诗的开头由虎丘而思及阖闾争霸事,阖闾临死前谓太子夫差曰:"尔而忘句践杀汝父乎?"恭尹之父陈邦彦因抗清为清廷所杀,想必引起他的激烈的悲鸣,诗的最后又以伍子胥"吹篪客"自比,因为伍子胥因楚平王杀其父、兄而奔吴。所以,诗的首尾贯穿着"杀父复仇"的愤慨之情。中间两联,虽以清丽优美的笔法道出,但深沉而有韵致。

钱塘观潮

施闰章

海色雨中开①,涛飞江上台②。声驱千骑疾,气卷万山来。
绝岸愁倾覆③,轻舟故溯洄④。鸱夷有遗恨⑤,终古使人哀。

* 选自《施愚山集》第3册第60页,何庆善、杨应芹点校,合肥:黄山书社1992年版。

① "海色"句:大海的景色在秋雨中,浩渺迷蒙。
② 江上台:指观潮台。
③ "绝岸"句:在绝岸上观潮的人担忧江岸坍塌。
④ "轻舟"句:钱塘观潮有弄潮习俗,潘阆《酒泉子》:"弄潮儿向潮头立,手把红旗旗不湿。"此句指弄潮儿在江中故意溯回上下。
⑤ "鸱夷"句:《史记·伍子胥列传》:"吴王闻之大怒,乃取子胥尸盛以鸱夷革,浮之江中。"《临安志》:"吴王赐子胥死,以其尸盛鸱夷之革,浮之江中。子胥因流扬波,依潮往来,时见其朱旗白马在潮头者,因立庙。每岁仲秋既望,潮极大,杭人以旗鼓迓之,日祭潮神。有弄潮之戏。"

作者简介

施闰章(1618—1683),字尚白,号愚山,又号蠖斋,晚号矩斋。宣城(今安徽省宣城市)人。顺治六年进士,历任刑部主事、山东学政、江西布政司参议。康熙六年,以裁缺归里。十八年,召试博学鸿词,授翰林院侍讲,充《明史》纂修官,典试河南。二十二年,转翰林院侍读,寻病卒。诗宗汉魏盛唐,风格平和,温柔敦厚。与宋琬齐名,有"南施北宋"之称。著有《施愚山先生全集》。

题 解

康熙七年(1668)施闰章到海宁观潮,作此诗。钱塘潮是闻名天下的奇观,每逢农历八月十八前后,杭州湾钱塘江口巨潮袭来,波涛万丈。此诗将客观描写与主观感受相融合,写出了钱塘潮的雄壮声威和磅礴气势。

燕子矶

施闰章

绝壁寒云外①,孤亭落照间②。六朝流水急,终古白鸥闲。树暗江城雨,天青吴楚山。矶头谁把钓,向夕未知还?

* 选自《施愚山集》第2册第448页,何庆善、杨应芹点校,合肥:黄山书社1992年版。

① 绝壁:指燕子矶。
② 孤亭:指俯江亭。

题 解

这首五律似乎是一首寻常的写景之作,但却有涵泳不尽的韵致,其秘密就在于景物之中透露出对历史与人世的沉思。江水、白鸥本是寻常物象,冠以"六朝江水""终古白鸥"则将诗歌意象历史化、人文化,同时"急"与"闲",形成语言张力,隐含诗人在历史、自然面前的价值选择,即追求超越于人间世的心灵自由。诗的最后以"矶头谁把钓,向夕未知还"作结,即为诗人追求心灵自由的具象化。

江南相关知识

燕子矶

明天启刻《金陵图咏》:"燕矶晓望,燕子矶在城北观音门外,乃幕阜诸山尽脉处,石色仓润,形势峇岈,直探江中,波涛冲击,三面尽见,上建关圣祠,蹬道盘折,而上有俯江亭可以憩饮。"

清、近代诗（三十三首）

秦淮杂诗

王士禛

其一

年来肠断秣陵舟①,梦绕秦淮水上楼。
十日雨丝风片里②,浓春烟景似残秋。

其二

结绮临春尽已墟③,琼枝璧月怨何如④。
惟余一片青溪水⑤,犹傍南朝江令居⑥。

其三

桃叶桃根最有情⑦,琅琊风调旧知名⑧。
即看渡口花空发⑨,更有何人打桨迎?

其五

潮落秦淮春复秋,莫愁好作石城游⑩。
年来愁与春潮满,不信湖名尚莫愁⑪。

其八

新歌细字写冰纨⑫,小部君王带笑看⑬。
千载秦淮呜咽水,不应仍恨孔都官⑭。

* 选自《渔洋精华录集释》上册第227—229页,李毓芙、牟通、李茂萧整理,上海:上海古籍出版社1999年版。

① 秣陵:南京古称之一。秦始皇三十七年(前210)改金陵邑为秣陵。

② 雨丝风片:即细雨微风。汤显祖《牡丹亭·惊梦》:"朝飞暮卷,云霞翠轩;雨丝风片,烟波画船。"

③ 结绮临春:南朝陈后主在金陵建临春、结绮、望仙三阁,后主自居临春阁,张

贵妃居结绮阁,龚、孔居望仙阁,楼阁间有复道交相往来,穷极奢华。

④ 琼枝璧月：陈后主宴请宾客,每每请诸人共赋新诗,采其中尤其艳丽者以为曲词,被以新声,令宫女歌唱,其内容大抵赞美张贵妃、孔贵嫔等人之容色,有"璧月夜夜满,琼树朝朝新"之句。

⑤ 青溪：指三国时吴在建业城东南所开沟渠,泄玄武湖水入秦淮河。曲折达十余里,亦名九曲青溪。《南史·后妃传》："隋军克台城,贵妃与后主俱入井,隋军出之。晋王广命斩之于青溪中。"

⑥ 江令居：江总的住宅。江总(519—594),字总持,南朝考城(今河南兰考东)人,历仕梁、陈、隋三朝,陈后主时官至尚书令,不务政事,游宴无度,竟作宫体,人称"狎客"。宋张敦颐《六朝事迹编类》引陶季直《京都记》云："京师鼎族多在青溪埭,尚书孙玚、尚书令江总宅,当时并列溪北。"王安石《招约之职方并示正甫书记》"往时江总宅,近在青溪曲。"

⑦ 桃叶桃根：桃叶相传为东晋王献之侍妾,桃根为桃叶之妹。《隋书·五行志》："陈时,江南盛歌王献之桃叶之词,曰：'桃叶复桃叶,渡江不用楫。但度无所苦,我自迎接汝。'"李商隐《燕台诗四首》之四："当时欢向掌中销,桃叶桃根双姊妹。"

⑧ 琅琊风调：王献之为琅琊人,向以风仪潇洒而闻名。李商隐《无题》："照梁初有情,出水旧知名"。

⑨ 渡口：此指桃叶渡,相传为王献之送别桃叶处。宋祝穆《方舆胜览》："桃叶渡,一名甫浦渡。《金陵览古》：在秦淮口。"宋张敦颐《六朝事迹编类·桃叶渡》："桃叶者,王献之爱妾名也,其妹曰桃根。"

⑩ 石城：此指石头城,南京城旧称。

⑪ 莫愁湖在南京水西门外,传说六朝时有女子名卢莫愁住在湖上,湖因此得名。郭茂倩《乐府诗集》录《莫愁乐》二首,其一曰："莫愁在何处？莫愁石城西。艇子打两桨,催送莫愁来。"前有序曰：《唐书·乐志》载："《莫愁乐》者,出于《石城乐》。石城有女子名莫愁,善歌谣,《石城乐》和中复有忘愁声,因有此歌。"

⑫ "新歌"指弘光朝兵部右侍郎阮大铖所撰传奇。冰纨指洁白的细绢。此句作者自注曰："弘光时,阮司马以吴绫作朱丝阑,书《燕子笺》诸剧进宫中。"

⑬ 小部：原指唐代宫廷中的少年歌舞乐队。《太真外传》："小部者,梨园法部所置,凡三十人,皆十五以下,于长生殿奏新曲。"后泛指梨园、教坊演剧奏曲。联系当时历史,此处或指阮大铖搜访入宫演唱其所献诸剧的妓女戏班。君王：本指唐明皇,此处借指弘光帝。

⑭"千载"二句：孔都官即孔范，与江总等人并为"狎客"，受陈后主宠信。此处以孔衬阮，谓同属奸佞误国，阮大铖较孔范更甚。

作者简介

王士禛(1634—1711)，字子真，一字贻上，号阮亭，又号渔洋山人，山东新城(今桓台)人。顺治十五年(1658)进士，累官至刑部尚书，谥文简。工诗，倡神韵说，为当时诗坛领袖人物之一，主持风雅数十年，被誉为"一代正宗"。有《带经堂全集》。

题 解

顺治十八年(1661)春，王士禛时任扬州推官，因事至南京，居秦淮丁继之家，与丁谈及秦淮旧事，作绝句二十首，大抵借咏秦淮今昔盛衰以寄兴亡之慨。该组诗《渔洋山人精华录》收录十四首，此共选其五首，其一为缘起，其二写陈之兴亡，其三写桃叶渡故迹，其五写莫愁湖之古今，其八写南明旧事。金陵不仅是六朝古都，亦是洪武、建文朝及南明的都城，可吟咏者固多，况值明清易代后不久，作者咏怀古迹的同时，亦隐隐流露出对故国的凭吊之思。故虽写春景，而笔笔含秋意，委婉道出，欲露不露，使这组诗别具艺术魅力。

集 评

(其一)秦淮裙屐之胜，歌咏最夥，余独爱卓人月两句云："雨丝风片有时有，云黛烟鬟无日无"，荡魂销意，绮罗如在。王阮亭杂诗"十日雨丝风片里，浓春烟景似残秋"，即此意也。(清舒位《瓶水斋诗话》)

(其八)阮亭专以神韵为主，如《秦淮杂诗》有感于阮大铖《燕子笺》事云："千载秦淮呜咽水，不应仍恨孔都官。"……蕴藉含蓄，实是千古绝调。(清赵翼《瓯北诗话》)

(其八)"孔都官"一绝，吊古伤今，感慨系之，语最蕴藉可味。(王文濡《历代诗评注读本》)

江南诗

> **江南相关知识**
>
> **"两莫愁"与"三莫愁"**

关于莫愁女的籍贯,原有两种说法。一说莫愁是郢州石城(今湖北钟祥)人,是位能歌善舞的女子。初见于南朝乐府民歌《莫愁乐》云:"莫愁在何处,莫愁石城西,艇子打两桨,催送莫愁来。"据说其地有"莫愁村",城北有湖,与村毗连,称"莫愁湖"。一说莫愁为河南洛阳人,是位富贵人家的少妇,初见于梁武帝萧衍《河中之水歌》:"河中之水向东流,洛阳女儿名莫愁。……十五嫁为卢家妇,十六生儿字阿侯。卢家兰室桂为梁,中有郁金苏合香。头上金钗十二行,足下丝履五文章。……"唐代沈佺期《古意》"卢家少妇郁金堂,海燕双栖玳瑁梁"、李商隐《马嵬》"如何四纪为天子,不及卢家有莫愁"均指这位卢莫愁。

后来又出现了南京莫愁。据说她住在三山门外的莫愁湖上,身份则是一位妓女,而姓氏也是卢。宋代周邦彦《西河》词专咏金陵,其中即有"莫愁艇子曾系"之语。有人推测,此或后代倡女慕莫愁之名,好事者遂因其人以名湖,而竟陵与金陵、石城与石头城又易相混之故。就这样,莫愁便有了三种说法。而今天,南京莫愁后来居上,最为知名。

——可参看宋洪迈《容斋随笔》"两莫愁"条、明·张萱《疑耀》"莫愁"条、清·俞樾《茶香室丛钞》"莫愁村"条。

真州绝句

王士禛

其三

晓上江楼最上层,去帆婀娜意难胜①。
白沙亭下潮千尺②,直送离心到秣陵。

其四

江干多是钓人居③,柳陌菱塘一带疏。
好是日斜风定后,半江红树卖鲈鱼。

* 选自《渔洋精华录集释》上册第292页,李毓芙、牟通、李茂萧整理,上海:上海古籍出版社1999年版。

① 婀娜:宋郭茂倩《乐府诗集》卷四六《吴声歌曲·懊侬歌十四首》其八:"长樯铁鹿子,布帆阿那起。诧侬安在间,一去三千里。""阿那"通"婀娜",此处形容去帆轻盈美好之状。

② 白沙亭:真州白沙洲上之亭。清尹继善修、黄之隽纂《(乾隆)江南通志》:"白沙亭旧在仪征县白沙洲,唐韦应物有《白沙亭逢吴叟歌》。"

③ 江干:江岸。

题 解

此为康熙元年(1662)王士禛由扬州任所前往真州时所写。真州即江苏仪征,位于长江北岸,在明清之际是扬州与金陵之间的交通要道,沿江一带风景甚佳,这组绝句即写此地风光。共有五首,此选其中三、四两首。第三首写清晨登楼目送归帆远去,三四句写关情之处,心与潮驰而直达彼岸,其妙处与太白"我寄愁心与明月,随风直到夜郎西"(《闻王昌龄左迁龙标遥有此寄》)相类。第四首写江畔景致及渔家生活,用寻常语而明丽清新,极具画面感,三四句尤为脍炙人口,以至"江淮间多写为图画"(《渔洋诗话》)。

集 评

(其四)宋王乂丰句云:"倚松茅屋斜开径,近水人家半卖鱼",王渔洋"好是日斜风定后,半江红树卖鲈鱼"盖本此,而练之益工。余家之西有河,石桥跨之,水极清澈,常产银鱼,他处则否。故杂忆乡居诗有云:"好是月明风静夜,石桥西畔网银鱼",是又脱胎于渔洋者也。(清金武祥《粟香随笔》)

(其四)此诗乃先有第四句而足成之者也。适然遇此佳景,适然得此佳句,而以前三句成篇,此诗家请客之法也。但主客须要相配,如一句未工,一字未稳,便如嵇、阮辈与屠沽儿相厕也。试看此四句,色色俱精,却又一气呵成,直如天造地设,所谓大匠"运斤成风",欲求斧凿之痕,了不可得。(清伊应鼎《渔洋先生精华录会心偶笔》)

(其四)板桥山色晚秋初,楚泽真州画不如。我爱新城诗句好,半江红树卖鲈鱼。(清宗梅岑《读阮亭先生真州绝句漫作》)

(其四)仆最爱阮亭《真州绝句》中"半江红树卖鲈鱼",今又得此,不觉为渊才狂喜。(清邹祗谟辑《倚声初集》)

(其四)"半江红树"句,何等风韵;"晓风残月"句,又何等蕴藉,三首足为真州绝唱。(王文濡《历代诗评注读本》)

秣陵怀古

纳兰性德

山色江声共寂寥,十三陵树晚萧萧①。
中原事业如江左②,芳草何须怨六朝③。

* 选自《通志堂集》第158页,清纳兰性德撰,上海:上海古籍出版社1979年影印本。

① 十三陵:指明代自成祖长陵到思宗思陵共十三个皇帝陵墓的总称,位于北京市昌平县天寿山麓。

② "中原"句:中原本指河南一带,这里指北方。明代自成祖迁都北京后,即以北方为统治中心。江左指江东。

③ "六朝"句:六朝指吴、东晋、宋、齐、梁、陈等六个在南京建都的朝代。王安石《桂枝香》:"六朝旧事随流水,但寒烟、芳草凝绿。"

作者简介

纳兰性德(1655—1685),原名成德,字容若,号楞伽山人,满洲正黄旗人,太傅明珠长子。康熙十四年(1675)进士,官至一等侍卫。著有《通志堂集》。

题 解

康熙二十三年(1684)九月,纳兰扈从康熙帝南巡,十一月还京师,该诗即写于是年。

明朝最初定都南京,后由朱棣迁都北京,李自成攻占北京后,崇祯帝自尽,众人拥立福王朱由崧在南京即位,旋即灭亡。纳兰此诗之"中原"与"江左",即可泛指中国历史上在北方与江南建都的朝代,抑或特指明代北京朝廷与南明弘光朝,无论定都何地,最终仍不能摆脱灭亡的命运。

古来作品多有把江左政权的灭亡归因于金粉繁华腐蚀统治者意志所致,纳兰此诗则着眼于更广的视野,将北方政权与江左政权对举,因而引人更深刻的思索:江左若亡于此故,中原又亡于何故? 盖盛衰之理,虽曰天命,亦关乎人事;虽关乎定都之地,亦不仅关乎定都之地;虽与帝王之忧劳抑或逸豫相关,却亦与其他诸多因素相关。故具体原因当具体分析,不能一概而论。

集 评

(纳兰)诗有开元大历风格。《秣陵怀古》云:"山色江声久寂寥,十三陵树晚萧萧。中原事业如江左,草色何须怨六朝",较龚孝升"兴怀何限兰亭感,流水青山送六朝",有过之无不及也。(杨锺羲《雪桥诗话》)

灵隐寺月夜

厉 鹗

夜寒香界白①,涧曲寺门通②。
月在众峰顶③,泉流乱叶中。

江南诗

　　一灯群动息④,孤磬四天空⑤。
　　归路畏逢虎,况闻岩下风。

　　* 选自《樊榭山房集》第60页,董兆熊注,陈九恩标校,上海:上海古籍出版社1992年版。

　　① 香界:指佛寺。明杨慎《丹铅总录·琐语》:"佛寺曰香界。"

　　② "涧曲"句:《杭州府志》"灵隐山亦曰灵苑,亦曰仙居,其水南流者谓之南涧,北流者谓之北涧。南涧源出白云峰,北涧源出西源峰,曲折流至合涧桥相会。"常建《题破山寺后禅院》:"曲径通幽处,禅房花木深。"

　　③ "月在"句:灵隐寺周有北高峰、南高峰、飞来峰,故云。张炎《摸鱼子·高爱山隐居》:"正碧落尘空,光摇半壁,月在万松顶。"

　　④ "一灯"句:陶渊明《饮酒》其七:"日入群动息。"

　　⑤ 磬:佛寺中用以集合僧众的鸣器或钵形铜乐器。四天:本指四禅天,此处泛指四方天空。高适《同群公登濮阳圣佛寺阁》:"佛因初地识,人觉四天空。"

作者简介

　　厉鹗(1692—1752),字太鸿,号樊榭,浙江钱塘(今杭州)人。清康熙五十九年(1720)举人,乾隆元年(1736)荐博学鸿词,被罢,终生未仕。工诗词,为浙派中期代表人物。诗清幽孤峭,好用僻典;词宗南宋,尚清空醇雅,成就尤高。著有《樊榭山房集》《宋诗纪事》等。

题 解

　　此诗写于康熙五十五年(1716),其时作者馆于杭州汪氏听雨楼。灵隐寺始建于东晋咸和元年,位于杭州西湖西北灵隐山东南麓,背靠北高峰且面朝飞来峰,寺中有冷泉亭诸名胜。这首诗将月下灵隐写得清空幽邃,迥出尘表。作为继朱彝尊、查慎行等人之后浙西诗派的代表人物,厉鹗性雅好游,故写景之作颇多。他师法永嘉四灵及陈与义等人又别出心裁,形成一种清隽幽寂的风格,读这首诗不难发现这一特点。

> **集 评**
>
> 三、四诗中有画,足为灵隐写照。(王文濡《清诗评注读本》)
>
> 在唐人王维《过香积寺》、常建《破山寺后禅院》二诗之间。(钱仲联、钱学增选注《清诗三百首》)

富春至严陵山水甚佳①

纪　昀

其一

沿江无数好山迎,才出杭州眼便明。
两岸蒙蒙空翠合,琉璃镜里一帆行。

其二

浓似春云淡似烟,参差绿到大江边。
斜阳流水推篷坐,翠色随人欲上船②。

* 选自《纪文达公遗集·诗集》卷十三,清纪昀撰,清嘉庆十七年纪树馨刻本。

① 严陵:在浙江桐庐县西,因东汉严光(子陵)曾隐居于此而得名。
② 王维《书事》:"坐看苍苔色,欲上人衣来。"

> **作者简介**
>
> 纪昀(1724—1805),字晓岚,一字春帆,别号石云,直隶献县(今属河北)人,乾隆十九年(1754)进士,官至礼部尚书、协办大学士,加太子少保,谥文达。学问渊博,曾任四库全书馆总纂官,纂定《四库全书总目提要》。工诗赋骈文。著作有《纪文达公遗集》《阅微草堂笔记》等。

江南诗

题 解

作者从杭州出发,溯江上行,自富阳至桐庐。此段山水,正如吴均《与朱元思书》中所谓:"奇山异水,天下独绝"。这组诗共四首,此选其前两首。第一首写从钱塘江到富春江一段,由于江面开阔,眼前为之豁然开朗;沿岸青山不断,如相迎迓,令人应接不暇。天山共色,遥相环抱;而水清见底,小舟如行镜中。第二首写山因远近不同而浓淡各异,参差碧色与江水相接,叠成一碧,欲随人而染衣也。纵观二首,前者侧重写富春山水之澄净空明,后者侧重写富春山水之青翠流动,如观一巨幅青绿山水长卷。

江南相关知识

一江几曲话钱塘

钱塘江古称"浙江",是浙江省最大河流。发源于安徽省休宁县青芝埭尖,向东北流到杭州市的闸口注入杭州湾。广义的钱塘江是指整条干流,狭义的钱塘江是指杭州萧山闻家堰以下河段。

钱塘江干流各段名称不同,安徽省屯溪县浦口以下称为新安江,东流至浙江汇入千岛湖,继续东流,与北注的兰江在建德市梅城汇合;自梅城东北向而流,经桐庐、富阳至浦阳江口东江嘴的河段称为富春江;再转折下行至杭州一段,江面开阔,为钱塘江,此后河道曲折如"之"字,最终流入东海。

"源头活水出新安,百转千回下钱塘",钱塘江一路风光奇绝秀丽,尤其富春江一带,两岸山色青苍,江水澄澈,自然景观与人文胜迹交相映发,古来诗人多有吟咏。

润州小泊[①]

蒋士铨

孤城浪打朔风骄,铁瓮阴阴锁丽谯[②]。
微雨夜沽京口酒[③],大江横截广陵潮[④]。

船胶沍水帆俱落，人击层冰冻未消。
小泊不妨侵晓去，海门寒日射金焦⑤。

　　＊选自《忠雅堂集校笺》第一册第169—170页，邵海清校，李梦生笺，上海：上海古籍出版社1993年版。
　　① 润州：州治在今江苏镇江市。《读史方舆纪要》："春秋时吴地，秦为会稽郡地，三国吴曰京口镇，唐曰润州，宋为镇江府。"
　　② 铁瓮：即铁瓮城，系江苏镇江子城。《镇江府志》："子城，吴大帝所筑，内外甓以甓，号铁瓮城。《图经》言：'古号铁瓮城者，以其坚固如金城也。'"丽谯：本指华丽的高楼，此处指城楼。
　　③ 京口酒：《晋书·郗超传》："时愔在北府，徐州人多劲悍，温恒云'京口酒可饮，兵可用'，深不欲愔居之。"后用为名酒的典实。罗隐《北固亭东望寄默师》："病怜京口酒，老怯海门风。"
　　④ 广陵潮：广陵，今江苏扬州，古人常于阴历八月十五日在此观看江潮，可参看枚乘《七发》。
　　⑤ 海门：镇江焦山东北有二小山对峙，谓之"海门"。金焦：指金山和焦山，均在镇江。

作者简介

　　蒋士铨(1725—1785)，字心馀，一字苕生，号清容、藏园、定甫，江西铅山人。乾隆二十二年(1757)进士，改庶吉士，授编修，旋以养母乞归。四十岁后历主蕺山、崇文、安定书院讲席，晚年还朝，充国史馆纂修官，记名以御史补用。工诗文词曲，其诗与袁枚、赵翼齐名，并称"江右三大家"，著有《忠雅堂诗文集》《藏园九种曲》等。

题 解

　　本诗为蒋士铨在乾隆十二年冬泊舟镇江时所作。孤城铁瓮，浪打风吹；沍水层冰，船胶帆落，无不体现出严冬特有的闭锁、凝滞与阴寒。而与此同时，沽名酒而观截潮，击层冰而待晓日，写来却有一种冷冽清严之致，令人身心俱清，神观飞越。作者将特定节候与地缘特色相结合，呈现出严冬下润州城别具一格的风貌。尾联兴象高远，私意以为堪与祖咏名句"林表明霁色，城中增暮寒"并美。

江南知识

广陵潮之前生今世

　　提到我国的江潮，现代人首先想到的是钱塘江大潮，然而两千多年前的"广陵潮"却比今天的钱塘潮更为壮观，这在枚乘、王充、曹丕等人笔下都得到过证实。"广陵潮"在唐代以后逐渐衰落，至清代，某些人甚至对"广陵潮"的发生地是否在"广陵"都产生了质疑，博学多才如朱彝尊、袁枚等人，都将"广陵潮"与"钱塘潮"混为一谈，而乾隆皇帝甚至认为《七发》之作不过文人假托，广陵潮未必实有。至民国，傅斯年先生撰文，坚称广陵潮在浙江，影响甚广。直到上世纪末，得卫星观测技术与考古挖掘之助，人们方弄清广陵潮消失的原因，并证明广陵潮的发生地确实在广陵——扬州。

　　"有情风万里卷潮来，无情送潮归。"江潮有一日之涨落，落还复涨；有最终之消逝，去而无归。昔日"浩浩瀁瀁"之广陵潮已成陈迹，沧海桑田，今日之钱塘潮多年后亦终将步广陵潮之后尘。大自然的变迁无所谓有情无情，但消逝的美总令有情之人不免低回怅惘。

梅花岭吊史阁部[①]

蒋士铨

号令难安四镇强[②]，甘同马革自沉湘[③]。
生无君相兴南国[④]，死有衣冠葬北邙[⑤]。
碧血自封心更赤[⑥]，梅花人拜土俱香[⑦]。
九原若逢左忠毅[⑧]，相向留都哭战场[⑨]。

* 选自《忠雅堂集校笺》第一册第199页,邵海清校,李梦生笺,上海:上海古籍出版社1993年版。

① 梅花岭:在江苏扬州旧广储门外。《大清一统志·扬州府》:"明万历中,州守吴秀浚河积土而成,因树以梅,故名。"史阁部:即史可法,南明弘光朝时,官东阁大学士、兵部尚书,称史阁部。曾督师扬州,清兵南下,城破而殉难,遗体不见,人葬其衣冠袍笏于梅花岭,称衣冠冢。

② 四镇:南明弘光朝分江北为四镇,分别由黄得功、刘良佐、刘泽清、高杰四人领兵驻守。四镇名义上受史可法节制,实则拥兵自重,甚至自相攻战。

③ 马革:《后汉书·马援传》:"男儿要当死于边野,以马革裹尸还耳。"此言史可法誓死抗敌,甘愿捐躯沙场。自沉湘:屈原忠而被谤,流放湘江。后目睹楚国衰亡,愤而自沉于汨罗江。相传史可法乃投江自尽,故有此比。

④ "生无"句:南明一朝,弘光帝昏聩无能,马士英、阮大铖辈又朋比为奸,故国复兴无望。

⑤ 北邙:即位于河南洛阳东北的北邙山,东汉时期王侯公卿多藏于此地,这里借指梅花岭。

⑥ 碧血:《庄子·外物篇》:"苌弘死于蜀,藏其血,三年而化为碧。"此句,手稿本作"白日魂归风尚烈"。

⑦ "梅花"句:陆游《卜算子·咏梅》:"零落成泥碾作尘,只有香如故。"此或取其意。

⑧ 九原:地下、九泉之意。左忠毅:即左光斗,明天启时任左佥都御史,因弹劾魏忠贤而遭迫害,死于狱中,后追谥忠毅。史可法为左光斗门生,曾冒死到狱中探望左光斗,却受到严厉斥责,左希望史能保全自己,以期他日能继其遗志,为国效忠。可参看方苞《左忠毅公逸事》。

⑨ 留都:明成祖迁都北京后,以南京为留都。

题 解

此诗作于乾隆十三年(1748),作者时在扬州。全诗紧扣诗题,以江北"四镇"之拥兵自重、互相倾轧及南明君臣之荒淫无度、结党营私来反衬史可法之忠肝义胆、矢志不移的人格精神,并哀叹其孤木难支、复国无望的人生悲剧。在文网森严的乾隆朝而有此类慷慨激昂、长歌当哭之作,诚为难能可贵。

江南诗

集评

（颈联）十四字已了史公一篇本传。（《蒋清容先生手书诗稿》）

五、六句传神言外，一结忽然想到忠毅，便有生发。（王文濡《清诗评注读本》）

题王石谷画册①

蒋士铨

其四

孤亭危坐意萧然，千尺松涛响乱泉。
可惜隆中卧龙子②，肯将丞相换神仙。

其五

不写晴山写雨山，似呵明镜照烟鬟③。
人间万象模糊好，风马云车便往还④。

* 选自《忠雅堂集校笺》第一册第1385页，邵海清校，李梦生笺，上海：上海古籍出版社1993年版。

① 王石谷(1632—1717)：王翚，字石谷，号耕烟散人、乌目山人，江苏常熟人，为清初著名山水画家。

② 隆中卧龙子：指诸葛亮。东汉末年曾隐于湖北襄阳的隆中，人称卧龙。《三国志·蜀志·诸葛亮传》(徐庶)谓先主曰："诸葛孔明者，卧龙也，将军岂愿见之乎？"

③ 烟鬟：本形容女子如云的鬟发，此处比喻画中烟雨迷蒙中的青山。

④ 风马云车：指神仙所乘车驾。傅玄《吴楚歌》："云为车兮风为马，玉在山兮兰在野。"

题解

这组题画诗写于乾隆三十九年甲午(1774)，时作者在扬州任安定书院讲席。原诗共十二首,此选其第四、五二首。

其四所题之画当为孤亭内的隐士图。前二句写其独坐高松流泉之间,意态悠闲,萧然尘外,此类主题在传统绘画中甚为常见。作者继而笔锋一转,将此神仙般的高隐生活与鞠躬尽瘁死而后已的典型——诸葛亮相对比,流露出对其出世而复入世的惋惜之意。出与处、仕与隐原是千百年来中国传统士人必须面对的艰难抉择,本诗正可引人展开对此一话题的思索。

其五所题之画当为雨山图。"晴山"见"真形"而"雨山"见"变态",烟云缭绕吞吐之际,幻象瑰奇,变化多端,神仙车驾便可乘云气而自由往来。雨中山峦别具朦胧之美,正如呵气于明镜而成薄薄水雾,所鉴美人之雾鬓烟鬟自别具一番情态,此喻甚为生动巧妙。更为可贵的是,作者由此推而广之,提出一个包蕴深广的美学观点——"人间万象模糊好",读者可由此展开联想:就艺术而言,隐微朦胧更具耐人寻味的空间;就人生而言,难得糊涂亦不失为参透世情后的一种修养与智慧。

二首诗虽皆为题画诗,却不为主题所限,由生动的形象引发读者深远的思索,可谓题画诗中的佳作。

集 评

蒋心馀《响屧廊》云:"不重雄封重艳情,遗踪犹自慕倾城。怜伊几緉平生屐,踏碎山河是此声";题画云:"孤亭危坐意萧然,千尺松涛响乱泉。可惜隆中卧龙子,肯将丞相换神仙。不写晴山写雨山,似呵明镜照烟鬟。人闲万象模糊好,风马云车便往还",用意沉着,又七绝中之飞将也。(清朱庭珍《筱园诗话》)

江南知识

王翚与"四王画派"

"四王"是指清初王时敏、王鉴、王翚、王原祁四位山水画家。四人均主张学习传统,师法元四家及明代董其昌等人,讲求法度,追求"恬淡平和"之美,一时画者竞相效仿,被奉为"正宗",受到皇室扶植而雄踞整个清代画坛,对同时及后世山水画产生了深远影响。

四王之中,王时敏、王鉴、王原祁均为江苏太仓人,王翚则是江苏常熟人。绘画理论上,他主张"以元人笔墨,运宋人丘壑,而泽以唐人气韵,乃为大成"。绘画实践中,他将黄公望、王蒙的书法性用笔与巨然、范宽的构图完美地结合起来,创造出一种华滋浑厚、气势勃发的山水画风格。他早期画风清丽工秀,晚期则倾向苍茫浑厚。章法富于变化,水墨与浅绛渲染得法,被奉为"虞山派"的代表人物。

登焦山

张问陶

四面江声涌翠鬟,海门高处豁心颜。
志存舟楫知谁子①,历尽风涛是此山。
呼吸便疑通帝座②,扶摇直欲去人间。
满岩松石皆仙骨,应笑狂奴不肯闲。

* 选自《船山诗草》上册第38页,清张问陶撰,北京:中华书局1986年版。
① 《书经·说命》:"若济巨川,用汝作舟楫。"
② 唐冯贽《云仙杂记》:"李白登华山落雁峰曰:'此山最高,呼吸之气想通天帝座矣,恨不携谢朓惊人诗来搔首问青天耳。'"李白尝登华山绝顶,叹曰:"此间呼吸想通帝座,恨未能携谢朓惊人句来耳。"

作者简介

张问陶(1764—1814),字仲冶,号船山,四川遂宁人。乾隆五十五年(1790)进士,授翰林院检讨,曾官吏部郎中、莱州知府等职。辞官后侨寓苏州虎丘以终。工书擅画，尤工于诗，论诗主性灵说，为袁枚所赏，赞其诗"沉郁空灵，为清代蜀中诗人之冠"。著有《船山诗草》。

题解

乾隆五十年(1785)秋，作者自京师还遂宁，先由北运河南下至扬州，再从瓜洲渡上溯长江而西行，到达镇江焦山时写下此诗，是年作者22岁。该诗首联写出焦山状若"翠鬟"且四面环江之山形水势；颔联以焦山作为中流砥柱，"历尽风涛"而不改，隐喻士人处变不惊的修养，并隐约流露出自己欲"作舟楫"以济世的抱负；颈联二句以"通帝座"暗喻得君行道的理想，以"去人间"象征不为世缘所累的洒脱，一入世一出世，亦担当亦逍遥，显示出儒道互补的人格理想；尾联写山灵笑我不肯息心，实则自嘲不能忘怀世事。

焦山因东汉处士焦光(一曰焦先)曾隐居于此而得名，江光竹影，幽閟绝尘，故在京口三山中，别具一种幽独气质与隐逸传统。同时，焦山作为滚滚长江中四面环水的孤峰，亦往往被视为中流砥柱的象征。故出世与入世、超越与担荷等相反相成的品质内化于一山之中，并与某些诗人的人格理想隐然相合，在其笔下呈现出来。这首诗集中体现了这一点。

江南相关知识

京口三山

金山、北固山和焦山自西而东屹立于镇江市长江南岸，被称为"京口三山"。三山各有特色，当地流传所谓"金山寺裹山，焦山山裹寺，北固寺冠山"之说。金山寺依山就势而建，规模宏大，殿宇楼阁层层将山体包裹起来，故曰"寺裹山"；焦山植被蓊郁，山石荦确，寺院建筑大都掩映于林木巉岩中，故曰"山裹寺"；北固山主峰临江而立，甘露寺高踞峰巅，故曰"寺冠山"。"京口三山"自古负有盛名，如明代张弌诗曰："万顷波涛里，巍然阅古今。云烟三山接，花木四时新"；何景明诗曰："自有三山镇京口，形势跨绝东南山。江吞海吐互变见，参天峙地何巉岏"；清代沈德潜诗曰："微茫欲没三山影,浩荡还流六代声。……长风瞬息过京口,楚尾吴头无限情"等等,皆可为证。

读《桃花扇》传奇偶题十绝句

张问陶

其一

竟指秦淮作战场,美人扇上写兴亡①。
两朝应举侯公子②,忍对桃花说李香③。

其八

一声檀板当悲歌④,笔墨工于阅历多。
几点桃花儿女泪,洒来红遍旧山河。

* 选自《船山诗草》上册第140—141页,清张问陶撰,北京:中华书局1986年版。

① 美人扇:指侯方域送给李香君的定情诗扇。当阮大铖等人逼迫李香君改嫁漕抚田仰时,李香君以死相抗,血溅诗扇。后来杨龙友将扇上血痕点染成桃花图,是为桃花扇。

② 两朝:指明、清。侯方域入清以后曾于顺治八年(1651)应河南乡试,中副榜,故有"两朝应举"之说。

③ 李香:指李香君,"李香"又可妙对此句之"桃花"。

④ 檀板:檀木所制的拍板,演剧中所用乐器。

题 解

该诗写于乾隆五十六年辛亥(1791)。《桃花扇》是清初孔尚任所作传奇剧本。该传奇通过复社名士侯方域和秦淮名妓李香君悲欢离合的爱情故事,以及复社文人与阮大铖、马士英为首的权奸之间的斗争,展现南明覆亡的历史,所谓"借离合之情,写兴亡之感",张问陶这组诗即有感于此剧而作。原诗题为十首,《船山诗草》录八首,这里选录其中二首。二首均围绕"桃花扇"这一贯穿全剧的中心展开,其一侧重写剧中人,妙在简短的文字中容纳了多重对比:旖旎多情的温柔乡竟成为血雨腥风的战场,轻灵的美人之扇竟承载了沉痛的家国兴亡,而饱读诗书的复社名士之操守气节竟不及一出身低微的青楼女子,这些作者均未直接说明,却可使读者在对比中自己领悟,因而更具艺术魅力。其二侧重写剧作者。孔尚任虽非明遗民,却曾为创作该剧而与许多明遗民有过深入交往,对南明旧事知之甚详,投入既多,感慨自深。正如沈默《桃花扇题辞》中所谓:"山人胸中,有一段极大感慨",故形之于笔墨,击之以檀板,长歌当哭,俱是兴亡之泪。《桃花扇》一剧的非同寻常的感染力即缘于此。

明清易代之际,世变所激,秦淮河畔出现很多可歌可泣的女子,风骨气节往往令须眉汗颜。李香君、柳如是、葛嫩娘等人莫不如此。她们为明王朝的黄昏涂上一抹绮丽悲壮的晚霞。

扬州城楼

陈 沆

涛声寒泊一城孤,万瓦霜中听雁呼。
曾是绿杨千树好①,只今明月一分无②。
穷商日夜荒歌舞,乐岁东南困转输③。
道谊既经功利重④,临风还忆董江都⑤。

* 选自《陈沆集》第43页,宋耐苦,何国民编校,武汉:湖北教育出版社2001年版。
① "曾是"句:王士禛《浣溪沙·红桥》:"绿杨城郭是扬州。"
② "只今"句:徐凝《忆扬州》:"天下三分明月夜,二分无赖是扬州。"
③ 乐岁:丰年。《孟子·梁惠王上》:"乐岁终身苦,凶年不免于死亡"。

④"道谊"句：《汉书·董仲舒传》："夫仁人者，正其谊，不谋其利；明其道，不计其功。"

⑤董江都：董仲舒曾为"江都王相"，故称"董江都"。"江都"历史上曾为扬州旧治。

作者简介

陈沆(1785—1826)，原名学濂，字太初，号秋舫，湖北蕲水(今浠水)人。嘉庆二十四年(1819)状元，授翰林院修撰，官至四川道监察御史。工诗，与魏源、龚自珍等人为知交。著有《简学斋诗》《近思录补注》等。

题 解

清朝至嘉道之际逐渐由盛而衰，扬州作为历史名城兼当世重镇，其盛衰关乎国运之隆替。而诗人以其特有的敏感往往能洞烛先机，处"盛世"而发危言，《扬州城楼》正是这样一首伤时感世之作。该诗写于嘉庆二十三年(1818)，诗人登上扬州城楼，由眼前一片肃杀的秋景而兴感。首联渲染扬州城阴冷的氛围，"雁呼"可使人联想到"哀鸿"之遍野，亦自然而亦人事。颔联化用前人写扬州之名句，以昔日之繁华旖旎衬托今日之凋敝荒凉。颈联特写扬州商人，"扬州繁华以盐盛"，盐商不乏富甲天下者，而此曰"穷商"，已见其外强中干，徒有虚名，即使如此，却仍纸醉金迷，通宵达旦，犹如末日的狂欢；同时，作为漕运中心的扬州要承担为朝廷转运输送物资之任，即使在丰年，即使是东南富饶之地，却仍不免因劳役而困顿。二句两两转折，加倍写出扬州风俗之奢靡与民生之困顿。扬州如此，余者可知矣。尾联由经济民生之凋敝进一步写世道人心之江河日下：当年董仲舒重道谊而轻功利，今日则恰恰反之，上下交征利而国危矣，如此不禁令人缅怀先贤，临风兴叹。该诗由自然而及人事，"诗人怀抱用世伤时之心，发为高亢苍凉之调"，"声情顿挫，感慨生哀"(陈邦炎《陈沆诗初探》)，被推为陈沆近体诗的压卷之篇。

集 评

裂笛之作。(清咸丰二年刻《简学斋诗》龚自珍评语)

五、六句纪实语,非忧时者不能道出。(上书吴嵩梁评语)

末二句真杜。(上书魏源评语)

咏 史

龚自珍

金粉东南十五州①,万重恩怨属名流。
牢盆狎客操全算②,团扇才人踞上游③。
避席畏闻文字狱④,著书都为稻粱谋⑤。
田横五百人安在,难道归来尽列侯⑥?

* 选自《龚自珍诗集编年校注》上册第253页,刘逸生、周锡𨱵校注,上海:上海古籍出版社2013年版。

① 金粉:本指女子妆饰所用的花钿与铅粉之类,亦可喻指繁华绮丽的生活。吴伟业《残画》:"六朝金粉地。"东南十五州:泛指江南富庶地区。

② 牢盆:本指煮盐的器具,见《史记·平准书》。这里借指掌管盐政的官员,并泛指无德无能的权贵;一曰此特针对两淮盐政曾某罢官而作,其人曾以诣事和坤得进。狎客:指依附于权贵,并与之嬉游、为其帮忙或帮闲的门客。

③ 团扇才人:"团扇"本指圆形有柄的宫扇。汉·班婕妤《怨歌行》有"裁为合欢扇,团团似明月"之句。又有《团扇歌》之说,《宋书·乐志》:"《团扇歌》者,中书令王珉与嫂婢有情,爱好甚笃。嫂捶挞婢过苦,婢素善歌,而珉好捉白团扇,故制此歌"。王珉为王导之孙,年少而居高位。"才人"为宫中女官名,亦指有才情之人。和凝《宫词》曰:"才人侍立持团扇,金缕双龙贴碧藤。"此处或以"团扇才人"泛指流连声色的文人才士。

④ 避席:古人席地而坐,为表敬意则离席而起,称避席;亦指回避、避退。文字

狱：从他人作品中摘取字句、罗织罪名以构冤狱。清代雍、乾间屡兴文字狱,株连甚众。

⑤稻粱谋：本意指禽鸟寻食物,此处喻人谋求衣食。杜甫《同诸公登慈恩寺塔》："君看随阳雁,各有稻粱谋。"

⑥"田横"二句：田横为秦末狄人,本齐国贵族。楚汉相争时占齐旧地,自立为王。汉灭楚后率从属五百余人逃入海岛。刘邦派人招降,扬言"田横来,大者王,小者乃侯耳;不来,且举兵加诛焉。"田横被迫前往洛阳,然终因耻事刘邦而在途中自杀。岛中五百余人闻田横死,亦皆自杀。事见《史记·田儋列传》。列侯：爵位名。秦制爵分二十级,彻侯位最高。汉承秦制,为避武帝刘彻讳,改彻侯为通侯,或称列侯。亦泛指诸侯。

作者简介

龚自珍(1792—1841),字璱人,号定盦。浙江仁和(今杭州)人。道光九年(1829)进士,官至礼部主事。道光十九年辞官南归,任丹阳云阳书院讲习,仅两年即死于讲所。龚氏论学主公羊学派,与友人魏源倡导"经世致用"之学,人称"龚魏"。龚氏诗歌想象丰富,浪漫瑰奇,对后世影响深远。著有《定盦全集》。

题解

此诗为道光五年十二月(1826)作者客居昆山时所写。题为咏史,实则借古讽今之作。在作者眼中,南朝金粉之地、繁华绮靡之乡,那些位高权重的所谓"名流",大多蝇营狗苟、恩怨相倾之辈,士林或流连声色、自命风流,或明哲保身、但求利禄。失望之余,作者以田横及其五百同人与今之"名流"相对比,感叹壮士之风骨气节之难再。盖五百壮士终以一死而全其志节,千百年来犹令人景仰;倘若当年苟且归来,不但降志辱身,封侯之事也未必兑现,可谓双重落空。此意以反诘口吻道出,不啻为当时士林敲响一记振聋发聩的警钟。

己亥杂诗

龚自珍

其五九

端门受命有云礽①,一脉微言我敬承②。
宿草敢袱刘礼部③,东南绝学在毗陵④。

作者自注:年二十有八,始从武进刘申受受《公羊春秋》,近岁成《春秋决事比》六卷,刘先生卒十年矣。

* 选自《龚自珍诗集编年校注》上册第639页,刘逸生、周锡䪖校注,上海:上海古籍出版社2013年版。

① 端门:即鲁端门。《春秋公羊传·哀公十四年》:"君子曷为为《春秋》"。何休注云:"得麟之后,天下血,书鲁端门曰:'趋作法,孔圣没。周姬亡,彗东出。秦政起,胡破术。书记散,孔不绝。'子夏明日往视之,血书飞为赤乌,化为白书,署曰《演孔图》,中有作图制法之状。孔子仰推天命,俯察时变,却观未来,预解无穷,知汉当继大乱之后,故作拨乱之法以授之。"云礽:云孙与礽孙。礽:通"仍"。《尔雅·释训》:"玄孙之子为来孙,来孙之子为晜孙,晜孙之子为仍孙,仍孙之子为云孙。"此处指后继者。

② 微言:精深微妙的言辞。胡朴安云:"《汉书·艺文志》云:昔仲尼没而微言绝,七十子丧而大义乖。微言者,隐微不显之言;大义者,广大精深之义。西汉学者,求孔子之微言大义于垂绝之余,故其于六经也,皆以通经致用为治学之准绳。"

③ 宿草:隔年之草,《礼记·檀弓》:"朋友之墓,有宿草而不哭焉。"此指刘逢禄已经逝世多年。袱:原指曾祖之庙,又指承继为后嗣,此处引申为继承学术。刘礼部:刘逢禄(1776—1829),字申受,江苏武进人,嘉庆十九年进士,官礼部主事,故此处曰"刘礼部"。

④ 绝学:久已中绝的学问,此指公羊学。毗陵:古地名。本春秋时吴季札封地延陵邑。历代废置无常,后世多称今江苏常州一带为毗陵。

题解

《己亥杂诗》共315首,创作于清道光十九年(1839)己亥,作者是年辞官,由北京南返杭州,后又北上接取家眷。大江南北两度往返,触目所及,感慨良多。信笔成篇,或咏怀,或咏史,或议时政,或述见闻,题材极为广泛。此处选其第五九首,该首为作者自道师承之作。

《春秋公羊传》是相传为子夏弟子公羊高所作的解释《春秋》之作。起初仅凭口授流传,汉景帝时方写成文字。东汉时,经师何休著《春秋公羊经传解诂》以阐发《春秋》所谓"微言大义",如张三世、通三统、受命改制之类,成为后来清代公羊学家主张"托古改制"的根据。至清代,庄存与、刘逢禄等人用托古改制的手段来诠释《春秋》,借以发挥各人政见。刘氏精研《公羊春秋》,以何休《解诂》为主,写成《公羊何氏释例》《公羊何氏解诂笺》等著作,成为清代今文学家的中坚人物。传至龚自珍,作《春秋决事比》,引《春秋》之义以讥切时政,态度较庄、刘更为鲜明。在龚氏看来,常州学派刘逢禄等人对《春秋公羊传》之微言大义的阐发堪称绝学,自己远绍孔子,近承刘氏,以继承并发扬此一脉"绝学"为义不容辞的使命。

该诗虽只是自道师承,却因语言极具概括力而兼具了学术史的性质。

江南相关知识

常州学派

常州学派又称"公羊学派",是清代乾、嘉时期兴起的今文经学派,因其创始人及早期的代表人物庄存与、刘逢禄等皆为常州人而得名,是与吴派、皖派并列的地域性学术流派。常州学派推崇《公羊春秋》,好从其中探寻微言大义。庄存与著《春秋正辞》,抛开名物训诂而专言"微言大义",是常州学派的开山之作。稍后孔广森著《春秋公羊通义》、刘逢禄著《公羊何氏释例》,一脉相承地以阐抉"微言大义"为宗旨。鸦片战争前后,龚自珍、魏源借公羊学说抨击旧制度的弊端,发挥其社会变革思想。光绪年间,廖平详论汉今古文经学之歧异,指古学系伪造,今学方为孔子所自创新制。

后来康有为又利用今文"托古改制",其《新学伪经考》认为清代学者所尊尚的古文经学皆汉代刘歆所伪造,乃变乱孔子之道的"新学",因而较前人更为大胆彻底地否定古文经学。此说在思想界引起极大轰动,为清末维新变法制造了舆论基础。

常州学派的兴起,一方面是对乾嘉学派专研名物训诂的反动,另一方面也是一些近代学人激于近代社会内忧外患的与日俱增,试图借经学以救国,从中挖掘可以经世致用的成分。常州学派的成员及影响并不局限于常州府,随着研究范围的扩大,引起近代史学界的"疑古""辨伪"之风,对学术界造成了深远的影响。

金陵杂诗

张之洞

兵力无如刘宋强①,励精政事数萧梁②。
何因不享百年祚,酖毒③山川是建康④。

* 选自《张之洞诗文集》第173页,庞坚校点,上海:上海古籍出版社2008年版。
① 刘宋:南朝宋的皇帝姓刘,史称"刘宋"。
② 萧梁:南朝梁的皇帝姓萧,史称"萧梁"。
③ 酖毒:"酖"指毒酒,也作鸩,"鸩"为传说中的一种鸟,以其羽入酒,可毒杀人。《左传·闵公元年》:"宴安酖毒,不可怀也。"
④ 建康:南京古称之一,为六朝古都。

作者简介

张之洞(1837—1909),字孝达,号香涛,晚号抱冰老人,直隶南皮人(今河北南皮)。同治二年(1863)探花,授翰林院编修。历任湖北学政、翰林院侍讲学士、两广总督、湖广总督、两江总督、体仁阁大学士、军机大臣等职,卒谥文襄。著有《张文襄公全集》。

江南诗

题解

刘宋在南朝中疆域最大,兵力也最强盛,然享国仅五十九年;萧梁开国之君萧衍励精图治,然享国仅五十六年。宋、梁尚且如此,齐与陈更不值一提。作者认为,南朝之所以均未能享祚久远,乃因六朝金粉对统治者之腐蚀,有甚于鸩毒也。

江南文化有柔的一面,其温润多情使江南成为"文化精神复苏之地",是"避难所、休憩地、复乐园"(胡晓明先生语),但若柔而至于靡,金粉繁华之地,温柔富贵之乡,小则可暗暗腐蚀掉一个人的刚健进取之心,大则可影响一个时代的潮流乃至断送一个朝代。生与杀,原为一体之两面。小至修身,大至谋国,焉能不慎哉!

集评

不寐

忧患滔滔到枕边,心光灯影照难眠。梦回龙战玄黄地,坐晓鸡鸣风雨天。

不尽波澜思往事,如含瓦石愧前贤。郊原仍作青春色,酖毒山川亦可怜。

张孝达《广雅堂集·金陵杂诗》有云:"兵力无如刘宋强,励精图治是萧梁。缘何不享百年祚,酖毒山川是建康。"其然,岂其然乎?

(汪兆铭《不寐》诗及诗后自注,《双照楼诗词稿》,民国三十四年(1945)中华日报社铅印本。)

读《宋史》

张之洞

南人不相宋家传,自诩津桥警杜鹃①。
辛苦李虞文陆辈②,追随寒日到虞渊③。

＊选自《张之洞诗文集》第185页，庞坚校点，上海：上海古籍出版社2008年版。

① 宋邵伯温《邵氏闻见前录》："（邵雍）治平间，与客散步天津桥上，闻杜鹃声，惨然不乐。客问其故，则曰：'洛阳旧无杜鹃，今始至，有所主。'客曰：'何也？'康节先公曰：'不二年，上用南士为相，多引南人，专务变更，天下自此多事矣。'"

② 李虞文陆：分别指李纲、虞允文、文天祥、陆秀夫。作者自注云："李纲闽人，虞蜀人，文吉水人，陆楚州人，皆南人。"

③ 虞渊：神话中日落之处。《淮南子·天文训》："至于虞渊，是谓黄昏。"

题解

俗言一方水土养一方人，人之性情可能具有一定地域特点，但以地域判定人之是非则不免武断。宋代开国皇帝赵匡胤及其将领多为北方人，对南方人素不信任，相沿成为传统。后神宗破例任临川人王安石为相，邵雍等人即称于洛阳闻鹃声，预言将有南人为相以乱天下。然而宋廷南渡之后，不得不屡屡打破旧例，而这些南人为相者不但没有如邵氏所预言，反而颇不乏为君国竭诚效死的贤才，该诗即针对此事而发，虽似论史，却有现实感慨存乎其中。盖清廷以北方少数民族入主中原，虽迫于形势不得不重用汉人，却对汉人自始至终不无猜忌。满、汉之见由来已久。然而嘉道以后，内忧外患加剧，拨乱反正、挽救清王朝于危局的却分明是汉臣，而张之洞本人正是其中一员。

该诗写于张氏晚年以太子太保内调之后，他并未直接作出明确的是非判断，而是借无可辩驳的史实来说明问题，因此更具说服力。不但如此，"自诩"之自以为是、"辛苦"之鞠躬尽瘁两相对比，是非判然。后来直到去世之前，张之洞在遗折中仍有对清朝最高统治者"满汉视为一体，内外必须兼营"的殷殷期盼，可见对此事挂虑之深。而老臣竭诚尽瘁之心，真可谓死而后已了。

集评

此为光、宣之间融和满汉而发也。(杨锺羲《雪桥诗话续集》)

法相寺古樟同仁先恪士作

陈三立

压梦湖上山,晨望理筇策①。
步寻飞鹭旁,家儿跳俱出②。
径转矮树重,穿影霏烟隙。
佛场据岩腹③,入憩静楼壁。
垂阴合景光,茗坐寒翠滴。
侧睨老樟怪,挺干作劲敌。
雄龙角巀巀④,何年坼霹雳。
飞将两猿臂⑤,射胡有余力。
疑灌菩萨泉⑥,漫比精忠柏⑦。
天留表灵山,依汝如古德⑧。
钟声风叶翻,不坏斜阳色。

* 选自《散原精舍诗文集》增订本中册第524页,李开军校点,上海:上海古籍出版社2014年。

① 筇策:拄杖与马鞭,皆出行所用之具,此处指出行前的准备。
② 此句作者自注:"谓仁先家二稚子从游。"
③ 佛场:此处指法相寺。岩腹:山的中部。
④ 巀巀:高耸貌。宋玉《招魂》:"土伯九约,其角觺觺些。"王逸注曰:"觺觺,角利貌。"清·胡绍煐《文选笺证》:"觺觺,犹巀巀,高貌,山高谓之巀巀,角高谓之觺觺,其义一也。"
⑤ 猿臂:谓臂长如猿,运转灵活自如。《史记·李将军列传》:"广为人长,猿

臂,其善射亦天性也。"

⑥ 菩萨泉:古来以"菩萨"命名之泉非止一处,如杭州西溪、浙江舟山、山东历城等地皆有"菩萨泉",最有名者在湖北鄂州樊山寒溪寺,详见苏轼《菩萨泉铭》。

⑦ 精忠柏:在宋大理寺狱风波亭故址。相传岳飞遇害之日,柏即枯死,然而始终枯而不仆,人以为此乃忠义之气所被之故,因称之为"精忠柏"。此柏咸丰间毁于兵火,同治年间,蒯士香等人于故处垒土为台,树石其上,命曰"精忠柏台"。详见俞樾《精忠柏台记》。

⑧ 陈三立《樟亭记》:"中挺二干,状如长虬,待斗互峙,麟鬣怒张者。度其年岁,或于白乐天、林君复、苏子瞻之时相先后,盖表灵山、偶古德而西湖诸胜迹所仅留之典型瑰物也。"

作者简介

陈三立(1853—1937),字伯严,号散原,江西义宁(今修水)人,与谭嗣同、吴保初、丁惠康合称"四公子"。光绪十二年(1886)进士,授吏部主事。其父陈宝箴主持湖南新政,三立多有赞画。戊戌变法失败,父子同被革职。入民国后,居金陵、杭州等地,与诸遗民相过从。1933年移居北京,卢沟桥事变爆发,愤而绝食以死。著有《散原精舍诗文集》。

题 解

法相寺位于杭州三台山东麓,俗称长耳相。据张岱《西湖梦寻》载,后唐时僧法真曾驻锡于此,法真有异相,耳长九寸,人称"长耳和尚"。圆寂后,弟子漆其真身,供佛龛,谓是定光佛后身。法相寺旁有千年古樟,隐于深山,多年来未曾为人所识。民国十五年(1916)深秋,陈三立偕俞明震、陈曾寿等人游山时始发现此树。诸人极为欣喜,各有诗以记其事,陈三立此诗即写于此时。

诗从清早出发写起,沿途所见"矮树"为下文古樟的出现做好铺垫与陪衬。接下来写诸人到法相寺品茗小憩,突出该寺环境之静谧深幽。继而引出古樟,作者先状其貌,将古树张开的两条巨大枝干比作龙角和猿臂,不但奇特生动,而且描摹出内在的张力;再写其品,古樟雄奇不凡之姿犹如得到圣地灵泉之滋灌,其遁世无闷、独立不倚之品质,堪与得"忠义之气所被"的岳祠松柏相伯仲。作者将古樟视为西湖诸胜迹所仅留之"典型瑰物",如同古德先贤之化身。最后以写景作结,却非寻常写景:一日之游览将终,风吹古樟枝叶的声音与法相寺的晚钟声相应,枝枝叶叶在夕晖、晚风与钟声中翻动,而夕阳却万古如斯,未尝改变。联系全篇意旨及该诗写作之年代,古樟既被视为某种不可磨灭之精神的凝聚与化身,在晚近社会劫尽变穷、士人精神失去依凭的时代,历劫不死的古樟与万古不坏的斜阳皆可使人联想到近代已经式微的古老文明,虽历尽沧桑、千疮百孔,然其本体实未尝有任何变化,因而依旧有贞下起元的可能。

此诗写景咏物,却不被题面所限,超越物表,流露出作者深厚的文化关怀与终极的宇宙情怀,这是散原佳作中一以贯之的特点,也是其人胸襟与学养的自然呈现。

集 评

陈散原集中亦有《法相寺古樟》五古,盖与仁先、恪士同时作也,诗云:"压梦湖上山……不坏斜阳色。"并录于此,海内咏樟诗,要以此为大观矣。(王揖唐《今传是楼诗话》)

江南相关知识

樟亭

1917年秋,陈三立、陈曾寿等人再聚杭州,重访法相寺。陈曾寿建议在古樟旁筑亭,以便栖憩观光。于是二陈连同金蓉镜、朱祖谋、王乃徵、郑孝胥、胡嗣瑗、夏敬观、蒋国榜、俞明震等人集资建亭,亭成后,散原写有《樟亭记》述其始末,特附于此:

"西湖之胜,可指而名者百数十,独法相寺旁古樟罕为游客所称说。丁巳九月,余与陈君仁先、俞君恪士过而视之,轮囷盘拿,中挺二干,状如长虬,待斗互峙、麟鬣怒张者。度其年岁,或于白乐天、林君复、苏子瞻之时相先后,盖表灵山、偶古德而西湖诸胜迹所仅留之典型瑰物也。摩挲既久,不忍去。仁先乃议筑亭其间,避风日雨雪之侵欺,娱观者。昔庄生之书,凡斧斤所赦,匠石不顾者,类目之不材之木,是木也,其果苟全于不材者欤?然而偃蹇荒谷墟莽间,雄奇伟异,为龙为虎,狎古今、傲宇宙,方有以震荡人心。而生其遁世无闷、独立不惧之感,使对之奋而且愧,则所谓不材者,无用之用,虽私为百世之师,无不可也。亭建于戊午某月,好事图其成者为金香严、朱沤尹、王病山、郑太夷、胡愔仲、蒋苏庵、陈仁先、夏剑丞、俞恪士及余,凡十人。"

1986年,当地政府对法相寺古樟进行了一级重点保护。修筑了三层石砌平台,又用钢架支撑起老树的树干。2003年,刻陈三立《樟亭记》碑,以资纪念。

焦山松寥阁夜坐

俞明震

月黑树蒙茸①,惊鸦入窗里。
团团一山雾,江势来不已。
槛外灯忽明,舳舻走千里②。
我亦东西人③,往来送江水。
滔滔有今日④,惜此中流砥⑤。
挂眼山无多,到海吾衰矣。
僧寮绳床平⑥,涛声在席底。
倾耳来睡情,平心得坐理。
始知倚楼时,妄念杂悲喜。
萝径非不深,真隐人有几。

* 选自《觚庵诗存》第 64 页,马亚中校点,上海:上海古籍出版社 2008 年版。

① 蒙茸:草木葱茏覆蔽貌。

② 舳舻:船尾和船头,多泛指首尾相接的船。《汉书·武帝纪》:"舳舻千里,薄枞阳而出。"颜师古注引李斐曰:"舳,船后持舵处也。舻,船前头刺棹处也。言其船多,前后相衔,千里不绝也。"

③ 东西人:四处奔波之人。《礼记·檀弓》:"今丘也,东西南北之人也。"

④ 滔滔:本指大水奔流之状。《论语·微子》:(桀溺)曰:"滔滔者天下皆是也,而谁以易之?"

⑤ 中流砥:焦山立长江中,形如砥柱,故有此称。又《(光绪)丹徒县志》:"中流砥柱刻石,在焦山寺门壁。道光中越河童子王燮和书。"

⑥ 僧寮:指僧舍。"绳床"指一种用绳穿织而成的轻便坐具。

作者简介

俞明震(1860—1918),字恪士,号觚庵,浙江山阴(今绍兴)人。光绪十六年(1890)进士,授刑部主事。甲午战起,赴台入唐景崧幕,任台湾民主国内务大臣。宣统二年(1910)任甘肃提学使;入民国,为肃政使,谢病归,居南京、杭州等地,与陈三立、陈曾寿等人相过从。著有《觚庵诗存》。

题 解

此诗写于 1913 年 6 月,亦即清帝逊位之次年。此时俞明震已辞职归隐杭州,与陈三立、陈曾寿等人交游颇多,该诗即他与二陈及胡思敬、黄同武等人同游焦山时所作。松寥阁在焦山东北侧。据光绪《丹徒县志》载:"焦山之麓有松寥阁,俯临大江,雄胜之概,为江南北第一阁。"该诗先写夜坐松寥阁之所见,颇能状夜幕下江山之光影变幻,继而由奔流不息之江水与来往不绝之行船引发深长的感慨。所谓"我亦东西人",此"东西人"自可指俞氏西度陇而东归浙等人生经历,平生宦游东西万里之间,终至事无可为而返。倦游半生而暮年将至,正如江水自西而东,至海门已到下游。联系时代背景及同时诸人焦山之作,俞氏所谓"滔滔有今日"之"滔滔"绝不仅指长江万里奔腾之势,更有隐喻晚近社会之乱局与古老帝国之衰亡"由来非一朝"之意,于是个人、江水、国家社会之间也以焦山之特殊地势为纽带联接起来,而"惜此中流砥"表面上虽是惋惜今日之焦山已不能镇住"滔滔者天下皆是"的沧海横流,实则哀人自哀,叹惋自己以及自己所属阶层作为昔日的社会中坚,今日已不堪时代重负的共同命运。

作为昔时之中流砥柱既无力抵抗近代乱局之沧海横流,宜隐的焦山在乱局的尘嚣中也变得令人无法安隐,但潜意识中分明尚未泯除担荷时代重负之本心,理想中也仍然存在隐逸出尘的向往。这种矛盾反映到俞氏此诗中,在写毕世事、身世诸感慨之后,最终又从对"中流砥"的惋惜落到对隐的看法:"萝径非不深,真隐人有几?"其实江山无恙,焦山千百年来一直未改其幽深宜隐的旧貌,只是大多数人不能真隐而已。如果说不能真隐在古代主要表现为以隐之形式来求"终南捷径"或"处士虚声"的名实不副,在近代遗民身上,则主要表现为因时代巨变与身份转换所造成的身隐、心隐两俱难的困境与仕则不能、隐亦不安的彷徨。若联系全诗,则俞氏此句广义上虽是针对古来隐者,其实重心仍在自己对当代真隐之难的切身体会。

此诗由焦山夜景写到身世之慨,却并非只限于身世之慨,而是将世事之忧与身世之慨微妙结合起来。晚近社会前所未有之变局与士人心态交互影响,使得焦山诗增加了新的内涵,呈现出较前代更加复杂深微的象征隐喻色彩,读觚庵此诗可见一斑。

集 评

明震此篇,则是触景感怀,抒发自己仕途奔波一生,欲隐不能的慨叹。"我亦东西人"至末,都写自己身世。(钱仲联、钱学增选注《清诗三百首》)

江南诗

游西溪归泛舟湖上晚景奇绝和散原作①

俞明震

西溪暝烟送归客,艇子落湖风猎猎②。
芦花浅白夕阳紫,要从雁背分颜色。
颓云掠霞没山脚,一角秋光幻金碧。
欲暝不暝天从容,疑雨疑晴我萧瑟。
忆看君山元气中③,沧波一逝各成翁。
请将今日西湖影,写入生平云梦胸④。

* 选自《觚庵诗存》第79页,马亚中校点,上海:上海古籍出版社2008年版。

① 散原:即陈三立。

② 猎猎:象声词,此处指风声。鲍照《上浔阳还都道中》诗:"鳞鳞夕云起,猎猎晚风遒。"

③ "忆看"句:君山又名湘山,在湖南洞庭湖口。郦道元《水经注·湘水》:"(洞庭)湖中有君山……湘君之所游处,故曰君山矣。"陈与义《登岳阳楼》:"天入平湖晴不风,夕帆和雁正浮空。楼头客子杪秋后,日落君山元气中。"俞明震和陈三立早年曾同游岳阳看君山。

④ 云梦:古大泽名。司马相如《子虚赋》:"吞若云梦者八九于其胸中,曾不蒂芥。"故"云梦胸"常喻胸襟之阔大。

题 解

西溪在杭州西湖西北,地处幽僻,水道纵横,广生芦苇,有秋雪庵、交芦庵、两浙词人祠等名胜。1915年深秋,俞明震居杭州,与陈曾寿为邻。陈三立自沪至杭,探访俞、陈二人,冯煦、吴庆坻亦至,于是诸友同游,遍历湖山诸胜,各有诗作,此首即游西溪后,俞明震和陈三立之作。由于诸人游玩后乘舟归去是在傍晚,故俞氏此诗从描绘湖上夕晖入手,突出其"奇绝"的特点。而夕晖之美并非孤立,乃是通过夕晖中的芦花、归雁、云霞等意象呈现出来,交光错影之际,色彩变幻也更加丰富。后半首,"欲暝"二句,由日暮时将暗未暗的天空联想到某种人格化的情态,并反衬出自己的某种情绪,于是自然而然由写景物过渡到写人事,回溯自己与散原当年意气风发的一幕:彼时湖南新政方兴未艾,二人均对未来满怀憧憬,青春有为的生命正如洞庭湖上元气淋漓的君山,而曾几何时,变法失败,自此祸患相循、国事每况愈下,故国与青春俱如东流逝水,转眼二人已到暮年。然而诗人并未因此颓然,最后二句再一振起,由云梦回到西湖,由惋惜过去回到珍惜当前,"云梦胸"者既称许散原平生胸襟之广,亦以此自勉自期。该诗妙在写景中融入起伏变化的情感波澜,将个人身世、家国兴衰微妙绾合于其中,故波澜壮阔却又波澜不惊。钱仲联先生称美此诗"写夕景奇丽,笔有化工",诚然如此,又何止于此呢!

集 评

老杜诗,咏月、咏雨、皆绝胜。咏斜阳者不多,然"绝壁过云开锦绣"此中有斜阳在,真杰句也。郑谷夕阳诗,亦平常。起云"夕阳秋更好"却是实言。秋江芦雪,得斜阳照更佳。古人咏此,皆片词只句,其长言俾揣者,余甚喜俞恪士丈西溪一诗(诗略)。丈此诗盖和散原翁者。(黄濬《花随人圣庵摭忆》)

舠庵七古,……余最爱其《游西溪归泛舟湖上晚景奇绝和散原作》云:(诗略)写夕景奇丽,笔有化工。(钱仲联《梦苕盦诗话》)

·江南相关知识·

陈三立及陈曾寿游西溪诗

艇子点湖风欲落,叠霄顽云穿日脚。破碎光景扬金蘤,斓斑画图出众壑。朝真羽客幢盖趋,覆翠玉人纱縠薄。魂翻眼倒芙蓉城,缥缈从之控鸾鹤。照梦一逢然疑作。(陈三立《泛舟湖上晚景奇绝余与仁先各以诗纪之》)

行尽西溪三百曲,忽开天镜晚晴中。仙山楼阁无限好,碧海银河何处通。落日千峰横紫翠,中流一叶在虚空。时无小李将军手,奇景当前付散翁。
(陈曾寿《游西溪归湖上晚景绝佳同散原作》)

南屏谒张苍水墓①

黄 节

斜日南屏溯岸行，疏疏堤柳不胜情。

一湖山色分明好②，两姓碑题俯仰生③。

酒气浃坟秋酹祭④，烛光摇树鸟悲鸣。

彷徨一再临风拜，为告冰槎集刊成⑤。

* 选自《蒹葭楼诗》卷一，黄节撰，民国二十三年(1934)铅印本。

① "南屏"即南屏山，在杭州西湖南岸。张煌言(1620—1664)，字玄著，号苍水，鄞县(今浙江宁波)人，崇祯十五年(1642)举人。南明弘光朝覆亡后，奉鲁王监国。鲁王败，入闽依郑成功。南明桂王时擢兵部尚书。在浙东沿海一带坚持抗清近二十年，失败后隐居岛上，伺机再起。不幸被俘就义，葬于杭州南屏山荔子峰下。著有《张苍水集》。

② "一湖"句：此句作者自注："先生被难时，出城门望凤凰山，曰：'好山色！'墓道有碑亭，刻全谢山所为《神道碑》，其上题曰：'好山色'，盖用先生语也。"

③ "两姓"句：两姓指明、清二朝。此句作者自注："全谢山所为《神道碑》题曰：'明故权兵部尚书兼翰林院侍讲学士鄞张公神道碑铭'；乾隆间海宁陈鳣为先生立墓碑，题曰：'皇清赐谥忠烈前明尚书张煌言墓'，则与谢山异矣。"

④ 酹祭：祭奠时以酒洒地。

⑤ "为告"句：此句作者自注："全谢山手定先生《冰槎集》四卷，久佚。予校刻《张苍水全集》，按先生之行事以次第其文，复定为四卷补之。"

岳 坟

黄 节

中原十载拜祠堂①，不及西湖山更苍。

大汉天声垂断绝②，万方兵气此潜藏。

双坟晚蟀鸣乌石③，一市秋茶说岳王④。

独有匹夫凭吊去⑤，从来忠愤使人伤。

* 选自《蒹葭楼诗》卷一,黄节撰,民国二十三年(1934)铅印本。

① "中原"句:祠堂指岳庙。此句作者自注:"十年前余两过朱仙镇谒岳王庙,均有诗。今不存。"按,作者1898年拜朱仙镇岳庙后写有《朱仙镇谒岳王庙》及《过大梁朱仙镇》等诗。朱仙镇在河南开封附近,故称中原。

② 大汉天声:指华夏民族的声威。《汉书·窦宪传》:"振大汉之天声。"

③ 双坟:岳飞与其子岳云一并被秦桧所害,死后俱葬于此。乌石:作者自注:"坟倚乌石峰。"

④ 秋茶:作者自注:"坟前茶肆数十家。"岳王:岳飞于宋宁宗嘉泰四年(1204)被追封为"鄂王"。

⑤ 匹夫:作者自谓。

作者简介

黄节(1873—1935),字晦闻,广东顺德人。早年留学日本,宣扬反清思想。后与章太炎、马叙伦、邓实等人创立国学保存会,创办《国粹学报》。民国后入南社,曾在北大及清华等校担任教授。以诗名世,与梁鼎芬、罗瘿公、曾习经合称"近代岭南四家",著有《蒹葭楼诗》等。

题解

1898年,黄节在朱仙镇拜岳庙后写有《朱仙镇谒岳王庙》及《过大梁朱仙镇》等诗。十年之后,1908年初秋,作者游江南,在西湖吊张煌言及岳飞墓,写下《南屏谒张苍水墓》及《岳坟》二诗。

《南屏谒张苍水墓》一诗,作者先点明谒墓之时间地点及沿路景色,树犹如此,则人之"不胜情"可知矣。颔联出句仍写景物,却巧妙借用张苍水从容就义前的遗言,故不同于寻常写景;对句写全、陈二人所题墓碑,冠以"两姓"二字,则"俯仰"之间,高下立见,微言大义,褒贬自在言外。颈联写祭奠时酹酒燃烛的情景,鸟之"悲鸣"与首联柳之"不胜情"相似,均为我心之外化。尾联写此次拜祭之前,自己已为逝者整理出版遗集,以此告慰英灵,以寄哀思。

《岳坟》一诗，作者先将中原之岳庙与西湖之岳坟相对比，赞美西湖之青山因幸埋忠骨而更胜一筹。颔联颇耐人寻味：一方面写岳飞被谗害后，全国的抗金斗争就此消歇，大宋王朝的国势声威已是强弩之末，危若悬丝；而另一方面，英雄之遗体虽沉埋九泉，英雄之精神却凝聚万方兵气而暂时潜伏起来，蓄势待发，故宋王朝虽早已灭亡，而华夏民族之精神命脉却始终未尝断绝。颈联以秋虫之鸣与市井人茶余饭后无关痛痒的闲话反衬英雄身后的寂寞。尾联写自己作为独醒者的悲哀，盖忠义奋发之士以身许国，却往往信而见疑，忠而被谤，赍志以殁，今古同然。该诗笔力雄健，骨气坚苍，颔联尤为警策，是吊岳题材中别具一格的作品。

1907年7月，光复会成员徐锡麟、秋瑾先后就义。1908年4月，由孙中山等人策划、由黄兴发动的钦州、廉州、上思武装起义，也因缺乏后援而失败。革命遭受挫折，但清王朝亦已接近尾声。岳飞与张煌言均为反抗异族统治的民族英雄，故二诗主旨亦借凭吊英雄寄托作者反清的民族革命思想。

京口遇范肯堂先生①

杨　圻

其一

桃花逐春水，江上又逢君②。
宇宙今何世，风流意不群③。
暮潮细生雨，绝壁起闲云。
严武军中事④，相看感旧闻。

其二

忧乐谁前后⑤？含情未忍言。
与君看落日，为我话中原。

时难文章弃,春深草木繁⑥。
卧来江渚冷,高枕向乾坤。

* 选自《江山万里楼诗词钞》第29页,马卫中、潘虹校点,上海:上海古籍出版社2003年版。

① 京口:江苏镇江古称之一。《读史方舆纪要》:"春秋时吴地,秦为会稽郡地,三国吴曰京口镇"。范肯堂即范当世(1854—1905),初名铸,字无错,一字肯堂,号伯子,江苏通州(今南通)人。曾向刘熙载、张裕钊等人问学,并受到吴汝纶欣赏。受吴之邀,曾在冀州莲池书院讲学,后又经吴推荐入李鸿章幕。所作诗文受桐城派影响甚深,与贺涛齐名,称"南范北贺"。著有《范伯子诗集》《范伯子文集》等。题后作者原注:"合肥太岳督直时,先生为幕府上客,今别十年矣。""合肥"指李鸿章,杨圻曾娶李鸿章孙女李国香为妻,故称李为"太岳"。
② 杜甫《江南逢李龟年》:"正是江南好风景,落花时节又逢君。"
③ 杜甫《春日忆李白》:"白也诗无敌,飘然思不群。"
④ 严武(726—765):字季鹰,唐华州人,中书侍郎严挺之之子,官至东川剑南节度使。广德二年封郑国公,加检校吏部尚书。镇蜀多年,曾礼遇并接济杜甫。此处以严武喻指李鸿章。
⑤ "忧乐"句:范仲淹《岳阳楼记》:"是进亦忧,退亦忧,然则何时而乐欤?其必曰:先天下之忧而忧,后天下之乐而乐。"
⑥ "春深"句:杜甫《春望》:"国破山河在,城春草木深。"

作者简介

杨圻(1877—1941),榜名朝庆,字云史,号野王,江苏常熟人。光绪二十八年(1902)南元,官邮传部郎中,新加坡总领事。入民国后为吴佩孚秘书长。抗战军兴,避地香港。诗学唐人,尤擅梅村体歌行,风格雄浑,才华艳发。名篇有《檀青引》《天山曲》等。著有《江山万里楼诗钞》。

题 解

该诗写于1902年春。作者与范肯堂阔别十年,十年间亦是清王朝的多事之秋:中日战争、戊戌政变、庚子国变、帝后西逃……故人重逢自有无限感慨,该诗遂以感时伤世为基调。

第一首重在忆昔,首联化用老杜《江南逢李龟年》诗,既点明重逢的时间和地点,又暗喻今昔盛衰之感。颔联写肯堂身处乱世依旧卓尔不群的风度,惜其才而悲其遇之意自在言外。颈联写景,"暮潮""绝壁"云云皆为京口当前所见,然写来别有一种苍凉之致。尾联以回忆当年二人在李鸿章处相过从的往事作结,虽未直接抒情,然自有无限不堪回首之慨。

第二首重在伤今。首联化用肯堂先祖范仲淹名句,对方读来自感受不同。"未忍言"者,一则因不忍碰触各自心中所忧之"天下"事,二则也因即便有言亦于事无补,相看脉脉,无声胜却有声。至此言语道断之际,作者接下来宕开一笔,将读者视线引向冉冉落日下的茫茫中原:一春之将近,一日之将终,大势已去的清王朝正如眼前的残春、落花与斜阳。值此危亡之际,作为以天下事为己任的士人自不免有试图挽回之想,然乱世文章贱,一介书生自无能为力,只有面对着暮春繁蔚的草木叹息而已。正因如此,尾联以反语出之,貌似冷眼旁观、高枕无忧,实则是心余力绌、无力回天而不得不做神州袖手人的无奈之举而已。

在晚清民国诗坛学宋之风盛行的趋势下,杨圻学唐而独出心裁。此二首即以风神情韵胜,语言清浅却意味深长,化用老杜诗句而能与自家意思融合无间,是杨圻唐风之作中的佳篇。

集 评

二诗回肠荡气,忧愤忠爱,流露言表。(十三家评点《江山万里楼诗钞》)

昔 游

王国维

其二

我本江南人,能说江南美。
家家门系船,往往阁临水。

兴来即命棹①，归去辄隐几②。
远浦见萦回，通川流浣弥③。
春融弄骀荡，秋爽呈清泚。
微风葭菼外，明月荇藻底④。
波暖散凫鹥，渊深跃鳏鲤⑤。
枯槎⑥鱼网挂，别浦⑦菱歌起。
何处无此境，吴会⑧三千里。

* 选自《王国维诗词笺注》第184页，陈永正笺注，上海：上海古籍出版社2013年版。

① 命棹：乘船。
② 隐几：凭靠着几案。《庄子·齐物论》："南郭子綦隐几而坐，仰天而嘘。"成玄英疏曰："隐，凭也。子綦凭几坐忘，凝神遐想。"
③ 通川：流通的河川。浣弥：水满貌。
④ "葭菼"指芦与荻，"荇藻"指荇菜与水藻，均为水生植物。
⑤ 凫鹥：鸭和鸥。《诗·大雅·凫鹥》："凫鹥在泾"；鳏鲤：鲶鱼和鲤鱼。《诗·小雅·鱼丽》："鱼丽于罶，鳏鲤。"
⑥ 枯槎：老树的枝桠。
⑦ 别浦：河流入江海之处。
⑧ 吴会：吴郡和会稽郡，泛指苏杭地区。刘过《谒淮西帅》："东游吴会三千里，西入成都一万山。"

作者简介

王国维(1877—1927)，字静安，号观堂，浙江海宁人。清诸生，著名学者，在哲学、史学、文学、考古、小学等领域均有深入研究与重要成果。曾两次东渡日本。民国时期曾任教清华园，与梁启超、陈寅恪、赵元任合称清华研究院四大导师。1927年投颐和园昆明湖自杀。著有《观堂集林》等。

江南诗

题解

辛亥革命后,王国维随罗振玉东渡日本。这组诗写于1913年,为旅日期间回忆江南故乡之作。原诗共六首,此处选其第二首。

前二句总道江南之美,引出下文。接下来十四句承接上文,抓住江南作为"水乡"的特点,两两对仗,从不同侧面分说江南之美:"家家"四句写江南水网分布之密集与水路交通之便利;"远浦"二句写水道回环往复与弥满汪洋;"春融"二句写水乡不同季节而各尽其美;"微风"二句写水生植物与清风明月相映成趣;"波暖"二句写水鸟及鱼类之自在栖息;"枯槎"二句写水乡人日常生活的两个场景。最后二句总收全篇:如此福地佳境,非仅局限于某地某处,三千里江南莫不如此。

对于作者而言,江南认同与故乡认同原为一体。故乡本即令人留恋,何况故乡在美好的江南,更何况身在异国他乡而忆江南故乡。此诗写江南风物娓娓道来,如数家珍,字里行间无不流露出身为江南人的自豪与自得之情。王氏乃博雅学人,思想深邃且天性忧郁,此首忆江南之作清新明快,不同于其学人之诗与哲人之诗,在静安诗中可谓别调。

集评

此首写江南水乡的美景,饱含作者对故乡的深情。(陈永正《王国维诗词笺注》)

湖斋坐雨

陈曾寿

隐几青山时有无①,卷帘终日对跳珠②。
瀑声穿竹到深枕,雨气逼花香半湖。
剥啄惟应书远至③,宫商不断鸟相呼④。
欲传归客沉冥意⑤,写寄南堂水墨图⑥。

* 选自《苍虬阁诗集》第 121 页,张寅彭、王培军校点,上海:上海古籍出版社 2009 年版。

① 隐几:见王国维《昔游》诗注释②。

② 跳珠:此处指飞溅的雨点。苏轼《六月二十七日望湖楼醉书》诗:"黑云翻墨未遮山,白雨跳珠乱入船。"

③ 剥啄:象声词,此处指敲门声。

④ 宫商:中国传统的"五音"分别为宫、商、角、徵、羽,宫商为其中第一、二音级,后泛指乐曲。此处形容鸟鸣声如乐曲般相续相应、悦耳动听。

⑤ 沉冥:深沉玄寂。扬雄《法言·问明》:"蜀庄沉冥。"李轨注:"沉冥,犹玄寂,泯然无迹之貌。"此句之"沉冥"呼应首句之"隐几",前既如子綦凭几坐忘,凝神退想,至此则如蜀庄沉冥玄默,泯然无迹矣。

⑥ 南堂:即诗题之"湖斋",指陈氏在临湖而建的书斋。

作者简介

陈曾寿(1878—1949),字仁先,号苍虬,湖北蕲水(今浠水)人,陈沆曾孙。光绪二十九年(1903)进士,官至广东道监察御史。入民国,以遗民自居,居杭州西湖,与俞明震为邻。曾参与张勋复辟,事败南归。溥仪被逐出宫居天津时,奉召前往,任婉容师傅。后随溥仪至长春,负责管理陵园等事。多次请辞,晚岁南归,卒于上海。著有《苍虬阁诗集》《旧月簃词》等。

题 解

这首诗写于 1919 年春,时作者居西湖小南湖北岸定香桥畔的临湖别院内,斋中即可坐赏西湖四时佳景,本诗即是作者斋中观雨之作。全首以写景为主,用典不多,语言清浅,状物真切,意境浑融一片,犹如一幅笔墨淋漓的西湖烟雨图。该诗在声律方面亦有特色。颔联出句第五字当平用仄,为拗句,故对句第五字当仄处易以平声——"香"以救之,不平衡处重新平衡;且出句拗字——"到"之后,"深""枕"二字韵母均为 en,因声音整齐而进一步增加谐美之感。颈联"剥啄"二字为叠韵之入声字,音短而促,连读如闻叩门之声;"宫商"二字声平而亮,如闻不绝于耳之鸟鸣。苍虬作诗颇具声情之美,读此首可见一斑。

集 评

"意境萧适,语气浑成,直可高视百代。即此一诗已足名世,况众美咸备耶?"(胡先骕《评陈仁先苍虬阁诗存》)

观瀑亭

陈曾寿

百丈飞泉挂一亭,岩栏危坐俯冥冥。
松身独表诸天白①,石气寒嘘太古青②。
涧草无心来鸟啄,梵潮如梦起龙腥③。
元坛真宰愁何事④,滃涌炉香会百灵⑤。

* 选自《苍虬阁诗集》第137页,张寅彭、王培军校点,上海:上海古籍出版社2009年版。

① 诸天:佛教总称欲界天、色界天、无色界天等护法众天神为诸天,此处指广阔天界。

② "石气"指环绕山石的雾气。元·虞集《赋石竹》:"龙嘘石气千年润,鹤过林阴一径斜。"陈三立《辛丑七月登焦山作》:"潮音悲共语,石气暗嘘廊。""太古"指远古、上古。袁宏道《和朱非二山间之作》其五:"炉瀹千年液,松留太古青。"

③ 梵潮句:谓诵经声引得龙起而聆听。

④ 元坛:道教天尊的居处。真宰:宇宙之所谓主宰。《庄子·齐物论》:"若有真宰,而特不得其朕。"

⑤ 滃涌:云烟翻动貌。

题 解

此首为作者1921年游浙江临安东天目山时所作。东天目山千岩万壑,瀑布飞泉,为浙西名胜,亦为道教"第三十四洞天"。该诗即紧扣这些特点,写出此山幽古奇秀之境。通首浑成,炼字精警,设色别致,为苍虬广为人知的纪游佳篇。作者曾多次将此诗题画,可见该首亦为其本人得意之作。

> 集 评

　　仁先七律,能熔铸义山、山谷于一炉,而独辟一淡远深郁之境界。……全首极工者,《湖斋坐雨》云:……《观瀑亭》云:……上首一气浑成,有水流云在之境。下首气撼山岳,声调尤为镗鞳。(钱仲联《梦苕盦诗话》)

　　近人纪游之作,殆无出《苍虬阁诗》之上者。苍虬诸作,尤以《观瀑亭》一首为压卷。此诗一起得势,有《楚辞·九歌·山鬼》"表独立兮山之上,云容容兮而在下"及《九章·悲回风》"据青冥而摅虹兮"气象。三四写松写石,"表"字"嘘"字炼得精湛。"诸天"渲染大松覆盖面之广,是空间;"太古"形容石气蕴积之久,是时间。"白"与"青",染色匀称,画面静谧。"梵潮"句写僧寺梵吹,群龙听经,显得异样神采,纸上有声。结尾云旗恍惚,万象奔趋,有《九歌·山鬼》"东风飘兮神灵雨"神境。全诗沉厚雄壮,大声鞳鞳。山水七律中如此黄钟大吕的名篇,在近代诗坛断推独步。(钱仲联、钱学增选注《清诗三百首》)